网络文学名家名作导读丛书

第一辑

我吃西红柿与《吞噬星空》

夏烈 著

作家出版社

网络文学名家名作导读丛书

主编：肖惊鸿

第一辑编委：庄　庸　夏　烈　西　篱　乌兰其木格
　　　　　　林庭锋　侯庆辰　杨　晨　杨　沾　瞿笑叶

序

20世纪90年代以来，文学与这个伟大的时代一道，经历了巨大的发展变化，其中一个标志性的现象，就是网络文学的兴起。以通俗大众文学之魂，托互联网与媒介新革命之体，网络文学如同一个婴儿，转眼已成为青年。网络作家们朝气勃发，具有汪洋恣肆的创造力，架构了种种可能的和不可能的世界。科技与商业裹挟着巨大变革中释放的青春、激情和梦想奔腾向前。时至今日，作者是有的，作者群体大到过千万人；作品是有的，作品总量已逾两千万部；读者就更多了，读者群体数以亿计。

网络文学是新生事物，也是一片充满活力的文化热土，是中国特色社会主义文学生机勃勃的组成部分。习近平总书记高度重视包括网络文学在内的网络文艺的发展，勉励广大网络作家加强精品创作，以充沛的正能量满足人民群众特别是青年一代对美好精神文化生活的新期待。

所以，这套《网络文学名家名作导读丛书》生逢其时，它将有助于探索网络文学艺术规律，凸显网络文学的艺术价值和社会价值，推动网络文学的主流化、精品化；同时，它也是精确的导航，通过这套丛书，我们将能够比较清晰地认识网络文学的重要作家和重要作品，比较准确地把握网络文学的发展历程和发展前景。

这套书的入选作者是目前公认的网络文学名家，入选作品是经过一段时间检验的代表作，而导读部分由目前活跃的网络文学青年评论家群体担纲。预计这套丛书的体量将达到 10 辑至 20 辑、全套 50 册至 100 册。无疑，这是一项浩大的工程，但也是值得耐心地、持续地做下去的工作。网络文学必须证明自己不是即时的快消品，它需要沉淀、甄别、整理，需要积累经验，逐步形成自身的传统谱系，需要展开自身的经典化过程。这套丛书就是向着经典化做出的努力。

这套丛书的主编肖惊鸿长期从事网络文学相关的研究和组织工作，她的眼光和能力值得信赖。尽管网络文学的理论建设近年来已经取得重大进展，但是，将理论落实为面对作品的、具体的分析和判断，实际上仍然是艰巨的课题，也是网络文学理论评论工作的薄弱环节。希望肖惊鸿和其他评论家们深入学习贯彻习近平新时代中国特色社会主义思想，以习近平总书记关于文艺工作和网络文艺的重要论述为指导，自觉运用历史的、人民的、艺术的、美学的观点评判和鉴赏作品，向现在的读者，也向未来的读者交出一份令人信服的答卷。

李敬泽

2019 年 3 月 7 日

于北京

目
录

导读

选文

导读

自 序

与《吞噬星空》的评论鉴赏活儿狭路相逢，是我们在这个独特的被称为中国网络文学第 20 年里的一次奇遇。是缘分，也是难题。

之前读过我吃西红柿君的不少网文名作，像《星辰变》《盘龙》《莽荒纪》，这几年上文学网站逛荡，起点中文网的推荐和排行依旧常常可见他的雄姿，然后就是一年总有那么几回全国性网文的评奖、评榜单，作为评委也屡屡见到他的新作在最后几轮入围搏杀的身影。毫无疑问，他是男频读者的心头好，是活跃在网站一线的网文大神，是与我们评论家而言亦不陌生的网文第一方阵的人物。

《吞噬星空》是我吃西红柿的第六部长篇玄幻小说，全文长达近480 万字，2009 年在起点中文网开笔，历两年完稿，在网站收获了订阅、推荐、月票、冠军等等几乎所有能被达成的成就，被一批忠实读者追封为"番茄的巅峰之作"，作者我吃西红柿也因此步入"YY 文王者"的行列。

作为"票房"的佼佼者，我们的评论鉴赏自然要首先回归到斯人斯作为什么成功的解释中去。换言之，假定读这个选本和导读的人并非网文的资深"粉丝"，那么，通过介绍一些行话、术语、网文特点和机制来解释我吃西红柿之所以"红"的原因，是一件分内活，也承担了网络文学常识启蒙的工作。在这个工作中，我们把似乎挺高级的网文研究得出的学术结论也如盐入水、化入瓶中，在你顺嘴自然地喝着的过程里，就能了解网络文学并非一般的、传统的文学创作。它既与中西"讲故事"的文脉相依为命、是它们的互联网复兴；也与"粉丝"

读者、产业与资本、国家政策、知识精英等社会体系有关，是在互联网、大众文化与资本的场域中催生发展着的。

其次，我们不得不告诉你《吞噬星空》是一个典型的"小白文""YY文"。何谓小白，何谓YY，此处开篇自不好剧透，请读第几章、第几节去。若早就知道这些入门的话语，那么，你是否明白《吞噬星空》作为"爽文"爽在哪里？起点中文网将它列在"科幻"小说类型下会不会天雷滚滚，让科幻小说迷们侧目？还有，这样的网文的成功之作怎么写？要如何吸引读者？……这一切，我们尽量都分析到、解说清。

最后，是我们做此书导读，也是策划者做这一整套丛书的初衷所在：网络文学"经典化"。固然《吞噬星空》早就被普罗大众和网站运营者经典化了一轮，但进入文学的坐标和评价体系，究竟能不能奉为经典？这也就是我们讲的2018年遇见它的最大难题。以文学批评为职志的我们，毕竟要按照一定之准绳衡量评判其文学性、艺术品质，这个时候哪怕跟曾经作为泡在网文里消遣快乐的一分子产生了人格分裂感，我们依旧要"有一说一"，不吝啬"刻薄"的话——因为网文是面对所有人的创作，它们从来就是在骂声中成长的，却始终会凝结出"有爱的经济学""有爱的伦理学"。

即便搜入丛书的当下热闹之作会在未来某一天逐渐如水泡般解体消融，但相信也终究是在"一时代之文学"的海洋之中，成为滴水、成为粒子、成为波痕。我们特别关心的是这个时代所带来与创生的"网络文学"在小说造物之中、在人性本能之中、在社会阶段之中、在全球共情之中、在文学家园之中各自意味着什么？我吃西红柿们和我们这些网络文学研究者、评论家们一道，以辛苦之劳作印证推敲着一些世界的谜底。这一点，总归是可以欣慰的。

写作本书评论鉴赏部分（导读），亦是一种开风气之先的尝试。如此像模像样的文本分析、比较、阐释，过去在网文界还真没有做过。本书所有章节，初稿由夏烈、杨潇俊分工完成，夏烈最终统稿修定。杭州师范大学的硕士研究生庄熊、吕逸凡亦有具体的协助。本书由肖惊鸿女士约稿、催稿，倾注了她不少心力，作家出版社慨然出版，在此一并致以诚恳的感谢！

2018年9月5日

第一章
作者与故事：番茄为什么是红色的

1. 网文之光

《吞噬星空》的作者笔名是"我吃西红柿"。固然网络作家的笔名大抵五花八门、有趣精怪，但这依旧是男频著名的"大神"中特别突出的一个名字：大俗——大通俗而非庸俗、低俗、媚俗。像是在街中一立、啃着手里西红柿的憨胖小子，充满了世俗社会的喜庆与豁达，于是就跟网络文学的某种气质浑然一体。而这个笔名，也成了我们今天跟不太读网文的圈外人介绍网络作家时必提的，不光是他创作的代表性，更因每当说出这名号时，听众都不免莞尔一笑。如果说唐家三少、烽火戏诸侯、梦入神机、天蚕土豆这些名字加起来不过让读者开了 50% 的笑意，那么，另 50% 则全靠我吃西红柿了。

至于作者的原名朱洪志，怕是并没有多少人关心，也未必有人记得住。西红柿，南方的菜贩子又常称其为番茄。读者有时会因为究竟是"我吃西红柿"还是"我是西红柿"还是"你吃西红柿"而犹豫，那么，取而代之的一个朗朗上口的艺名"番茄"也就诞生了，被"粉丝"们广泛使用着（我们下文除了特殊情况，都会用"番茄"的二字简称替代"我吃西红柿"的五字大名）。这颗"番茄"朱洪志出生于江苏宝应，2009 年肄业于苏州大学数学系。当然，这也并没有多少人关心，读者只关心这颗番茄是起点的专栏作者、白金写手，曾获得"起点大神之光"的称号。

番茄的作品中，处处流露侠义之心。从文脉上讲，这源于番茄自幼喜爱读武侠小说，对金庸、卧龙生、古龙三人的武侠世界差不多是爱到心口难开。番茄自己说过他看的第一本武侠小说是《倚天屠龙记》，当时蒙在被窝里打着手电筒整整看了一天一夜，怕是着了魔。而他最喜欢的武侠人物是古龙塑造的"小李飞刀"——李寻欢。

番茄的代表作品有《星峰传说》《寸芒》《星辰变》《盘龙》《九鼎记》《吞噬星空》《莽荒纪》《雪鹰领主》《飞剑问道》。部分作品被改编为漫画，此外尚有多部作品被改编为网络游戏，其中《星辰变》曾荣膺金翎奖年度最受期待游戏称号。番茄作品阅读人数众多，是始终能在起点中文网排名前列的为数不多的作者之一，并经常是总榜单的第一，成就了他"网文之王者"的不可动摇的地位。

番茄的作品多次打破起点中文网的收藏、点击、订阅等纪录，创造了网文界前无古人的成绩。能取得如此成绩，在网文界，已有被公认的原因，那就是我吃西红柿的小说文字通俗易懂，阅读难度低，小说情节紧凑，有较强娱乐价值，想象力丰富，并不断创新。

番茄的作品确定与创立了"升级换地图"的体系，令网络玄幻与修仙类小说更加严谨、情节更吸引人，引领了注重升级换地图式的"小白文"潮流。并且，他的存在更令"小白文"这个词由贬义变为"得到广大读者认可"这样的一个含义，使"小白文"成为了网络小说的主流，成了广大读者休闲与放松的娱乐方式之一。当然，番茄的小说又不能简单地用"小白"来概括，他对爱情的执着、亲情的守护、兄弟友情的关注，以及总是喜欢在玄幻中嵌入些科幻的元素——造就了"科玄合流"的趋向，都不免让人在毫无障碍的"白"读一场之后，有所深思。

2. 番茄是怎样炼成的

我吃西红柿从高中时代开始在起点中文网连载《星峰传说》，后在《多情剑客无情剑》影响下，以"小李飞刀"为主题的小说《寸芒》诞生了。之后又写下《星辰变》《盘龙》《九鼎记》《吞噬星空》《莽荒纪》等作品，他的网络拥趸甚夥，是始终能在起点中文网站排名前列的为数不多的作者。

《星辰变》《盘龙》等作品完本后，更在网络小说界涌现了大量的后传与跟风之作，当时起点中文网所归属的"盛大文学"还为之打了一系列的官司。起点中文网为了宣传《星辰变》，用了"小说不读星辰变，就称书虫也枉然"的美辞，当时广泛流传于"粉丝"群体之中。

2013 年，我吃西红柿代表"起点中文网大神天团"参加湖南卫视《天天向上》节目录制。番茄在节目里自曝大学时写书 3 个月后月收入过万，半年后买房，不再找父母拿生活费、学费。这种独立自主、自强的个性风格，堪称当代青年一代的模范，这也是番茄首度曝光其不为人知的奋斗史和草根逆袭之路。网络作家因为特殊的时代历史机遇，有意无意地进入了大众文化和阅读消费的转型"奇点"，给人以写作也能致富、码字亦可成功的形象，这其中的正能量还是主要的面向。年轻的网络作家代际，从最早的主力"70 后"到而今的"90 后""00后"，总体讲是一群庞大的中国青年自主独立、创新创富、求生存求发展的奋斗者。他们有很多异曲同工、殊途同归的个人故事，已经开始被当代文学史家用《大神们：我和网络作家这十年》这样的纪实文学记录下来，引发着同时代人的共鸣。

来跟读者们分享一下番茄创作小说时的具体思路。番茄自述道：首先是要有一个完整的规划。"凡事预则立，不预则废。"对于写作，正是这样。番茄喜欢对自己准备创作的小说有一个既定的目标。这个目标不要太大，切合实际最好。他由于白天要上班，只能利用晚上下班后的时间来充实自己，每天都必须要更新 3000 字左右。接下来又面临一个问题，小说更新的频率。因为和网站签约，每周最少要更新三章，但番茄可远远不止这样的速度。《吞噬星空》总计 479 万余字，历时两年创作完成，几乎每天都要更新 7000 字左右。如此惊人的更新速度，除了拥有源源不尽的思路，更要有适合的方法。番茄认为，选择自己喜欢的类型进行创作，是初学者最适合的方法。网络连载的写作本来就是枯燥大于乐趣，重复多于灵感，所以如果在选择题材、类型等方面都没法让自己"快乐写作"，那么将会是对作者身体和心灵巨大的双重考验。许多读者认为，写作是脑力劳动，这自然没有错；但同样，一个健康的身体，才是充分必要条件——网络文学的体量和机制尤其如此。文字功底不好，可以通过博览群书来改进；写作技巧不好，可以通过勤学苦练来提高；然而如果没有一个健康的身体，功底和技巧都是泡影。番茄回忆起刚开始写作时的自己："内心很兴奋也很激动，经常熬夜到后半夜，过着黑白颠倒的生活。"这样的生活没过一段时间，身体就开始出现了小毛病。后来，番茄调整了作息时间，更加规律、更加科学地创作。

2011 年 5 月 1 日，番茄与网络写手九穗禾结婚。"大番茄"于 2013 年 4 月 11 日当上爸爸，妻子为他生下一个白羊座男孩，五斤九两。孩子被网友们爱称为"小番茄"。这一切生活场景，其实若是当时跟着读《吞噬星空》更新的读者，早就在番茄更文之余的自我暴露中如影随形，因为他总是要跟读者解释为什么最近更文不规律，因为婚礼，因为……可以说，忠实的读者就是网络作者不见面的家人。

3. 番茄的破纪录之旅

番茄的第二本书《寸芒》拥有网文界连续多年的独一无二的破纪录之旅：月票于 2007 年 4 月破了一万，成为网文界第一部破万月票的小说，且在 24 小时订阅上打破了起点纪录；《星辰变》更是分别打破了起点中文网的收藏、点击、订阅等纪录，而订阅这项起点最重要的纪录更是达到了高订接近 4 万；《盘龙》再次打破了《星辰变》在起点所创下的纪录，而订阅这项更是打破了 4 万的高订；《九鼎记》又一次在某些方面打破了《盘龙》所创下的纪录。就在大家都以为我吃西红柿会放慢打破网文界纪录的节奏时，《吞噬星空》在订阅上做出突破，实现五连破，创造了网文界前无古人的成绩。

根据作者官方书评区已公开的高订数据，《星辰变》《盘龙》《九鼎记》高订都早破了 4 万，而《盘龙》更是破了 5 万高订，《吞噬星空》也在完本时破了 6 万。其书《盘龙》在 13 个月内创造了超过 8000 万点击，收藏数量最高峰曾达到 40 万人次。而在全球最大的中文网络小说网站起点中文网里，网络小说能达到点击 1000 万，收藏 10 万，就能被称为高人气之作。《盘龙》点击达到普通高人气网络小说标准的 8 倍之多,收藏也达到此标准的 4 倍。

除了破纪录,番茄的作品在全版权运营上也成为行业翘楚。

2008 年,《星辰变》被盛大游戏以 100 万元买断版权,并被改编为网络游戏。《星辰变》是网文界第一部进入百度热门搜索 Top50 前十的网络小说。

2009 年,《盘龙》被盛大游戏以 310 万元买断版权,并被改编为网络游戏。《盘龙》是网文界第一部成为百度热门搜索 Top50 榜首的网络小说。同年 7 月 28 日,我吃西红柿上传新书《九鼎记》,一度在起点中文网广告页面上被起点官方称为"网文之王者"。同日,《九鼎记》在起点被授权风炫动画穆逢春执笔漫画。同年 11 月 12 日,起点宣称《星辰变》将拍成电影。

2011 年,《九鼎记》的同名漫画正式推出单行本。

2012 年 9 月,《吞噬星空》正式签约漫画版权。原创漫画《吞噬星空》由国内顶尖鲜 CG 漫画工作室制作,在银都文化旗下杂志《淘漫画》2012 年 10 月刊独家首发连载。同年 10 月,《盘龙》改编的漫画在漫友文化的周刊漫画杂志《漫画世界》第 42 期上开始连载,漫画版由起点中文网与漫友文化斥巨资联手打造,由香港知名漫画人童亦名绘制。同年 12 月 16 日,新书《莽荒纪》上传起点首发。此书上传第一天就成为百盟书(百盟书是起点作品书友的荣誉认证,更是他们对作品的真诚认可。一部作品是否有盟主,盟主有多少,直接代表了粉丝们对作品的爱戴程度。第一部百盟书于 2010 年 8 月 11 日诞生。《凡人修仙传》成为首部盟主过百人的网络小说。原创文学的历史上因此又多出了一个崭新的、充满荣耀的名词:百盟书),是有史以来最快出现的百盟书。

番茄的读者喜欢称他为"盟主",因其是"百盟书俱乐部"一员。读者群体也以"红盟"自称,原因也非常简单:番茄,是红色的。

4. 小罗是把宇宙牌飞刀

番茄的作品《吞噬星空》，是一部典型的东方玄幻＋科幻类型的网络小说。小说签约授权首发连载于起点中文网，于 2012 年 7 月完本，总字数 479 万余字。

小说主要讲述了地球经历一场大灾难后引发了各物种的变异，优胜劣汰，主角罗峰得到陨墨星主人传承，成为地球三强者之一，与星空吞噬巨兽一战后失去肉身，夺舍成为星空吞噬兽，在体内世界育出人类分身，之后迈出地球，走向宇宙。小说 80% 强的文字都在讲述罗峰于宇宙各阶段即修炼各阶层的闯荡精进历程。

可以说，小说的艺术意蕴是一种境界。当读者对直白的呼喊和了无新意的情节感到倦怠的时候，小说还能为之提供多少艺术的、思想的境界层次大约是至关重要的。对于严肃的、纯文学的小说来说，这一重任主要通过人性的开掘来完成，有时候也会通过形式的实践制造新鲜感，既挑战又吸引着专业读者的跟进；但对于网络小说，外在空间场景的最大想象力的切换、任务难度的增加都更加可行，还有一个绝招就是"类型融合"以增加形式感——故事色彩和类型文脉上的丰富性、复杂性。于是，像《吞噬星空》这样的玄幻＋科幻的类型融合就开创了网络小说的一种全新的艺术意蕴。

关于"科玄合流"，我曾经在评述番茄的《星辰变》时讲过，认为网络小说中的典型类型玄幻在个别代表作家那里，出现了与科幻元素相融合的变体趋势。虽然跟常规的科幻小说比较，玄幻中的科幻会被科幻迷叫作"伪科幻"，但毫无疑问，有个人兴趣和才华的玄幻作家就愿意做这样小说类型上的实验，发挥自己对于时间、空间、星际等物理学、天文学的理解和想象，从而让小说平添了壮阔宏伟的背景，加深了剧中人不断历练的等级体系的现代性、科学性，也带动着读者知识与想象力的代入、体验，形成了别样的宇宙观和世界风景。虽然具体的玄幻＋科幻融得好不好，达到了何种文学层次、思想层次都可以另论，但番茄确实是"科玄合流"的典型作者之一。

小说中生动的情节在跌宕起伏中展开，《吞噬星空》也因此乃是一部关于武者成长的宇宙级浩瀚史诗。当地球即将袒露于宇宙关系中，远为强大的力量将染指于此时，普遍弱小的人类渴望诞生超级强者来保障它的安全，只能将希望寄托于最顶尖的武者。罗峰就是在这个意义上崛起的强者，不仅为了心爱的家人，更是为了全人类，努力翱翔在天地之间，一步步向着最高层次迈进。

5. TAG（标签）串起的梗概

罗峰——杰克苏本苏

说到杰克苏（Jack Sue），就要先从"大男主"开始说起。

什么是大男主？通常指的是男主角，是整部小说的核心人物，小说围绕男主角铺开多种元素，比如成长、战争、谋略、争斗、爱情、亲情等。整部小说以男主角的爱情线展开，基本没有其他元素，或爱情元素的比例碾轧其他元素，或披着其他元素的皮实为爱情元素。小说中的其余男性角色都不够完美，男主角是360度无死角的，至少3个以上女主（当然，杰克苏文可不止3个，30个都可以）爱男主。这种属性其实有个更准确的名字——杰克苏。杰克苏文并没有严格意义上的大男主文有深度，但可以单独分出去作为一类。举个例子，大男主——李小龙主演的电影、成龙主演的电影、《汉武大帝》《雍正王朝》《琅琊榜》等。杰克苏——《倚天屠龙记》《楚留香传奇》等。

《吞噬星空》正是这样一个披着大男主外衣的杰克苏文。盖棺论定地说它是纯粹的杰克苏文有失公允，毕竟男主角罗峰心中存有大爱。他不拘泥于家人、朋友、爱人之间的小情小爱，他的心中装下了家国天下和整个宇宙。罗峰的性格与大男主文中的角色大致相似——稳重、坚毅、有责任感，但他却少言寡语。英国小说家高尔斯华绥主张"性格就是情节"，番茄并没有使用大段的语言描写去展现人物性格，而使用了一些细节事件去体现人物。这使得罗峰这样一个人物变得"高级"，肩负家族兴旺的重任，小人物爆发式成长，比普通的升级打怪更能让读者进行角色代入。但揭开罗峰的层层"外衣"来看，他就是我们在荧幕中经常看到的"杰克苏本苏"。他天赋异禀，作者写起来虽然也是勤修苦练，但总归节节上升，不会不成功；时时有奇遇和"金手指"，在宝物、秘境、功法、领悟、生死这些加分项和节骨眼儿上，通通超越时侪、顺风顺水，偶尔睡一觉或者晕一次也意味着功力大增。从现实生活论，如果真的人人都是罗峰，恐怕爱迪生都会改口说"天才是百分之九十九的灵感和百分之一的汗水造就的"了。当然，懂得网文、习惯网文的读者则会说，网络小说存在之合理不就是超越现实生活的种种不可能、不如意吗？补偿以至意淫（YY）是天理，是基本功能。

武者之路——王者荣耀

《吞噬星空》的时代设定为未来，在大涅槃之后，人兽分治陆地和海洋。地球联盟设定为五个国家，也是比较新颖的，有别于其他科幻小说经常使用的地球村概念。病毒入侵的设定让物种变异也变得非常合理，身体基因急需进行优化——吸收宇宙间的能量，成为自己的能量（即基因原能）。病毒入侵＋核辐射导致物种强化，从而激发了物种间的矛盾。这样的时代设置，只能让人双击 66，番茄天马行空的想象成为《吞噬星空》最耀眼的地方。

一个平淡无奇的开始，一首末世生存的悲歌，一场史无前例的杀伐，一段无法考究的历史。罗峰，一个平凡的人类，开始了他不一样的王者旅程。华夏国江山如画，英雄如云。番茄从罗峰的高中生活开始写起，仿佛那时候的罗峰是一双草鞋就出门的宫本武藏。打野刀还没买，就敢直接杀到对方野区浪。

番茄笔下的罗峰，就如同王者峡谷里的宫本武藏。峡谷里的老玩家们都知道一句话："代代版本代代神，不如我们削宫本。"宫本武藏就是这样一个逆天的存左，他的二刀流是所有人都畏惧的存在。游戏里是这样介绍的："他左手一把长刀，右手一把短剑，神挡杀神，魔挡杀魔……"正如罗峰修炼的《九重雷刀》，非常符合一个战士型的武者的需求。

爽——我能 carry

接着上文说到的战士型武者，罗峰年纪轻轻就可以将武者级别的前辈挑下马。这就如同宫本武藏，眼中毫无等级差别，上去就拔刀。"二天一流"让敌军以为宫本身后有个姜子牙，分分钟就能做成一把暗影战斧，砍到敌人怀疑人生、俯首称臣，恨不得跪在泉水前叫爸爸。这还不够让读者爽翻天，毕竟游戏有输有赢，有时五连胜，有时十连跪。但番茄书中的罗峰，0 败绩，自从花了大把金币买下秘籍之后，一路经济领先（番茄偶尔会为罗峰干叫几声钱不够，但除了并没有真正缺过什么钱外，还为本该在宇宙里愁穷的底层小罗送上了一位已故的陨墨星主人当师傅，把所有的钱物给他做宇宙闯荡的底气），因此仿佛不需要兵线就能抗塔推掉敌方水晶。

打游戏的时候最怕遇到猪队友，但罗峰仿佛自带"猪队友退散"符，不论对方如何强大，我方队友都非常有团队意识，扛下所有伤害，保护我方胜出。很快，罗峰就做出了名刀、破甲弓、破军，丝毫不需要做什么反伤刺甲、魔女斗篷之类的防御装，轻轻松松开始一段超神之旅。对了，罗峰是不需要买复活甲的，八秒真男人，不是浪得虚名。

这样一直让读者大呼过瘾的小说，怎么能不鹤立鸡群？"看得爽死了"是最多书粉对《吞噬星空》的评价。不需要任何曲高和寡的文艺评论，只需要读者一句简单的夸赞，通俗读物的价值就在于此。生活已如此艰难，为何还要写那些让人揪心落泪的故事，不如让人开开心心地睡去，醒来之后，该上班去上班，该搬砖去搬砖。

第二章

人物塑造：无敌是多么寂寞

几乎所有的文学理论、文学评论、文学史和文学创作教程都强调人物塑造对于叙事类文学创作的重要性，这甚至延展到了影视创作、歌词创作及其他创意写作范畴。这背后的原理并不是本书要探讨的重点（自有大量理论和创作指导在总结其中规律），我们只需要知道，在小说（尤其通俗小说、网络小说）这一文学体裁中，人物很大程度上是故事的核心看点，是情节的第一顺位的助推要素，是整个作品的灵魂，这也是中华通俗小说古已有之的特征。

中国文学史对于小说的发端公认有二，其一是"史传"，其二是"志怪"，二者的共同点在于都是写"人"的创作（史传常写帝王将相之事，志怪则重在描写民间异人）。自魏晋之后，志怪小说以唐宋传奇的姿态勃兴，历宋、元、明，又与词、曲等结合成为话本、南戏，到此一分为二，前者通向小说，后者通向戏剧（传统戏剧多场景单一而重人物的唱念做打，靠台词和动作突出人物与其所处的环境）；至四大名著、五大奇书，更是达到中华小说写人的巅峰；再往后有了才子佳人小说、社会讽刺小说、侠义公案小说；五四白话文运动以来，武侠小说与言情小说仿佛少林、武当一般，一统了通俗小说的江湖，而它们的法宝同样是人物。

——你一定记得郭靖、黄蓉，但却不一定记得襄阳之战到底是怎么打的；你一定记得东邪、西毒，但却不一定记得华山论剑的全过程；你一定记得韦小宝，但却不一定记得他和他的老婆们最后去了哪儿；你一定记得小燕子和四阿哥、紫薇格格和福尔康，但他们在马背上的故事那么多，你恐怕也记不全吧。这就是通俗小说，人物始终是它叙事的主调，这样的创作主调不仅是它自身传承的一个重要基础，同时也影响了其他华语小说乃至不同文学体裁的发展。比如被公认为纯文学中的扛鼎之作的《白鹿原》中的白嘉轩、鹿子霖；比如才华横溢却稍显另类的王小波作品中的那个令人过目不忘的王二；比如散文大家史铁生作品中最常出现的那个遇见过哲学的"我"。

通俗小说的文脉在大陆当代文学史述中被边缘化，事实上已很多年。比较晚近的当代文学思潮自20世纪80年代重构，重点在得西方风气神髓的先锋文学。大众的通俗的小说得益于互联网技术带来的媒介革命，更阔大地说，得益于改革开放与市场经济下的大众文化消费，这条文脉今天由网络（类型）小说近乎完美地承接延续下来，自1998年左右迎来了一轮接一轮的市场爆发，成为当代华语文学最重要的文学力量之一。

番茄的玄幻＋科幻小说《吞噬星空》是受众最广的网络小说作品之一、"YY文"的经典代表作之一，也是"网文出海"背景下国外读者最欢迎的中国网络文学作品之一，在本质上也是将故事、情节搭建在以写人为基础的通俗文学，它对人物的塑造可谓十分有趣。番茄用占绝对比重的大量笔墨塑造小说的主人公罗峰，而其他配角无一例外都是简写的；他试图将主人公塑造成一个由平凡走向不凡的普通人，然而事实上读者从一开始就能意识到这样的主人公丝毫不简单、从未简单过……番茄的人物塑造中既有对传统创作手法的延续和发扬，也有大量颇具开创性的典型方法（这一典型塑造不仅值得作为文学问题来辨析，更因为它联结着时代大众的社会心理，值得以一种跨学科的视野分析何以这样的网络小说会热、这样的小说人物会被人喜欢）。我们倒可以搁置对这种人物塑造法的优劣判别，先由此研究其时代成因、趋势和民族民众心理。客观上讲，它已经成为网络时代有传播力的字节，烙刻在网络世界的信号中了。

1. 悲剧性的人物内核

对于通俗文学而言，一个人物的成功很大程度上可以等同于一个故事、一部作品的成功。中国四大名著，无一不以其精妙绝伦的人物塑造立足于中华文学史之林，但如果我们做一个简单的梳理，就能从中找到一个人物塑造的主要特点：悲剧性的人物内核。

如果说罗贯中的《三国演义》更注重于历史演义的叙写，而将人物塑造得过于脸谱化、平面化，那么到了他徒弟施耐庵的《水浒传》，则显然是以写人物为主，以每几回故事为一个小章节，用某一个人物作为这个段落的主角，人人不同，各有性格，立于纸上。譬如武功高强却逆来顺受的林冲、洒脱勇猛而粗中有细的鲁智深、嫉恶如仇却为情义所累的武松、忠孝有余却智慧不足的李逵，等等，综而言之，作者在书写中不断使人物变得复杂、细腻，却又具有个性心性的高辨识度。

这种复杂与细腻的变化在于作者将人物命运的关联项扩展了，人物面对命运时机的选择变得主动，叙事（情节的递进）不再单一地服从历史事件的轮廓，而开始将"虚构"进阶，这种进阶需要额外的动力，与外力（客观的动机）相对照，需要来自人物自身的内力。狭义地说，人物性格出现了，人物形象就复杂了。

人物性格在《三国演义》中有模糊的出现，在《水浒传》中则更加明显地展示了这种内力，至于到了《西游记》与《红楼梦》，更可谓是传统通俗小说写人的巅峰。若狭义地概括，这其中最普遍也最突出、最具同情性也最具典型性的一种性格无疑是以儒家文化为主要内容的忠义难全、善恶两立，以及大丈夫（大英雄）必直面苦难的具有悲剧性内核的（人文）精神。我们暂且不表作者赋予人物这种性格和复杂性的背后力量（它很大程度上不与文学直接相关，但那是另一个值得玩味的命题），只关注这场"虚构"进阶的核心——人物的悲剧性内核。这在人性愈加解放的当代文艺创作中更加明显地体现出来，以《西游记》和《红楼梦》为底本，不断繁衍出的当代创作（或解构式的创作）的成功之作，如《大话西游》《悟空传》《贾宝玉》（舞台剧）等，虽然创作的体裁和表达形式不尽相同，但几乎无一例外地从原著中深度提炼了人物内核中的悲剧力量。《悟空传》中的名句:"我要这天,再遮不住我眼,要这地,再埋不了我心,要这众生,都明白我意,要那诸佛,都烟消云散!"毫无疑问是这场进阶中一抹足以闪耀史册的注脚。

"悲剧性",已成为了通俗小说中主人公(或英雄人物)收割读者无往而不利的重要元素,这大概是华语读者与生俱来的文化体感,印刻在华语读者的文化基因中。上古神话中有那逐日的夸父、填海的精卫,那都是伟大的向死而生;春秋战国时期有四大刺客,图穷匕见、白虹贯日,士为知己者死,贵有侠义气魄,更是一个胜一个的悲情;两汉至南北朝时期的爱情故事亦同此情,前有卓文君《白头吟》,"愿得一心人,白头不相离",后有《孔雀东南飞》,"徘徊庭树下,自挂东南枝",无不令人动容。回过头来说,通俗小说中的人物"悲剧性"越到近现代,越开始呈现出多样化的趋势,不禁令人想起托尔斯泰曾说过:"幸福的家庭都是相同的,不幸的家庭各有各的不幸。"这在武侠小说中体现得尤为明显,譬如古龙笔下的傅红雪是孑然纯苦之悲,李寻欢则是(不得不)看淡生死之悲,萧十一郎又是抗拒命运之悲,他们虽都是武功盖世的侠客,亦都带有古龙式的"文人自伤"情怀,但他们的"悲剧性"却不全相同。这种人物"悲剧性"的多样化趋势在很大程度上或许也构成了通俗小说在网络文学时代人物愈趋复杂、类型愈趋繁多、内容愈趋驳杂、想象愈趋丰富的重要条件,但至少,这种人物的"悲剧性"无疑已成为了一部通俗小说作品走向优质化、经典化的必备条件。

那么,以《吞噬星空》的成功,它的主人公又是怎样"悲剧性"的一位人物呢?罗峰在小说的开篇,还是一名即将迎来毕业的高中生,他当然还有另一重被设定的身份——见习武者。而到故事的结束,他的身份已经升级至我们想象力之外的虚空世界了。小说设定在未来世界中,地球被分为人类世界和怪兽世界,武者是人类世界的守护者,负责击杀怪兽。武者分为九个等级,每一个等级的达成都需要对不同等级怪兽完成指定数量的击杀,同时还需要完成指定武功技能的掌握,完成九个等级的成长,达到战神级;此后还有超越战神的存在,小说将之设定为本源法则的习得，其中又分为八大下位法则、两大上位法则（即十大基础法则）、至少四个阶段的融合法则，直至修成融为一体的混沌法则（即终极法则），这一切完成以后，罗峰将成为地球领主，成为宇宙级的强者，继续在宇宙中战斗；这之后他又历经了行星级、恒星级、宇宙级、城主级、界主级、不朽级、宇宙尊者、宇宙之主到真神（即宇宙最强者）等九阶段，每个阶段又分九阶，其中最后两个阶段合为十阶；达到真神后，罗峰的故事仍未结束，他将继续成为虚空真神、永恒真神，最后变成神王（神与王，多么朴素的两个汉字，构成了中文世界对个体能力、权力乃至人生价值的终极定义，同时又是多么的俗气与老土，几乎是一种毫无想象力的对封建社会权力体系的回归，这似乎暗示着华语读者大众仍是鲁迅笔下那"坐稳了奴隶"的一群）。在小说的设定中，神王具有控制宇宙之高规则的能力，当罗峰成为神王后，他发现了宇宙共同的源头叫作"起源大陆"，于是他要做的便是和过去告别，这并非宇宙的终结，而是另一个时空的开启。

> 当初罗峰曾这么说过"我的生命，因战斗而绚烂多彩，因你们而无限光明"。罗峰是要守护亲人，可是平淡的生活却不是他喜欢的，他渴望冒险，他渴望精彩，他渴望战斗，渴望看到更多更美丽的风景！
> 显然，起源大陆就是他想要去的地方，这三千维度宇宙的起源之地。
> ——《吞噬星空》第二十九篇第三十六章（结局章）

番茄的故事终于停止在这近 480 万字的地方，罗峰的故事也告一段落。然而，就此说罗峰是一个悲情的主人公似乎是难以理解的，因为从剧情上看，他一路走来，顺风顺水，所有的经历、渡劫以及升级过程，几乎没有遇到过真正意义上的苦难，几乎就是一个"无敌"的存在。然而"无敌是多么寂寞"（周星驰电影《美人鱼》主题曲歌词），寂寞与孤独，这人类无法承受的生命之轻，在罗峰个人能力达到战神级之后就已无可避免地包围着他。在那之前，他是有家人、有亲人、有战友、有朋友的，在那之后，他成了一个高贵版的傅红雪式的人物，在宇宙中孤寂地升级，践行着自己心中的正义，也追索着宇宙与生命的终极奥义（这么说并无夸大小说立意的问题，即使它实际上就是一个练级式的 YY 文，但至少对于主人公的人物动机而言，这样的阐释并不算夸张）。事实上，番茄忠实的书迷们也早已发现了这个"无敌"主人公身上的悲情色彩。

> · 发觉罗峰好孤独，干什么都是一个人。
>
> ——拂云道士（引自百度贴吧"吞噬星空贴吧"）

> · 我很想问罗峰：你，快乐吗，孤独吗？在地球的时候，有一起闯荡的兄弟，在宇宙国有洪和雷，在混沌城还有竞争的对手，现在你是否有一个可以述说的兄弟？NO，你没有。你连一个和你分享成功或失败的朋友都没有。当你需要朋友一点关怀的时候，谁能给你？谁能给你一点安慰？越看就越觉得你太可怜了。
>
> ——huhuijian520（引自百度贴吧"吞噬星空贴吧"）

"高处不胜寒"的悲凉景况人所共知，但在现实生活中，所谓"高处"却非常人能够企及，那种"寒"的悲凉夹杂着金字塔顶端的稀有美与高级感，更不是寻常人能够轻易体味到的。这样的人物结局不一定是番茄开笔之初就预想到的，但在这部长达 479 万余字的 YY 文结尾，能让人读出如此人生况味，想必番茄本人也是乐于见到的吧。

2. "伪平凡"：YY 文的不能承受之轻

主人公是小说的中心角色。通常来说，一部小说要么是描写某一个人（或几个重点人物）的经历和遭遇（如《甄嬛传》《芈月传》等），或者是以这个人（或某几个重点人物）为中心，串联起其他人物所形成的庞大故事（如《水浒传》《白鹿原》等）。《吞噬星空》属于前者，罗峰就是这部小说中心人物的名字。给小说的主人公起这样的一个名字当然不是因为番茄的文学素养不足——理科出身的番茄一直都很看重创作方法的合理性——恰恰相反，他给主人公起罗峰这样重名率极高的名字，有非常显见的用意，他要让自己笔下的这个人物看起来尽可能的平凡，平凡得就像我们中午下班走进"沙县小吃"坐在隔壁那桌的那个长着一张大众脸的小伙子一样。

这种平凡论在另一位网文名家萧鼎的《诛仙》里，就索性是把主人公叫作了"张小凡"——网络作家及其网络小说有较为普遍的"平凡论"立场，这不是偶然，也并非不值得研究，这种立场很有意思，很有代表性，总体上奠立了网络文学草根性、平民主义的底色，即作家的自我认知、社会角色认知。有人会带讪笑地斥之为"屌丝"精神的体现，但换个角度，是不是可以认为网络文学很大程度上属于另一类的"底层文学"呢？是不是可以认为网络作家通过自身在社会生存中的事实处境，坚定了一种"屌丝逆袭"、自我励志和反权贵的意识呢？

当我们通过网文的平凡论人设，将之联想到底层和平民主义时，网文本身是否致力于切入这种严肃的精神实质呢？或者说，它在艺术塑造上是否透彻、精准地将平凡人的抗争真实呈现了呢？请让我们回到《吞噬星空》做一点细读。

首先，像起点中文网标识的那样，称《吞噬星空》为"科幻"类型作品是不确切的（这个问题之后再展开），事实上它是一部"YY文"的王者之作。番茄作为这个领域的顶级作者，对他的读者群体做过普遍的了解，他深知他们的口味与偏好。所谓YY，意淫也，所意淫者，小人物与大能者之结合也，小人物者，己身之所在也，大能者，今世所不能也，以区区己身之微渺，达今世（乃至十世）所不能之境界，求诸现世不可求之修行（在中华传统文化中多为武功），行现世未敢行之正义，此可谓YY文之本（网络小说中的YY文在各种类型中皆有，甚至亦有反例存在，也求诸过暴力，甚至色情、迷信等中华传统文化中的负能力，而自"净网行动"启动后，大量负能量的网络小说几已绝迹）。这样的角色设定无疑会为小说迎来广泛的读者群体，而在这个意义上，相信番茄在创作前的构思阶段就已做出了大量的分析、选择与判断，一定比我们的评论与还原还要精细、科学得多。

> 在学生人群当中，和同学一道走着的拿着书籍的青年，穿着普通蓝色运动服，身高大概一米七五，显得比较精瘦。
>
> ——《吞噬星空》第一篇第一集第一章

罗峰，他平凡的地方不仅仅在于姓名，还有他的长相、身世、家庭背景乃至自我修养和故事初期的人生追求。另一方面，他则是极不平凡的，他的能力是与生俱来的，他的修炼进度是异于常人的，他的人生经历传奇得令人难以置信，他的成就更是叫人不敢想象，而这一切对他来说，似乎原本就是毫不意外的事情。这两者之间其实矛盾重重。比如在故事开始阶段，罗峰对自己的人生规划只是极力希望让家人过得更有尊严一点：

> "弟弟残疾这么多年，一直心理上压力比较大。这次谈一个女朋友能这么开心……"罗峰也为弟弟感到开心，当即开口笑道："还要努力啊，争取早日领证！"
> ……
> "嗯，对了，爸妈呢？"罗峰问道。
> "爸妈一起去买菜了。"罗华回答道。
> 罗峰点点头……
> 母亲现在总算可以上午去买菜，而父亲也总算可以轻松地不用干活，陪母亲逛菜场了。
>
> ——《吞噬星空》第一篇第三集第五章

然而这设定却让人出戏，我们不禁要提醒自己正在读的故事是一个未来、科幻的设定。这个设定正如《进击的巨人》，人类世界正处于危机四伏中，世界被划分为两个部分，只不过另一部分的占有者从巨人变成了怪兽，当艾伦和三笠在同类型世界观中为人类生存而战斗时，罗峰考虑的竟然是过家家般毫无未来感的家庭生活。用现世生活的细节填充进科幻大背景设定，这样的例子并不少见。比如罗峰第一次购买《九重雷刀》秘籍时的状态和日常网购淘宝的状态可谓无缝衔接，"罗峰敲击无线键盘触摸屏，进入了网络商城页面。顿时——影音室墙壁上那巨大的屏幕上出现了各种各样详细的物品分类，罗峰选取'秘籍'——'攻击类'连点击三次之后，顿时屏幕上出现了一本本秘籍的实物照片和秘籍名字以及价格"。而有趣的是，番茄的读者不仅不感到不悦，反而很受用。这意味着这种写法对于特定读者群的接受而言具有优势。

事实上，小人物与大能者的结合并非 YY 文的原创，在当代华语文艺中，周星驰电影中的人物可以称得上典范。他镜头下的人物与罗峰相比，看似相同，其实大有不同。可以说，周星驰电影很大程度上教会我们认识怎样的人物才是真正的凡人，至少，光有一个平凡的姓名和平凡的外表是不够的。

比如电影《功夫》中的阿星，他从一个善良的少年，变成一个一心向恶的小混混，到意外真正学会如来神掌，再到最后返璞归真，看似不合情理的故事走向与冲突，在阿星这个人物身上得到的恰恰是中和。首先，人物设定上，阿星和罗峰都不是一个绝对"平凡"的人，但前者在故事中是一点一点解释给观众知道的，保留悬念，而后者则明白交代给读者，罗峰就是天赋异禀。其次，人物的成长，阿星因为儿时的遭遇压抑了自己向善的天性，以至于长久以来无法真正习得绝世神功，他长久以来的错误选择和他的经历关系密切，但命运不断地和他开玩笑，让他一次次地受挫，其实是他向善的内心在和自己向恶的行为不断斗争的过程，这一切为他的涅槃重生累积了真实度和爆发力，而影片真正感人的瞬间并不只在于如来神掌成真的一刻，同样在于阿星涅槃前最后做出的选择——正义，那是人物内心无比纠结过后的本能反应，正因如此，使得他"死前"在火云邪神脸上那轻轻一拍的力量，丝毫不亚于他最后从天而降的一掌。

而罗峰的成长，从平凡迈向伟大的道路，则顺利得令人除了羡慕只能嫉妒，这完全是另一种脱离戏剧模式的创作方法，归纳而言，它是"游戏式"的。换句话说，罗峰这个人物是没有弱点、没有硬伤的，他成长的每一次成功，都几乎是完美的，仿佛他手中有一套完整版的"人生攻略"，他遵照执行，便保证不会出错。正如前文所述，罗峰的每一次升级，都显得那么富有余力，几乎是一个"无敌"的存在，这显然让人物陷入一种类似于循环的过程中，作者需要做的只不过是给每一次的循环定制不一样的套路罢了，然而这几乎已经变成了 YY 文创作的一种潮流和定势。

在剧本课上，我们常说人物不能没有危机。当然这个危机可以不来自人物自身，而来自反派角色，但塑造一个"无敌"的人，依旧是令人难以置信的。当然，国外的超级英雄中也有类似这种"无敌"的角色，即 DC 宇宙中的超人。超人的无敌很容易理解，因为他生而非凡，但即便如此，超人也并非真正无敌，氪石就是他的致命克星。要知道氪石只是故事中虚构的一种矿物，而在《吞噬星空》中，作者虚构了一切，却不能让罗峰有克星，即使有，也都是短暂的、暂时的，因为罗峰也许有过弱点，但那竟然都只是偶尔出现的"领悟力不足"，只要他遇到适当的时机和适当的领路人，他就能"再一次"突破自己的极限，将那短暂的、暂时的克星一一打败、战胜乃至毁灭。

可以说，以评论家为代表的文学口味毫无疑问会认为"无敌"的人设是《吞噬星空》在文学（戏剧）上的一个重要败笔。然而令评论家们不得不关注的问题却是，这个文学（戏剧）上的败笔在番茄的读者粉丝眼中，同时是这部作品一个不可或缺的重要看点，而且同时适用于东西方即华语、英语世界的读者。

Addicting to read. From the novels I've read prior, the world setting gives it a fresh take, on an old story. The MC development is great. It even attempts to make the side characters more interesting. The only knock for that is the love interest, seems forced and out of place imo. Which is normal it's a martial arts novel, I wouldn't expect Romeo and Juliet esque writing I suppose. The fight scenes aren't overly drawn out, which has been a pet peeve for me in other novels,

I blame DBZ for this. I don't know what more to say, I just felt it deserves 5 stars. Give it a read, if after 20 chapters you aren't hooked...

——Flashhhh（起点中文网海外版）

译文：读得不能自拔。就我看了这部分来说，小说的世界观是在一个老故事上的新设定。主角发展超棒。它甚至试图让配角也变得有趣了。在我看来，唯一的不足就是感情戏，很勉强。但这也很正常，反正我也不能接受在这样的武打片中看到罗密欧和朱丽叶的故事。动作场面写得没有很扯，这对我来说很好了，我在其他小说里看的简直不能忍。其他也不知道说什么了，我觉得这小说值五星好评。如果你看了20章还没弃的话就比个心吧。

Fucking great novel. no boring tropes amazing world building only complain is the way side characters are used. The story follows a ****** but interesting path which allows you to remember improper moments or characters from back when.The cultivation system is not heavily focused on on a good way since it allows more interesting storyline instead of the generic repitition of how oh I just broke through now you will be doomed

——HeavenBreaker（起点中文网海外版）

译文：太TM好看的小说了。没有无聊的比喻，超棒的世界观，唯一的不足就是配角没多大用处。故事发展不失趣味，这也让你能够加深你对细节和角色过去经历的印象。人物修炼升级的系统读来还算轻松，因为它没有平凡重复专业的术语，而是利用更加丰富有趣的故事线来代替了，而这让我很有追下去的兴趣，因此也推荐给你们。

A good novel, well that's expected from I Eat Tomatoes, what's unexpected is that it's quite different than his other works. Well not totally, it still has the same basic style, concepts and flaws(e.g romance), but it's in a different frame. It starts in a post-apocalyptc earth and it develops in a solid wuxia sci-fi story. The cultivation system ofc is nicely made, as is the world development, as expected from IET there is a massive "universe" to explore. Finally the translation quality is good and the translaton provides what he pledges.

——Lighting_Breeze（起点中文网海外版）

译文：一部好小说，我吃西红柿能做到这样，当然是意料之中的事，而没料到的是这和他的其他作品颇不相同。当然不是全不相同，它仍然保留了前几本的风格、概念和缺点（比如情感戏），但这是一个不同的架构。这是一个发生在后启示录时代地球的玄幻故事。人物的修炼升级模式被很好地重塑，故事世界的升级同样如此，这正是我们所期望看到的我吃西红柿笔下造就的巨大的可供探索的庞大而厚重的宇宙。最后，这次的翻译真的很不错。

在起点中文网海外版上，《吞噬星空》的评论数多达 420 条，和国内读者不同的是，老外的评论至少在内容上来看都非常走心（国内读者往往更喜欢签个到、顶个贴，更"务实地"给作家以必要的支持）。以上举出的几个例子几乎能够代表绝大多数读者的观点，概括出他们对《吞噬星空》评价的主流意见。看得出来，其实罗峰的升级模式并没有内在的逻辑和科学道理，完全就是番茄的生造，但他们不但不介意这种无休无止又循环往复的升级，似乎反倒为此而欣赏番茄的创造力。但就文学的评价而言，这种被读者所承认的创造力并非完全成立，当人物的选择失去了成长的纠结与困惑，而以一种游戏感十足的进阶成为人生之路的修行，便显得痛快有余而丢失了生而为人的缺憾美。

这是 YY 文需求在读者和评论家的一道分野。在国内公认的网络文学元年 1998 年，文学评论家会毫无疑问地指出这种写法的落后和无趣。时至今日，有学识的文学评论家应该还是会这么做的，他们不会因为网络文学在市场上的崛起就鼓吹网络小说在文学上的优质，他们中的一部分一定同时开始关注这个已经是无法依靠文学单一学科力量就能解决的问题了。简单来说，也许网络小说和纯文学的区别在于网络文学从一开始就是写给读者看的，而纯文学则是写给作者自己的。这是否意味着网络文学从创作初始阶段就受到了读者的影响，总体上是一种"就下"——也就是胡适在评价晚清小说时所说的受"浅人社会"影响的创作？它是否还具有其他的影响要素？它又是否因此就能对文学创作的基本准则置之不理呢？事实上，这部分热心网络文学的评论家所做的和想要完成的工作，并不主要是让大家看到网络文学在文学上能够达到何等的高度，而是提示着，中华文脉的延续应当有多样的可能性，而文学研究也需要打破学科的边界——就像玄幻小说的世界观设定敢于打破武侠世界的现实地理边界那样，走向更丰富与庞杂的宇宙，从而将一个"未来"的人类社会背景提供给文学创作者。在这个意义上，也许番茄的《吞噬星空》仍然算不上是一部"经典"的文学著作，但它理应成为一部网文坐标中"经典"的代表作品。

3. 番茄的技术活

谈完"人设"，不得不谈一谈"人遭"，即人物的遭遇。当我们合卷闭眼，发现罗峰的这段人生，伟大之余，似乎显得过于"单纯"了。总结起来，具体有以下几个重点的变现。

"赤者近朱，黑者近墨"

《吞噬星空》的故事进展包含有极明显的好人阵营与坏人阵营，这在通俗小说的设定中比较常见，而不常见的情况是，小说中的好人总是和好人相遇，坏人总是和坏人相遇。比如罗峰和张泽虎，他们二人在出场时便可看出好坏，在前期的故事中，他们分别属于武者战队的火锤小队和虎牙小队。其中罗峰遇见的、相交的、相知的、时常伴在身边的，总是那些不仅不会伤害自己，反而一心想要帮助自己的人，比如火炮陈谷、队长高风等人，尤其队长高风，他不仅像关爱自己的学生一般指点罗峰一些修炼的方法，还在分配收入时照顾罗峰，而火锤小队也是和谐得人心凝聚、各司其职；这火锤小队中的其他人都比罗峰大不少，最起码都是大十岁，和其他五人比，罗峰的确就是个小弟弟。

　　"这位，就是我们火锤小队的队长，'双风锤'高风。"陈谷说道，罗峰不由仔细看向队长高风，……感觉就是一个钢铁铸造的人。

　　高风咧嘴一笑，脸部肌肉就仿佛岩石一般微微靠拢："罗峰，你也是用刀的，等进入荒野区，多跟魏铁和魏青学学经验。你天赋不错，相信你会迅速成为我们小队一员的。"

　　……旁边高风也哈哈笑道，既然决定让罗峰加入火锤小队，他们自然将罗峰当成兄弟。

——《吞噬星空》第一篇第二集终章

　　另一边，所有的反面角色又无一例外地凑到了一起，比如张昊白和他的叔叔张泽虎以及张泽虎所在的虎牙小队，还有虎牙小队的队长潘亚、手下马晓等人的组合，就是一个不折不扣的坏蛋联盟。

　　张泽虎双眸中掠过一丝凶光。"队长，就是这个小崽子搞掉我足足一个亿！"张泽虎说道，"趁机弄死他吧！"……
　　"杀了他？"
　　队伍其他人都微微一惊。
　　虎牙队长微一皱眉，随即一笑："好办法！阿晓、阿东，你们两个先用狙击枪对付火锤小队的重要成员，然后立即开枪射击周围两个怪兽群！我们距离远，突兀的射击，怪兽群察觉不到子弹是哪里射来的。"
　　"这些普通怪兽智慧都很低，一旦中枪，它们只会愤怒地进攻它们所能看到的人类！"
　　虎牙队长冷漠一笑："到时候，这街道周围其他两个兽群，会迅速被火锤小队这边吸引，围攻火锤小队！大范围的厮杀，会令大量怪兽朝那边聚集，这就导致其他地方怪兽变得稀少，这样一来，我们可以轻松地横穿好几里地！"

虎牙小队其他人微微一静。

对其他武者下毒手，他们也做过。可是一般都是为了抢夺怪物尸体等原因，而这次就这么下手……

"东子，你帮忙给我瞄准那个罗峰，一枪把他给毙了，给兄弟我出口恶气。"张泽虎咬牙道。

"动手吧！"虎牙队长下令道。

"是，队长。"

两名使用热武器的队员不再迟疑，在生死间闯荡，他们杀人、杀怪兽的经历太多了。

——《吞噬星空》第一篇第三集第八章

除此以外，罗峰似乎还拥有免疫坏人的体质，他仿佛总能先知先觉到谁是坏人，谁是好人，并提前做出预判，然而这样的预判并无规律可循，一方面，是依靠罗峰作为主角的"直觉"。比如下面的段落中，徐刚的表达在平常看来并没什么值得多虑的，而罗峰的直觉已将此人指向"坏"的阵营了。

徐刚脸上笑容盛开："哈哈，其实也是我爷爷担心家里的大小姐养成娇惯脾气，所以当初硬是要让妹妹进入普通学校，而非贵族学校。让她近距离感受一下和普通大众在一起的生活！现在看来，我妹妹表现得很不错。"

罗峰眉头微皱，家族大小姐？徐欣是徐家的大小姐，自己早就知道了。

"妹妹她没和你说，自己家里的情况？"徐刚疑惑问道。

"她没说，不过我知道，徐家嘛。"罗峰微笑着很平静，"这可是HR联盟在国内十二大家族财团之一。"罗峰已经感觉到这徐刚话中蕴含的深意了，徐刚不主动说，硬是通过其他话题引出一件事来——

徐欣是徐家大小姐！

——《吞噬星空》第一篇第三集第二十章

另一方面，更重要的因素是因为"坏人的事实"多存在于作者的表达中。比如下面的表达，任谁看到都能断定张泽虎是个"坏人"。

> "哼哼，罗峰。"张泽虎站在阳台边缘，看着已经猎杀双尾虎猫成功的火锤小队一群人，露出一丝冷笑，"敢弄我的钱，我就要你的命！去地狱后悔去吧！"
>
> ——《吞噬星空》第一篇第三集第八章

然而现实生活中的人是不会轻易露出这样的表情来的。有一个例子很能说明这个问题，演员何冰在电视剧《白鹿原》中饰演反面角色鹿子霖，圈内的记者好友向他表达意见，认为他没有把鹿子霖演成一个坏人。何冰回答他，难道坏就一定要贼眉鼠眼，难道坏人就一定要龇牙咧嘴，难道坏人就要把坏写在脸上？如果我真那么演，观众都看出我是坏人了，但跟我演对手戏的角色还蒙在鼓里，那这戏得有多假？（网络综艺《圆桌派》第二季第七集，主持人窦文涛）当然《吞噬星空》并非《白鹿原》那样的作品，它们对人物的诉求不同，但番茄笔下的人物的确都存在何冰所讲的问题。面对《吞噬星空》，除了读者，看得出谁是好人谁是坏人的还是罗峰，当然也只有罗峰，罗峰在故事中带有一定的上帝视角，除他以外的其他角色才是完整的戏中人。这不单是罗峰所具备的主角光环，也让罗峰这个人物变成了功能性的阅读理解辅助元素，建立起读者与其他人物的缓冲带，因为当罗峰变得全知全能的时候，读者的视角便会自觉转换成了罗峰的视角，爽罗峰之所爽，恨罗峰之所恨。可以说，这正是番茄小说之所以称霸爽文、YY文世界的关键性技术之一。

番茄的爽，真低级吗？

番茄显然在写人方面掌握更多技术性层面的方法。譬如通俗小说写人物的三条不二法门：正面描写、侧面描写、心理描写。除了番茄，"小白文王者"天蚕土豆、"网文大神"唐家三少、"文青流"猫腻以及烽火戏诸侯等人在基础人物刻画的技巧上都用功颇深。可以说，优秀的通俗小说作家，很少不注意到这点。在《吞噬星空》中，更多见这样的例子。罗峰的"无敌"除了主角光环，事实上也有接地气的刻画，他的很多性格，比如稳重、勇敢、智慧、重情义、爱冒险，等等，都在他面对不同事件的决策，与他人面临同样境遇时做出的不同选择，以及不同人物的评价中被展示出来，共同构成完整丰满的罗峰形象。尤其值得一提的是，罗峰并不是不思考而坐享其成的人物，罗峰的内心活动其实非常丰富。

> 罗峰在进入荒野区之前，还以为张昊白叫人打断自己腿脚算是心狠了。
>
> 可是现在一看……
>
> 这虎牙小队跟自己一点仇怨，就要灭自己整个小队人马，根本没当回事。和虎牙小队的"毒辣"相比，那张昊白实在太稚嫩了。
>
> ——《吞噬星空》第一篇第三集第十五章

虽然如此，当我们细究番茄的表达会发现一个问题，番茄的小说写作和他的人物升级类似，它们找到了升级的要素，但对于完成度的现实考量则选择性地忽略了。在《吞噬星空》中，罗峰的每一次升级的成功，建立在他理解升级方法的要领上，只要他懂了，很快他就能升级。这里头没有现实中会出现的练习的阶段，就好比科比只需要知道投篮姿势就能完成进球而不需要二十年坚持训练一样，这是一种缺乏生活感而游戏感十足的升级。同理，番茄显然找到了能够帮助自己完成小说叙事、完成人物塑造的创作方法和原理，但我们不能因此就认为他已经完满地完成了这些技术性的环节，如果因此认为他能就此写出伟大的作品也未免过于游戏了。番茄写人，有正有侧有心理，甚至还写出了人物的"悲剧性"，然而细读起来，又都是粗糙、口语的平铺直叙。《吞噬星空》是痛快的，但也是不真实的。罗峰可能因此永远无法给读者带来深度的文学体验，而事实上番茄的读者或许也永远不需要体验那种深度的文学——这不由得令我们实证地思考文学阅读的多样的功能性问题。

　　YY 文、爽文，长久以来被认为是低级的网络文学，但这低级的原因或许并不全在作者的身上。以《吞噬星空》为代表的这样一种人物写法，似乎（几乎可以确认）并不能简单地认为是作者对世界的肤浅认知，反倒是其成为"YY 文"的一种必需，从而直接构成了读者想要从中获得的快速的慰藉。种种迹象表明，番茄不是不懂小说创作的基本规律，然而成功的网文大神们在某一方面更关心的是用户（目标读者）的感觉，他清晰地知道自己的目标受众和他们最想看到的东西的呈现形态，于是他们自觉地将文学写给了他们（读者）。

第三章

叙事结构：怎一个"爽"字了得

1. 熟悉的配方：升级打怪换地图

熟悉的配方，还是那个味道。

从《吞噬星空》的第一篇第一章将主人公罗峰设定为一名高中生开始，再将"高中生"与书名"吞噬星空"这两个必然需要发生联系的词汇放在一起，就奠定了这本小说的味道——升级打怪换地图。那么，"高中生"与"吞噬星空"的组合是不是太匪夷所思了？恰恰这就是 YY 小说脑洞大开的地方，高中生如果步步为营成长为吞噬星空的真神，现实逻辑中最不合理的情节，正好是 YY 小说体现主人公自我实现最牛的设定——这让我联想起一次参加全国网络文学高峰论坛时，同为起点网文大神的跳舞说：传统文学评论家说我们写得好的地方，恰恰是我们认为写得不好的地方；传统文学评论家说我们写得不好的地方，则恰恰是我们认为写得好的地方——虽然这是一种极端的情况和说法，写作毕竟有不少普遍标准和规律不会撕裂，但也揭开了"为大众"的网络小说的功能，与传统精英文学是全然不同的方向。

番茄的《吞噬星空》从 2010 年开更，完结于 2012 年，总字数 479 万余字，全文共 29 篇 1542 章。相比于像雷云风暴连载十一年之久、字数多达 6500 万余的《从零开始》，番茄在起点创作的总字数也才 2400 万 +，算是饶过大家了。

面对这样一本"升级打怪换地图"式的套路写作，从语文阅读理解的角度（相信没有人这么丧心病狂地真把它作为阅读理解），概括起来就是——"人外有神，天外无天"。所谓"人外有神"，主人公罗峰从"人"的物种开始，几乎完成了小说中所涉及的每一物种的最高进化阶段，从地球一名武者、精神念师，成为了宇宙主宰，突破真神。升级打怪文的必然套路之一，就是从最普通的身份开始，到完结时成了最强者；就算主人公没有成为最强者，也是在成为替代最强者的路上（永远在路上，只要作者不想完结）。

如果说主人公罗峰个人的成长旅途是小说的时间（纵向）叙事架构，那么，所谓"天外无天"，可以看作《吞噬星空》的空间（横向）叙事架构。《吞噬星空》在空间背景架构方面拥有双重性，一个是罗峰在地球阶段的现实背景，另一个是罗峰无敌吞噬星空之后的无限极宇宙的背景。从小小的地球现实延伸到浩瀚宇宙星空，可谓"从一粒沙管窥整个天地，而后在天地中找寻安放一粒沙的位置"。从这一角度出发，小说的空间世界架构还是有些意思的。如果说无限的秘密就在于永无尽头，《吞噬星空》很好诠释了这一点——比如终于等到完结篇，标题是"超脱轮回"，罗峰进入"轮回"空间探寻"起源大陆"，作者在完结篇和盘托出其实还有一个更为宏大的世界，就是想告诉我们：你以为结束了吗？太天真！

虽然上文将《吞噬星空》进行了纵横（时间、空间）两种叙事分析，但从总体来讲，《吞噬星空》用的就是流水账式的线性叙事（朴素得不能再朴素），就像是一条无限延伸的射线，偶尔波澜起伏。小说完全围绕主人公罗峰展开，行文三句必出现"罗峰"二字，罗峰因此肯定是《吞噬星空》中的高频词汇。暂且抛开这些不说，小说在地球阶段的叙事比较紧凑，以罗峰高考失利后踏上武者之路，一路顺风顺水步入战神殿堂为主线，融入了家庭、战友、爱情、恩仇等元素，尽量丰富了情节。而地球阶段故事比较成功，还在于作者给出的关于地球背景的设定：经历大涅槃时期（2013年-2021年）后的三十年：

> 罗峰表情有些严肃，这大涅槃时期历史，乃是人类变革的最重要的一段历史："21世纪初，全球连续出现几次病毒流感，从公元2003年SARS病毒流感，到后来的2009年甲型H1N1型流感，

到 2013 年，终于发生更可怕的 R 型病毒流感，R 型病毒在传播过程中，衍变出二十多个变种，令病毒防疫工作变得更加艰难，全球所有国家都出现死亡病例。"

——《吞噬星空》第一篇第一集第二章

小说中解释地球经历了 RR 病毒洗礼，这有点类似于电影《王牌特工》中的人类清除计划，只要是染病的都死了，留下来的幸存者则发生了变异，身体机能都超过了以往时期。小说中更可怕的是地球上的其他生物也发生了变异，人类不再是他们的主人，人类和怪兽之间发生了战争。人类占领了陆地，怪兽占领了海洋。值得庆幸的是怪兽还是可控的。大涅槃之后的一切，不管是人类还是怪兽，都有等级之分，社会重新洗牌，武者为尊。罗峰一路奔波到战神的位置，从此过上了幸福快乐的生活？……错！番茄继续挖坑，没这么简单，地球不是我们的终极目标，我们不仅要"脚踏实地仰望星空"，我们还要"脚踏地球征服宇宙"！征服宇宙的旅途开始，罗峰全程开挂，然后就是"升级打怪换地图"了。对了，准确说应该是"升级打怪吞噬星空"。如果以严肃的文学批评的标准，那么，小说之后铺展开来顾左又顾右，处于不断挖坑填坑的节奏，填了坑的地方水就漫过去，非常线性叙事，也非常线性思维，这也是该小说最大的叙事命门所在。

说实话，网文尤其是鸿篇巨制型的网文大都存在此类问题。每日站点更文的写作方式，在前期不会存在太大麻烦，但一旦到了中后期，故事越展越开，前期伏笔埋得越多，中后期压力越大，以至于漫漶难收、同类循环。也就是一般说的"挖坑易，填坑难"。因为之前上传的文章作者不可能再去修改，这在一定程度上限制了网文优秀精品的诞生。反过来讲，作者一开始就有深厚的操控鸿篇巨制的功力，做扎实的富有艺术挑战的大纲的话，是不会存在这样的问题的。这一点，女频大神的精品比男频的好不少，比如海晏的《琅琊榜》。

所以说，一方面是站点更文方式无法避免的技术弊端（而这又是网络小说之所以是网络小说的基本技术特点），另一方面是网文以量获益之弊端的凸显（而这种"注水"长文是 VIP 收费阅读模式之后盈利诉求带来的常态）。"长长长，长到黄河天际流"的网文作品很少是作者真正构思好的鸿篇巨制，番茄写这部小说时值2010年，正是网络收费阅读模式带来的网文"注水"期。打十头怪兽和打一百头怪兽，从一级升到十级和从一级升到一百级，本身并没有多少差别，其中增值的经济收入却是10倍的级差。毋庸置疑的是，注水之后，味道肯定是要变的。网文发展到今天，这种现象几已成了惯例，那么，精品化的道路还可以怎样走？有没有在赚钱和质量之间相互兼容的其他道路？实在值得作者、评论者思考。

2. 中华田园＋浮夸风

《吞噬星空》在叙事风格上，一时间并没有找到恰到好处的词汇来描绘。结合小说开头大批量民间词汇，尤其是"奔驰S600"这样的土豪感十足的词语频现，不如用"中华田园"。越往后读，发现好像不是很适用，因为又有一大批表面上科技感十足的词汇涌现，背后是极夸张的霸道。终于，决定用"中华田园浮夸风"来描述《吞噬星空》的整体叙事风格。

《吞噬星空》的"中华田园风"，从小说将主人公设定为一名参加高考的学生就奠定了。地球经历过大涅槃时期之后，社会发生了天翻地覆的变化，基因突变之后，身体素质达到了变态级别，然而人类的大脑没有达到变态级别的增长。居然"高考"制度没有覆灭，依然存在，只能感叹"高考"的不朽与伟大。

> "江南市一共两所重点军校。就是高考发挥失常，上不了第一军校。可是，上第二军校也是绝对没问题。"罗峰很清楚自己的成绩，平常考试比本科分数线能高50分左右，而第二军校，只要达到本科线就能上。
> 现如今的高考，没有本一本二的说法，只有本科和专科两种，也只有一条分数线。本科线以上就是本科，本科线以下就是专科。
> ——《吞噬星空》第一篇第一集第三章

高考制度的存在也许不是什么稀奇的事情，关键是制度基本没有变化。罗峰的心愿和现在广大青年的愿望一样朴素，考上好大学就能有好工作，好工作挣钱多就能买大房子。"高考""房子""工作"以及"金钱"哪一项不是现在青年所关注的关键词，罗峰作为未来青年仍在关心这些事情，看来作者番茄充分理解"华夏国"的特色。

其次是地球上五大国的设定，以及整个全球社会经济的设定，也是满满的乡土气扑鼻而来。

> 罗峰点点头："所以，现如今，全球则是五大强国以及23个市。"
>
> 整个地球上，一共有五大国家——华夏国、印度、美利坚、欧盟国、苏俄国。以及南美洲、非洲等各地形成的23个人类基地，也就是23个市！
>
> 罗峰的家，就在江南市的八大卫城之一"扬州城"中的宜安区。
>
> 整个江南市，人口近两亿。而江南市八大卫城之一的"扬州城"人口则是过千万。江南市人类基地，在过去，主要是原江苏、原浙江大量人口迁移过来聚集形成。当然也有部分原安徽人口。
>
> ——《吞噬星空》第一篇第一集第一章

不得不说小说中国家、市县的名称是如此接地气（华夏国、江南市），具有亲切感。小说中的社会经济设定令人大跌眼镜。小说中高中生罗峰还在辛苦挣着每小时100元的家教钱，辛苦了半年收入了两万，家里住的是廉租房，弟弟罗华还有残疾。然而没过几个章节，几百亿在罗峰眼里都不是事，在与张泽虎谈判时也是狮子大开口。只能感慨小说中的贫富差距实在是太大了（总觉得这里头包含了作者番茄的微言大义），小说在开头还有一丝关心小市民生活不易的情怀，到后期则完全忽略了这方面的问题，钱的计量单位全都变成了"亿"。100元每小时的家教反映出的社会经济水平，与好几百亿一本的秘籍所反映出的社会经济水平，实在存在天差地别。很佩服类似罗峰这样相当于社会中零收入家庭，在这样一个社会中生存下来的勇气。罗峰还是高中生的时候就到了每秒15米的速度，奔驰S600的出现难道是为了衬托男主的速度优势？还有小说中出现了"家乐福"超市，竟然是高等领主铁甲龙的老巢，只想说高等领主的老巢略low，起码也应该是迪拜七星级帆船酒店才配得上高等领主的称号。——这一切，不必说是小说的败笔，也确实表明特定的网文是给特定的受众阅读的，既要考虑他们的现实共鸣，又要考虑他们的爽感意淫。

> 罗洪国等三名装饰公司员工都是一愣，转头看去。只见张昊白脸色阴沉，手指怒指着家具压着的大理石路面："你们怎么做事的？不认真点，看，我家的路面都被你们压坏了。这可是南山大理石，是专门去基地市区外才能弄到的。一块大理石要十几万块的，你们赔得起吗？啊！！！"
>
> ——《吞噬星空》第一篇第一集第十四章

> 一头通体覆盖着深青色鳞片的庞然大物，正趴在家乐福超市内沉睡着，两道带着腥臭味道的烟雾从它的鼻子中喷了出来，弥漫在周围，整个超市的一楼二楼楼板早就被打通毁掉，如今整个超市空旷得很，特别一楼的高度变得足有七八米。
>
> ——《吞噬星空》第一篇第四集第二十二章

小说中有乡土气息、中华田园风格词汇的大量运用，这样处理（可能是番茄有意为之），就在于大大增强了《吞噬星空》的代入感。《吞噬星空》的罗峰确确实实是从小人物成长起来的，高考又几乎可算是主要阅读人群的集体回忆，尤其是小说中还交代了准考证号、身份证号、文科理科分数、本科分数线等集体记忆词汇。这些内容的安排又在小说的开头，明晃晃地吸引着读者继续往下阅读，不失为一种"先以欲勾牵"的策略。中华田园风也可以用另外一个比较专业的词汇来代替——通俗化，不可否认网络文学在"通俗性"这一层面超越了任何文学艺术。就是因为要达到通俗，遣词造句的时候就不能过于斟酌考量，怎么大白怎么来，简单说就是"说人话"。但我们认为，并不是说网络文学的通俗化就不允许作品中出现高雅的词汇，更不代表要达到网络文学的通俗化就忽略作品的文学性，以文学性为敌。"通俗化"与"文学性"并不是相互矛盾的，两者是共生的，通俗的作品也可以具有文学性，文学性的作品也可以是通俗可读的。很多世界经典名著，正是因为经典自身的可读性、通俗性与大众化才成就了经典，文学性的叙事与通俗化的经典在名著中往往体现得淋漓尽致。当然网络文学没有必要限定在传统文学的标准之内，在历经足够的时间后，自然而然会磨炼出它的经典特性，尤其是当有文学抱负的网络作家产生，他们定然会智慧地配置作品中的美妙平衡。

谈完《吞噬星空》中华田园式的叙事风格，再关注它的另一比较凸显的特性——浮夸。浮夸是针对人的一种评价，作品更多的是夸张。但在《吞噬星空》中，写作手法意义上的夸张一词已无法涵盖，它是极度夸张的，可谓"浮夸"。一般文学中的夸张可以理解为作者想象力的丰富，番茄在想象力这一方面也确实值得钦佩。《吞噬星空》中超级浮夸的作品背景（天马行空到无边的宇宙），超级浮夸的货币金融体系，超级浮夸的战斗阶层，还有量词的超级浮夸使用等等。

《灭世》，类别：枪法。评价：究级。价格：1000亿华夏币（全价），500亿华夏币（半价，要求：四星级贡献点）

——《吞噬星空》第一篇第二集第十五章

"啧啧，按照9981公斤，乘以2.8，算出来，大概是……"罗峰略微心算了一下，"是27947公斤左右，我这一下打出过28000公斤，还行。"对这个数据，罗峰是很满意的，28000公斤的拳力，那是非常可怕的。

这就是28吨的拳力啊！

——《吞噬星空》第二篇第二章

"我现在的神体，生命基因层次已然达到约28000倍。不过离目标还很远!"罗峰暗道,当初出发来神王谷途中时,远在原始宇宙的"无尽幽海"第一次得到大量真神的血液鳞甲毛发等,就一举突破悟出 16000 倍生命基因层次生命结构。

——《吞噬星空》第二十七篇第四十五章

　　罗峰身后的五对银色羽翼尽情肆意地张开,耀眼的光芒猛地爆发,瞬间便形成了一直径上百光年的巨大小型宇宙,上次和贝迪交战施展出的小型宇宙,可没现在的强!透过"源"施展出的明显威能大上一层次。

——《吞噬星空》第二十九篇第二十八章

　　《吞噬星空》中人类因为病毒影响而基因突变,所以人体的一切能力都得到了增强。如小说中判别武者等级的三要素测试:力量(拳力)、速度以及神经反应,罗峰第一次测试拳力是 809kg,速度是 23.8m/s。到了罗峰再次晕倒,不断提升,修习秘法之后,三大测试的成绩是第一次的千万倍,速度更是达到了超音速。更别提罗峰进入宇宙之后,随便动一动就是几万光年,一个技能就能灭掉一个星球,翅膀一甩就能产生一个小型宇宙!

　　且不论有没有科学依据,人类经过变异是否真的能变得这么强大,罗峰的精神念力、能力还真是本书的一大 BUG。这个问题也是后面要提到的《吞噬星空》是否是真正的科幻类网文小说(起点中文网将它归类为"科幻",或者说这只是一种"起点科幻"?),小说中设定的武者只是最底层的,但是又拥有一定社会地位的人,武者的等级是非常分明的,要进阶到更厉害的称号必须要经过严格考验。当然,武者的等级越高、称号越高,享受的权利待遇也越好。并不是每一名武者都能见到世界第一"洪",能见到"洪"的人自然也不是一般人。精神念师是武者中的稀有物种,能力异常强大,能够操控死物。这个技能就不是普通人能抵挡的了,所以罗峰能够杀死比自己等级高的人和怪兽。中国传统神话小说中也有隔空取物的桥段,仙人施法还是需要有个仪式或者前奏,罗峰的精神念力强大到不需要任何介质,直接控制任何物体，这已经不能用"唯心主义"来解释了。读到后来，"精神念师"也成了小玩意儿，只有"虚空真神""坐山客"才是大人物，而这些概念存在的意义似乎也只剩了填补等级的用途。

3. 逻辑与反逻辑，科幻与玄幻

前文已经分析过《吞噬星空》的叙事特点——升级打怪换地图，从这一逻辑出发必然是没有问题的。《吞噬星空》为罗峰的成长预设好了怪兽等级、武器装备、金钱贡献点，等等。这些怪兽分为三个等级：兽兵、兽将和领主级，每一等级再分为初级、中级和高级，武者对应着也是细分为九等，杀了怪兽可以获得金钱、贡献点，供购买作战设备。这样打怪兽赚钱、买装备升级的逻辑一点都没有错。

购买秘籍成功，下一步……购买兵器、作战服等等。

> "我有两千万启动资金，能省点就省点。"罗峰点开了兵器列表页面，很快就找到"血影战刀2号"系列。
>
> 血影战刀2号系列，A1型号——价格：10万华夏币（全价），5万华夏币（半价，要求：贡献点1点）
>
> 血影战刀2号系列，A2型号——价格：50万华夏币（全价），25万华夏币（半价，要求：贡献点1点）
>
> ……
>
> 血影战刀2号系列，A5型号——价格：600万华夏币（全价），300万华夏币（半价，要求：一星级贡献点）
>
> ——《吞噬星空》第一篇第二集第十四章

> "难道你使用了千年柳木心，一下子成为高等战神巅峰精神念师？"卡特兰嗤笑一声，他是精神念师当然清楚，精神念师本来就非常非常少见，而且大多精神念师的天赋，能急速提升到高等战将等级。
>
> 达到初等战神等级，就算不错了。中等战神等级精神念师，

已经无比罕见。至于一次性就提升到高等战神等级，屈指可数。

——《吞噬星空》第二篇第五十五章

罗峰升级道路的内在逻辑是什么呢？从前几个篇章中，可以看出罗峰升级并不是平白无故、毫无逻辑的。罗峰家庭普通，高考失利，得知自己有异常的身体潜能时，他的愿望一直很朴素：一家能过上更好的生活。这个心愿很快在罗峰拥有武者身份之后了结了。第二次激励罗峰不断升级的缘由是罗华（罗峰的弟弟）的残疾问题，弟弟罗华不能站起来，就连感情生活也是困难重重；当他得知"生命之水"可以让弟弟罗华重新站起来时，他满脑子都是赚钱（毕竟"生命之水"需要 300 亿华夏币）。无论是父母还是弟弟，作为"长子"，一切为了家庭。

罗峰需要不断升级的第二层逻辑是复仇与追杀，小说开头就提到了富家子弟张昊白与罗峰关系不好。果然，后面二人还是发生了矛盾，张昊白故意刁难罗峰的父亲，罗峰打了张昊白，进了警察局，此时罗峰已经是武者的身份。张昊白家请武者身份的叔叔张泽虎出面协调此事，谈判赔偿时谈崩了。张泽虎始终怀恨在心，一直找机会想干掉罗峰，最终还是被罗峰干掉了。另外一个情节是罗峰在追杀虎牙队队长潘亚时顺手干掉了出来训练的李威，李威是两大战神的孩子，自然是惹祸上身。高等战神李耀以及 HR 联盟中最核心的九大家族之一波莱纳斯家族的维妮娜战神，不遗余力地查找杀害儿子的凶手，母亲维妮娜更是发出了 1000 亿的悬赏。罗峰面对这样的复仇对象，除了不断升级超越仇家，好像已经别无出路。

总的来说，罗峰在地球阶段升级之路的内在逻辑在于家庭和个人生命安危，格局还是相当狭小的。按照这种逻辑，小说确实能够走下去，也没有多少槽点存在。而当罗峰踏入宇宙之后，小说的逻辑感慢慢弱化，甚至出现了反逻辑的情节。罗峰强大到拥有了自己的家族，成为了地球之主，却被不朽神灵要挟家人，这一点令人匪夷所思。在完结篇，罗峰成为了"虚空真神"，偕妻子徐欣瞭望浩瀚星空，却还是踏上了找寻"起源大陆"的征程，因为还有一个天外之神——坐山客。

这也是番茄《吞噬星空》的驾驭能力问题，一旦把背景扩大，不再关注小人物的成长，一路杀强的阶段开启之后，就是无厘头的各种天马行空，吞噬星空宇宙都不在话下。

再来思考一个问题，《吞噬星空》在起点上架的分类是科幻文。起点科幻又包含七大分类：星际文明、古武机甲、时空穿梭、超级科技、进化变异、末世危机以及未来世界。《吞噬星空》在"未来世界"的男频，同在未来世界的科幻网文有《修真四万年》《未来宠物店》《星际武神》，等等。单从"未来世界"着眼的话，《吞噬星空》讲的是人类经历大涅槃之后的事情，确实属于未来世界的范畴。但《吞噬星空》的科幻文的定性还是需要认真斟酌。科幻小说总的来说是用幻想的形式，表现人类在未来世界的物质精神文化生活和科学技术远景，其内容交织着科学事实和预见、想象。如果从这一角度出发，《吞噬星空》的科学性几乎全无，因为小说中的"精神念力"根本无从解释，更不要提后期的"吞噬星空"之举。反过来想，科幻文其实是人类探索未来世界的钥匙，它可以不拘泥于现代社会中任何现实约束，完全可以成为一种开放的系统。它总是以不同的物种、不同的空间、不同的社会以及变化的环境为主要创作切口，也许挖掘无限可能才是科幻创作的目的。《吞噬星空》在创作思维上是属于"科幻"，它描绘了一个广阔的空间（天外无天），讲述未来世界已经发生的灾难和将要发生的灾难，还带有点英雄主义的戏谑。

"不死尊者，已经是巨斧斗武场真正最高层的一员，地位何等崇高。竟然亲自来找我，就是为了买下地球。"罗峰皱眉，心中思索着，"我家乡地球到底有什么特殊，而且上次我在地球发现那神秘黑色金属板显然也说明了……地球有一些特殊，可我那老师呼延博，控制地球那么多年，我也没听巴巴塔说地球有哪些特殊啊，我地球人类历史记载，也没看到有特别惊人的地方。"

——《吞噬星空》第十二篇第三十七章

那是不是"硬科幻"文呢？"硬科幻"也有两种理解：一是以

物理学、化学、生物学、天文学等自然科学为基础，以描写新技术新发明给人类社会带来影响的科幻作品；二是大众调侃型的科幻文。从这一角度考量，其实《吞噬星空》连"硬科幻"也不是，完全是"伪科幻"。读过其他科幻类型小说或者看过科幻类型电影、电视剧（比如《西部世界》）的都可以判别"科幻"与"伪科幻"之别。大多数的"伪科幻"往往是披着科幻外衣的玄幻，《吞噬星空》就非常明显，将打怪升级炫技的场景搬到太空中，人类中的武者完全是武侠人物，各种秘籍、药水、材料、装备都是武侠玄幻文的基本元素。尤其是小说最强者的设定为"神"，而"神"不是唯一的一元存在，只要勤勉修炼，就可以成为"神"。这条修炼之路的存在，让一切科学技术都黯然失色。明明需要依靠科技才能做到的事情，还是倚靠英雄神力拯救了世界末日，如此叙事结构的小说很难被界定为"科幻文"。

所以，我们固然会根据代表性网站的命名将"科幻"的标签依旧列入《吞噬星空》的类型概括，但决定将"玄幻"放在首位并且实证地认为这就是一部典型的玄幻小说。那些科幻感既是为了表明故事所发生的是一个未来的时间设计和宇宙的空间延展，相信也多少承载了番茄自己对于科学技术的爱好和向往。

4. 爽文爽文就在于"爽"

那么，这部小说的重点不在深度，不在文字，不在科幻。最大的特点就是"爽"，属于夏天吃冰棒，冬天窝火炕，朋友讲义气，菜鸟出了头的那种爽法。也许你觉得没意思，但对普罗大众来说，日子过得不如意甚至处于艰难时刻，看书难道还非得看《活着》《许三观卖血记》这类凄惨的作品吗？网民有所谓：爽过了，该坐班坐班，该搬砖搬砖。

其实说白了，书都算不上，我觉得就是一个氪金网游的官方攻略本。

——来源：知乎作者：HunterLH

上面这段话是知乎上网友的评论，虽然偏激，但亦可谓是一针见血。我们在这儿大谈的叙事结构、叙事逻辑，归结回本书无非一个字："爽"。所谓爽文，这种"爽"的机制一直是网络文学兴盛不衰的内在奥秘。这样，《吞噬星空》的叙事结构分析最终回到了读者感受。网络文学作品的一大特点就是迎合读者的口味，网络大神的绝妙技巧不在于写出了多么伟大经典的作品，而在于他们始终抓住了大众读者"粉丝"的味蕾，更深层面其实为当今时代下的大众文化提供了一个出口、一种精神的缓释剂。今天比较流行的"丧"文化，甚至还包括"90后"的"佛系"，固然都有人指出不够正能量，需要拨乱反正，但皆非无根之木、无源之水，总体来讲反映出今天大众生存境遇及其精神的某一出口方位。

"爽"文正如此，享受过就可以拍拍屁股走人。发生了什么，以后会发生什么，完全不用去深度关注。所以这也是为什么"爽文"的写作套路，只要你看到开头就能猜到一半不止的结局。那些看似很无聊甚至是很无脑的桥段，那些没有多少营养的语词，还有一切天马行空、不着边际的想象，都在极力安抚都市大众的焦虑。

那么《吞噬星空》的"爽点"到底在哪里呢？结合前文分析，大致有三个方面：一是通俗不用动脑力，只要你读就行；二是满满的青春回忆，只要你经历过就行；三是什么都不用记住，知道主角厉害就行。

通俗不用动脑、阅读无障碍，是"爽文"的首要特点。《吞噬星空》中没有长句、难句，更没有超出常用 3500 字范围的用字，形式上就解决了大多数读者的阅读障碍。内容上，小说开头就是一高三学生和同学的对话，整体架构上虽然很庞大，不过贴心的作者把一切都解释好了，凡是出现了新人物、新道具、新秘籍都会解释，而且不止解释一两遍。光地球"大涅槃"的背景就提到了好多次。还有药水的使用方法，也讲得非常清楚，生怕广大读者获得药水后服用错误（如龙血、千年柳木心）。还有装备的价格也都替主人公算好，绝不会吃亏。

"我想问问，千年柳木心该怎么使用？"罗峰询问道。

……

许久，那边才传来声音："千年柳木心表层晶体外壳坚韧无比，内层的液体才是精髓，使用方法就是刺破表层晶体外壳，而后将内层液体精髓口服下去即可。切忌……不可将晶体外壳吞下肚。"

——《吞噬星空》第二篇第五十四章

《吞噬星空》的另一特点，是发生在地球篇的故事并不是单一的升级打怪，还是融合了家庭伦理、爱恨情仇等元素。前文就谈到过，把罗峰设定为一名参加高考的高三学生，就是要让广大读者产生一种强烈的代入感。参加高考是不是？学校有人欺负你是不是？父母希望都寄托在孩子身上是不是？高中时也有暗恋对象是不是？就是这种强烈的代入感，好像你与主人公在一起闯关奋斗。当然也不得不吐槽《吞噬星空》的页游既视感，仿佛耳边听到了"贪玩蓝月"的声音。当然这也是代入感所引起的爽感。

"557 分，本科线是 561？"罗峰深吸一口气。

就差四分！就因为差这四分，自己就没有上军校的机会了。

十二年的文化教育学习，竟然是这样的结果。

——《吞噬星空》第一篇第八章

罗峰立即转移话题，就这么的……二人在电话里聊天，或许是因为第一次电话聊天的缘故，又是在夜深人静时候，所以聊了很久。

等到挂了电话，罗峰才发现……这个电话竟然聊了一个半小时。

"难道，这就是传说中的煲电话粥？果然，一个半小时，粥早就煲好了。"罗峰心中美滋滋的，第一次和暗恋的女孩打一个半小时电话，的确会让人很开心。

——《吞噬星空》第一篇第四集第三十四章

《吞噬星空》中的世界架构还是有点复杂的，不管是人、怪兽还是宇宙中遥远的神。也许你刚搞清楚武者的等级制度，突然又冒出了"战神"以及"超越战神"；刚把地球上的理清楚，宇宙中又有各种妖鬼神魔出现。其实，这些都不是问题，只要盯着罗峰的成长路径就可以，完全不必在意别的记住了什么、记得多少。主人公会带领读者前进，一个技能秒杀几亿光年，动不动就小宇宙。这些计量单位的浮夸使用，说到底也是在寻求一个"爽"字。

第四章

独特创意：打破文学的边界

1. 我来自末世

网络文学最吸引读者的地方在于描绘了一个我们所未知的、神秘的未来世界。这个世界是怎样的？不同种族的人是如何相处的？他们打电话吗？吃饭吗？睡觉吗？需要上班吗？会被上司和客户为难吗？读者可以跟随主人公一起升级打怪，就像做了一个虚无缥缈的梦，跌倒并不会让读者绝望，爬起来继续战斗。从这个角度说，《吞噬星空》是番茄给大家编织的一个瑰丽的梦，另一个孤立的世界，另一种生存的法则。

这一章，我们就通过各种影视大片和流行小说的文本映照，来探看《吞噬星空》中的创意来源。

"银河护卫队"——像星爵一样拯救世界

小说中展现的世界架构，和 2018 年上映的一部电视剧（网剧）《九州·海上牧云记》颇有相似之处。《九州·海上牧云记》改编自网文作者今何在的同名小说，该剧摒弃了浮于虚空的粗浅模仿，释放出了九州大陆独有的戏剧张力，建立牢固的世界观，充分展现了权力与人性、亲情与爱情之间的纠葛。

《吞噬星空》与《九州·海上牧云记》同为玄幻类型的作品。但不同的是，《九州·海上牧云记》的三位男主角牧云笙、穆如寒江、硕风和叶一直沉溺于迷茫之中，乃至结局时，作者都没有给出一个明确的答案：三位生于乱世的少年，最终谁成为了九州大陆的王者？也许是世界观的构造过于宏大，作者今何在无法给出让自己、让读者都满意的答案。而番茄，却始终在给出罗峰成长的答案，也早已将他一生奋斗自强扣在守护家乡、保卫地球的责任使命上，甚至在你未必预知的宇宙"地图"切换之前，你都能想象到番茄和罗峰会给予你的满意的答案——满满的成功、满满的正能量、满满的故事人生的确定性。

> "对。"罗峰点头……"永驻银河系！"
>
> "人类族群的宇宙之主，一般都是驻扎在我人类疆域的重地。一来，那里聚集着我族的宇宙尊者、不朽以及一些天才，等等。需要超级强者守护。二来，在族群重地，一般有数位宇宙之主，这样一旦遭遇大的劫难，也能相互帮助，更加容易渡过威胁。而你单独一个在银河系，如果突然遭到异族发难，就算族群其他强者要赶去，也得耗费些时间。当然也有宇宙最强者驻守家乡，可大多只是留一分身在家乡。"
>
> "你不改变主意？"混沌城主道。
>
> 罗峰一笑，笑得很是轻松："不改了，就永驻银河系，永守我的家乡。"
>
> 漫长岁月一次次拼搏，一次次生死之战，为的是什么？
>
> 就是有一天能够真正站在宇宙巅峰，守护自己的家乡。
>
> ——《吞噬星空》第二十二篇第五章

这就是罗峰，这就是《吞噬星空》，这就是番茄给出的世界观。一方面，你可以说这种世界观、人生观、价值观并无新奇之处，简单直露，在中西大量小说和影视作品中长期存在、模范在前；而另一方面，这种书写和定位所表达的英雄主义，是典型的人类价值顶峰，是典型的正能量，将罗峰及其义兄、地球强者"洪"和"雷神"同样塑造为此类人物，就无须再动脑子构建复杂的人性细节了，一味勇猛地写他们的大丈夫气象、苦修和责任感即可。

仍然要从番茄心目中的读者来解释这种英雄主义人物塑造观。阅读《吞噬星空》的读者无论成年还是少年，都有一些共性：比如平民甚至底层；比如热血甚至希冀投射现实无法满足的暴力；比如要为这种暴力盖一层价值观的神圣披风，那就是人类永不过时的英雄崇拜——对于男性来说，就是硬汉作风；比如不需要太复杂、太精细、太令人难受——这既跟"浅人社会"的日常思想情感体验有关，也跟娱乐休憩的消费观有关。所以，《吞噬星空》就组建了自己的"银河护卫队"，类似漫威将旗下所有的救世英雄都团结起来演戏一般，番茄也要有自己的一支小小英雄班底，共同进步、抵御杀戮。所以，这在某个意义上说，也即满足固定读者"粉丝"群的策略。

"黑暗骑士"——与蜘蛛侠相似的人生

> 我的人生观若要用一句话概括，就是真性情。我从来不把成功看作人生的主要目标，觉得只有活出真性情才是没有虚度了人生。所谓真性情，一面是对个性和内在精神价值的看重，另一面是对外在功利的看轻。
>
> 一个人在衡量任何事物时，看重的是它们在自己生活中的意义，而不是它们能给自己带来多少实际利益，这样一种生活态度就是真性情。
>
> ——周国平《人生哲思录》

不知从什么时候开始，我们相信这个世界上有纯粹的坏人、纯粹的利益，却再也不相信这个世界上有纯粹的好人、纯粹的情谊了。更有甚者，不但不相信，还自认为看透了世界运行的轨迹，对好与情谊大加嘲讽。总的来讲，这源于人类历史和文明足够长，世代累积的教训里不断地在透底人性的丰富性即其阴暗面的沉渣泛起，并且当理性的人以抛弃宗教神为代价独立之后，却在宣告偶像的黄昏之后逐渐发现也在宣告人的黄昏，因为人性并不单纯、并不可靠。

一类网文着重于人性的不纯粹，比如"后宫"题材小说。它们把具体的、美好的、单纯的青春少女放诸王朝"后宫"这样一个历史的密闭环境里，展开关于人性升腾变化的惊心动魄的大戏。十余年间，自《后宫·甄嬛传》到汲取了网文营养的热播剧《延禧攻略》，都是这一序列。从这一点讲，像宫斗、宅斗题材的网文在人物塑造、人性细节上远远比《吞噬星空》复杂、高级，它是需要智力的，同时也挑战读者的思想情感，要读者在"好看"的同时牵动复杂难受的情绪，做自我抵抗、自我消化。消化不了的人会抑郁，也会转化为强烈地反对、讽刺这类网文存在的情绪，认为它们与社会正道相违背，是历史与人性泥淖的"裹脚布"乃至"裹尸布"。作为文学评论的专业读者，我们虽谈不上爱好这样的网文，但却爱护这样的书写和演绎，它们事实上承接了历史认识、人性认识的重要部分，将"恶"用文艺、审美的方式转化出来，是一种"恶之花"，也是文艺的自由。对于这类网文的社会传播，却要做更多的解读与看守，因为并非所有人都能良好消化、并不致影响积极的人生。这就好比酒醪与酒精过敏者的关系，总有人是要中毒的。

一类则像《吞噬星空》这样写幻想世界的大英雄，人性就变得简单、阳刚。它们把少年人喜欢的热血、冒险、团队、励志、身体和精神淬炼作为世界的全部。然后把阴谋也写得马虎，因为都会被热血暴力所一举击杀；把人际关系也写得固化，除了血亲家人、挚爱师长和团队小伙伴，其他一切修炼路上的人都是可以杀伐的，击杀一个和击杀一群（数以百计、千计、万计）都一样，不需要考虑对方的情感；把两性关系甚至也写得可有可无，也许毕竟这类网文的作者都是男性并且有点男性中心，像天蚕土豆《斗破苍穹》、萧鼎《诛仙》这样还是很擅于在玄幻热血的同时兼顾女性和两性的，而以《吞噬星空》为代表的就主要写男主角和他团队小伙伴的英雄主义、顽强意志、家国精神和个人性情。

性情，男子的真性情，是这类网文人物方面可能最突出的特点和成功之处。

番茄笔下的罗峰就是个拥有真性情的人。当周围的武者都身在笼中时，罗峰并没有给自己亲手建起囚笼。他不在意自己的世界排名，也不在意打怪能赚多少钱，只要他的家人可以平安喜乐，那么不管住在哪里，幸福都可以紧随着他。罗峰令人羡慕的地方在于，他靠着自己那股子不服输的劲头，反抗一切不平等。最终，他成功了，他并没有像一个怪物一样活着，也并没有像一个好人一样死去，他成为了救世主，成为了真正的超级英雄。

2. 世界大同

对幻想文学一般的说法分两大类，即幻想小说与童话。在幻想小说内部，是我们熟悉的那些带"幻"字的类型命名，一种说法是分为这样四大类：科幻小说（Science fiction）、奇幻小说（Fantasy fiction）、魔幻小说（Magic novels）、玄幻小说（Fantasy novels）。如果说科幻小说理解起来比较清晰，那么，奇幻、魔幻、玄幻实在界限模糊，可能在中西此类创作的原初还算有不同之泾渭，但到了后来尤其是当下网络小说中，实在是一盘糊涂账。作家讲不清楚，网站也讲不清楚。有学者试图分析其中的区别要害，包括用西方的词源学来讲，但在中国的幻想小说园囿里，恰恰是混生杂交，无所不能、无所不包。

我们特别乐意用网络小说的文化来源之更偏"西"或"中"的不同，将之分为：奇幻和玄幻。虽然我们讲了，作家和网站都更乐意混杂随性地来，可是研究起来、分类起来，这样毕竟有大致的界分与集聚。奇幻，我们认为它倾向于西方设定，比如王国、公主、骑士、魔法师、精灵、城堡、十字剑、战斧、飞船、激光……；玄幻，晚近可靠的来源是指香港武侠玄幻小说大家黄易"凌渡宇"系列——"黄易玄幻小说系列是博益经年策划的一个崭新的小说品种，内容集科幻、武侠、玄学及超自然力量之大成。"——所以，玄幻中总少不了东方的、中国的大量元素，比如佛道玄学、武功丹药、任督丹田、飞升御剑、刀剑拳脚、秘籍良方、琴棋书画、诗文酒茶、前朝后宫、中原江南、修仙修真、种田置宅、红楼聊斋……

当然，网络小说实际创作的"乱"即在于我们所说的网络文学是文化来源上"混生型"的结果。《吞噬星空》完全是中不中、西不西，又中西杂糅、古今穿越，说它以玄幻为主是因为它毕竟是一副"华夏国"立场，主角是华夏国人、华夏国性情、华夏国价值观。一样的情况在男频玄幻类的"小白文""YY文"中比比皆是，比如同为名作的天蚕土豆的《斗破苍穹》，起自异世大陆中式风格的废柴少年萧炎，如何因奇遇而练功受限成为废柴，又因奇遇之变化而成为几个大陆的顶尖高手，他的老师叫药尘（药老），喜欢他的一些姑娘叫萧薰儿、小医仙、云韵，都是一派中国古风，但小说突然安排了一个蛇人部落的女王、后来也是萧炎妻子之一的美杜莎——熟悉希腊神话或《荷马史诗》的读者都知道这位蛇发女妖在西方神话中的位置，结果混搭到玄幻文里，你怎么办？！所以说，这也解释了今天网络小说可以分类与难以分类的一种具体情况。

"楚门的世界"——魔幻的阶梯

《吞噬星空》的文脉借鉴是玄幻与科幻，这个问题上一章已详细地解释辨析了。这里再做一些别的方面的比较、梳理。

在幻想文学中，魔幻小说本源是清晰的，简言之，就是魔法类的幻想小说。它有稳定的知识谱系，包括魔杖、魔戒、魔法、魔力、魔咒等在内的魔法物质形态和秘法系统。在魔法世界，不同力量间通过比拼魔法、应用魔法来解决争端，表达人性。一般公认英国作家 J.R.R. 托尔金为现代魔幻小说之父。1937 年，托尔金完成了他的第一部作品《霍比特人》。尽管这是一部童话，但同样适合成人阅读。由于这部作品销量不错，出版商说服托尔金写作续集。他最终完成了史诗三部曲《魔戒》。这部作品的写作持续了近十二年，并受到了托尔金的密友、作家、评论家，也是《纳尼亚传奇》的作者 C.S. 刘易斯的支持。

英国女作家 J.K. 罗琳笔下的《哈利·波特》更是将 21 世纪的魔幻小说带到了新的热度。《哈利·波特》几乎是一代年轻人的青春和回忆，曾经在推特上发生过这样一个故事：网友问罗琳为什么我们从未收到过霍格沃茨的通知书，罗琳这样回答："你们早就收到了那封录取信，你们全都是霍格沃茨的学生，我们共同度过了霍格沃茨的岁月。当然这些都是我们脑海中发生过的事，可谁能有资格说这一切不是真的呢？"

知乎上也有一个问题，《哈利·波特》究竟伟大在哪里？有读者用自己的故事给出说明：2016 年的夏天，我在波士顿，参观哈佛大学。导游让每个人自我介绍，我英文不太好，加上紧张，气氛非常尴尬。忽然，一个从加州来的年轻人问我："你觉得你自己是格兰芬多还是斯莱特林？我觉得我是格兰芬多。""你？你一点都不格兰芬多，我第一眼看你就觉得你长得像马尔福，你一看就是斯莱特林。"回答他的是一个黑人小女孩。突然大家都笑了，立刻七嘴八舌地讨论开来。这样一群来自各个国家的人，说着不同的语言，是《哈利·波特》把大家带到了同一个次元里。当我内心感叹不已的时候，哈佛的导游说道："We are the Harry Potter generation."

所以说，本就是儿童文学和大众文学的魔幻小说，既联通古老的神话传奇，又可以比较容易地成为跨国界多数人（尤其是青少年）交流、交友的天然通行证——一种国际化的文化共同体资源。

《吞噬星空》虽然并不是魔幻小说，但由于它与《哈利·波特》之类一样，具有天然的幻想性、大众性，阅读时很容易引领中外读者拥有代入感，传播时也就非常便于国际间普罗大众的娱乐消遣式共赏，天然拥有一些"共赏机制—结构"。这也成了番茄的小说一直以来海内外传播概率和接受度都很高的原因。

若从叙事结构说，《吞噬星空》系列的深层叙事结构由主体、客体、帮助者、反对者四个行动位组成。在叙事过程中，主体与反对者的对立保持不变，而客体与帮助者则是动态的，由此在表层结构中实现了"相同线索不同故事"的效果。作品遵循隐喻性极强的民间故事结构，保证了整体框架的稳定性，使整个系列连贯有序。《吞噬星空》的故事既传统老套又新鲜刺激，使阅读的过程既轻松又富于挑战。

"刀剑笑"——侠义的战场

武侠文化以其独特的中华性闻名全球，"功夫"过去借助武馆，之后借助小说、影视等文艺与媒介形式，成为了国际上认识中国、爱好中国的重要标识。固然武功属于农业文明时代身体本原认知时的技与艺，侠义也与中国古代道德、民间文化、江湖生态有内在联系，都属旧习，但它在近代曾以"国术"之名振奋民族自强意识，表达国人摆脱"东亚病夫"落后积弱面貌，可歌可泣。而在旧侠义小说到新武侠小说的进化发展过程中，武和侠更以审美性、精神性实现了它的现代转化，出现了以"梁金古温黄"（梁羽生、金庸、古龙、温瑞安、黄易）为代表的新派武侠小说大师名家群体，直接影响到华语文学创作和阅读格局，以及之后大陆新武侠即网络武侠小说在2000年前后的勃兴。

在进入新世纪的大陆武侠热的同时，武侠又与玄（奇）幻小说合流，创造了"玄武合流"。像萧鼎的《诛仙》、树下野狐的《搜神记》、江南的《九州·缥缈录》、沧月的"镜系列"、凤歌的《震旦》……直至猫腻的《朱雀记》《将夜》《择天记》、我吃西红柿的《盘龙》《星辰变》、天蚕土豆的《斗破苍穹》、烽火戏诸侯的《雪中悍刀行》、梦入神机的《佛本是道》《龙蛇演义》，等等，武侠完全进入了玄武阶段，一方面给予读者更大的想象冲击和兴奋感，另一方面续存了武侠的气质、精神。

番茄就是一个金庸小说迷，他说过："一个人只要拿起他（金庸）的书，几乎都会有通宵达旦的体验。中国作家会讲故事的人不多，无出其右。"

金庸在武侠这一通俗文学的天地中，突破了雅俗的樊篱，创立了独特和开阔的星空。而另一个星空——《吞噬星空》中的罗峰，就有着《天龙八部》中乔峰的影子。两个顶天立地的男儿，为了家国天下和心中的道义，不得不舍弃自己至珍至爱的另一半。乔峰与阿朱，成为了荧屏中让人落泪的眷侣。而罗峰与徐欣，也让无数读者扼腕叹息。

番茄把大量武侠元素融入作品之中，可以说罗峰的精神气象完完全全是一个人间侠客的宇宙版、星空版。但金庸武侠小说在题材选择、人物关系、人性层次、时代社会、历史识见等方面均有鲜明特色和扎实处理，总的讲，金庸小说的经典性经得起各个方面、多样标准的考量，是其综合能力精心构画的大因缘、大际会。与之相比，番茄无论在创作技法上、人物构架上，还是主题升华上，都有很多可学、可塑、可思考的东西。如何继承金庸一代新武侠，发展玄武合流、科玄合流之际的中国故事、中国精神、中国文学，实在是我们认为远高于大众市场的顶层设计。

3. 网络文学的黄金时代

什么是网感？网感是由互联网社交习惯建立起来的思考方式及表达方式。互联网社交的本质就是"高频率地用文字传达信息"，与日常交谈有很大的区别。有网感的文学，就是在这个基础上建立的。

那什么是具有网感的文学？以我们之见，它是文学作品具有网络文化的风格特点和传播规律，具有青春化、碎片化、感官化的内容气质，有一定的情节爆发点和情感悲痛点，有较强的读者参与性和体验性，是网络审美文化、价值取向、流行思潮的最集中体现。

如今"网感"一词在影视产业链上疯狂刷着存在感，真正有网感的网络文学作品，大都成为了知名 IP。但想要成为知名 IP，必须具有影视改编、游戏改编、漫画改编的可能性。《吞噬星空》已经具备了成为超级 IP 的可能性。同名《吞噬星空》已于 2012 年改编为漫画作品。

"火影忍者"——每个人都有最初的梦想

作为一经推出便长期位居百度搜索风云榜小说类第一名的小说，迄今为止，《吞噬星空》在起点中文网拥有 7800 万点击数以及 700 多万推荐数的超高人气。起点中文网同武汉银都文化传媒股份有限公司合作，将《吞噬星空》改编成漫画，可谓众望所归。原创漫画《吞噬星空》由国内顶尖鲜 CG 漫画工作室制作，于小发监制，在银都文化旗下杂志《淘漫画》2012 年 10 月刊独家首发连载。

虽然国产漫画和邻国日本的漫画相比尚有进步空间，但在内容和三观上，已差距甚微。此处拿《海贼王》与《吞噬星空》作比较，《海贼王》虽然是少年漫画，但它不仅有趣，还能让人特别感动，这是其他少年漫画无法企及的，成年人也能深度阅读，为之落泪。《吞噬星空》与《海贼王》相似，它们宣扬的价值观是古老的东方式的，例如自我牺牲、舍己为人，这是东方文化的传统。作品中人物的内心是坚定的，无论是好是坏，他们的行为和价值观是深深植根于内心的，很少会被他人的言语左右。

番茄笔下的人物在战斗中、冒险中所结下的生死交情，并未让谁成为谁的附庸，恰恰相反，"洪"和"雷神"都是独立的自己，互相鼓励、扶持，砥砺前行、成就彼此。他们每次聚会临行前总会说"一定要继续努力精进，说不定我会超越你"的话；而后来居上的罗峰也每每开心地回应着两位兄长：好啊，我等着你们变强，一起加油！番茄想表达的是他们有不同的道路，但是有相同的胸襟格局和意志、道义，他们都追求着世界的大同。

> 罗峰看大哥、二哥这样，不由心中开心。地球三兄弟当年实力很接近，可随着跨入宇宙，自己进步越来越大，甚至现如今能和不朽神灵厮杀，可大哥、二哥却落后得很……现在，他们都拥有了各自的机缘。
>
> "来吧。大哥二哥，不单单是你们，还有宇宙中其他人类天才，甚至于无数族群的异族绝世天才们，或许拜着强者为师，或许拥有神奇际遇，或许天赋逆天。"
>
> "我罗峰，也一定会超越无数人站在巅峰的。"
>
> "一定。"罗峰反而心中燃烧战意。
>
> ——《吞噬星空》第十二篇第四十五章

"像素大战"——穿越星际的创造者

《吞噬星空》同名手游已在安卓手机市场正式上线，但反响平平。我们下载体验之后，觉得卡牌类手游不足以表现原著的内容与气质。倒是可以参考腾讯游戏出品的《王者荣耀》，据官网介绍，王者大陆属于地球毁灭后重组、新生的星球；而手游登场的诸多英雄角色与历史、神话传说中的人物仅有名字的相似，并无实际联系。

这一世界观的构架，与《吞噬星空》有异曲同工之妙。无限时空中，时光的洪流汇聚于同一片大陆。机关术与魔道肆虐，让世界面目全非。一个个超级英雄不可思议地聚集在一起，抛却了过往荣光，遵循野心与欲望，随心所欲寻求力量，乃至彼此追逐杀戮。而在一个又一个传奇的背后，英雄们的身影时隐时现。他们，成为历史真正的创造者，生存或者毁灭，似乎永无止境。

《王者荣耀》中有不同类型的武器，如无尽战刃、末世——适合射手；痛苦面具、梦魇之牙——适合法师；霸者重装、魔女斗篷——适合坦克。《吞噬星空》里光罗峰一个人的武器就不胜枚举，和洪交换得到的遁天梭；呼延博留下的，由巴巴塔交给了罗峰的摩云藤；拍卖会竞拍得到的暗云梭；混沌城主赠送的兽神兵、弑吴羽翼；更有耗费6092年在星辰塔内接受最基础的生死传承而得到的星辰塔……

摘录一段原著中对星辰塔的描写，可一窥番茄对于武器的描写，语言朴实，画面感十足：

> 投影屏幕上，显现出了一座巍峨的九层塔楼，塔身共有九层，呈方形锥体，和地球上华夏国的一些塔楼非常的相似，同时在这巍峨九层塔楼周围，还有着无穷无尽的星云漩涡环绕，那色彩斑斓的星云漩涡，让人忍不住沉迷其中。
>
> 星辰塔，高九光年，自亿万年前开辟域外战场时这星辰塔便在这一方时空，无数年时刻吞噬着宇宙中无尽能量，吞噬能量之汹涌，形成了"九旋星云"，看似星云，实则是无比可怕的能量漩涡。九旋星云，共有九旋，越往内，那漩涡撕扯之力便愈加可怕。
>
> 古老的星辰塔，通体呈黑色，何种材质铸就不可考，经历四大巅峰族群的大规模战争都没有丝毫损伤，据称……高高在上的宇宙之主，也无法破坏星辰塔丝毫。
>
> 星辰塔内孕育宝物"镇封星辰"，每一颗"镇封星辰"原体都有普通行星大小，只要炼化了后，便可透过镇封星辰来封印强者，将敌人击败后封入"镇封星辰"内，敌人将永无逃出可能。这等宝物……连宇宙尊者都妄图得到。
>
> ——《吞噬星空》第十六篇第三章

"黑暗中的舞者"——阳光下的武者

《吞噬星空》至今没有进行影视化改编,究其原因,并不是它不合适改编影视,而是因为它是超级 IP,改编难度很大。

如今的影视制作方大都醉心于"网感",原因有三。第一,互联网时代的影视有许多创作元素和灵感来自网络文学和网络热点,从知名 IP 到网络言论,都能影响影视创作的潮流和趋势。换言之,互联网的粉丝经济已经与影视市场形成同频共振,无"网"而不胜。第二,网络平台成为影视作品重要的播出渠道。在政策的制约下,电视平台播出的剧集数量有限,每年生产的上万集电视剧有大量是尚未播出就永远尘封。而网络传播的非线性特点,相当程度上解决了剧作的出口问题。对于电影来说,亦是如此,院线屏幕总归有限,档期和排片率成为各个制作者争相竞争的目标。那么,网络播出(传播)自然要有网感。第三,全媒体时代下,网络营销成为重要渠道,也成为最终大数据分析的行业风向标。无论是否由网络文学改编,网络搜索的热度和口碑都已成为影响票房和收视率的常态。

《吞噬星空》并没有急于影视改编,因为同类型的作品也有被影视改编的先例,但这些集中在男频的网文作品的改编都不能算太成功,至今没有爆款。例如网文大神猫腻的《择天记》,原著是网络文学界鼎鼎有名的超级 IP,但电视剧的收视却差强人意。另一网络类型小说的改编案例,也是影视产业说到网文改编都会提及的《盗墓笔记》。南派三叔的《盗墓笔记》在中国的受欢迎程度和 J.K. 罗琳的《哈利·波特》在欧美地区的受欢迎程度几乎不相上下,但不论是网剧版《盗墓笔记》还是电影版《盗墓笔记》都基本以扑街收尾。所以,男频网文尤其是它的主流玄幻类作品的影视改编,是得谨慎,其成本不低,其回报值不高,而这,也反向成了诸多影视制作方内心有所期待的一个拐点理论——谁能第一个做出又叫好又叫座的男频玄幻大片呢?

那么,何以男频网文超级 IP 改编成功如此不易?有些常识需要普及:首先,网络小说成功不代表它的影视改编会成功,二者不是必然的联系。这涉及网络小说创作技艺与影视改编技艺属于不同的两种技艺，都需要极高的专业度。仅仅高呼"粉丝经济"的公司要不是只知其一不知其二，要不就是资本策略为了炒作注意力。其次，《吞噬星空》在小说文本阶段因为有明确的读者市场定位，将"小白""YY"和男性诉求撑满全场，可是一旦涉及影视改编，里面的人物关系、情节单元、矛盾冲突、性格特征、剧情复杂度等漏洞都无法一任其旧，而填充完型实在大费周章，甚至会让编剧有绝望感，萌生要不要重新写一个的想法。这个问题也是很多同类小说的通病。最后，男频的玄幻巨制成本核算起来，从服化到后期特效等，所费不菲，然而很难预料这样的制作成本一定有加倍的回报。这也是为什么最后影视公司思来想去，还不如做个现实题材或者小成本的都市剧、青春剧，或者观众没什么特效期待的二次元网剧。

从这些改编的现状而言，《吞噬星空》最合适的道路还是动漫、游戏先行。我们也良好地祝愿，男频超级网文能够在影视业绩和口碑上有所突破，并有真正的精品带大家走出一条金光大道。

第五章

名作对比："科幻"与科幻的碰撞

　　作为中国玄幻网文界的"科幻"大作,《吞噬星空》的影响力与知名度虽然很大程度上只是在网络圈,但在依赖网络的新新人类眼中,它的存在就是对科幻领域的中国式发挥与拓展。然而,突破网络的圈子,历数当代中国的众多科幻文学作品,真正能成为封神之作的,或许只有刘慈欣的《三体》。我们将通过对《吞噬星空》与《三体》进行比较,来看中国玄幻界的"科幻"作品与真正意义上的科幻小说有什么区别。

1. 真科幻的打开方式

　　2015 年 8 月,备受瞩目的科幻界诺贝尔文学奖——雨果奖获奖作品结果公布,刘慈欣的《三体》获得"最佳长篇"类作品雨果奖。《三体》的获奖创造了中国科幻文学的一个新纪录,也是目前中国科幻文学在国际领域达到的最高标杆。雨果奖创立于 1953 年,至今已举办64 届。在国际科幻领域,雨果奖和星云奖是公认的最具权威与影响力的两大奖项。《三体》的英文版是由美国华裔科幻作家刘宇昆译出,英文版名为《三体问题》(The Three-Body Problem)。《三体》英文版一推出就引起国际范围内的关注,广受好评,甚至网上流传说,在《三体》第三部完结篇出版前,奥巴马为了提早看到结局,动用总统外交特权,提前拿到第三部的小说内容,过足一把科幻瘾。这是坊间传闻,未知真假,但美国前总统对《三体》的喜爱倒是真的,实打实看完三部也应该是真的。《纽约时报》认为，《三体》系列"有可能改变美国科幻小说迷的口味"。《纽约客》则评价《三体》是对于人类终极问题的思考。国际主流媒体能给出如此之高的评价，可见《三体》在国际文学领域的科幻地位。

《三体》小说共有三部，分别为《三体》《三体Ⅱ·黑暗森林》《三体Ⅲ·死神永生》。时间跨度从"文化大革命"开始，延伸至未来的地球毁灭、宇宙毁灭。跟《吞噬星空》479万余万的字数相比，《三体》的三部80余万字显得有点"简单"了。但从小说内容看，《三体》80多万字构架出的科幻世界，自然又比《吞噬星空》复杂而有深度。《三体》小说每一部都有一个主人公去承接故事的来龙去脉。

简单而言，《三体》第一部讲述了天文学家叶文洁在"文革"期间参与军方绝密计划"红岸工程"。她以太阳为天线，向宇宙发出地球文明的信号，并被四光年外的"三体文明"收到，于是正在逃离三体母星的"三体文明"就向地球进军。地球文明的坐标至此被暴露了。之后若干年，科学家汪淼在网络游戏《三体》中发现人类社会正在秘密组成两大派别——拯救派、降临派——以应对"三体文明"的入侵。第二部则是"三体文明"正式面对地球文明，社会学教授罗辑临危受命，成为"面壁计划"中一员，在经历了种种智慧博弈后，罗辑提出了一个宇宙文明间的"黑暗森林法则"，并利用此法则对"三体文明"的坐标暴露进行威胁，暂保了地球文明。第三部是身患绝症的云天明捐献大脑进入宇宙，通过阶梯计划接触到"三体文明"。云天明暗恋的女同学程心接替罗辑成为新一任的掌握地球命运的执剑人，但在执剑人交接后被"三体文明"抓住空隙，地球正式被入侵，而程心的错误决定导致地球遭受了种种危机，最后在云天明的情报传递后，地球开始寻找新的出路。但种种努力最后都成了泡影，宇宙更高更强大的文明通过简简单单的二维化，直接将太阳系毁灭了。

单单从简介上看，我们就能在故事的最表层发现，《三体》所涉及的科幻概念更具科学性，故事也更具人类性，而非《吞噬星空》所呈现的小人物打怪升级的个人奋斗史。

如果说《三体》是更具广泛意义的社会性、人类性、宇宙性，那么《吞噬星空》则是在宇宙性的外壳下包裹着浓烈的个人性，是将曾经的武侠小说、修仙小说、玄幻小说等的故事背景，由小山村改到了大都市，由大都市改到了大宇宙，脱不掉个人英雄主义的内核。小说内容是吸引读者的前提，尤其是快节奏下生活的当代人群，往往会追求短时间内的快餐式文学享受，但小说内容同时也是筛选读者群的门槛。对比《三体》的相对复杂性，《吞噬星空》在小说内容上更容易阅读和理解，对阅读人群的知识背景要求相对较低。《吞噬星空》中提出的各类所谓的科幻概念，基本都是最表面的知识点的拓展，读者可以通过字面意思去理解宇宙中的概念，即使不理解也不会对阅读造成任何的影响，因为剥离科幻的外壳，《吞噬星空》讲述的是平凡人的英雄史，是阅读群体都能想象和预料的，所区别者不过是方式和过程，所以说，《吞噬星空》其实是所有普通阅读群体普通想象的代笔人。而《三体》对阅读群体的要求则相对较高，书中提出的每一个科幻概念、科技概念都有非常清晰的解说，需要阅读群体仔细揣摩并理解。如果无法理解，虽然依旧可以继续阅读故事，但其中的阅读乐趣和惊喜就会被大大降低，甚至故事的高潮往往都是在叠加理解的基础上逐步产生的。比如《三体》中最著名的黑暗森林法则。所谓黑暗森林法则，作者刘慈欣是这样解释的：

> 宇宙就是一座黑暗森林，每个文明都是带枪的猎人，像幽灵般潜行于林间，轻轻拨开挡路的树枝，竭力不让脚步发出一点儿声音，连呼吸都必须小心翼翼：他必须小心，因为林中到处都有与他一样潜行的猎人，如果他发现了别的生命，能做的只有一件事：开枪消灭之。在这片森林中，他人就是地狱，就是永恒的威胁，任何暴露自己存在的生命都将很快被消灭，这就是宇宙文明的图景，这就是对费米悖论的解释。

看完这一段文字，几乎每一个读者都会停下阅读进度来反复思考咀嚼其中的信息。小说用了比喻的方式来解读这个黑暗森林法则的概念，但比喻再简单，放到宇宙的空间中，还是需要思考其中的逻辑关系是否合理，往往思考过后会有种"细思极恐"的后怕。同时，黑暗森林法则也牵涉出更多的概念，比如宇宙社会学基本公理：生存是文明的第一需要；文明不断增长和扩张，但宇宙中的物质总量基本保持不变。质量守恒定律是高中物理概念，一下子被放到小说内容中去理解，读者必然要经历一番头脑的思考。从文学到物理，从物理再返回文学。通过学科的跨越与沟通，最后达到文学阅读的贯通，这是对读者的考验。所以，《三体》阅读的快感需要一定的知识层面去奠定并巩固，而非简单的字面意思。

《吞噬星空》中提到过"虫洞"这个物理词汇。小说中，作者我吃西红柿是这样对"虫洞"进行解释的："虫洞是宇宙中较为常见的，每个虫洞都连接两地，只要跨入虫洞便能直接抵达遥远的另一端。"

解释非常简单易懂，瞬间将一个需要长篇大论去解读的物理概念变成一个有趣的小说词汇。这是《吞噬星空》作者的聪明之处。他并非要普及"虫洞"概念并为小说奠定坚实的科学依据，而是要利用"虫洞"在物理上的特性来保证主人公罗峰的星际旅行能有实现的可能性。读者也可以在这简单的文字中明白，"虫洞"在小说中仅仅是一个技术手段，无须深究，即使换成一个其他词汇，只要能推动主人公的故事发展，一切都可以接受。这是另一种阅读快感，非常简单，也容易达到。

当然，用阅读内容来对读者进行区分，似乎是犯了经验主义的错误。但阅读的过程总是循序渐进，没有人一认字就能阅读并理解《尤利西斯》。人类的阅读史往往都是从最简单易懂的童话故事开始。事实上，以《吞噬星空》为代表的伪科幻小说＋玄幻小说＋修真小说＋言情小说，等等，其实很大程度上就是成年人的童话故事。这一类的小说，故事内容充满人类的基础欲望，人物往往具有最简单鲜明的善恶，不接触最核心的社会矛盾和冲突，即使接触，也往往虚有其表，用简单的人物、简单的叙述、简单的结构来传递本质很简单的故事内容，适合快节奏社会中需要快餐文学的人类，无须消化咀嚼与反思，只是一读而过时产生了"爽"。

2. 科幻小说主角到底长啥样

《吞噬星空》的主角是罗峰，一个拥有最普通名字和身份背景的年轻人。他力图从底层社会往上爬，最初努力的目标也很简单朴实，为了给父母一个好的生活环境。之后开了外挂，一路狂奔，吞噬星空。小说开始对罗峰的描写是这样的：

> 在学生人群当中，和同学一道走着的拿着书籍的青年，穿着普通蓝色运动服，身高大概一米七五，显得比较精瘦。此时他疑惑转头看去，喊他的是一名男生，身高大概有一米九，长得虎背熊腰，手臂更是粗壮得惊人。
>
> "你是？"罗峰疑惑看着来人，自己似乎不认识眼前人。
>
> 这二人，一个壮硕得好似一头黑熊。而"罗峰师兄"和普通人一般。
>
> 论身高……
>
> 这二人相差极大。可是这名虎背熊腰的男生，却显得有些拘谨，他仔细看了看他崇拜的"罗峰师兄"，暗道："看样子，传言没错，罗峰师兄，是挺好说话的。"
>
> ——《吞噬星空》第一篇第一集第一章

我吃西红柿并没有对罗峰的外貌形象着墨很多，只是简单描写了服装和身高，看完之后对主角罗峰的印象就是"普通"和"好说话"两个特点。这两个特点也在之后的情节展开中被着重体现出来。这样的主角形象，其实就是高中校园里最普通、最没特点的那类男同学，但也因为这样的人物设定，能网罗更多对此类形象有共鸣的阅读受众，同样也更能在故事发展中淋漓尽致地展现小人物的成功史。

《三体》的主角相对比较多，从第一部的天文学家叶文洁、物理学家汪淼，第二部的社会学家罗辑，第三部的天文学家程心，刘慈欣笔下主角都是具有相当知识水平并在特定领域具有话语权威的人物，他们不为个人而奋斗，他们的使命是人类、地球，乃至宇宙行星的存亡。

但和《吞噬星空》相似的是，《三体》中的这些主角，几乎每一个都面容模糊。如果《吞噬星空》的主角是普通，那么《三体》的主角则是专业。

从《三体》第一部的叶文洁、汪淼到最后一部的程心、云天明，我们几乎看不到刘慈欣对他们进行浓墨重彩的描述。小说以非常平淡的"汪淼觉得"拉开宏大的巨幕。小说并没对汪淼进行任何描述，只是在故事发展过程中让读者得知他的身份和需要面临的任务。而作为第一个对接"三体文明"的关键人物叶文洁，小说也就是普普通通对一般老妇人的描述——"一位六十岁左右的头发花白、身材瘦削的女性，戴着眼镜，提着一个大菜篮子吃力地上楼梯"。作者也写了，她是"常见的那种老知识分子"。如果不深入之后的故事内容，读者完全不会知道这样的人物在故事发展中是多么重要的存在。

作为凭借故事内容取胜的这两部小说，作者都没在人物形象刻画上着力过多，可以这么认为，如果《吞噬星空》中的简单人物形象或许是为了读者更好地代入，那么《三体》中的模糊的主人公形象，则是代表了那一类专业领域的人物所基本共有的特征，物理学家、天文学家，乃至里面的警察，都是非常标签化的人物，都是为了三体故事而必须存在的社会符号。在面对无垠未知的宏大宇宙时，这些特定化的人类社会符号会更方便故事的铺陈。

撇开人物描绘上的相似性，单从主角设定上看，我们能发现这两部作品之间的巨大区别。《吞噬星空》的定位就是跟主角罗峰一样，出自底层细民、充满压力和责任的普罗大众的一员，人物设定也同时展开了它迎合读者阅读心理的技术性，更适合读者在阅读过程中进行个人化的想象代入。而后者《三体》，则有一种科技和人文交织的知识分子范儿，很少有读者能在阅读此类作品时将个人代入，毕竟多数读者是无法在个人现实身份上达到小说设置的那个层面，包括其硬科幻的知识储备。芸芸众生中大多数都是普通人，能成为专业领域中的佼佼者，特别是触摸到科技和人文如此前沿的毕竟少之又少。面对《三体》这样的小说作品，读者的姿态会相对放低，以一种带着理解渴求的仰望姿态去阅读，试图通过字里行间来理解主角的世界，或者说，此类主角是在让普通读者接触到一个完全陌生化的领域，此时的阅读不是单纯的通过代入而获得快感，而是通过理解获得快感。当然，最终这种理解也并不是所有读者都能得到。这就是为什么说《三体》未必是文字水平高超意义上的文学经典，但它足以作为知识与思想水平高超意义的文学经典而突出其精英主义的标尺。

从《三体》和《吞噬星空》的主角设定上，我们也能看出两位作者在创作时所想象的他们的读者群（定位）的不同。作家格非说，任何的写作，都有一个非常重要的问题，就是如何想象你的读者。每一位作者在创作的时候总会有一个想象中的读者。作者通过站到读者立场去感受自己的文字内容，从而反思自己的故事是否合理、信息是否传递正确。即所谓换位思考。所以，番茄和刘慈欣在创作时，对读者的想象已经有了很大的区别。前者主要是取悦读者的姿态，后者是力促读者思考的立意，期望引领读者对人类和宇宙的命运进行深刻的探究。

3. 科幻与玄幻的想象边界

科幻小说起源于西方，英文是 Science Fiction。百度百科将之定义为：在尊重科学结论的基础上进行合理设想（而非妄想）而创作出的文艺，一般认为优秀的科幻小说须具备"逻辑自洽""科学元素""人文思考"三要素。

然而，在中国网络小说日益发达的今天，很多小说将故事叙事作为重点，忽略了逻辑和科学的创作要素，因此也导致科幻与玄幻小说的界限日益模糊；国内科幻小说还呈现出轻科学偏文艺的趋势，固然科幻文学史的经验告诉我们，科幻本身有其意识形态上表达乌托邦、反乌托邦和异托邦等模式的侧重点，同样也可以很文艺，但平衡好科学知识系统和文学情志系统的份额、品质是科幻之所以是科幻的基本要求，这应该是有志于科幻小说的作者关于类型传统上的常识。所幸《三体》的文本及其大众化传播的成功，对这一趋势有了很好的矫正。而目前中国各大主流网络文学平台上的科幻分类下的小说很少完全具备科幻小说所必需的三要素，靠谱地说，它们属于网络文学的一个分支，尚不是理论意义与传统文脉观照下的科幻小说。

网络上一直爱给《吞噬星空》贴上科幻的标签，我们细读之后的立场是，还应严格"科幻"概念的长期标准，实事求是地说它不是科幻小说。这对读者甚至网站都不太重要，并且有些"任性"地在使用他们的命名权，但凡有文学史、阅读史经验的读者事实上也一直不认为读《吞噬星空》是在读科幻，即拥有读《三体》的所有相同功能。那么，这里用《三体》进行对比，恰恰是为了在文学研究的层面上明确真正的科幻小说该是什么样子。

科幻小说的起源一般被认为是玛丽·雪莱在 1818 年发表的《弗兰肯斯坦》。这部充满哥特气质的小说被许多评论家和爱好者追认为世界上第一部科幻小说。但争议一直存在，只是那时科幻小说的出现还并不完备，仅仅是某种起源性质的特质就可以被追认为鼻祖。之后出现的"科幻小说之父"儒勒·凡尔纳算是真正奠定了科幻小说在文学史上的地位。

如果要说科幻小说和玄幻小说的区别界限究竟在何处，我们认为在于想象力的合理性，即"逻辑自洽"和"科学元素"。

小说创作需要想象力，科幻小说和玄幻小说更是如此。可以说，想象力是此类小说得以安身立命之根本。面对浩瀚未知的宇宙空间，科学家会利用物理知识进行模拟、探测，然后在科学逻辑的前提下利用大脑思维去想象各种可能性；而文学家则更感性更直接，他们将个人对宇宙的认知和想象用文字进行构建表达。在儒勒·凡尔纳生活的19 世纪，他想象人类登月、潜水艇入海，等等，当时看似无稽之谈的未来想象，最后都在后世被一一实现。因为凡尔纳的小说无论如何去放飞思维去想象，最后都会有一个现实的基础和科学的依据，故事四散开去也有一个合理的逻辑将核心收入。

想象力是人类特有的能力，这种能力让人类有了一次又一次的创新、革新，乃至飞跃。想象的翅膀可以带着我们上天入地、无所不能，但如何给以逻辑和科学的赋形，是所有科幻小说必须思考的，也是玄幻小说不如此也不必如此的地方。这就像风筝飞腾入天一样，天空再广阔无边任其遨游，始终还需要一根线去牵制，如果没了这根线，一阵风就可以将风筝吹得无影无踪。想象一旦脱离逻辑和科学的线，容易剑走偏锋、走火入魔。

玄幻小说是不是就是想象力的走火入魔呢？有的是，有的不是。

如果考辨源流，我们会发现网络上的玄幻小说主要脱胎于旧时的修仙、修真文化，其情感和人物关系又具备武侠小说的精神元素。当然还会有西方奇幻、神话、日美"二次元"文化元素等，因为我们讲过，网络文学本身的文化来源就是"混生型"的，但强调修仙、修真和武侠发展到玄幻一路，是主流，客观合理也易于大家理解。如果参照这个文脉传统，我们可以发现玄幻小说的想象逻辑、幻想体系是受到东方玄学整体性影响的，这是一个与西方科幻迥然不同的"知识—思维"体系。一方面，随着全球化和近代以来中国命运的改变，中国玄学式的思想、知识被理论意义上覆盖了，作为与"科学"（赛先生）相左的前科学时代的人类解释系统，我们在学理和教育上判其失效，对他们的研究也转为科学方法的解剖体，"对象化"和"客体化"了；但另一方面，凡观察现实、陈述事实的研究者，都会发现东方玄学系统仍以民间的、生活的、文化的、审美的方式活态存在于中国人的国族记忆中，尤其可以通过文学这样的审美想象、故事王国加以再积累、再传承、再表达。所以，不能说玄幻就是想象力的走火入魔，或者是相对于科幻等而下之、没有价值的东西——这样，我们很容易滑入对中国传统的全盘否定和价值碾轧之中。

但事实是，在网络小说复兴玄幻传统乃至创新玄幻传统的同时，确实出现了大量既非科幻式逻辑和科学精神的东西，也不受东方玄学"知识—思维"体系规约的"两不管"和"四不像"。当然，"科"／"玄"，中／西，古／今……在这些大词之间融合创造本身并非容易的工作，也没有一定的对与不对，可小说、小说家本身呈现的专业度、品质感、艺术真实水平，还是必须有最终的评价标准的。这是包括"小白文"在内的网络文学类型、样式、风格最后被加以经典化的共性所在。

这样，有了较系统的梳理，我们就该对《吞噬星空》有些较高的要求了，不少问题需要探讨商量，更多问题需要跳脱一般的"粉丝"和"月票"，提点中肯的批评意见。

所以，我们第一个批评造词叫作"尬想"。

并非所有的玄幻小说从一开始就漫无边际地"尬想"。《吞噬星空》最为读者所喜爱的，可能还是主人公罗峰在地球上的故事。那时候罗峰能力还相对弱小，作者着重涉及罗峰的亲情、友情和爱情。这些情感在所有人类中都有共鸣的基础，无须泛滥的想象就可以进行创作。比如罗峰与暗恋的女神徐欣之间的情感进程，从最初的暗恋到之后一步步地由不可能转变成可能，最终抱得美人归，将暗恋变成妻子，这大概也是很多人梦想中的事。我吃西红柿将罗峰的打怪升级和爱情的实现放在一起，通过主人公个人能力的提高，给了爱情实现的可能，这也是现实生活中很多普通人所要经历的。爱情需要现实的基础，并非简单的爱就可以拥有一切。然而，等罗峰能力升级到宇宙级别，开始把奋斗的方向对准了宇宙太空，他的爱情就成了可有可无的背景，徐欣从原本的第一女主角成了遥远的配角，读者看着我吃西红柿不断地扩大自己的想象边界，而无暇兼顾辛苦创造出来的女主角（有时候显得非常不好意思地把徐欣提回来讲一讲她的工作生活，基本上没有细节和完整的人格、女性视野了，从属于宇宙意志和罗峰行动的需要）。

作为一部"伪科幻"小说，《吞噬星空》也曾抛开"尬想"，在某些方面试图用科学去构架。比如小说最开始提到的超级病毒：

> 21世纪初，全球连续出现几次病毒流感，从公元2003年SARS病毒流感，到后来的2009年甲型H1N1型流感，到2013年，终于发生更可怕的R型病毒流感，R型病毒在传播过程中，衍变出二十多个变种，令病毒防疫工作变得更加艰难，全球所有国家都出现死亡病例。……在公元2015年1月，R型病毒衍变出了它最可怕的变种，被称之为RR病毒。过去的R型病毒诸多变种是通过体液传播，部分变种可以通过水传播，可是在水中存活时间都很短。可是这RR病毒，可以通过体液，通过水流传播。最可怕的是竟然可以通过空气传播，在空气中存活时间达到惊人的三个小时。……RR病毒感染后，死亡率极高，达到近乎30%。仅仅

三个月时间，按照事后统计，当时三个月时间，除了大量动物死亡外，全球人口更是锐减近20亿。……50亿人类幸存者们发现，他们的身体变得更好了，几乎每一个人类力量、速度、细胞活性、皮肤韧度都增加超过一倍，就算一个普通人，也能轻易打破过去的举重、百米跑的世界纪录。……同样中了RR病毒幸存下来的飞禽走兽们，它们一直遵循着大自然的优胜劣汰，这一次的身体变革，令各种飞禽走兽实力提高得比人类惊人得多。

——《吞噬星空》第一篇第一集第二章

小说中对RR病毒的想象其实就是中国抗生素滥用后可能出现的可怕后果。目前，我国是世界上最大的抗生素生产和使用国，同时是抗生素滥用和细菌耐药性的重灾区。抗生素滥用，在畜牧业领域尤其严重。番茄在小说开始对故事背景的交代是有逻辑性和现实性的。作为引发读者阅读兴趣的开头，合理的想象是非常有必要的。读者进入作者的想象空间总是需要一个循序渐进的过程，一开头就胡乱"尬想"，读者势必不会买账。

《吞噬星空》的"尬想"主要集中在小说后面，如"洛克神水"这个物质：

"洛克神水，是以遥远的无限远古时期宇宙刚刚诞生不久，人类中的超级存在'洛克'命名。"附属智能解释着，"洛克当年在一宇宙秘境中偶然发现了洛克神水，发现洛克神水拥有无比惊人的生命之力，可以用来培育植物生命，可以用来治疗身体……总之，能吸纳生命之力的就能使用，用途极多，所以价值也极高，且洛克神水蕴含的生命之气，层次极高，效果可比生命果实强多了，对不朽级植物生命都是有强大效果的，导致很多强大的不朽神灵都想要购买。"

——《吞噬星空》第十二篇第三十四章

这就是没有任何科学基础的"尬想"，只要能服务情节就可以进行编造，好坏全在作者一支笔。一部好的玄幻小说是能把打怪升级写得有趣味，把任务、剧情、情感都融合进去，使小说的情节有连贯性，让小说的人物更丰满，在主角升级的过程中，不断地埋坑，不断地塑造人物，而《吞噬星空》虽然也在以上这些方面有过优秀的表现，但在故事发展过程中逐渐忘了对想象进行合理化的克制，导致想象的尴尬泛滥，乃至烂尾。

再如小说的大结局"超脱轮回"一章中关于"维度"的讨论。同样，《三体》中也涉及维度的概念，但对比看，我吃西红柿对维度的使用仅仅是"借用"这两个字，并未从实质上去理解并使用这个词所拥有的力量和可能性。

坐山客笑道："这么和你说吧，起源大陆，乃是一切维度空间的起源，所以这片大陆被称之为起源大陆！"

"一切维度？"罗峰没追问，只是聆听着。

"起源大陆周围的宇宙海，看似是无尽虚空，实则有着不同的维度空间，一不小心便进入了另外一维度的宇宙海中了。可分为三千维度宇宙海。"坐山客道，"每一个宇宙海都有一个原始宇宙，都有一条轮回通道。"

"轮回通道，有两个用途。"

"原始宇宙孕育出的生命，如果成为虚空真神，则可通过轮回通道，抵达起源大陆。这是其一！"

"如果没成虚空真神，一旦他们死去，他们的灵魂会直接沿着轮回通道前往起源大陆，不过在轮回通道中，弱小的灵魂会湮灭，只有强大的灵魂，才会抵达起源大陆。不过这些灵魂都会失去前世记忆……在起源大陆转生！"

坐山客道："总的来说，源自不同维度的三千原始宇宙，就是孕育出强大的灵魂送往起源大陆。使得起源大陆内出生的生命，个个很是强大。因为弱小的灵魂在轮回通道中就湮灭了。"

罗峰为之震撼。

一切维度空间的起源？核心？

"三千维度宇宙海是基础，是起源大陆繁荣的根本，起源大陆乃是一切维度的共同起源。"坐山客感慨，"也是最繁荣的地方，一些强大的独行者留下各自的隐秘传承。也有一些强大的宗派、部落，乃至有强大的国度！鱼龙混杂，势力多得很，同时也无比的混乱。并且时不时有来自三千维度宇宙海的天才崛起。"

"因为人类族群当时得到了远古文明传承，有迅速兴盛之势。如果不打压，人类可能诞生很多真神，甚至有虚空真神诞生。"坐山客道，"而你更是前途无限。任由你成长，那么将来可能你会先他一步夺舍原始宇宙。"

——《吞噬星空》第二十九篇第三十六章

从《吞噬星空》的大结局就可以看到作者想象力已经穷尽，"尬想"似乎成了番茄持续码字的唯一手段。此章中提出的名词概念，如"起源大陆""宇宙海""原始宇宙"，等等，都令人有种想象力匮乏的尴尬和纯粹小白化的主观意淫，尴尬借用"大陆""宇宙""海洋"这些本有的词汇语义，创意不足。欠缺想象力的想象，如流水一样将故事毫无新意地发展下去，结尾与否都已经是次要，对于这种长篇网文而言，剩下的就是填坑完毕的最终节点何时到来，跟故事的实质内容没有太多关系，只是作者的个人意愿。

再看刘慈欣的《三体》。《三体》中征引了物理学、社会学、生物学等多种学科的知识，其中用到的物理学的设定最多，也描绘了很多充满瑰丽想象的物理奇观，让读者在阅读想象中接触到曾经感觉非常遥不可及的书本上的知识概念。比如神奇的曲率驱动。地球人为了前往其他星球定居，研究航速惊人的太空飞船，刘慈欣提出："一艘处于太空中的飞船，如果能够用某种方式把它后面的一部分空间熨平，减小其曲率，那么飞船就会被前方曲率更大的空间拉过去。"它能使飞船以无限接近光速的速度航行。这技术能否实现尚不可知。但2012年初，悉尼大学几位物理学教授对曲率驱动发动机进行计算机模拟时发现，扭曲时空有风险。在超光速飞行中，会有大量粒子堆积在包裹飞船的"曲速泡"中，并在飞船到达目的地开始减速时，瞬间释放，足以毁灭任何与其接触的物体。

最神奇的是，刘慈欣提出了降维理论。这也是《三体》小说的结局。地球最后是被更高级的文明用了一个简简单单的"二向箔"降维，成了一幅画一样的存在，人类挣扎了几百年的求生最后还是被简单灭亡。何为"二向箔"？二向箔是看起来像一张半透明的二维薄膜，一旦被激活便可将接触到的三维空间进行降维，迫使三维空间及其中的所有物质向二维坍塌，并在二维空间中"融化"为只存在长和宽而被剥夺了高度概念的绝对平面。二向箔中有一种场，能量比较低，一旦与三维空间直接接触，就变得像水中的气泡那样开始膨胀，触发三维空间的能量较高的场向能量更低的地方跳，让二向箔越长越大。小说中，这种降维武器一旦触发就无法停止，只有乘坐光速飞船才能逃生。整个宇宙就是在这样不择手段的降维攻击中，从高维逐级下降。宇宙最终将走向何方？刘慈欣借小说人物之口作出推测："把一个已跌入低维度的宇宙重新拉回高维，几乎不可能；但从另一个方向努力，把宇宙降到零维，然后继续降维，就可能从零的方向回到最初，使宇宙的宏观维度重新回到十维。"

刘慈欣的想象是有一定的科学基础的，虽然显得非常不可思议，但细细追究，又好像有未来实现的可能性，同时也引发现代人在科技高速发展的今天进行更深入的思考，思考人类文明的何去何从，思考科技发展的利弊好坏。科幻小说并非要给科学制订一个切实可行的发展规划图，而是给人类以发展的灵感。一个合理的灵感会给未来无限可能，这是人类想象的功劳。

科幻也分"软科幻"和"硬科幻"。软科幻的情节和题材主要集中于哲学、心理学、政治学或社会学等领域；硬科幻以物理学、化学、天文学等自然科学为基础，描写新技术、新发明对人类社会的影响。根据这一分类，《三体》毫无疑问可以归为硬科幻，而《吞噬星空》真的没法如它的粉丝号称的那样，是一部科幻小说。从公平公正的角度去对待《吞噬星空》，首先就得明确它不是科幻（虽然番茄本人一直有科幻向往，致力于玄幻小说中加入科幻名词点缀形成"科玄合流"的一种表象）。这小说只是很玄幻很奇幻，是中国网络文学发展过程中出现的一部引发网文爱好者阅读快感的作品，在良莠不齐的网文中，它独树一帜，用冗长的篇幅和宏大的构架形成自己独特的气质，一定程度上推动了当代中国网络文学的发展。但，中国网络文学的经典化还需要呼吁和寻找更有质量的作品，《吞噬星空》是不够的。

一个是从俗的《吞噬星空》，一个是学究的《三体》，是否因此就造就了云泥之别的两种文学形式？那么，文学是否有高低之分？如果有（用种族血液的高低去抽象），那就跟法西斯的种族主义一样，反而用心险恶了。文学通常有通俗和高雅之分，高尚和低贱是没有的。所以，像番茄的《吞噬星空》并不会因为立意、内容、结构等诸多方面因素而被定义为低贱的文学；同样，刘慈欣的《三体》并不会因为对人类和宇宙进行了思考而成了高尚的文学。甚至，即使用通俗和高雅来进行区分，《三体》也并不会被归入高雅之列。其实，除了两者都被贴上"科幻"标签（即便《吞噬星空》是"伪科幻"），这两部小说都属于通俗文学的范畴，一个愉悦，一个沟通，只要认真阅读，都会让读者得到阅读的快感。

第六章

文学语言：网络文学经典化的必修课

1. 网文"注水"的艺术

好的文学语言并不一定能够带来一部伟大的作品，但一部伟大的作品往往拥有较高明的文学语言。文学语言也在很大程度上成为判断一部小说作品文学性高低的重要指标。以这个指标来衡量《吞噬星空》，那么它大概只能居于一个末流的位置。但番茄作为一名依靠写作YY文、小白文而成为大神级网络作家的存在，他的作品之所以能够受到如此众多读者的青睐，依靠的是他在讲故事方面的天赋，这自然离不开他的勤奋与想象力。这种成功同样基于网络文学丰富的读者对应层次、巨大的网络文化消费力，与经典化过程中比较精英的文学维度所标举的"文学性"关系不大，相反，它就是"注水"（我们中性地看待这个词，没有天然的褒贬）网文的典型。

网络文学之所以需要"注水"，最主要的原因是为了"长"，越来越长、越长越好，所以像《吞噬星空》这样篇幅为479万余字的，在目前的网文圈里只算寻常事。这不仅是传统文学圈的作家前辈们难以相信的，更是早期出道的网络作家们（比如先后转战纸媒出版的安妮宝贝、凤歌、沧月、小椴、今何在一代）难以预料的。2003年开始的起点收费阅读VIP模式可以被看作是网络作家主动拉长篇幅的一个重要推力，这是商业模式塑造网文的必然结果。有了模式，还需要成功的样本，真正让网络作家们看到写"长"的好处的，大概还是两位自己人——写《诛仙》的萧鼎和写《盗墓笔记》的南派三叔，他们第一次让人知道，原来写一个故事，并把它写长可以留住越来越多的粉丝，赚取越来越多的收入。2008年，我吃西红柿的《星辰变》完结，总字数280万+，同年底，唐家三少的《斗罗大陆》开笔，完结时总字数达到300万+，次年初天蚕土豆《斗破苍穹》开笔，完结字数达到500万+，以上三位各凭借了这几部代表作正式在网文圈崛起，也正式宣告了网文（尤其以玄幻为主流类型的网文）进入了"长"文的时代。不得不说，当"长"渐渐成为一种习惯，如何"长"得令人感到不那么厌烦，如何"水"得自然而然，也渐渐成了一门艺术。通过《吞噬星空》，我们大概可以从中总结出最具特色的两种固定的套路。

高 频 词

百度贴吧中关于《吞噬星空》有一个很有趣的话题叫作"吞噬出现最多的一个词语"，引来了不少读者的讨论。

> • 要知道……
> 然后就是大量的数字
>
> ——122.77.241.*（来自百度贴吧吞噬星空吧）

> • 哭笑不得
>
> ——220.182.43.*（来自百度贴吧吞噬星空吧）

于是我们摘取了一些高频字进行查找统计（除去了"的、地、得、了"等与表意无关的词汇），以下是《吞噬星空》中的高频词TOP10。

第一名：一，共计出现85737次。为什么会选择"一"这个字？很奇怪，通常对于小白文的高频词统计来说首先想到的应该是人名才对。这里的"一"，并不是一二三四的一，而是作为一个不及物动词使用的，与它搭配的词组有"一笑""一亮""一口""一想""一到""一走"等等，通常用作"某人一怎么样，就怎么样"。

第二名：是，共计出现67702次。"是"这个字不能像"的、地、得"一样被排除出去，因为它在单句中构成了重要的结构作用，常见的搭配有"可是""就是""却是""而是""或是""都是""恐怕是"，等等。

第三名：罗峰，共计出现 45328 次。罗峰是本书的主人公，整部小说的百分之二的内容都是"罗峰"两个字。同理，如果算全部的人名，粗略估计将至少占到全书篇幅的百分之十。

第四名：有，共计出现 31617 次。"有"的用处非常之广泛，而且，它还与"一"组成了一对固定搭配，比如"有一天""有一晚""有一次""有一手""有一腿"，等等。

第五名：人称代词"我"，共计出现 28774 次。事实上"我"字出现的次数比预期来得少，而这恰恰从侧面反映了番茄小说中比较少用到心理描写（心理描写最需要用到"我"字），而心理描写是提高小说文学性的重要部分之一。

第六名：就，共计出现 25472 次。"就"这个字和"是"与"有"的功能很相似，它连接行为人和之后的行为，而其中最常见的搭配居然不是我们寻常用得比较多的"就会"，反而和以上出现过的两个高频词关系密切，通常是"一"怎么样，"罗峰就"如何如何了。"罗峰就"占了全部"就"字搭配的五分之一。

第七名：道，共计出现 24312 次。"道"字不仅是番茄的高频词，攀龙附凤地说，它也曾经是金庸先生武侠小说中的高频词。它常常与人物的情绪搭配，固定搭配主要有"暗道""心道""喜道""怒道"，等等。

第八名：……（省略号），共出现 23259 次。不得不说，番茄对"……"号的使用水平是比较低端的，很多时候，折射出的是番茄老师的词汇量不够。比如下面这个例子：

> 罗峰记忆着一个个历史事件，在文化教育的各个学科当中，罗峰的数学最强。不过他对于历史，是最有兴趣的。因为每当看着 21 世纪的历史……
>
> 他就感叹不已。
>
> ——《吞噬星空》第一篇第一集第二章

而在当下的网络作家中恰恰有一位用"……"用得极好的作家，可以作为番茄的反例。这位青年作家叫作七英俊，她的短篇小说《有药》，共六十六章，计 14100 字，其中出现了 85 次"……"，即每章出现近 1.3 次，每隔 165 字就会出现一次"……"。"……"无疑是小说《有药》的文字标签，而事实也证明（不多在此举例，有兴趣的读者可以自行上网搜索这篇短篇小说），这地标性质的"……"，它的作用几乎就如"不响"之于金宇澄的《繁花》。

第九名：他，共计出现 22560 次。又一个占据大量篇幅的人称代词。不过，特别值得玩味的是，当"他"出现 22560 次的时候，"她"居然只出现了 585 次，这不禁令人回想起起点中文网海外版的众多评论，他们的评价中集中出现的缺点就是缺少"love interest"（情趣），以至于这已成了番茄常见的"flaws(e.g. romance)"（缺点比如感情戏）。

第十名：神，共计出现 22074 次。它的常见搭配有"神经""神奇""眼神""精神"，等等，但事实上，这个 TOP10 的最后一名在书中所常见的部分还有一重，即表达它的本义。这是除了人名以外少数出现的大量表达本义的名词，那么这个词的出现或许对我们理解整个小说都将有所帮助。成为神，事实上就是主人公罗峰生而为人的终极目标。书中大量出现单字的"神"和各种其他"神"，比如"雷神""兽神""神锤""神体"，等等。

除了以上这些词汇，数字也是《吞噬星空》中大量出现的文字元素。喜欢用数字大概是番茄因为自己在大学时期念的是数学系而在小说创作中留下的一个暗"脚注"吧。据统计，小说每章必出现 2～9 次数量不等的数字，全书共计 29 篇 1542 章，粗略估算，出现数字不少于 6000 次。此外，以上统计未包含一些没有具体意义但出现超过 25000 次的词汇，比如"的、地、得"与"个、可、了、呢"，等等。某种程度上，高频词的出现就意味着小说语言的苍白，这常常成为一些文学评论家和读者瞧不上网络文学的原因。

简 单 句

事实上网络文学可以一点也不苍白，比如沧月的武侠小说，比如酒徒的历史演义，比如流潋紫的后宫传奇，等等，不仅几乎没有什么高频词，他们的文学语言更是达到了人所公认的难得的高度。

那究竟什么样的文学语言才被认为是具有一定文学性呢？文学原理中当然有完整也更思辨的阐释，但是在这里讨论网络文学，我们可以只讨论和叙事有关的部分。我们不妨先来比较这两个简单的句子：

例1：小学时，放学回家，外婆就把饭烧好了。
例2：小学的时候，放学回到家，外婆就烧好了饭。

乍看之下两个句子的意思似乎并没有什么不同，第二句甚至还在长度上占了"注水"之嫌。两个短句字数相仿，然而第二句的语感与第一句全然不同，更容易产生汉语固有的美感，通过"的""到"的运用改变了时态，拉远了读者与文本的距离，也让读者在阅读时更容易从文字以外展开想象，延展文字的力量，这显然更具文学性。

换句话说，第二个例句更复杂，因此看起来它更具文学性。当然，这两个例子在此并不完全具有普遍性，因为在不同的作品中，作者会创作出不同的情境，文学语言要适应作品的大背景和大环境。假如这句话要从小孩子的口中说出，这样一来，显然第一个例句更符合小孩子的语感。同理，有些方言在小说中的运用也应该考虑到叙事与人物语言的关系，才能正确发挥依靠小说语言提升作品文学性的作用。那么我们不妨来对比以下的两个例子：

深夜子时，盛大的宴饮刚刚结束，广漠王金帐里所有人都横七竖八趴在案几上，金壶玉盏打翻了一地。帝都来赐婚的使节一行挡不住霍图部贵族的连番敬酒，早就被灌得酩酊大醉，连守卫都醉意醺醺，鼾声此起彼伏。

——沧月《镜·朱颜》第一章

星光族是男女都无比俊美的族群，他们天生都能体内凝聚一丝线，那丝线是在"生命晶核"中产生，一旦使用这星光丝线……生命晶核也会直接崩溃。所以这是星光族拼死的一招。当然踏入不朽后……生命晶核分解，和身体完全融合，不朽神体已然融合一切。

——《吞噬星空》第十四篇第三十章

同为叙事性（介绍故事背景环境）的段落，以上两段高下立判。沧月的一段精简凝练，有详有略，长短句搭配，语感错落有致，细节重点突出；而番茄的一段，最引人注目的不是星光族的介绍，而是那两串大大的省略号，以及三个"是"字。比较而言，番茄笔下的这样的句子读起来毫不费劲，简直可以一目十行，而沧月的句子就需要稍仔细地读，但番茄的句子也因此丝毫不具备汉语的美感。正是这种不修边幅的文字风格和文学语言，大大拉低了《吞噬星空》的文学性。这也恰恰是 YY 文、小白文的通病。

那么问题来了，作为一位创作 5 本热门小说的大神级网络作家，我吃西红柿没有想过要提升一下自己的文学修养吗？如果有想过，为什么又放弃了呢？这一切的原因大多仍然来自读者的需求，尤其是群体庞大的玄幻类型读者群，他们普遍文化水平不高，热衷于通过简单粗暴的个人英雄主义，实现生活中难以达成的愿望与幻想。

如果这样的解释不足以证明读者对网络作家施加的力量，那么另一位大神级网络作家猫腻的例子或许可以旁证一些事实。猫腻自出道写网文以来，以其小说的"文青"气质而受到追捧。他的小说具有不俗的文学功底，无论是细节的描写还是环境的搭建还是人物的塑造，都具有相当高的水准，即他的文学语言运用得非常出色，这也为他赢得了不少荣誉。他的作品《间客》获得了首届"西湖·类型文学奖"的银奖，两年后，他的《将夜》又获得了首届"网络文学奖"的金奖，不可谓不成功。然而他最新完结的作品《择天记》的质量则被一些比较忠实的书迷读者朋友公认为大跳水。在这部字数更多的作品中，猫腻不仅自觉地放弃了自己的文青气质，更首次主动开始跟风小白文和 YY 文的套路，往"爽文"方向转型。而当读者和一些评论家还在感到疑惑的时候，猫腻的读者数量已然完成了一轮新的倍数增长。由此，我们可以思考放弃文学性选项而停留在小白文阶段的直接原因和好处。

当然，任何选择都有利弊都有缘故。一些领会到这中间分别和分歧的网络作家，也有开始智慧地加以融合，试图走通第三条路的。比如 2017 年凭借《男儿行》夺得第二届"网络文学双年奖"金奖的历史类型作家酒徒，凭借《雪中悍刀行》获得首届"网络文学双年奖"银奖的玄幻类型网络作家烽火戏诸侯，凭借《云中卷》获得第二届"网络文学双年奖"银奖、首届梁羽生文学奖武侠类大奖的武侠类型的新人雨楼清歌等。他们的坚持至少证明了网络文学的另一条重要的发展道路，那就是走经典化道路。

2. 从好故事到好文学，还需要多久

以《吞噬星空》这样的 YY 文为代表的网络文学，在很长一段时间内被认为是"不入流"或"低等级"的文学（现在仍有很多人持此观念），甚至还遭遇过传统文学界乃至出版界的鄙视和排挤，一度难入华语文学的厅堂。时至今日，当主流文坛已经开始讨论有关网络文学经典化的问题时，关于"网络文学是不是文学"的讨论仍没有停止过，很多人看来，那些发表在起点中文网、天涯论坛等网站上的东西充其量就是个故事，根本算不上文学。

这观念背后具体的原因固然很多，但总的不外乎两项，一项是外因，一项是内因。外因包含了大多数异见因子。比较黑暗的说法是，人类对新生事物（尤其是不太熟悉的事物）总是天生地抱一种排斥的态度，类似于刘慈欣在《三体》中提出的那个"黑暗森林法则"，当网络文学以一种新贵的姿态突然蓬勃壮大起来时，传统文坛即使没有受到真正意义上的震动，也会对它的出现保持警惕和距离，并在适当的时候展示敌意。但外因会随着时间的推移发生改变，即所谓形势强于人，马克思主义告诉我们起决定性作用的往往是内因。网络文学被轻视的内因很简单，即很大一部分网络小说的文学性确实不高。

以玄幻为主流类型的网络小说（从数字的层面看，在起点中文网、

17k 小说网等国内几家重要的文学网站中，玄幻类型的作品数量与受众都占据绝对主流的地位），但这其实并不能完整地代表网络文学。也许，我们应该重新简要地梳理一遍中国网络文学的发展历程。

当前的网络文学概念其实是一种狭义概念，它的范围主要是指网络类型小说。而广义地来说，网络文学至少还应该包含网络诗歌、网络散文、网络杂文、网络评论、网络实验文学等文学体裁，以及其他新兴的新媒体文学品类，像微小说、公众号网文等。事实上，仔细关注过中国网络文学发展历史的人应该记得，早期的网络文学（BBS 论坛时代的网络文学，当时活跃在网站上的文学爱好者还是最早接触互联网的人群，据郑保纯的研究，他们普遍是具有高学历的知识分子，且其年龄段通常在"65 后"至"85 前"）正是一派百花齐放、百家争鸣的景象，不仅如此，当时的网络文学作品事实上颇具文学性。直到2001-2002 年前后（基本可以以"榕树下"的巅峰时期到起点中文网正式运营的这段时间为标志性节点作参考），网络类型小说才慢慢占据了网络文学的主流，这个过程伴随着互联网络的普及，小众的知识精英开始逐渐退场，网络诗歌、网络散文、网络杂文开始边缘化、异态化，而真正具备消费力和消费观的年轻一代崛起成为网络文学的受众，他们的主力消费对象正是网络类型小说，安妮宝贝、蔡骏、今何在、江南、沧月等轮番登场，网络小说经历了玄武合流，又经历了科玄合流，发展出独特的玄幻类型，玄幻类型很快成为网络类型小说的绝对主流（这很大程度上是因为当时发展最迅速的起点中文网的产品线正是以玄幻类型为主打的，玄幻类型不仅是几位联合创始人最喜欢的类型，同时也是当时国内最热销的类型）。自那以后，网络文学的文学性有意无意间一日不如一日，玄幻故事的内容搭载着小白文、YY文、小黄文的系统，像雨后春笋一般出现并迅速传播。不过值得宽慰的是，玄幻类型的一家独大并没有造成网络类型小说走向极端，读者迅速增长的阅读需求和文学网站对作品的开放性态度使得众多的小说类型像一股炽烈的冲出尘封已久的火山口的岩浆，它汹涌而恣意地喷薄出来——我们在如今这个时间节点回看它，会觉得壮美，而以当时的近距离，难免不被那些零星的岩浆所灼伤。网络类型小说逐渐成了中国读者最热门的阅读内容，但读者的痴迷改变不了一个事实——小说太多了、太杂了，也太烂了。一时间，读网络类型小说的被人看不起，写网络类型小说的更被人看不起，甚至主动介入网络文学组织工作的体制内人士也会为同僚所不齿。直到 IP 狂潮的来临，这样的现状才真正有所改变，面对他人的成功，人们通常选择心悦诚服。没有人再敢小看网络作家了，主流文坛也开始敞开怀抱接纳他们，唐家三少、天蚕土豆等网络作家的身份开始转变，他们被吸收进入各级作协，成为中国作协的会员、常委乃至主席团成员，他们的影响力开始发挥作用，这作用显得无私——他们（那些写着小白文、赚着大流量、作品没什么文学性的大神们，比如我们的主角我吃西红柿）眼下的成就并没有证明他们自己的作品在文学性上达到了怎样的高度，而是为人们打开了一扇迟开了的大门，他们像一剂药引子，引人们进入网络文学的世界，然后大方地告诉大家：也许我们的作品没什么文学性，但请放眼看看吧，网络文学的家园千姿百态。

现在我们不妨试着总结一下网络小说文学性的几种典型表现。第一种，符合传统的文学性。这是一种符合主流评价标准的文学性，注重作家的文采和知识积累，优秀的古代题材作品如古代言情类型、武侠类型、历史类型等通常特别需要这样的文学性，而这些类型中通常也较容易出佳作，比如著名的《后宫·甄嬛传》《芈月传》《乱世宏图》等等。

第二种，可以称其为网生代的文学性。以网生代的网络文学创作为代表，诞生了一批很不同的网络小说，它们对网感（如二次元文学）的把握和对表达方式的探索无疑为网络文学注入了新的活力。典型的代表有"90 后"女作家疯丢子的战争小说《战起 1938》以及"90 后"女作家七英俊的脑洞强文《记忆倒卖商》《有药》等。这是主流文学评价标准的一种当代变体，它不仅大量且主动地融合了网络时代特有的表达方式，更注重在增加表达趣味的同时将这种融合与文学性的表达进行结合。事实上这种结合并不容易完成，这是一种需要收到读者的互动反馈来作为成功与否重要标准之一的创作，它对创作者而言在商业性的层面要求更高。

第三种，"中华性"成为小白文提升文学性的制胜法宝。我们可以说，小白文和 YY 文占据主流的玄幻类型、奇幻类型、修仙类型等网络小说中，中华性的创作特征是与生俱来的。从武侠类型继承而来的侠义精神与从古籍中发想出的名物、地理及世界观幻想，无不具有典型的中华性烙印，比如《吞噬星空》中主人公罗峰的价值观和世界观就兼具了庙堂之高——孟夫子的"大丈夫"观和江湖之远——民间底层的侠士忠义精神。带有中华性的创作实际上已经扩展到更多的网络类型小说创作中，比如种田文、宅斗文、历史文、军事文，等等（这些类型看上去比玄幻类型更适合完成对中华性元素的嫁接），其中也有不少是 YY 之作，比如《掌事》《儒道至圣》《太玄战记》，等等。在这些作品中，"大量的古代神话、诗词歌赋、诸子百家、典章名物、闲情雅玩作为中华审美元素存在于网络小说中，这和'中国诗词大会''见字如面'等文化综艺一道，增益着国民的文化认知，凝聚着海内外华人的文化细胞，也促进着异国读者的好奇和传播"（夏烈《是时候提出网络文学的"中华性"了》）。

事实上，"中华性"的全部意义比传统文化的概念要更广一些。我们一方面要注意判断出现在小说中的哪些元素才能算得上是真正优秀的传统文化；另一方面也必须以更开放的心态面对、理解以及要求网络文学，因为它事实上根本无法被一种文化所全部包含，它无疑是一种混生型的文学创作。这样的观念有助于我们研判网络小说的文学性问题。而真正的遗憾实际上在于，我们一直以来都在强调对文学的理解与研判，但教育培训系统对创作的实践与教学，则显出了近乎傲慢的疏忽，结果把创作技术和艺术的事大大缓置，把创作平台空间更多让给草根群众。

像电影创作，有其自身的一套创作规律即"视听语言"，依照此规律进行创作的电影作品（满足"语法"要求的），也许不一定能成为一部传世的杰作，但一定能成为一部达标之作。事实上，其他艺术门类中也或多或少都有这样的艺术创作标准即其技术体系的传授。这样来反观文学，貌似文学语言及其语法就是它的标准，就是它的技术传授，然而是这样吗？一方面，语言及其文学性在创作中远为神秘奥妙得多，文学所依赖的文字系统抽象又日常。什么是文学，什么不是；什么不够文学，什么更加文学——其实处在一个较大尺度和变量的张力场中。当你持现实主义文学观的时候你会反对耽于幻象的唯美主义文学；当你经过良好的形式与语言训练掌握先锋文学技巧后，又会反对网络文学的粗鄙、娱乐性；并且当你将旧体诗词作为中国古典文学欣赏的时候充分享受其美，却对当下仍然用旧体诗词创作的那个部分不屑一顾。另一方面，以语言为基本单位的评价标准，似乎无法涵盖以故事为基本单位的通俗文学、大众文学、网络类型文学。当我们怀有语言洁癖认为网络小说无法阅读的时候，大众却以其故事性全盘接受了这一时代创作潮，并诞生了数以百万计的写手（一个最笼统的数据称中国的网络小说作者达到了 1200 万人）。

所以，网络文学所冲击的不光是前此一个阶段所形成的文学评价标准和评价体系，还是让我们不断深思，追溯百年中国白话文学史及其中西文脉关系的契机。其所掀起的老问题和新问题好大一堆，可谓"卷起千堆雪"，这中间也包括在我们的文学教育中，创作教育的缺失——中国社会，在小学、初中、高中、青少年宫的少儿兴趣班等，都专门设有"作文"的培训，反而到了高等学府的中文系，专业的文学创作课程被取消了（其实压根儿并未存在过）。我们熟悉的说法是，中文系的老先生总是跟同学们讲：中文系不培养作家，只培养学者。时至今日，学生的反馈则往往是这样的：文学原理似乎是教我们怎么样创作文学的，然而这却是大多数中文系学子最厌恶的课程之一，通常情况下它的无聊度仅次于语言学。文学史通常是中文系学生最喜欢的课程之一，因为历史中总少不了美妙绝伦的故事，没错，故事！这又一次在证明人类接受中故事是多么重要的存在。与之相关，高校中文系在评价自身师资和科研的时候，也忽略创作不计，文学理论、文学史、文学批评，客观讲都从原创作品中建立起来，但在学科体系中最大化地排斥了它们的对象创作本身进入高等教育中文系科，将创作视为教授们的"小道"和不务正业。长此以来，实际有割裂创作与研究、批评的感性经验之弊，在经典化文学的同时压抑了文学的创造性精神。如果说，在上一个世纪文学学者恰恰是社会需要、能够提供大量岗位的职业，那么在今天，那么多不谙实际创作却习惯对创作指手画脚的毕业生，恐怕连影响网络文学的发展都谈不上了。

最近十年间，一些知名高校如复旦大学、北京大学、上海大学等参照西方20世纪中叶以来"创意写作"的理论和方法，开始在高等院校的课程开设、教授"创作"自身，为其技术体系的总结开辟了实践之路。这个过程中，恰逢中国网络文学大发展和不断主流化，作为互联网、大众文化时代的民众创意和民众写作行动，网络文学也被纳入"创意写作"的内容与内涵，我们相信同样会对网络文学的写作经验总结、艺术质量提升等产生有力的促进。当然，一切都在初级阶段，既要解决老观念、老问题，又要同时应对新语境、新问题，所以从实践中提炼理论，以理论反哺实践，积极不断地坚持"实践论"倒是当下文学教育、创意写作教育的根本思维。

总的来讲，由于网络文学在20年间的发生、发展，启迪我们重新发现与思考文学——特别是新时代文学——究竟存在于怎样的"场域"、力量与结构性之中。我们曾在面对"媒介"和"文学"这对概念接壤的现场提出过"影响网络文学的四种基本力量"：读者（受众、粉丝、用户）、产业与资本、国家政策（意识形态）、文学知识精英，认为只有在这四者的合力矩阵作用场中才能理解好过去一段时长内的网络文学，也能介入（干预）未来的更大意义上的网络文学发展，从而重新定位网络文学（类型文学）在文学坐标体系中的位置，形成符合新时代的一整套文学评价体系。

在此背景中，网络文学经典化描述将比目前远为精准；而经典化，也同样是网络作家们的自觉追求："相信网络作家中的精英人群还有另一种迫切的诉求，那就是对其作品经典化的诉求，也就是在文学史、文学评价体系当中到底处于什么位置，网络作家们会越来越在乎有没有诞生经典作品或者谁是网络文学的经典作家，不像过去只认为自己是个码字的。"（语出"橙瓜"专访：《夏烈："网络文学"这个词，在未来可能会消亡》）我们期待着网络文学步入经典化的殿堂，期待着好的故事能化为好的文学，也期待着它能永葆今天的活力。

选文

第一篇　一夜觉醒

第一集　深夜觉醒

第一章
罗　峰

天空湛蓝，就仿佛一块巨大的蓝色翡翠，盛夏的太阳仿佛一个大火球，高高悬挂在这块巨大翡翠之中，看太阳位置，估计也就下午三点左右。

宜安区第三高中。

"叮叮叮……"随着响亮的铃声响彻整个校园，顿时整个校园中响起一片喧哗声，各栋教学楼中便鱼贯涌出了大量的学生，三五成群说笑着朝校门口走去。

"罗峰师兄！罗峰师兄！"一道粗厚的声音响起。

"阿峰，有人喊你。"

在学生人群当中，和同学一道走着的拿着书籍的青年，穿着普通蓝色运动服，身高大概一米七五，显得比较精瘦。此时他疑惑地转头看去，喊他的是一名男生，身高大概有一米九，长的虎背熊腰，手臂更是粗壮的惊人。

"你是？"罗峰疑惑地看着来人，自己似乎不认识眼前人。

这二人，一个壮硕得好似一头黑熊。而罗峰师兄和普通人一般。

论身高……

这二人相差极大。可是这名虎背熊腰的男生，却显得有些拘谨，他仔细看了看他崇拜的罗峰师兄，暗道："看样子，传言没错，罗峰师兄，是挺好说话的。"

"罗峰师兄，我，我有事想请罗峰师兄帮忙。"壮硕男忐忑道。

"什么事？"罗峰一笑，说道。

"我练拳的时候，出拳发劲，总是感觉不对，不知道师兄你有没有时间指点一下。"这壮硕男生连说道，"按照武馆老师说的，以我的力气，按道理一拳可以打出强上50%的力道。可是，我出拳发劲，总是达不到那么高。"

壮硕男生期盼地看着罗峰。

"哦，是这样……"罗峰略微停顿一下，点点头，"这样吧，这个星期的星期天下午，在武馆的时候你找我。"

"谢师兄，谢师兄了。"这壮硕的男生连声感谢道。

罗峰笑了笑，就和自己的同学一道离开。

目送着罗峰离去，壮硕男生露出兴奋之色，猛地一握拳，手臂上青筋暴突，兴奋低吼一声："成功！"

"罗峰师兄，竟然就这么容易答应了？"一名穿着校服的男生惊讶道。

"传言果然没错，罗峰师兄是很好说话的，人也很好。"壮硕男生咧嘴笑道。

"可是……不对啊，我们第三高中，五千名学生中，获得武馆高级学员称号的，一共才三个。三名高级学员当中，另外两个张昊白和柳婷可都是很傲的，根本是不肯浪费时间指点我们的。"校服男生疑惑道，"罗峰师兄脾气竟然这么好？"

现如今，整个世界上，各个国家地区，几乎每一个高中生，在接受文化教育之外，也会加入武馆，开发人体潜力。

宜安区第三高中，三个年级，一共近五千名高中生。

绝大多数，都是武馆的初级学员！只有极少数，是中级学员。能获得高级学员资格的，一共才三个人！

"耳听为虚，眼见为实。哼哼，看到了吧？罗峰师兄和另外两个可不一样。"壮硕男生撇嘴道，"那个张昊白和柳婷，家里都是富豪。从小家里花了大量金钱去培养，才能有这么强。至于罗峰师兄，和他们可不同！"

校服男生也点头："我也听说了，罗峰师兄和我们一样，家里经济条件一般，住的还是廉租房呢。"

"对，罗峰师兄，能走到今天这一步，可完全是刻苦修炼，靠自己一拳一脚练出来的。哪像张昊白他们两个。"壮硕男生握紧拳头，深吸一口气，"我的目标就是罗峰师兄，我一定要在四年内，也就是大学毕业前，通过武馆考核，得到武馆的高级学员称号！"

此刻，他们谈论的那位罗峰师兄，正和一名运动服男生顺着学生人流，朝第三高中大门走去。

"阿峰，啧啧，刚才那个请你指点出拳发劲的大块头男生走的时候，还和他同学夸你呢。"运动服男生不由笑了起来，"夸你人好，夸你好说话。"

罗峰笑了笑："怎么，魏文，你嫉妒了？"

"嫉妒你？"魏文一摸鼻子，嘿嘿笑道，"你做梦吧。我是在感叹，那个大块头不知道他敬佩的'罗峰师兄'的真面目啊。我可记得清清楚楚……那次在武馆的比武台上，他敬仰的罗峰师兄连挑三人，打的三名高级学员爬不起来。"

罗峰一笑。

那一战，的确是他的成名战。

罗峰一拍魏文肩膀，笑道："走吧，回家。"

魏文肩膀故作夸张的一抖，连喊道："阿峰，你轻点。你这一拍，我肩膀都快碎了！"

"又装！"罗峰撇撇嘴，魏文是和他从小穿开裆裤一起玩到大的死党。虽然不是亲兄弟，感情却也差不多。

小学，初中，高中。

一路走来，二人感情的确很深。

"咦？"

魏文忽然盯着前方："阿峰，你看，是你暗恋的那位！"

"嗯？"罗峰也连看去，只见远处校门口学生人群中，有一名穿着牛仔裤、浅白色 polo 衫的马尾辫少女正沿着路边走着。

罗峰心跳微微加速。

心中掠过一个名字——徐欣！

自己暗恋徐欣，这个秘密知道的人极少，不过好兄弟魏文自然很早就知道了。

高一的时候，自己和徐欣被分到一个班级，第一次看到徐欣，就觉得眼前一亮……于是，上课的时候，自己坐在后面，不知怎么回事，总是控制不住自己，情不自禁看向前面坐着的徐欣背影，就这么默默看着。

只要能看到徐欣背影，就已经满足了。

高二因为分班，导致高二、高三，自己和徐欣不在一个班级。可是每当看到徐欣时，总是忍不住看过去。

"离高考只剩下一个月。"罗峰心中默默道，"过去我没勇气，也没时间去追女生谈恋爱。而现在最后一个月，大家都忙着高考复习，徐欣也是很要强的女生，怎么可能这时候分心谈恋爱？而且高考前最后一个月，我也不能分心，否则会后悔终生。"

"算了，这暗恋……就将它当作记忆吧。"

暗恋……很苦涩，还没有开花，却已经凋谢。

罗峰只想默默将这一切放在心底。

"让你追徐欣，你不追。现在离高考只剩下一个月了。"魏文摇头道，"以后怕再也见不到徐欣了。你以后，后悔都晚了。"

"魏文，"罗峰摇摇头，"别说了，没获得武者称号，我是不会分心谈恋爱的。"

"兄弟，你够狠！"

魏文竖起大拇指，"武者称号？我们整个高中五千人，都没一个能获得'武者'称号。你竟然说，不获得武者称号，就不分心谈恋爱。牛，你牛！"

"嗯？"罗峰忽然瞥了校门口另外五个人一眼，"张昊白？"

在校门口学生人群中显得很惹眼的五个人，为首的青年身高足有一米八，穿着白色体恤衫，白色长裤，胸肌凸显的很明显。在他周围的四个人，或是身体壮硕，或是脸上有着刀痕，一看都是很凶悍的人物。而白衣白裤青年正是宜安区第三高中，三名武馆高级学员当中的一位——张昊白。

"罗峰。"张昊白看了罗峰一眼，不由发出一声低哼。

在整个高中如果说他张昊白最恨谁，显然就是这个罗峰！

毕竟，获得武馆高级学员称号的三人中，有一个是女的。男生中，就他们两个是武馆高级学员！

而且，张昊白是有钱人家，而罗峰是普通人家，住着廉租房。

学习成绩上——罗峰压张昊白一头！

在武力上——罗峰、张昊白都获得高级学员称号，而罗峰还曾经在武馆内，连战三名高级学员，打的那三人爬不起来，这被打的三人当中，其中之一就是张昊白。那次他被打掉了一颗牙！

而在家庭条件上，张昊白家明显有钱！

条件好，可学习成绩和武力，都被罗峰压一头。在学校，有人夸赞张昊白的时候，经常会拿罗峰出来比！

怨气！

张昊白对罗峰的怨气，实在太大。

"我们走。"张昊白舔了一下牙齿，某个部位隐隐作痛。是那次他被打的满嘴血，牙齿掉落的位置。

"这张昊白，自武馆被揍了一次，乖多了，再也不来招惹阿峰你了。"魏文目送张昊白几人远去，不由笑着和罗峰说道。

张昊白？

对于这纨绔子弟，罗峰从没有放在心上。

"多一事不如少一事。"罗峰说着，便和魏文一道回家。

回家途中。

"嘀——嘀——"街道上，汽车的喇叭声时而响起。现如今，汽车用的能源都是电能，至少街道旁闻不到那种汽油味了。

"魏文，还有一个月就高考了。这一个月，我们可都得认真努力一把。"罗峰和魏文在人行道上走着，"武馆那边，可以暂时放松一点。每天做些恢复性训练即可，精力主要放在文化学习上。高考毕竟很重要，我们可都是学了十二年了，就看这一遭了。"

"对啊，十二年文化学习，就这一场考试定乾坤。"魏文也感叹一声，"高考啊高考，可是千军万马过独木桥。"

"嗯。"罗峰也点点头。

他家里的经济条件不算好，虽然"武馆高级学员"称号，注定他罗峰就是文化成绩再差，也能混一份"精英保镖"的工作，年薪二三十万不成问题。可是……罗峰岂会甘心只是当一个保镖？

此时的宜安区上空，大概一千米高空。

一头巨大的黑冠金雕正从城市高空飞行而过，它的身体有二十余米长，就仿佛一架大型战斗机，全身羽毛隐隐泛着冰冷的金属光泽，头顶羽毛为幽黑色，就仿佛黑色皇冠一般，它那锋利巨大的利爪也是金黄色。

一双泛着蓝光的锐利冰冷的双眸，朝下方的人类城市俯瞰，竟然隐隐有着一丝杀意。

"轰！"

原本飞行速度已经很快的黑冠金雕，速度猛然大涨，瞬间突破音障，达到一个骇人的速度。同时，一道高亢之极的雕鸣声从黑冠金雕口中爆发，可怕的声波竟然产生肉眼可见的冲击波，朝下方迅速辐散开去。

宜安区的白田路的一个十字路口，罗峰正和魏文等红绿灯。

忽然——

"昂——"

一道刺耳之际的鸣叫声猛然响起，这声音和春雷炸响的声音不一样。雷的声音很大，震耳欲聋！而这高亢的鸣叫声更多的是刺耳，罗峰只感到耳膜都在隐隐疼痛，不由难受地皱起了眉头。路上不少行人都捂住了耳朵。

"是飞禽鸣叫的声音。"罗峰不由抬头看天。

"嗯？"罗峰一惊。

在高亢刺耳的鸣叫声音震荡下，摩天大楼上一块块巨大的玻璃，发出低沉的"咔——咔——"声，不少玻璃龟裂开来，甚至于当场有十多块玻璃从高空掉落了下来，有的砸在人行道上，有的砸到了人，还有些则是砸到了路旁的路灯。

"啪！""蓬！""噼啪！"……

一时间炸裂声接连而来。

其中就有一块玻璃砸落在罗峰旁边的路灯上，当场碎裂朝四周迸射开去，令不少行人连连闪避。

"哇！"魏文连着暴退两步，闪躲碎玻璃。

其中一块玻璃碎片，仿佛刀片射向罗峰。

"嗯？"罗峰目光一扫。

并没有闪躲，而是平静地站在原地，右手闪电般伸出，瞬间抓住这迸射过来的碎玻璃。这玻璃碎块隐约映照出了罗峰的动作，他轻掂了两下，随手一扔，碎玻璃仿佛暗器一样直接射向远处的垃圾箱，哐当一声，准确的从垃圾箱口射进。

马路上，受到影响的车流很快恢复正常，而人行道上的行人们却依旧在议论纷纷，有些倒霉的人受伤了，可是大多数人却是一点伤势也没有。

"好厉害。"罗峰不由仰头看了看天空，"在高空的一声鸣叫，竟然就有这么厉害。恐怕是极为厉害的飞禽怪兽。魏文，你不是对各种怪兽熟悉的很吗，知道这是什么怪兽不？"

魏文眯着眼，双眼缝隙中透着兴奋的光芒："阿峰，我们城市高空上方五百米都有防御系统，这飞禽怪兽绝对在五百米之上，这么远距离发出的声音，还能有这么大的威力。而且一般的怪兽，也不敢在人类城市上空这么叫嚣！"

"这么厉害，这么嚣张，再根据声音，如果我猜测的不错……应该就是飞禽怪兽中，极为可怕的黑冠金雕！"魏文郑重道。

"黑冠金雕？"罗峰眼睛一亮。

他当然听说过黑冠金雕的大名。

"黑冠金雕，在雕类怪兽中排第三。"魏文双眸放光，低沉道，"成年的黑冠金雕，体长一般达到21米，翼展在36米左右，飞行时极速可以达到3.9马赫。那可是足足3.9倍音速。音速按照一秒340米计算的话，就是一秒1326米，也就是一小时4774公里。"

罗峰知道黑冠金雕厉害，可是听到一秒1326米的极限速度，依旧呼吸一窒。

一秒钟，眼睛一眨，就一千米开外了啊。

"这黑冠金雕，羽毛比金刚石还要坚硬，应该达到三级克罗合金的硬度。"魏文兴奋连道，"网上可是有视频的，黑冠金雕曾经随怪兽群冲击过军队，遭受到口径 20mm 的火神炮轰击。火神炮可是一分钟7000 发子弹，7000 发子弹啊，那可是子弹金属流！而且每一发都能轰穿 50 毫米厚的钢板，可是……火神炮的疯狂轰击，轰击在黑冠金雕身上，竟然连一片羽毛都没轰掉下来。"

"后来，还是一名神秘武者强者，手持一柄克罗合金战刀，化作一道流光，将黑冠金雕一刀劈成两半！"魏文说的热血沸腾。

罗峰也是心跳加速，血脉偾张！

那一段视频，在网上传播的很广，他也看到过。

"武者称号，我一定会获得武者称号，终有一天……我也要像那位前辈一样，能手持战刀，力劈黑冠金雕、大力魔猿这等怪兽。"罗峰在心中默默道，每一个年轻人心中都有一个梦想，罗峰心中就有着这样的梦想！

虽然说……

网络上称，那位一刀就将黑冠金雕劈成两半的神秘强者，在整个国际上，都是排名前 100 的超级武者！

"阿峰，阿峰，你想什么呢？前面到家了。"魏文不由喊道。

罗峰这才从澎湃的思绪中恢复过来，抬头看向前面由大量筒子楼组成的小区——南岸小区，一个由政府建造的廉租房小区，罗峰的家就在这个小区，一个他生活了十八年的地方。

第二章

RR 病毒

南岸小区作为廉租房小区，土地利用率几乎接近极限，每一栋住宅楼都好像一根巨大的方形水泥柱，住宅楼之间的间距设计，根本没有考虑阳光照射。

罗峰的家，在其中一栋足有 36 层的住宅楼的第 32 层。

"阿峰，今晚去武馆吗？"魏文朝另外一栋住宅楼走去。

"今天晚上我要出去家教，等家教结束后可能会去一趟武馆，时间难说，今天晚上你就别等我了。"罗峰笑着一挥手，而后便踏着楼梯飞速朝楼上飞奔，罗峰一步都是四级台阶，仿佛一头迅捷的豹子，眼睛眨两下，便到了二楼。

三楼，四楼……

"踏！踏！"

飞奔中的罗峰，轻松灵活的很，时而让开其他台阶上的登楼的住户。

"阿峰啊，放学了？"

"是啊，王叔。"罗峰气息丝毫不乱，作为武馆高级学员，这种速度的登楼跟散步没多大区别。

廉租房小区，按照住户们的绝大多数人意见，并没有建造电梯。因为一旦建造电梯，住户们就需要缴纳更多的租金。其次对于现如今的绝大多数人而言，就算爬几十层楼梯，都是很轻松的一件事。

对他们来说，住宅楼建造电梯是很奢侈的一件事。

毕竟电价很贵，因为整个城市的防御系统的能源就是电能，整个国家都是急需电能的。

32 楼！

在 32 楼这一楼层，一共有八户人家，罗峰家就在其中。

"咔嚓！"拿着钥匙，罗峰打开了家门。

"哥，回来啦？"屋里传来声音。

"嗯。"罗峰关上门，目光一扫，整个家便一览无余，他的家是一室一厅结构，面积为 36 平米。

他和弟弟以及爸妈，一共四口人，就住在这 36 平米大的地方，从记事开始，就一直住在这儿。

"阿华，看什么书呢？"罗峰朝小阳台走去。

在那阳台上，一名皮肤有些病态白皙的消瘦少年，正坐在轮椅上，手中正捧着一本英文书籍，罗峰看了一眼，笑道："哦，是讲投资大师普莱斯的？投资大师中，不是股神巴菲特最出名么？"

对投资、股票什么的，罗峰是一窍不通。

"巴菲特的并不是很适合我。而普莱斯的理论和思想，和我的一些想法很接近，有借鉴作用。"消瘦少年抬头看向罗峰，露出一丝笑容。

"你继续看书吧。"罗峰笑了笑。

不经意间，罗峰目光扫过弟弟的双腿，不由心中一疼……弟弟在幼年的时候，被车轧断了双腿，自大腿往下完全碾碎，令弟弟变成了残疾。一个残疾人，要在如今的社会上生存，压力非常大。弟弟连文化教育都只能通过网络，接受远程网络教育。

长期接受不到阳光照射，令弟弟脸色有着病态的苍白。

而且……没多少朋友，令弟弟也比较内向。

"爸妈工作薪水都不高，又要养我和弟弟两个人，弟弟还是残疾……家庭负担太大，只能住这廉租房。"

"弟弟残疾，和社会接触很少。以后找老婆，都是很难的一件事。有谁愿意嫁给一个断了双腿的残废？"

"我必须改变整个家的命运！"

罗峰心中默默道。

"为什么，我暗恋徐欣，却没有追她，没有谈恋爱？"

"法律规定，18 周岁就可以结婚，所以很多人都是高中谈恋爱，高中毕业就结婚了。在高中没谈恋爱的，少之又少。我为什么没有？"

"因为，我没有时间浪费在谈恋爱上！我家不是富豪，我也没有什么厉害的老师指导，一切我只能靠自己。"罗峰的目光落在客厅的老旧沙发上，这是可平放打开当床的沙发，"这么多年了，一家四口，就在这个小房子里，一室一厅。我和弟弟在唯一的卧室中，爸妈这么多年，一直都睡在客厅的沙发上……"

"我一定要让我爸妈，让弟弟，住进大房子，有电梯的大房子。"

"让爸妈，能够真正睡一张大床。"

"让弟弟，不必下一次楼都要那么辛苦。"

"房子一定要有很大的落地窗户，阳光可以完全照射进来！"

这些话，不知道在罗峰心中回想过多少遍，正因为如此，所以他从小就很努力。

所以——

他才会在第三高中五千名学生里脱颖而出，成为获得武馆高级学员称号的三名学生之一。这三人中，只有他一个家庭条件普通。其他两人，都是有钱人家子女。

"哗哗——"自来水龙头的水不断流下，很快便充满了电水壶。

"嗞嗞……"插上电水壶插头，罗峰便捧着历史书坐在沙发上，不断的背着一些书中要点。

忽然——

"嘀！"

电水壶里的水烧开了，罗峰放下书，倒水进热水瓶。又倒了一大塑料杯热水放在桌上。

"公元 2026 年，在洪泽湖发生了洪泽战役……嗯，是 2026 年。"罗峰记忆着一个个历史事件，在文化教育的各个学科当中，罗峰的数学最强。不过他对于历史最有兴趣。因为每当看着 21 世纪的历史他就感叹不已。

这是人类变革的一段历史！

"阿华。"罗峰走到弟弟身旁。

"哥，什么事？"弟弟罗华放下手中书籍。

"这书上一共有 139 个要点，我已经划出，你提问一下。"罗峰递过手中的历史书，弟弟罗华一听，不由笑着接过："好嘞，难得有机会考考哥你，哥你听好了，我可要出题了。你要是答错，可丢脸了。"

"问吧。"罗峰笑着，坐在了沙发上。

"曾以一人之力，在长江江畔，斩杀虎头怪蛟，解救数十万百姓，令数十万百姓成功转移到江南基地，英勇牺牲的是谁？哪里人？死时年龄？事件发生的详细日期？"罗华仔细翻看了一下，便提问了一个。

"英勇牺牲的，是被国家追授四星英雄勋章的董南彪，他是原江苏泰兴人。死时 39 岁，事件发生的详细日期，应该是公元 2018 年……"罗峰不由皱起眉头。

弟弟罗华不由追问道："准确日期，是公元 2018 年几月几号？"

"嗯，好像是……"罗峰有些不确定地道，"好像是 6 月 18 号。"

"哈哈，第一个问题，你就答错了。"弟弟罗华摇头道，"被追授四星英雄勋章的董南彪，的确是原江苏泰兴人，死时 39 岁，不过事件发生的详细日期是公元 2018 年 6 月 16 号。"

"啊！"

罗峰不由一拍脑袋，摇头苦笑，"16 号和 18 号经常搞错，你再问。"

"好，听仔细了，第二题。"弟弟罗华显得很兴奋，"公元 2023 年，在……"

……

兄弟二人一问一答，时间过的飞速。

"这本书我已经提问一半了。我提 68 个问题，你答对 63 个，错了 5 个。"弟弟罗华抬头看了看墙上的挂钟，"爸妈要回来了，我再提你最后一个问题，下次再提问另外一半问题。"

"最后一个问题？好，问吧。"罗峰注意力高度集中。

"这个问题，是最基本的。你将大涅槃时期主要事件复述一下。"弟弟罗华说道。

罗峰表情有些严肃，这大涅槃时期历史，乃是人类变革的最重要的一段历史："21 世纪初，全球连续出现几次病毒流感，从公元 2003 年 SARS 病毒流感，到后来的 2009 年甲型 H1N1 型流感，到 2013 年，终于发生更可怕的 R 型病毒流感。R 型病毒在传播过程中，衍变出二十多个变种，令病毒防疫工作变得更加艰难，全球所有国家都出现死亡病例。"

"随着防疫工作的进行，疫情开始被控制。"

"不过，在公元 2015 年 1 月，R 型病毒衍变出了它最可怕的变种，被称之为 RR 病毒！"

"过去的 R 型病毒诸多变种是通过体液传播，部分变种可以通过水传播，可是在水中存活时间都很短。可是——这 RR 病毒，可以通过体液，通过水流传播。最可怕的是……竟然可以通过空气传播！在空气中存活时间达到惊人的三个小时！"

第三章

江南市

"RR 病毒一出现，便迅速传播到全球，全球所有生命……不管是人类，还是飞禽走兽，只要是需要呼吸的，都感染了 RR 病毒。"

"等人类发现 RR 病毒的存在，已经晚了。"

"RR 病毒感染后，死亡率极高，达到近乎 30%。仅仅三个月时间，按照事后统计，当时三个月时间，除了大量动物死亡外，全球人口更是锐减近 20 亿！这三个月，是噩梦般的三个月。全球科学家，在这种病毒面前束手无策！"

"人类幸存者近五十亿人口，活下来的，体内都自然产生抗体！"

"这噩梦般的三个月之后，全球都沉浸在无尽的悲痛当中。"

罗峰缓缓说着，"在这过程当中，五十亿人类幸存者发现，他们的身体变得更好了，几乎每一个人的力量、速度、细胞活性、皮肤韧度都增加超过一倍！就算一个普通人，也能轻易打破过去的举重、百米跑的世界纪录。"

"然而……灾难开始了！"

"一直生活舒适的人类，身体条件都增加这么多。同样中了 RR 病毒幸存下来的飞禽走兽们，它们一直遵循着大自然的优胜劣汰，这一次的身体变革，令各种飞禽走兽实力提高得比人类惊人的多。而且部分可怕的怪兽，更是有了智慧！"

"2015 年 9 月，以海洋中无尽生物发动攻击为开始，无数飞禽走兽蜕变成的怪兽开始进攻人类居住地！"

"血腥、疯狂！"

"在人类和怪兽的战争中，人们震惊地发现，一直引以为傲的热武器，只是在一些低级怪兽身上奏效。而厉害的飞禽怪兽、走兽怪兽，根本无惧子弹炮火。子弹打在它们身上，甚至于破不开鳞甲！导弹的袭击，被神经反应快、速度快的怪兽轻易避让开。"

"就算人类使用核弹攻击，最后却震惊地发现……"

"怪兽防御太强，只有核弹攻击范围的核心区域，大量怪兽才死去，而更大的辐散区域，怪兽们并没死。核弹的威力远没人类想象的那么强。虽然杀死一批怪兽，可是，核辐射却令怪兽中诞生出更可怕的存在，最出名的便是当年的最可怕的血妖天狼，血妖天狼竟然有飞行能力，屠戮人类超过百万。人类这才知道……核辐射，竟然可以令部分怪兽产生变异！出现极为可怕的存在。"

"怪兽中有极为可怕的存在，人类当中，也涌现出了强者！当初的血妖天狼，最后便是被一名同样能飞行的人类超级强者，也是现如今国际排名第二的雷神打得重伤逃走。"

"这些强者，在关键时刻，救下了大量的普通老百姓，协助军队，抵抗怪兽群。在这期间，涌现出大量可歌可泣的故事。"

"而人类科学家克罗德森纳，根据怪兽尸体材料，以及在月球上发现的蓝金金属，发明出了比金刚石更加坚硬的合金——克罗合金！令人类强者，不必徒手搏斗，而是拥有了能劈开怪兽皮毛、鳞甲的可怕兵器。"

罗峰脑海中，对书中记载的这部分历史记得很清楚。

"在战争过程中，大量城市被摧毁。"

"我华夏大地，国家紧急构建六大基地，将大量人口朝六大基地转移。论强者……我国以及崇尚古瑜伽的印度，两个国家的人类超级强者数量最多！而美利坚、欧盟、苏俄，则是在科技上领先。"

"因为海洋中怪兽无数，导致几乎每一个岛国都覆灭了！"

"直至如今，海洋，依旧是怪兽的领地。"

"怪兽和人类的战争，地球上能自保的只有我国、印度、美利坚、欧盟、苏俄五国。其他国家，早支离破碎。关键时刻，以五大国为核心，建立地球联盟！地球联盟联军，辅助全球各地建立众多人类基地。"

"怪兽和人类的战争，2015 年 9 月开始，伴随着 2021 年 3 月份的超高频激光炮的研制成功，接连击杀十余头 s 级怪兽，以及两头 ss 级怪兽后，怪兽和人类的大规模战争终于结束。"

罗峰唏嘘不已。

整整五年半的战争，最可怕的战争！这一次战争中，人类死亡人口近乎十亿。只有五国保存国的制度，其他所有国家幸存人口都进入各个人类基地，混杂住在一起。

直至如今——

陆地上，人类占有优势。可是海洋中怪兽太多太多，海洋依旧是怪兽的领地！

"从 2013 年到 2021 年，这八年时间，便是人类历史上的大涅槃时期！"罗峰坐在沙发上，缓缓道。

当——当——

钟的声音回荡在屋内。

墙上挂钟响了五下，已经是下午五点。

"大涅槃时期。"罗华也唏嘘不已，"哥，实话说，我还真的有点无法想象，大涅槃时期之前，全球的国家地区竟然超过两百个。那时候人口才多少？70 亿而已。有些小国，真的太小了。恐怕一头厉害的怪兽，就能将当初的小国给灭国。"

罗峰点点头："所以，现如今，全球则是五大强国以及 23 个市。"

整个地球上，一共有五大国家——华夏国、印度、美利坚、欧盟国、苏俄国。以及南美洲、非洲等各地形成的 23 个人类基地，也就是 23 个市！

华夏国一共六大人类基地，也就是如今的六大市！

罗峰的家，就在江南市的八大卫城之一扬州城中的宜安区。

整个江南市，人口近两亿。而江南市八大卫城之一的扬州城人口则是过千万。江南市人类基地，在过去，主要是原江苏、浙江大量人口迁移过来聚集形成。当然也有部分原安徽人口。

"好遥远。"弟弟罗华，看向墙上挂钟，"现在已经是公元 2056 年，大涅槃时期已经过去 30 多年。人类社会，去武馆修炼，几乎是每一个人必做的了。人类社会，比 30 多年前强了很多。"

罗峰点点头。

三十年，人类中的强者的确多了不少，科技也进步了些。不过，怪兽中也诞生了不少可怕存在。

"咔！"

屋门被打开，只见一对中年夫妇走了进来。那中年男子身上衣服都汗湿了，还有油漆等一些污渍，整个人显得比较疲惫。而那中年妇女身高不高，手上拎着一个菜篮，篮子里有一些蔬菜、肉食。

"爸，妈。"罗峰立即站了起来，这一对夫妇就是他的父母。

父亲罗洪国，母亲龚心兰。

"呵呵，嗯，小峰啊，你看书，你看书。不用管我。"罗洪国笑着连说道，儿子要高考了，复习在罗洪国看来自然是最重要的。

罗洪国低头便看到了桌上的一大塑料杯凉开水，不由心中一暖，每次回来都会有凉开水准备好，工作一天的他，端起这一大塑料杯，便"汩汩"地一口气竟然全部喝光，畅快地呼出一口气。

"你快去洗把澡，看你这一身臭汗。"母亲龚心兰笑道。

"哈哈。"罗洪国笑着立即去拿着换洗衣服，往那狭小却是一家人使用多年的卫生间走去。

龚心兰笑着看了看两个儿子："小峰，小华，今天妈给你们做红烧肉！"

"我最喜欢吃了。"弟弟罗华立即喊起来。

罗峰也不由一笑，看着母亲系上围裙去烧晚饭，罗峰很清楚……妈妈每次都是傍晚下班后去买菜，因为这时候的菜价肉价比上午便宜的多，不过傍晚时候蔬菜、肉食也没上午新鲜。罗峰又看了看卫生间，心中默默道："我一定尽快，以最快速度获得武者称号，到时候，妈妈每次不必下午去买菜了，爸他也不必去做装修那些苦活累活了。"

在心中……

罗峰一直渴望着，能让爸妈歇息下来，可以安静的享受阳光，享受美食。

"小峰啊。"洗过澡的父亲罗洪国，走了过来，"爸爸有事和你说。"

"什么事？"罗峰看着父亲。

罗洪国微微一笑："是这样的，小峰。我一直没问你，高中毕业后你的打算。你能跟爸爸说说吗？"罗洪国很少和儿子谈这些，因为他不想给儿子太大压力，他知道，儿子一直很努力也一直都做得非常好。

罗洪国这话一开口，在烧饭炒菜的母亲龚心兰动作也慢了些。父母对儿子将来的前途是很关心的。

"爸，我是这样想的。"

罗峰直接说道，"以我的文化课成绩，相信高考考进江南第一军校应该难度不大。现在我已经获得武馆的高级学员称号，到了江南第一军校。会直接当成军官培养。爸妈你们也可以直接进入军区家属小区。"

当兵，也分层次的。

现在华夏国当然招兵，可是普通的士兵，是没有太大的福利的。而年纪轻轻就是武馆高级学员，又能考进"江南第一军校"的话，等于就是文武双全，国家肯定会重点培养，会直接在军区家属小区分配一套房子。

给军官家属的房子，那条件自然比这廉租房好十倍百倍。

"那如果考不上这江南第一军校呢？"罗洪国说道，"小峰，你可别给自己太大压力。"

"江南市一共两所重点军校。就是高考发挥失常，上不了第一军校，可是，上第二军校也是绝对没问题。"罗峰很清楚自己的成绩，平常考试比本科分数线能高 50 分左右，而第二军校，只要达到本科线就能上。

现如今的高考，没有本一本二的说法，只有本科和专科两种，也只有一条分数线。本科线以上就是本科，本科线以下就是专科。

"在第二军校，以武馆高级学员这一条，也会被当军官培养。待遇也不会差太多的。"罗峰笑道。

能考上本科……

十个人中有两个人能做到。

可是，高中生中，要能获得武馆高级学员称号，却是过千人中才有一个。

"嗯嗯，你有把握就行，不过小峰，别给自己太大压力。我和你妈，只要生活安稳点就好。"罗洪国微微点头，"你这孩子，就是给自己太大压力了。"

"没有的事。"罗峰嘿嘿一笑，"我没啥压力，年轻人嘛，就是得有点冲劲。"

罗峰嘴上这么说，心中却暗道："爸妈，弟弟，等我高考结束后，你们很快就可以过上好日子了。等我获得武者称号，你们就不必再做苦活累活了。"

"快点拿碗筷，盛饭。晚饭好了！"龚心兰笑着催促道。

"好嘞。"父亲罗洪国笑着站起来，就去拿碗筷。

"青菜真香啊。"罗峰在汤锅旁闻了闻，也帮忙端碗。

"我闻到了红烧肉的香味，哇——"弟弟罗华也兴奋地大叫一声，扯动车轮，轮椅朝饭桌靠近过去。

一家四口人，其乐融融。

第四章
罗峰的实力

晚饭后，爸妈带着弟弟罗华下楼出去散步逛逛，而罗峰自己则是去做家教。

傍晚六点左右，这时候，天已经快完全黑了。

"这份家教工作，也要暂时结束了。"罗峰仿佛一头豹子，灵活迅速地穿梭在小巷当中，前面是一个死胡同，可是罗峰却是整个人一跃，直接腾空超过两米，左手轻轻搭在墙头上，略微一用力，整个人便到了另外一个巷子中。

飞奔前进，也算是家教前的热身。

此时罗峰的速度，保持在每秒钟 15 米，也就是时速 54 公里。这样的速度，并非罗峰的极限速度，可是也能达到热身效果了。

呼！呼！

"还有一个月就高考，暂时就停止家教了。这大半年时间家教，也赚了两万块。"也是去年刚刚获得"高级学员"称号，拥有了这个称号，自己才很容易地找到了一份家教工作，教导一个少年基础身法。

薪水是一个小时 100 块。

每个星期，教五天，每天都是晚上一个小时。也就是说，一个月薪水在 2000 多点。

"爸爸他辛苦工作一天，一个月工资也就两三千。我只是每天做家教一个小时，就比爸他高这么多……这就是普通人和武馆高级学员的差别！而如果我能成为武者，差别将大得惊人。"罗峰双眸一凝，前面巷子里，正有一货车在掉头，堵住了路。

不过罗峰并没有减速，奔跑中的他突然一蹬地，跃起两三米高，在巷子的墙头上连踏了两步，而后飞跃而下，继续飞速前进。

片刻后——

罗峰已经奔跑到一座幽静的住宅小区外。

"这，才是爸妈他们应该待的地方。"罗峰停了下来，看着眼前幽静的住宅小区。这个小区的住宅密度比较低，里面有人工水池，也有大量的花草树木点缀，就算是高层住宅，每一层都有空中花园。

除了高层住宅外，还有联排别墅。

要知道——

现如今，华夏国一共六大基地，也就是六大市！每一个市人口都很惊人，如江南市就近两亿人口。自然而然，土地是非常稀少的，像叠加别墅、联排别墅都很稀少，价格很昂贵。而占地更奢侈的独栋别墅更是要缴纳巨额奢侈税的。

"我去 18 栋 1801 号。"站在小区门口，罗峰对着小区保安说道。

"等一下。"小区保安按了一下可视电话号码，顿时旁边的摄像头对准了罗峰，可视电话中传来 1801 号业主的声音，"是小罗，放他进来。"

"好的，先生。"小区保安立即放行。

一个小时之后，罗峰走出了小区。

"嗯，家教结束了，去武馆看看，看看我最近实力有没有提升。"

极限武馆，地球上第一大武馆，由世界第一强者洪创立。

武馆遍布全球各地。

"嘀！"在武馆正门口刷了一下学员证，罗峰进入了武馆院内。

一座极限武馆，就仿佛一头巨大的怪兽盘踞在那儿，论占地面积，比一所高中学校还要大。武馆的正门，足以让十辆轿车并行进入。武馆院内，就是三栋通体银白色的巨型建筑，造型仿佛三艘飞船。

"师兄！"

"师兄好。"

武馆院内的路上、草坪上，有着大量的武馆学员。这些学员看到罗峰胸前挂着的高级学员证，一个个立即尊敬的很。

武馆内，三栋巨型建筑，分别是初级学员教学楼、中级学员教学楼，以及高级学员教学楼。

其中，高级学员教学楼的一楼、二楼，都是大型教学厅，每一个大型教学厅，都足以容纳数千人。武馆的教员老师，都是在这大型教学厅进行授课。整个极限武馆的学员，有三四万之多。

16周岁，才可以成为武馆学员来学习，但30周岁后，就禁止再来武馆学习，这里不允许没有潜力的人占用教学资源。

整个武馆的高级学员，人数一共百号人，大多是二十多岁。

而罗峰，才年仅18周岁。

"师兄好。"

罗峰一路听着恭敬的喊声，进入高级学员教学楼的三楼，这里是高级学员才能进入的地方。

三楼，足有百米长的大型练武厅，此时有十几人。

"疯子。"

"疯子，来啦！"

一进入这大型练武厅，这十几名高级学员都热情打招呼。

"王哥，杨哥，李姐。"罗峰笑着喊道，看着这一群大哥大姐，心中也觉得暖暖的。这十几个人，年龄都超过了二十岁，罗峰自然是最小的一个。当然，宜安区极限武馆的高级学员不止这十几人，总的高级学员是超过百名的。可是一般没有老师教课，大多数人是懒得来的。

除非家里穷，没地方修炼，才会来武馆的练武厅。

而有钱人家，一般都有独自的专门修炼室。

所以说——

这十几人，家里住的几乎都是廉租房。因为都是穷人，大家自然抱成团，形成小集体。而罗峰，则是靠当初愤怒的迎战三名有钱人家的高级学员，并且连败三人，因此被大家起了个疯子的外号。

"这半个月修炼，不知道我的实力进步了多少。"

罗峰朝练武厅角落的拳力测试机走去。练武厅角落并排放着两台拳力测试机，不管是中级学员考核，还是高级学员考核，乃至于武者考核，都是需要测试拳力的。

"吸，呼！"

罗峰缓缓深呼吸一口气，整个人完全放松下来，突然他目光一凝，整个人就仿佛懒洋洋的狮子陡然暴起一般，脊椎仿佛弓弦一般瞬间绷紧，脚发力传至腰胯，通过脊椎传递，罗峰的右拳就仿佛迸发出的炮弹，划过一道弧线——

"砰！"的一声，罗峰右拳砸在拳力测试机的拳靶上。

拳靶猛地一阵晃动。

顿时拳力测试机的屏幕上浮现出数字——"809kg"。

"疯子，不错啊，啧啧，过八百公斤关卡了。"一名身高超过一米九、显得精瘦的壮汉笑着拍掌喊道，这壮汉脸上还有着一道狰狞的伤疤。

"杨哥。"罗峰一笑，"和杨哥一比，可还差不少呢。杨哥，麻烦帮忙将速度测试仪打开一下。"杨哥，名叫杨武，在极限武馆的高级学员当中也是排前三的，只是在速度上略有欠缺，否则早通过准武者考核了。

高级学员，要想成为武者。

需要通过两次考核——

第一次是武者身体素质考核，也就是准武者考核。一旦过关，就代表在身体素质上，达到成为武者的标准。此时已经算是准武者了。

而这第二次考核，就是武者实战考核。

空有身体素质，是没资格成为武者的，只有在真正和怪兽实战当中过关，才能获得武者称号。

"要测试速度？好嘞。"杨武笑着走到一旁的跑道上，打开速度测试仪。

"咔！"

速度测试仪打开，摄像头亮起。

"呼，呼。"罗峰调整了一下呼吸，站在跑道上。跑道共有六十米长，而靠近速度测试仪的区域，就是测速区域。

罗峰猛然一发力！

嗖！

几乎一眨眼，罗峰就加速到极限速度，双腿有力的蹬踏，产生强劲的冲刺力道，令他整个人就仿佛离弦的箭迅速沿着跑道飞窜，带着一阵风，刷地，罗峰就冲过了速度测试仪区域。之后罗峰自然减速，停了下来。

　　"多少？"罗峰笑着走过去。

　　"啧啧，疯子，你比上次又进步了些啊。不错不错。"杨哥惊讶地看着速度测试仪屏幕上显示的数字，连喊道，"你自己过来看。"

　　罗峰走过去一看，屏幕上的数字是——"23.8m/s"。

　　"还行。"

　　罗峰心中并不是太高兴，武者的身体素质考核，也就是准武者考核，一共有三项测试，分别是力量（拳力）、速度、神经反应这三方面。在神经反应方面，罗峰很有天赋，现如今已经勉强达到了武者的素质要求。

　　可是——

　　力量（拳力），准武者考核的合格线是——900公斤！

　　速度方面，准武者考核的合格线是——25米/秒！也就是百米四秒。

第五章
不同的选择

　　"实力提升，越往后越难。"罗峰思忖着，"从秒速23.8米，增加到秒速25米。恐怕要一年时间。而拳力从809公斤，增加到900公斤，估计需要的时间还要更长点。我想要获得'武者'称号，估计要等进入大学之后了。"

　　"如果，如果……我再昏迷一次的话。我的身体素质，恐怕就能达到武者的要求了。"

　　当然，自己要的昏迷，不是被人打得昏迷过去。而是头疼到极限，而昏迷过去。

　　罗峰有头疼的病症。

　　每天都会偶尔有一阵头疼，不过每次忍忍就过去了，而头疼到极限，就会昏迷！

　　从小到大，罗峰一共昏迷过两次。

　　八岁那年，弟弟被车轧断了腿，那次罗峰伤心过度，突然觉得自己的头非常疼，同时心跳也快得惊人，全身血液流转速度达到一个惊人的地步，感觉到自己心脏好像要从胸腔跳出来一样，直至承受不了直接昏迷。

　　还有十二岁那年，妈妈重病入院，害怕失去妈妈的罗峰，惊慌的很，同样头疼得要命，心跳速度惊人，再一次昏迷。

　　两次昏迷，家里人曾经带罗峰去医院检查，可根本查不出毛病。毕竟就算是现在，脑部依旧是医学上难以攻克的难题。

　　"不过，两次昏迷却诡异地让我身体素质都提高了一大截。"罗峰期待的很，"八岁，十二岁，这两次昏迷醒来后，我的力量、速度、神经反应明显强了很多。这才让我十六周岁刚进入武馆，就直接通过中级学员考核，获得中级学员称号。正因为基础好，我十七周岁又获得高级学员称号。"

"如果，我能再昏迷一次，实力肯定能再度跃升一次！"

昏迷，其实是身体的自我保护，并非完全是坏事。

罗峰从小就有头疼病，不过八岁那年第一次昏迷后，他就发现，每次头疼程度减轻了不少。等到十二岁那年，又一次昏迷之后，每次头疼程度又再度减轻。

"按照这样的趋势，我如果能再昏迷一次。头疼情况应该会再度减轻……昏迷个一两次，或许，头疼病就永远消失了。"罗峰心中渴望的很，毕竟昏迷一次，自己头疼病症就减轻。而且身体素质还会有一个跃迁。

可惜……

昏迷不是说想昏迷就昏迷的。从小到大，也不过发生两次而已。

"头疼到极限，心跳速度也会快到极限。"

罗峰低头看了看手腕上的手表，这是一块含有测试脉搏功能的手表。

"可是，就算极限奔跑，一分钟心跳也不超过120次。"罗峰看着手表，"如果我一分钟心跳，能达到两百多次，那多好。"昏迷前的征兆就是头非常疼、心跳非常快。

可惜——

不管运动如何剧烈，自己的心跳速度，也无法快到能头疼昏迷的地步。

练武厅内，脸上有着刀疤的杨武，站在拳力测试机前。也没有认真蓄势，很随意的就是左右双拳猛烈地击打向拳靶，砰！砰！砰！一连串低沉的拳击声响起，拳力测试机的屏幕上流过一连串的数字——"956kg，912kg，936kg，981kg……"

杨武一口气击打了数十拳这才停了下来。

旁边观看的罗峰，不由一阵羡慕，自己全力一拳也就809公斤。

如果像杨哥这样连续迅速出拳，每一拳的力道能超过七百公斤就算不错了。

"杨哥，哪天我全力一拳，能有你这么随意一拳的力道，那就好了。"罗峰在一旁笑道。

"你小子。"杨武走过来，笑着一拍罗峰肩膀，"你今年才19岁，也就18周岁而已。你杨哥我像你这么大的时候，还只是武馆的中级学员呢。以你的进步速度……不要多，两年，绝对能达到武者的身体素质要求。啧啧……20周岁的武者，真是让人嫉妒啊。"

罗峰一笑。

武馆招收学员，是16周岁到30周岁，是因为这一个阶段成长最迅速。越早跨入武者行列，代表以后实力会更强大。自己去年17周岁，就成为武馆高级学员，的确是让很多人羡慕。

"对了，疯子，你要高考了吧？准备高考后干什么？"杨武笑道。

"我准备考军校。"罗峰微微一笑，"一般军校收的学生，毕业后只是当普通军队的基层军官。而我，毕业后进入一些特种军队，应该不成问题。"

"哦。"

杨武听了撇撇嘴，"进军校好是好，不过……我感觉，就是人身自由受到限制了。等你将来军校毕业出来后，进入特种军队，在军队当中当然要服从军规！我反正是受不了，还是当一个自由武者比较好。"

"自由武者是不错。"罗峰摇头道，"不过，我不想让我爸妈担心。进入军校，毕业后进入军队。至少安全程度上，要比自由武者高很多。"

武者一般有四条路。

第一条路，加入军队，成为军队的一员。好处是安全性高，国家是不可能轻易让武者冒险的，国家也会给武者的家庭很多福利，让武者们没有后顾之忧。

第二条路，加入武馆。武馆管理制度比较宽松，属于比较松散的群体，而且极限武馆又是世界第一强者洪创立，成为极限武馆的武者后，好处不少，而且管理宽松，比较自由。

第三条路，加入某个集团财团，某个家族，某个大势力等等，属于当打手的那种。

第四条路，就是加入雇佣军，这是出生入死那种，最冒险，同时也是最自由的。

"进军队，安全是安全。不过，我是不想没什么自由的日子。"杨武摇头道，"今年，我估计就会再次去参加准武者考核，应该能过关。一旦过关，我今年就会立即参加武者实战考核，努力在今年成为一名武者。"

罗峰眼睛一亮："杨哥，你有把握过准武者考核了？"

"哈哈。"杨武一笑，"三项素质测试，拳力和神经反应，我早达标了。我的弱项是速度！不过，现在我发挥好，也能勉强达到一秒25米。这些天再努力努力，到时候考核应该能过。"

"杨哥，恭喜啊。"罗峰为杨哥感到高兴，毕竟杨哥为了成为武者奋斗很多年了，"杨哥，你成为武者后，准备干什么？"

"当然是加入极限武馆。"杨武一笑，"极限武馆的制度很宽松，而且，武馆遍布全球各地，有很多武者前辈，对自己发展也有很多益处。而且，我可以想休息就休息，想出去猎杀怪兽就出去猎杀怪兽，多自由。"

罗峰点点头。

"疯子。"杨武看着罗峰，"你小子骨子里很疯狂的，我不会看走眼，我觉得你很适合走自由武者这条路。加入武馆，多自由？而且极限武馆，也会给我们很多帮助。"

"我……"罗峰有些迟疑。

杨武见状，摇头一笑："疯子，自由武者经常出生入死，在生死间磨炼。比较危险！可是同样，正因为经常在生死边缘厮杀，这实力进步也是最快的！你看看，不管什么地方，武者中的强者，绝大多数都是自由武者。"

夜晚，路灯亮着。

离开极限武馆的罗峰，在人行道上独自一人默默走着，之前杨武和他说的一番话，的确影响不小。

"适合我的路，其实有两条。"罗峰心中默默道，"一条是进入军校，顺顺当当的毕业，之后进入特种军队。第二条，是成为武者。加入极限武馆，成为极限武馆名下的武者，可以自由地去猎杀怪兽。"

"这两条路，第一条进入军校，安全性高、家庭福利好。就算战死，国家也会照顾好我的亲人。"

"第二条成为自由武者。经常在生死间杀戮，实力提高快。猎杀怪兽也能换得巨额金钱，赚钱也快。这条路……危险、实力提高快、赚钱快、自由，唯一的缺点就是危险。"罗峰不断思考着，其实高三这一年来，他经常思考这个问题。

"爸妈一共就两个儿子，弟弟已经残疾，如果我当自由武者，在生死厮杀中死了，爸妈后半辈子怎么办？"

弟弟是需要人照顾的。

爸妈岁数也大了，自己一死，爸妈怎么办？

"进军校吧。"

"将来进入特种军队，我也可以学习军中武道，结合我在极限武馆学的极限武道，实力应该能再度提升。在军队中，我一样可以磨炼自己的实力！而且在军队中就算战死，作为武者身份战死，国家每个月也会发给我爸妈抚恤金的。"罗峰从为爸妈角度考虑，还是选择考军校。

只是……

军校，不是自己想上就能上的啊，还需要文化成绩够高才行，一切就看六月份的高考了。

第六章

高 考

高考前的一个月，罗峰几乎所有精力都投入到复习当中去。随着复习的进行，以及一次次模拟试卷的测试，对高考的信心，罗峰是越来越足！

"考江南第一军校，十拿九稳。"

这就是罗峰心中想法。

六月七号，这是高考第一天。华夏国的高考时间为六月七、八、九号三天，跟大涅槃时期之前的高考日子一样。

宜安区第一高中。

按照考场安排，本是三中学生的罗峰，高考就是在这第一高中里进行。

"女儿，加油。"

"放心吧，老爸。"

"甜甜，别给自己太大压力啊。"

第一高中校门外，聚集了密密麻麻的高考考生和家长，同时也站着一排手持真枪的警察。

"小峰啊，考试的时候心态要放松。咱们就算上不了第一军校，上第二军校也行的。轻松点！"父亲罗洪国看着自己儿子，笑呵呵说道。

"嗯。"罗峰笑着点头。

"嘀——嘀——"随着响亮的车鸣声，只见一辆全身幽黑、充满着贵族气质的最新款的奔驰S600，在一辆辆警用机车的护拥下缓缓驶向第一高中的大门，周围的考生家长立即朝旁边避让，但一个个目光都聚集在那辆车上。

最新款奔驰S600，加速到时速一百，只需要一秒六，极限速度达到时速500公里。当然这点性能不算什么，奔驰S600作为从大涅槃时期就传下来的品牌，其本身的历史底蕴才是最吸引人的。

只见奔驰S600走下来三人，彼此谈笑着朝校门口走去。

"左边的秃头，就是咱们宜安区的警察局张局长啊。"

"右边的那个，是教育局的刘主任吧。"

"中间的，那一定是负责考场安全总指挥的武者。"只见考场外大量家长、考生议论纷纷，绝大多数人的目光都聚集在那中央一人身上，目光中蕴含着兴奋、崇拜和好奇。

现如今人类和怪兽的战斗，是一直在持续的。

普通人是禁止离开市区边界的，而武者们，就是能够一对一和怪兽厮杀的存在。整个人类社会对于武者们，也是非常感激的，感激他们为人类作出那么大的贡献。普通人自然一个个很崇拜武者。

武者，属于人类群体中地位超然的一群人。

"那就是武者啊。"父亲罗洪国也看着那人，"每次高考的考场安全总指挥，都是请武者担当。"

"武者。"

罗峰看过去，那名武者有一种让人看了就心悸的感觉，他的眼睛也好似毒蛇森冷的眸子，一路上不苟言笑。面对警察局局长和教育局的刘主任，这名武者只是时而淡然点点头，根本懒得理会。

"在不远的将来，我也会获得武者称号！"罗峰心中默默道。

"咔咔——"

第一高中的大门缓缓打开。

"进场了。"立即传来一阵阵声音。

"小峰，进场了。你快进去吧。"父亲罗洪国连道，旁边母亲龚心兰也连道："快去吧，妈等会儿就回去给你烧饭，你爸和弟弟在这等你考完。"

"嗯。"

罗峰微笑点点头。

"哥。"弟弟罗华坐在轮椅上，向罗峰竖起了自己的拳头，微微一笑，"一定要加油啊！"

"加油。"罗峰也竖起拳头。

随即罗峰转头走入考生人群当中，经过检查，通过了校门口。

考场教室内，考试证和身份证放在桌子右上角供考官检查，而试卷则开始发了下来。

"2056年江南市高考理科试卷A卷"——试卷的最上面清楚的一行字。

"第一场是理科考试！"

看着面前的试卷，罗峰目光一扫，又看了看最后的几条大题目，似乎似曾相识，"这次题目应该不算难，题目不难的话。我理科的优势就很难发挥出来，只能小心认真地做题，尽量做到会做的不丢分。"

罗峰当即开始埋头去写。

高考一共有三场考试，分别是理科考试、文科考试以及最后的数学考试。每门满分都是250分，总分满分是750分。

理科是指物理、化学、生物三门综合。

文科是指语文、历史、政治、地理四门综合。

数学考试，自然就是数学一门。

人类大涅槃时期之后，特别是人类和怪兽的战斗持续不断，让人类拼命在科技、武道上研究。这令大家更加清晰地感觉到数学的重要。任何一个想要在计算机、生物、物理等领域获得大成就的，都需要坚实的数学基础。

所以——

文化教育中，数学的地位被提得很高。而罗峰在文科上薄弱一点，而在数学上优势极大。

六月七号，理科考试。

六月八号，文科考试。

转眼，已经是六月九号。

考场内，数学试卷刚刚发放下来。

"就这一场数学考试了。"罗峰深吸一口气，"理科试卷不难，不过我考的应该不错。文科考试我也正常发挥！也就是说，理科文科两场考试，成绩应该都在我正常发挥范围内。数学考试，只要发挥不失常太多，绝对能进江南第一军校。"

"努力！"

给自己鼓鼓劲，罗峰开始低头做题。

整个考场一片安静，不少考生的眉头都皱了起来，显然题目比较难。每年的高考，数学题一般难度都不低。毕竟这是为了选拔将来的科技研究人才。

"还真够难的。"罗峰也感到了题目的难度，"比往年还要难！不过……越难越好！"

题目简单，数学比自己差的，可能也能考 220 分，自己估计也就230 分。优势很小。

可如果题目难。

自己或许只能考 210 分，可是比自己差的，或许只能考 150 分。这样优势反而很大。

"啪！"只听到一声脆响。

考场监考老师立即看去，只见一名考生竟然硬生生折断了手中圆珠笔，这名考生皱着眉咬着牙，低头死死盯着试卷，显然数学难题太难太难。而后这名考生将手中断笔扔到一旁，又取出另外一支圆珠笔，继续答卷。

"看考生的样子，今年这场数学考试，很难啊。"监考老师心中暗想道。

的确，整个考场几乎每一个人都皱眉苦苦思索，不少考生急得眼泪都掉了下来。

数学基础本来就差的学生，只感觉……这条题不会，那条题也不会，第三条题还不会……看到这样的试卷，那些考生几乎要崩溃掉了。

一个小时之后，考场内。

数学考试时间一共是两个半小时。

此刻罗峰已经写完了选择题和填空题，就剩下计算题了。数学试卷中，选择题和填空题加起来的总分数，也就 90 分。而计算题则是五道大题目，五道题的分数就是 160 分，毕竟只有大的计算题，才能更好地发现学生的数学能力。

"还真难，填空题我都有两个空档算不出。"罗峰深吸一口气，"下面是计算题，这才是拿分的重点。多写出一题，就是三十分、四十分的差距！"

计算题五大题，其中前四题都是 30 分分值，最后一题为 40 分。

"嗯？"罗峰在计算题第一题面前，就遇到了难关。

在草纸上，罗峰不断计算思考。

"对，这里稍微变形一下，逆推过来，不就能转换成所需要的方程式了嘛？"罗峰眼睛一亮，刷！刷！刷！这难点一想破，写起来就容易得很，酣畅淋漓的一口气将第一题完全写出来，又仔细检查一遍。

"嗯，第一道题成功。"罗峰看了看左手手腕上的手表，心中一跳，"第一条题，就花费我 20 分钟？必须加快时间了。"

罗峰低头又看第二道题。

乍一看，罗峰感觉容易，立即在草纸上演算。

"嗯，不对。"

罗峰发觉自己想的路子根本不通，立即皱眉思考起来，随着时间的流逝，罗峰不断深入去研究这一题，"对，应该是这样。不过下一个证明，该怎么验证？"罗峰这时候的脑子不断急速思考着。

"快，快，快，在这题上不能浪费太多时间。到底怎么证明？"罗峰心中焦急。

这时候——

罗峰左手戴着的手表上，显示脉搏的数字开始上升。

120……125……130……140……150……

"就差一点，这一题的命题就能证明了，30 分就到手了。这里到底该怎么弄？"罗峰愈加急躁，考试是必须分配时间的，可是数学题的计算题，每一题分值都很大。每一个高考考生，想要考试成绩很好，数学的大题目，不能错太多。

这时候，完全沉浸在考试题目中的罗峰，根本没注意手表上的脉搏显示。

160……170……180……

罗峰感觉到心跳加速，可是他只当是考试时候的焦急紧张导致的，并没在意。

"咚！咚！咚！"罗峰忽然觉得自己的心脏就好像被人敲击一样，眼睛都是一阵模糊，这才惊醒，"我怎么了？心脏怎么这么难受。"罗峰低头看了看手表上测试脉搏的显示读数——

230！

这个数字，让罗峰脸色大变。自从十二岁那年昏迷之后，买了这手表，罗峰就从来没看过自己的心跳超过180。

"好难受。"罗峰感到心脏仿佛要从胸腔里跳出来，全身的血液在动力源心脏不断膨胀收缩下，大量涌动，一道道无形不可察的能量涌入罗峰的脑海深处，顿时，一阵剧痛从脑海中传来——

"啊，啊。"罗峰忍不住发出声音。

"这位考生，你怎么了？"监考老师连忙赶过来，他震惊地看着罗峰。

此刻的罗峰，面色涨红，仿佛要滴血一般，额头、手臂上的青筋暴突，而且还一跳一跳的，整个人狰狞的很。

"不，不——不要，减慢，减慢啊。"罗峰预感到不妙，心中怒吼着，双眼死死盯着手表。

"236……242……251……！"

咚！咚！咚！

心脏就仿佛一个大鼓，发出一阵阵低沉轰鸣声，血液迅速涌动。

随着双眼模糊的看到268的数字，头脑中的剧痛令罗峰整个人瞬间昏迷，昏迷的时候，隐隐约约听到了那个声音——

"这位考生，这位考生，醒醒，醒醒。快，快叫救护车！"

第七章

最终成绩

"叮叮叮……"急促的铃声回响在宜安区第一高中校园内，原本在考场外或是坐在草坪上、或是坐在路边上焦急等待的家长们，立即站了起来，透过校园院墙栏杆朝校园里面张望。

熙熙攘攘的考生们都出了考场。

2056 年江南市高考，正式结束。

下面考生们需要做的就是等待一个星期后的高考查分了。

"昊白。"略微秃顶、看似儒雅的中年男人站在校门口，笑着朝走出考场的儿子喊道。

"爸。"张昊白笑着走过去。

"考的怎么样？"中年男人笑道。

张昊白摇摇头，无奈道："这次发挥得只能说还行，不过数学题还真难，从选择题、填空题，到计算题，难题很多。特别是计算题……五道计算题，我只是做出两道来。其他三道题目，我只能尽量做出部分，按步骤给分，应该也能给我一些分。"

数学五道大题目，考验的是思维，自然是按照步骤给分。

"哦？"张昊白的父亲张泽龙皱眉道，"看来，这次数学你的分数会比较低啊。"

"没事的，爸。难，是所有考生都难，也不是我一个。"张昊白笑道，"数学题目比较难，最后的本科线肯定要低一点。我考进军校，应该没问题。"

"哦，对了。"

张泽龙一笑道，"之前，我们在校门口等你们考试结束，中途知道一件事情。你们学校那个名气很大的叫罗峰的考生，在考试中途，距离考试结束还有一个小时左右，竟然晕倒在了考场。"

"晕倒在了考场？"张昊白瞪大眼睛，"爸，你是说罗峰？"

"对啊，那罗峰被救护车带走，很多人都看到了。"张泽龙点头道，"你听，周围很多家长在和子女说这个事呢。"

"罗峰晕倒？"

张昊白连看向周围，耳朵也竖起来仔细听，果然有大量家长和子女谈论到有一个考生在考场晕倒昏迷的事，张昊白清晰地听到不少人议论罗峰。

"哈哈，这个穷小子，也有这一天。哈哈。"张昊白忍不住大笑起来。

"爸，你是不知道，这个家伙在学校的时候，经常找我麻烦。"张昊白气愤连道，"仗着实力比我强，事事都压我一头。这个家伙，也有这一天。"张昊白心中畅快万分，他对罗峰可谓是怨气大到极点。

实际上罗峰从来都不理会这张昊白，只是张昊白自己一直将罗峰当成对手，罗峰在文化成绩、武力上都超越他，自然让他难受的很。

"哈哈，这种小家伙，没见过世面。心理压力大，承受不了就崩溃了。别管他了。走，你叔知道你今天高考结束，亲自为你定了酒席。快走吧。"张泽龙笑道。

"叔？"张昊白眼睛一亮。

他们张家之所以能够在宜安区算是富甲一方，就是因为他叔，因为……

他叔，是武者！

"不可能，绝对不可能！"

刚从考场出来的魏文，在自己爸妈面前，一下子就急了，"阿峰他怎么可能在考场晕，他紧张的昏迷？不可能。别的不说，阿峰的心理素质，就算在极限武馆当中，也是被教员老师点名夸赞的。"

魏文和罗峰，可以说不是亲兄弟，胜似亲兄弟。

"阿文啊，这还有假？这是我们亲眼看到的。那罗峰他爸还有他那坐着轮椅的弟弟，当时就急得一起去医院了。"魏文父亲连说道。

"医院？应该是最近的医院。爸，妈，我先去看罗峰，午饭等会儿去吃。"

说着顾不得那么多，魏文就将考试文具给了爸妈，朝医院跑去。

……

宜安区人民医院内。

罗峰正挤出笑容陪着父亲、弟弟从医院大厅门口走了出来，这时候罗洪国和罗华，都有些担心罗峰遭受打击太大。

"爸，我没事，走，我们回去吃饭。"罗峰一副很坦然的样子，虽然心中有些不甘心，可是罗峰却知道，事情已经发生了，无法更改，能做的只是接受！

"阿峰，阿峰。"远处传来声音。

罗峰抬头看去，只见远处一道人影正朝医院大门口跑来，正是自己的好兄弟魏文。

看到急匆匆跑过来、衣服都汗湿的魏文，罗峰有些感动，随即心中一动，连问道："阿文，这数学试卷的最后三道计算题难度怎么样？"自己根本没来得及做最后三题，如果最后三题难度非常大，让绝大多数人都做不出多少的话，自己的成绩，还有点希望。

"挺难的。"魏文点头道，"今年数学题非常难，计算题五题，好像就第三题略微容易点，其他四道，都很难。"

"还好。"罗峰暗松一口气。

自己还有一丝希望……

高考结束后的六月十六号晚上八点，可以通过电话、网络进行查询高考成绩，而且本科分数线也会同时出来。

六月十六号，晚上七点多。

罗峰的家里，属于罗峰、罗华兄弟二人的房间内却只有罗峰一人，房门紧闭，罗峰正坐在自己的笔记本电脑前，手中鼠标一次次刷新网页，这高考查询成绩说是晚上八点开始，可是一般会提前一点的。

"我这次，恐怕上不了江南第一军校了。"

"不过，数学试卷，我写了选择题、填空题，以及计算题的前两题。虽然第二题我没完全做出来，可也写了不少步骤。按步骤给分，应该给我一些分的。"罗峰心中想着，"如果运气好，数学也该有 120 多分。"

罗峰期盼着："文科考试、理科考试，都是正常发挥。如果运气好，应该能考进本科线。"

"只要达到本科线，就能上第二军校了。"

两所军校，第一军校当然更好，不过需要的分数很高。罗峰已经不抱希望了。

不过第二军校，按照罗峰自己的估分，还有一点希望。

"嗯？"罗峰眼睛一亮。

高考查询成绩页面，竟然刷新出来了。

"老天，你就帮帮忙，让我过本科线吧。只要过本科线，就能进第二军校了。"罗峰心中志忑，急忙在高考查询页面上，输入了姓名、身份证号码、考试证号码，而后点击了查询二字。

刷！

笔记本页面微微一闪，便浮现出了一个表格。

考生：罗峰

性别：男

身份证号：426123203806083211

考试证号：5878643567890766

文科：216

理科：223

数学：118

总分：557

本科分数线：561

第八章

两名武者

"557分，本科线是561？"罗峰深吸一口气。

就差四分！就因为差这四分，自己就没有上军校的机会了。

十二年的文化教育学习，竟然是这样的结果。

"不能上军校，就不能上军校，又有什么大不了。"罗峰目光一凝，右手竖掌成刀直接朝前方一个横切，空气因为掌刀极速划过产生猛然颤动，发出了让人心颤的掌风声，"这次的昏迷，令我实力提高很多！"

"或许，我现在已经达到武者的身体素质，可以通过准武者考核了。"

"就算差一点，相差也不大。认真努力苦练一两个月，就应该能通过准武者考核。"

罗峰适应能力很强，这次的高考成绩没上本科线，这对他的打击很大，可是昏迷导致他身体素质再一次提高，也令他心中有着自信！

毕竟，一名军校毕业生的地位，是远远不如一名武者的！

"咔！"罗峰打开了房门，进入客厅。

客厅里，父母罗洪国、龚心兰，以及弟弟罗华都转头看过来，三人眼中都有着关心。龚心兰更是站起来，朝罗峰走来："小峰，这次高考不能怪你，怪只怪你那个头疼病。唉，这病怎么这时候发作了，这都好几年没发作了。"

"哥，你不会被打击了吧？"弟弟罗华坐在轮椅上，故意打趣道。

之前罗峰在屋内查成绩，而父母和弟弟，也是通过弟弟罗华的笔记本电脑，查到了高考成绩，知道罗峰的高考成绩竟然仅仅差四分就达到本科线。虽然他们有些失望，可是他们更担心罗峰。

罗峰一笑："当然不会受打击，爸妈，你们也别怪这头疼病，说实话，还要感谢这头疼病。"

"感谢？"

"感谢？"

"感谢？"

罗洪国、龚心兰，还有轮椅上的罗华都一个个愣住了，高考这可是人生一辈子的大事，现在罗峰的高考被这头疼病给毁掉了，还感谢这头疼病？

"爸妈，阿华。"罗峰微微一笑道，"小时候我也有两次头疼到晕倒，实际上那两次醒来后，我都觉得力气增加不少，跑起来也更快。这一次……也是这样！我感觉得到，我的身体素质比过去强上一大截，估计能够通过准武者考核。"

"什么？"罗洪国、龚心兰、罗华三人相互看了看。

"哥，真的假的？"罗华忍不住道。

"当然是真的。"罗峰微微一笑，"通过准武者考核后，就能申请武者实战考核。我对自己实战能力很有自信，今年或许就能成为一名武者！"

父亲罗洪国，母亲龚心兰，弟弟罗华，三人都被这个消息给镇住了。

武者啊！

那代表着什么？那代表着人类群体中地位最超然的一群人，代表着特权！代表着大量金钱！代表着高高在上的地位！而且一旦成为武者，带给家庭的各种好处，比成为军校的精英学员要好得多。

"我们家要出一名武者了？"弟弟罗华忍不住大叫起来，"哈哈，哥，我崇拜你。"

"小峰，好啊。"罗洪国也是兴奋得一拍罗峰肩膀，"成为武者好啊，和武者一比，军校毕业生又算什么？"

现如今，全世界人类社会，对于武者都是很崇拜很敬仰的。

见到爸妈和弟弟这么开心，罗峰呵呵一笑："爸妈，还没经过考核，不能得意太早的。"

"18周岁的武者？"罗华不由兴奋得嗷嗷直叫，"如果我哥真成了十八周岁的武者，那，那实在是太，太……牛了！！！"

第二天早晨五点，天蒙蒙亮。

罗峰就离开家，朝极限武馆赶去。

"这时候人还真少。"罗峰进入极限武馆后，就发现整个武馆的草地、路道上，只能看到近百人的身影。要知道整个武馆的学员有三四万之多的，"每次武馆老师教课，都是晚上，晚上才是武馆人最多的时候。"

行走在路道上，罗峰直接赶往高级学员教学楼。

"轰隆隆——"低沉的气浪声传来。

"咦？"

罗峰不由转头看去，只见一辆通体白色的显得很是华丽的跑车，缓缓驶进了武馆当中，罗峰仔细一看，不由倒吸一口凉气："是阿斯顿马丁的跑车？还是最新款最昂贵的带有飞行功能的Thr-191？"

弟弟是非常喜欢跑车的，在家的时候，也和罗峰夸赞过这辆Thr-191。

"是阿斯顿马丁啊。"

"是191呢，这可是带飞行功能的。"武馆院内，三三两两稀少的学员一个个被吸引过来，"这一辆车，要3600万华夏币呢。"

就在这时候，跑车停在了高级学员教学楼门口。车门打开，从里面走出来一名一身宽松练武服的火红短发男子，这头发明显是染的，他的目光随意地朝周围一扫，掠过那些普通的武馆学员，在罗峰身上略作停顿，而后没说什么，就直接进入了教学楼。

"是武者。"罗峰眼睛一亮。

刚才这名武者的眼神，都让罗峰觉得压力，这是经历过一次次生死厮杀后，有着钢铁般意志的眼神。

"过去我在武馆从来没见过这名武者，他来武馆干什么？"罗峰也进入了高级学院教学楼的三楼练武厅。

宽敞的练武厅中，空荡荡的，一个人也没有。

现在只是早上五点多，就算是人最多的晚上，这里一般也不超过二十人，更别说一大清早了。

"我要看看，现在我的实力，到底达到了多少。"罗峰走过去，将拳力测试机的插头给插上，开关打开，又将远处的速度测试仪给打开。

站在拳力测试机前。

"开始吧！"

罗峰深吸一口气，以腰胯为中心，强劲的力道透过腰胯发出，而后脊椎猛然弓起，就仿佛一条大蟒蛇，产生一股强劲的力道透过手臂，节节贯串，而后罗峰的拳头就仿佛一道闪电，猛然砰的一声就砸在拳靶上。

"嘀，嘀，嘀！"拳力测试机发出连续三声。

罗峰眼睛一亮，平常拳力测试机是不会有这种声音的，发出这种声音代表一种情况——拳力超过了 1000kg。

"嗯？"罗峰盯着那拳力测试机的显示屏——1089kg。

"这么多？"

罗峰心中一阵狂喜，武者的身体素质要求是拳力必须达到 900kg，而之前自己的拳力是 809kg，现在竟然达到了 1089 公斤，一下子增加了 280 公斤。远超合格线。

"哈哈。"

罗峰兴奋的双拳闪电般出击，整个人左右晃动，只听得砰砰的声音不断，几乎眨眼工夫，罗峰就击打了二十多拳。而拳力测试机的屏幕上也显现了一连串的数字——956kg，989kg，923kg，965kg……

"再去测试一下速度。"罗峰转头朝跑道走去，"只要我的速度过关，加上我的神经反应速度之前就达标了。那么准武者考核，就一定能过！"

罗峰调整一下呼吸。

嗖！

整个人仿佛一发炮弹猛然射出，沿着跑道迅速穿过。

高级学员教学楼四楼，红发男子以及黑衣光头中年人正并肩谈笑走着。

"严罗，咱们多久没见了。"光头中年人微笑道，"快三年了吧，当初那个稚嫩的小家伙，现如今也是大名鼎鼎了，我可是听说你这一次赚了近一个亿地球币吧。啧啧，看到你，我就觉得，我老喽。"

"运气好而已。"红发男子笑着道，"江哥，你当初……"

"嘀，嘀，嘀！"

楼下传来的微弱声音，让这二人都惊讶地相视一眼。

"楼下的拳力测试机，是最初等的拳力测试机，达到 1000 公斤，会发出这声音。"光头中年人惊讶道，"早上五点多，也有人来练拳，而且一拳能过一千公斤，难道是那个杨武？"

"去看看不就知道了？"

呼！呼！

一黑衣，一白衣，这二人化作两道幻影直接沿着楼梯，几乎一眨眼，就从四楼来到三楼练武厅门口。

黑衣光头中年人、白衣短发男子并肩看着练武厅内，此时的罗峰正站在跑道前，而后飞窜而过。

"28.1m/s。"黑衣光头中年人和白衣红发男子，都一眼看到速度测试仪屏幕上显示的数字。

"这个罗峰，拳力超过 1000 公斤，速度竟然达到每秒 28.1 米。"黑发光头中年人有些吃惊。

"江哥，这个小家伙年纪不大吧，竟然达到武者身体素质要求了。"红发男子惊讶道，黑发光头中年人点头道："嗯，他叫罗峰，是我们武馆这一批中比较有天赋的学员。今年也才刚刚十八周岁！"

"十八周岁？这么小？"红发男子不由眼睛一亮。

而这时候，发现门口二人的罗峰不由一惊，红发男子是之前开跑车过来的武者，而这黑衣光头中年人可是这所极限武馆的馆主江年，权力最大的人物。按照极限武馆的规矩，学员都是称呼他为教官的。

"教官！"罗峰连行礼喊道。

"过来。"教官江年笑着喊道，"没想到罗峰你竟然这么快就达到武者素质要求了，我给你介绍一下，这位是你的前辈严罗，严罗，我把你的名字告诉他，没事吧？"

"没事。"严罗看着罗峰，点点头，"这小家伙，这么年轻就达到武者的身体素质要求，或许将来，他也能跟我有所交集。"

江年看向罗峰，一笑道："罗峰，你18周岁，应该是今年高考吧。别管今年考的怎么样了，上学又有什么用？你现在就安心准备武者实战考核吧。哦，对了，7月1号这天，你去一趟扬州城的极限会馆，去那儿进行准武者考核，以你现在的实力，很容易过的。"

"高考？"旁边严罗一笑，"别去大学浪费时间了，你天赋不错，不管做什么事情都要全身心投入，你现在就要将全部精力放在武道之上。小子，等成了武者，加入咱们极限武馆，这才有前途。"

这两大武者，地位都极高，对社会上所谓的富豪和官员，都是不屑一顾的。

而对于同样将跨入武者行列，而且岁数还很小的罗峰，他们却很是期待。

第九章
武者的特权

"严罗说的对！"江年看着罗峰，语重心长道，"罗峰你的进步速度很快，在我们宜安区极限武馆当中，你应该算是现如今进步最快的一个！16周岁进入我极限武馆，现如今18周岁，身体素质就达到武者境界。如果你去读大学，精力浪费在读大学上，浪费四年时间，那才是暴殄天物！"

"你要知道，16周岁到30周岁，是进步最快的，岁数越大，进步越难啊。"江年认真说道。

大学四年，的确是武者修炼最容易极速提升的四年。

浪费这四年去接受文化教育，在武者看来，的确是大罪过。

"呃……"罗峰有些发蒙。

老天，看来自己高考失败，也不算什么坏事嘛。

"罗峰啊，等你正式成为武者，加入我极限武馆如何？"江年微笑道，"只要你成为我极限武馆的武者，我极限武馆，会在最好的地方安排一套独栋别墅分配给你。当然，这栋独栋别墅你是不允许卖掉的。而且每月还有两万华夏币底薪。"

"独栋别墅？两万块底薪？"罗峰倒吸一口凉气。

两万块不算什么，可是独栋别墅就太奢侈了。

现如今整个华夏国，一共才六大人类基地，也就是六大市。土地是极度珍贵的，独栋别墅可是要缴纳巨额奢侈税的，现如今普通商品房都要几万块到十几万块一平方，这也导致绝大多数普通民众都是居住廉租房。

普通商品房就这么贵，叠加别墅、联排别墅、超大户型豪宅，一平方都要数十万华夏币的。

而独栋别墅，在如今这个时代，国家都是限制的，不是有钱就能住到的。有钱、有权或是有特殊地位，才能住进去。并且还要缴纳巨额奢侈税，一般独栋别墅的价格，一平方肯定过百万的。

"一栋独栋别墅，就算小点，也有三百平方吧，也有两三亿了。"罗峰感到窒息，"虽然不允许卖掉，可是一家人住在独栋别墅里，那才算没到世上白来一遭啊。"

两三亿，什么概念？

就是张昊白的父亲，一个富豪，全部身家恐怕都赶不上这一套独栋别墅。

"罗峰，我极限武馆的福利，和加入国家特殊部门相比，也相差不大。"江年笑道，"国家部门的武者，有底薪福利，有居住特权，也就比我们多一个杀人执照，可以根据形势临时决定杀死普通人。当然他们也不敢乱杀，回头还是需要和上面组织交代事情经过的。"

"杀人执照？"罗峰早听说过，国家特殊部门的武者的确拥有当场格杀人的权力。

"不过，我们极限武馆也是有特权的，如果哪个普通人惹了你，你可以上报给武馆，武馆查证属实后，会通过江南市安全局，直接将那普通人带走。"江年微微一笑，"加入我们武馆，金钱、地位，什么都有！你可以安心追求人类的极限，武道的极限！"

江年指向旁边的严罗："我这位小兄弟严罗，就在前不久猎杀了一头怪兽，赚了近一个亿的地球币，换算过来，就是三亿多华夏币了。你的天赋，好好努力，将来达到严罗这地步，也并非不可能。"

罗峰完全惊呆了。

老天……

猎杀一头怪兽，就赚这么多？到底猎杀了什么等级的怪兽？

"罗峰，好好努力。你的天赋真的很不错，别辜负这天赋。"江年微笑着拍了拍罗峰的肩膀。

"小子，可千万别松懈，我相信你将来也是有可能成为战将级武者的。到时候金钱、地位和美人，想要什么都有！"严罗微微一笑，"到时候，我可是很乐意和你一起出去猎杀怪兽的。哈哈……"说完，江年和严罗这两大武者便笑着离开了。

罗峰站在练武厅中，脑中乱的很。

不管是教官江年，还是这个神秘的红发青年严罗，罗峰都感觉到他们谈笑中有着的一种肆意！一种张狂！

"肆意，张狂？"罗峰脸上渐渐浮起笑容，"对，男儿在世，就应该肆意闯荡一番，闯出一番事业来！世界第一强者就说过，不想当将军的士兵不是好士兵。不想当世界第一的武者，根本就没有武者之心。"

"人活一辈子，束手束脚，又有什么意义？"

"就要闯出一番惊天动地的伟业来！"

18周岁，正是人生价值观逐渐固定的一个年龄，和教官江年以及神秘武者严罗见面后，罗峰心中想法完全变了。

"闯荡吧！"

"世界第一强者洪，世界第二强者雷神，分别创出极限武馆和雷电武馆。连五大强国，都要和他们平等以待。他们能做到……难道不能有第三个人做到？"罗峰微笑着朝练武厅外走去。

男儿有梦，有梦就去闯！

年轻就是资本！

年轻，就代表着未来不可限量！一切需要自己去努力，去奋斗！

6月28号，上午时分，天朗气清。

罗峰和魏文二人，正走在前往宜安区第三高中的路上，今天是领取毕业证书和志愿申请书的日子。

"阿峰，你真的有把握通过准武者考核？"魏文忍不住惊呼道。

"嗯，7月1号，我就去扬州城的极限武馆总部——极限会馆，去那儿进行准武者考核。"罗峰微笑道。

前面已经是学校了。

罗峰看着前面的校园，看着校园内三三两两的学生，觉得自己心态有些改变："嗯，过去我将自己当成他们其中的一员，可是现在，我似乎感觉到，我和他们已经是两个世界的人了。他们上大学，以后努力工作，娶妻生子。"

"而我，和他们的道路不一样。"罗峰和魏文进入学校，分别去自己的班级。

走在教学楼走廊上。

"师兄。"

"罗峰师兄。"一些其他高三学生，还热情向罗峰打招呼。

"听说罗峰高考的时候，晕倒在考场呢。"

"真是可惜了，竟然在考场晕倒。"一些在远处看到罗峰的人，低声议论着。

罗峰的身体素质已经达到武者地步，听力非常好，清晰听到远处那些学生的议论。

高三（5）班，这是罗峰所在班级。

"罗峰来啦。"

"罗哥。"班级内不少其他同学已经到了，热情打招呼。

罗峰笑着点点头。

这些老同学和罗峰大多关系不错，可是也有部分比较不爽罗峰。表面上都挺客气，不过也有些人在角落彼此低声议论着："罗峰过去成绩那么好，又是武馆高级学员。没想到这次竟然跌这么一个大跟头，晕倒在了考场。真是运气不好啊。"

"这就是命，能怪谁呢？"

过去，罗峰就是班级中的天之骄子！

文化学习好、武力又强，现如今这位天才跌了一个大跟头，这些普通学生心中很自然会有一阵快意！虽然说，他们和罗峰交情不错，可是人就是这样。当看到过去优秀的人突然落魄，也会心中畅快，暗道——你也有今天啊！

"发毕业证书了，发毕业证书了，还有志愿申请书，大家都来领啊。"三名班干部捧着毕业证书、志愿申请书走上讲台。

"王尹。"

"刘夏龙。"

班干部在上面喊着一个个人的名字，发出毕业证书和志愿申请书。

"罗峰！"随着这一声，教室一下子安静了下来，几乎所有人的目光都落在罗峰身上。

罗峰高考晕倒，大家都知道。

而罗峰的高考成绩，要知道身份证号、考试证号并非秘密，早有学生查过，知道罗峰的成绩，离本科线仅仅差四分。

"罗峰。"班长瞿琳将毕业证书和志愿申请书递给罗峰。

"阿峰，阿峰，走啦。"魏文正站在班级门口。

"等我一下。"罗峰随手一用力，嗤嗤——将志愿申请书捏成了纸团，随意一扔，被捏成纸团的志愿申请书直接丢入垃圾箱。

原本嘈杂的班级安静下来！

全班的同学们一下子愣住了，这可是高考填报志愿的申请书啊，谁敢扔掉？

顿时有一名麻雀斑女生惊讶喊道："罗峰，你怎么把志愿申请书给丢了？你不填报志愿了？"

"罗峰怎么会肯去上专科，估计要复读，明年再考。"立即有议论响起。

站在班级门口的魏文，不由一瞪眼："上专科学校？复读？你们也想得出来，阿峰马上就要去进行准武者考核了，还上什么狗屁专科，还复读？"

"少说点，走吧。"

罗峰拉了魏文一把，和魏文一起离开了。

班级的学生们顿时喧哗起来，什么？准武者考核？

"罗峰，他参加准武者考核？真的假的，不会这么厉害吧？"

"估计是那魏文吹嘘的而已，罗峰去年成为高级学员，怎么可能今年就进行准武者考核。"

潜意识当中，这些学生们都不愿相信罗峰已达到武者的身体素质要求。

武者啊……

那是超然的存在啊。

第十章
准武者考核

"爸妈，我去城中心的极限会馆了，今天中午可能就不回来吃饭了。"罗峰喝了一大碗粥，吃了三个面饼后站起来，"你们今天就等着我的好消息吧，我一通过考核，会立即打电话给你们的。"

母亲龚心兰笑着瞥一眼罗洪国："洪国，听到了么，你可要随身带着手机，别到时候儿子都找不到你。"

"我肯定带着手机。"罗洪国呵呵一笑。

"嗯，我出去了。"

罗峰朝弟弟罗华眨了下眼，弟弟罗华竖起大拇指嘿嘿一笑。

一大清早，罗峰就离开南岸小区，沿着 11 号地铁线到了中安路站，而后转 1 号线，到了扬州城城中心区域，出了地铁站后，又步行了十分钟这才抵达扬州城的极限武馆总部——极限会馆。

从家出来的时候才六点多，等罗峰抵达目的地，已经近上午八点了。

"这就是传说中的明月小区？"罗峰站在一所幽静小区的大门口外，这座小区名叫明月小区，而极限会馆就在这座小区内。

"这位先生，这是明月小区，不要靠近。"

只见小区门口，正站着六名穿着军服荷枪实弹的军人。看他们的军服就能判断……这些人并不是警察系统的，而是军队系统的。其中一名军人朝罗峰喝道："先生，还请退后，一旦你进入黄线区域，我们有权将你直接击毙！"

"和传闻中一样啊。"罗峰心中暗叹。

明月小区，是极限武馆在扬州城的大本营！

这里，不但有极限会馆，同时也是极限武馆麾下武者家庭的居住地。

"传言说，住在这里面的，都是武者和他们的家属！连警察也没资格擅闯。"罗峰心中惊叹。

"各位。"罗峰站在小区门口，开口道，"我是极限武馆高级学员罗峰，这次过来，是接受准武者考核的。"极限会馆每个月的1号，都会举行准武者考核。

"哦？"

在小区旁边的守卫休息室里面走出来一名花白头发的老者，他的手中捧着一掌上电脑，"年轻人，你来的挺早的，八点钟没到就来了。年纪轻轻就进行准武者考核，前途无量啊。嗯，将你的身份证、高级学员证，都给我检查一下。"

罗峰递过身份证和学员证。

"嘟——"

身份证和高级学员证，分别在掌上电脑上划过，掌上电脑屏幕上接连浮现讯息。

"18周岁？"这花白头发老者惊讶地看了一眼罗峰，笑盈盈道，"18周岁，就敢来进行准武者考核，不错，希望你今天能够通过。"

"谢谢老先生。"罗峰也说道。

"放他进去吧。"花白头发老者一挥手。

顿时小区的电动拉门自动拉开，同时一名手持着突击步枪的军人上前一步，跟随在罗峰身旁："先生，我会带你去极限会馆。请先生在进入小区后，不要乱跑！你只有进入极限会馆的权限，不得进入武者家属住宿区。若违反规定，就算我不动手，在小区内巡逻的兄弟也会动手的。"这名军人说着还朝罗峰咧嘴一笑。

"一定。"罗峰微笑点头，心中暗惊……

国家和极限武馆，的确是合作关系。至少在极限武馆的核心区是重点保护的。

"嚯，一栋栋，都是独栋别墅。"罗峰一眼看过去，除了小区中央，那高高耸立的一座极限会馆大楼外，其他地方则是错落有致的独栋别墅，在别墅之间，还有着假山、水池、草地。

明月小区中心，极限会馆内，当罗峰步入极限会馆大堂的时候，那名军人也就回去了。

"先生，你是接受准武者考核的？"会馆大堂中，一名长相甜美的少女微笑道，"先生，请坐那边。等到上午十点的时候，再和其他人统一进行准武者考核。"

罗峰点点头，朝会馆大堂边上走去。这里是一个小型酒吧，有一名服务生和一名调酒师。

"嗯？"罗峰扫了一眼，这小型酒吧中已经有三个人坐着了。

其中两个人在谈论着，而另外一人在一沙发上沉默地坐着。

"看，那边的一栋栋别墅，就是加入极限武馆的武者的福利了。"一名白衣白裤的青年兴奋说道，"只要成为武者，加入极限武馆。就能免费分配到一栋。而且以后就能住在这儿了……啧啧，你看这环境，多舒坦。"

"武者小区，当然和外面普通小区不一样。看，来新人了。"这三人也看到了罗峰，罗峰朝这三人微微点头，就坐到了一旁的沙发上。

大家彼此不认识，所以也没有交谈。

随着时间的流逝，接连又来了三个人，这三个人罗峰同样不认识，不过看样子……这三人年龄都比较大，估计都超过三十岁，甚至有过四十岁的人。

"哈，罗峰！"一道响亮的声音响起。

罗峰吃了一惊，转头看去，只见脸上有着一道狰狞疤痕的精瘦汉子走了过来："你也过来进行准武者考核了？"

"杨哥？"罗峰连站起来迎过去。

"说起来够丢脸的，上一个月，我来测试过一次。可惜——我测试速度，每秒只是达到 24.9 米。就差那么一点点啊，没过！"杨武无奈说道，其实在拳力、神经反应速度上，杨武早就过关了，就是速度上是弱项。

不过今年以来，杨武在速度上也逐渐进步，24.9 米和 25 米，其实不算什么差距，临时状态好一点，成绩就可能是 25 米了。

"相信杨哥你这次一定能过关。"罗峰笑道。

"这姓杨的，测试过好几次了，一直没过。我看，这次也悬。"旁边传来大嗓门。

罗峰看过去，说话的是一名络腮胡子壮汉。杨武立即一瞪眼："姓童的，你还说我，你不是也考核过两次没过？我看，就你的神经反应速度，恐怕要再苦练个两三年。"

"安静点。"一道冷喝声音从大堂中央传来。

顿时在场八人都转头看去，只见一名穿着宽松练功服的中年男子招呼大家，"走，都跟我上楼，马上接受准武者考核。记住，上楼后规矩点，今天我们扬州城的总教官的老朋友过来了，别惹事。"

"是。"不管是之前嚣张的络腮胡子，还是杨武，抑或是罗峰，大家都恭敬应道。

"总教官的老朋友？"罗峰心中不由猜测起来。

须知，扬州城内有一所极限会馆和 12 所极限武馆。各区的极限武馆馆主，都被称之为教官。而总部极限会馆的馆主，则是被称之为总教官。

进入电梯后，那穿着宽松运动服的中年男子按了"6"。

"嘀！"电梯来到六楼。

哗！

电梯门打开，映入眼帘的就是一个超大的练武厅，练武厅中聚集着十几个人，其中就有罗峰认识的教官江年。

"人来了，别聊了。"一名披散着长发的中年人开口道，练武厅中十几人都转头看向罗峰等八人。面对这十几人的注视，罗峰等八人都感到心中一紧，他们知道……平常出现在极限会馆内的，除了服务人员外，就是武者了。

也就是说，这十几人都是武者！毕竟这是极限武馆在整个扬州城的大本营。

"准备测试。"这披散长发的中年人吩咐道。

罗峰在网络上见过这披散着长发的中年人，这人正是极限会馆的馆主，扬州城内的总教官邬通。

"一个个过来，先将身份证给我。"之前领罗峰八人上来的武者，从罗峰他们八人手里接过了身份证，直接送到了总教官邬通手里，笑道，"头儿，今天人还不少，有八个！"

"嗯。"邬通随意取出一张身份证，在旁边打开的仪器上滑过。

嘟！

仪器上弹出一晶莹的好似透明的屏幕，屏幕上浮现出了个人大量信息。

"第一个，童关。"总教官淡漠道，"进行拳力测试。你们军队出身的人，也跑到我极限武馆来考核，有趣。"

在旁边的罗峰一听，不由露出一丝笑容，极限武馆乃是世界第一强者创立，武馆遍布全球。极限武馆的考核是具有公信力的，含金量高。考核成绩拿出去，在全世界各国各个地区，都是得到承认的。

就连军队的，或者一些家族性传承修炼的，都喜欢来极限武馆进行考核。

"测试拳力。"总教官吩咐道。

"是。"

络腮胡子大汉立即上前一步，随即双眸暴睁，左手挡在脸前，右拳划过一道弧线便砸在那巨型的拳靶之上。拳靶只是微微颤了颤。拳力测试机的屏幕上立即浮现了数字——986kg。

"过，下一个，罗峰。"总教官随意将第二个身份证在仪器上滑过，看了看身份详细记录信息，不由惊讶道，"咦，十八周岁？老江，这是你宜安区的吧，啥时候冒出这么个有天赋的小伙子了。"

"哈哈。"旁边的教官江年不由畅快得意地一笑。

"有没实力，还难说呢。"旁边十几名武者中，一个很是肥胖的老者揶揄笑道，"说不定是来见见世面的，没什么实力。"

教官江年瞥了一眼："怎么，嫉妒了？你们北邮区那边没这样的天才吧。罗峰，给他们瞧瞧我宜安区学员的实力。"

"是，教官。"罗峰上前一步响亮应道，而后朝拳力测试机走去。

第十一章
神经反应速度

"老江似乎很有信心啊。"总教官邬通笑着，可目光依旧落在罗峰身上，在场几乎所有人都看着罗峰，等待罗峰的考核成绩。

罗峰站在拳靶前，脚部猛然发力，身体微微一转腰胯部便迸发出强大力道，瞬间节节贯穿，传入手臂。只见罗峰的拳头仿佛是满月劲弓中射出的箭矢，带着一抹残影，"砰——"的一声，拳头就已经砸在了拳靶上。

一拳打出，罗峰眼中已经略有一丝喜色："出拳感觉好爽，劲道都打出去了。"目光朝显示屏幕一看——"1101kg"。

"好。"

"不错。"当即在场的武者有不少就立即夸赞起来。

总教官邬通摸了摸下巴，点头道："小伙子不错，出拳都谨记不能丢失身体重心，如果他不顾一切只求打出最重的拳头，丢失身体重心。可能一拳威力更强。可是那样，在和怪兽厮杀时丢失身体重心，就是自杀！不错，不错。"

"哈哈，罗峰这小家伙，实战能力可是很强的。"教官江年哈哈一笑，"他可是曾连续击败三个力量、速度上不比他差的高级学员，打的是干脆利落啊！"

听着总教官和教官的夸赞，罗峰心中一阵畅快。

少年时代，自己就昏迷过两次，身体力量、速度大增。自那时候开始，自己就定下计划，一定要成为厉害的武者！而厉害的武者，在实战能力上要求是很高的。少年时代，虽然没加入极限武馆，可是从网络上搜索一些刀法基础、身法基础等，一个人在家练习慢慢积累经验。

这也是自己实战强的原因。

"是个好苗子。嗯，通过！"总教官邬通随意又取了一身份证，在仪器上滑过，"下一个，白阳。"

罗峰走回接受考核人群所待的地方。

"不错啊，疯子。"杨武低声惊讶笑道。

罗峰咧嘴一笑。

八人很快就接受完拳力测试，这八人中只有一人倒霉，一拳只有892kg，离合格线只是差一点所以被淘汰。进行下一关速度测试的，只剩下七个人。

"咔！"总教官邬通来到速度测试仪旁，打开开关。

"一个个来，顺序和刚才相反，第一个，杨武。"总教官邬通吩咐道，之前杨武是最后一个测试拳力，这次测试速度倒是第一个。

杨武深吸一口气。

他来这儿进行准武者考核也近十次了，次次都在速度测试上跌跟头。

"杨哥，加油。"罗峰轻轻在杨武肩膀上拍了拍。

"看着吧。"杨武调整一下呼吸，就走到了跑道上。

教官江年皱着眉看着这一幕，杨武也是宜安区的，可是杨武已经在速度测试上失败好多次了。

"轰！"

杨武蹬踏在地面上发出低沉的声音，有力的甩臂，强劲的蹬踏，令杨武很快就加速到他的极限，他面色狰狞，额头青筋一突一突的，咬着牙疯狂奔跑着。在从速度测试区域跑过的时候，还发出一声压抑的低吼！

"一定要过啊！"杨武停下来的时候，心中怒吼着。

他忐忑的转头看过去，只见罗峰朝他竖起大拇指，看到这一幕，杨武仿佛一下子到了天堂。

"哈哈，杨武啊，运气不错。竟然过线了。"教官江年也发出爽朗的笑声。

杨武连忙跑去，看向显示屏——25.1m/s。

"呼，好险啊。"杨武自己都笑了，如果状态稍微差一点点，速度就可能达不到 25 米每秒，那样就要再次失败。

"嗯，过！"总教官邬通也露出笑容，"下一个。"

一个个人员进行测试，上一次测试拳力，罗峰是第二个去测试的。而这一次测试速度，罗峰则是倒数第二个。

"罗峰。"总教官邬通喊道。

"疯子，加油啊，咱们可要一起去进行武者实战考核呢。"杨武鼓励说道，罗峰微笑点点头就走到了跑道上，略微调整一下呼吸，原地轻松蹦跳两下，不同于杨武那种纯粹蛮力型，罗峰则是让人感觉到很放松。

嗖！

一发力，罗峰就好似一头豹子猛然蹿出，迅速无比，带着一道劲风直接掠过速度测试区域。肉眼都能看出，罗峰的速度明显要比之前几个人都高出一些。

"感觉还行。"罗峰一转过头，就看到杨武同样竖起大拇指。连总教官邬通，还有教官江年，都难得地赞叹点点头。

罗峰自己走过去一看，屏幕上显示着——

"28.6m/s。"

"速度很不错，竟然比合格线高这么多。"总教官邬通笑着点点头，"最后一个，童关。"

接连进行完拳力、速度的测试，其中拳力测试淘汰掉一个，速度测试上淘汰掉两个，只剩下五个人。第三项就是神经反应速度考核。

"随我来。"总教官邬通带领着一群武者，以及剩下的参加考核的五人，来到与练武厅连接的神经反应测试室。

这是一间大概一百平方米的宽敞房间。

当然和之前数千平方米的超大练武厅相比，这个神经反应测试室明显小很多。只见一座高大的贵重仪器正摆放在地面上，这仪器的最前面，就好像六管加特林机枪般的一个个射出洞口，不过这洞口可比加特林机枪多的多，足有数十个。

"第一个，童关。"总教官邬通开口说道。

络腮胡子大汉立即走到了这测试机枪口的正前方，一个直径三米六的圈内。

"哒！"开关一打开。

那直径三米六的圆圈边缘，立即朝上方发射出迷蒙的红光，一时间在圆圈内的测试者，就仿佛被迷蒙红色纱帐给围住了。

"记住，不管如何，都不能离开圈子范围，一旦离开圈子范围，就会被判为失败。身体碰触红光，则要扣分。"总教官邬通说完，就走到那神经反应测试机旁，按动了好几个按钮，调整了测试的强度。这强度也分很多级别。

最初等的，是中级学员考核。

而最高等的……那是武者中顶级强者去测试训练的。

"开始！"总教官按动红色按钮。

"嘟——嘟——"神经反应测试机那巨大的炮口开始旋转了起来，炮口中数十个枪口几乎瞬间就迸发出一道道红光，速度有快有慢，连飞行轨迹也根本不平行，错乱的很，都极其迅速地射入红圈范围内。

只见那名络腮胡子大汉，双眸死死盯着前方，身体迅速的不断前后左右闪动，从一些射出的红色子弹夹缝穿过。

"噗！噗！"接连两下被射中。

不过这些子弹都是橡皮头，威力很小，速度不算快，打在人身上不算疼。

时间一分一秒过去。

络腮胡子大汉拼了命在其中不断闪躲，很快时间就到一分钟了。

"呜——"总教官邬通按动按钮后，测试机的炮口迅速减速停止旋转，而且其中央屏幕更是浮现出大量数据。

"60秒内，被击中57次，碰触红光三次。未合格，淘汰！"总教官邬通开口道，同时扔出了身份证给那名络腮胡子大汉。

"就差一点点。"这络腮胡子大汉咬着牙，摇摇头走出红色圈子范围。

"下一个，罗峰。"总教官邬通说道。

罗峰和杨武相互击拳一次，而后便直接走入了红圈范围内。

站在红圈内，前面测试机的炮口正对着自己，罗峰深吸一口气，自己在未进入武馆的时候，就在家经常练习身法，这闪躲方面一直是自己的最强项："在高考之前，我60秒内一般被击中50次到55次。而如今我身体素质提升，反应更快，测试过关更没问题。"

"记住，千万别走出圈子，走出圈子就直接失败，身体碰触红光都扣分的。"总教官邬通说完，按动了红色按钮。

"嘟——嘟——"

神经反应测试机的炮口迅速加速，很快旋转到一个极快速度，紧接着炮口中数十个枪口几乎瞬间迸发出一道道红光，一颗颗橡胶子弹立即激射而来。

"嗯?"罗峰双眸死死盯着，脑海中迅速计算着位置，整个人则是仿佛一只灵活的猫，不断地前后左右闪躲，一次次避让开一颗颗橡胶子弹。当然也有一些速度太快实在没办法避让，只能挨上一枪。

罗峰在迅速闪避，而在旁边观看着的武者们则是谈论了起来。

"这小伙子不错，他的反应速度，似乎更加优秀。"

"是很快，身法非常好，基础很扎实。你看，他的双脚就仿佛猫爪子的肉垫，每一次身法转移都不丢失重心，可以瞬间改变方向。这种身法……如果不是天才的话，没十年苦功，是达不到这般坚实基础的。"

在场武者都惊叹起来。

武者的身体素质，是可以修炼提升起来。可是身法、刀法等，都是要靠经验的。不是说身体力量强，身法就高。

"呜——"按动按钮后，神经反应测试机旋转减速停了下来，屏幕上则是浮现出一大串数字。

"60秒内，被击中28次，未碰触红光。优等!"总教官邬通露出笑容，"不错，罗峰，恭喜你，只要等正式文件下达，你的信息被录入公民身份信息中后，你就是一名准武者了!"考核通过，七天内，一般就有正式证书下达，而且记录进公民身份信息中去。

罗峰用力握紧右拳:"终于成功了!"

自己,终于成为准武者了!

"罗峰,8月1号武者实战考核。到时候在极限会馆集合,在教官带领下,和其他准武者一道去人类基地市区外猎杀怪兽!等实战考核通过,你就是一名真正的武者了。"教官江年微笑说道。

第十二章
五心向天

"嗯。"罗峰激动地点头。

在神经反应测试机旁的总教官邬通笑道："好了，下一个，白阳。"

罗峰走到杨武身边，杨武一脸惊喜之色，压低声音道："疯子，恭喜啊，你现在可是准武者了。只要一通过武者实战考核，可就是武者了！"罗峰也低声说道："杨哥，你这神经反应测试过关肯定没问题，到时候我们一起进行实战考核。"

"嗯。"杨武心中也期待得很。

随后罗峰和杨武的注意力集中在正在考核的人员身上。

很快，接连二人测试过，一名成功，一名失败。

"最后一个，杨武！"总教官邬通喊道。

杨武深吸一口气，他为了这一天等待了太久太久，而且他一直都是被拦在速度测试那一关，现如今总算有资格在极限会馆这里进行神经反应测试。

"加油。"罗峰鼓励喊道。

"放心。"

杨武大步直接进入了那红圈范围内，随着总教官邬通按动开始按钮，顿时那神经反应测试机的炮口开始旋转起来，很快达到极快旋转速度，炮口内数十个枪口瞬间射出一个个橡胶子弹，将红圈给覆盖。

只见杨武迅速地移动，在前后左右一步范围内移动，非常的简洁。

"嗯？"罗峰观看着杨哥的躲避身法，暗自惊讶，"杨哥的身法，似乎略显僵硬，没有我那般灵活迅疾，可是杨哥这种身法效率似乎很高，每一次躲避幅度都不大，他根本没有利用红圈直径三米六的范围，只是在前后左右一步范围内移动。”

杨武移动范围小，可是躲避效率却很高。

“这种身法，实战的时候的确很有用处。不过，却要对战斗控制得非常精细。否则出现一点误差，怪兽的利爪就可能撕裂掉武者的身体！”罗峰暗自评价，至少这种身法在罗峰看来，效率是高，可是危险性也很大。

等于是刀锋上跳舞。

“呜——”很快一分钟过去，神经反应测试机的炮口停止旋转。

“60秒，被击中52次，未碰触红光，合格。过关！”总教官邬通开口道。

红圈内的杨武激动的双拳紧握，手臂上满是青筋，双眸中都隐隐现出泪花，为了这一天，他等待了太久太久。终于，他实现了梦想，离传说中的武者称号，也只剩下最后一步。

“杨武。”总教官邬通皱眉喝道，“你这种躲避攻击的身法，是属于入微级。在和怪兽生死厮杀中，通过小幅度的身体移动，让怪兽的攻击擦着身体而过，伤不到自己！因为身体移动幅度小，自然同样的时间内，可以作出更多次数闪避，效率极高。”

“可是这种身法难度极高极高，一旦有一丝误差，原本你计算中怪兽的利爪是和你身体相差两公分，伤不到你。可出现误差……怪兽的利爪，就可能划过你的身体。将你开膛破肚！在和怪兽厮杀中，一旦犯错，很可能就会丧命。所以——”

“我奉劝你，以后和怪兽战斗的时候，躲避的时候，尽量躲避的更远一点，让自己有转换余地。”总教官邬通郑重道，“你如今的实力，最好还是将基础身法训练好，效果反而更好。”

杨武一惊，而后郑重点点头：“是，总教官。”

“杨武，你要谨记总教官这番话，武道途中，切忌贪功冒进。入微级别身法，是很强大。可是如果强行施展，只会东施效颦，白白让人笑话。”教官江年认真嘱咐道。

总教官邬通一笑道：“好了，这次准武者考核，一共过关三人，分别是罗峰、白阳、杨武。"

罗峰、杨武、白阳三人双眸中都有着压抑住的喜悦。

如果不是周围有一群武者前辈,恐怕他们早就兴奋得大叫起来了。

"各位,接下来的事情,还有签订实战考核合约等等,你们帮忙做一下。"说着,总教官邬通看向一直站在边缘中的一名银发黑袍男子,笑道,"队长,让你等这么久,抱歉,走,我们出去吧。"

队长?

罗峰等三人大吃一惊,总教官那可是整个扬州城内极限武馆这一方的总头头,地位极高。他喊队长,那这个银发黑袍男子又是什么身份?

银发黑袍男子目光扫了一眼罗峰三人,一时间罗峰只感觉这银发黑袍男子的双眸就仿佛那无垠的星空,整个人瞬间就沉陷在其中了,可是紧接着罗峰一个激灵,整个人就清醒过来。"到底怎么回事?"罗峰忽然发现,旁边的杨武、白阳二人表情变得呆滞。

"好可怕,一个眼神就让我们完全呆滞掉。"罗峰心中震惊。

这实力,太可怕了。

比如二人对战,还没有交手,对方一个眼神就让自己意识模糊,恐怕等自己清醒过来,已经被对方一刀刺穿心脏了。

银发黑袍男子微微一笑,惊讶地看了一眼罗峰。

"小家伙,天赋不错,好好努力。"银发黑袍男子对罗峰微笑道。

"咦,意志力也不错,啧啧。"总教官邬通也满意地点点头。

随即,总教官邬通和银发黑袍男子直接离开了这儿。

"怎么了,刚才怎么回事?"

"我怎么了?"

杨武和白阳二人,这才清醒过来,二人相视一眼,这才回忆起之前的事,不由吓出一身冷汗。不管是杨武、白阳,还是罗峰……在他们成长到如今,刚才那个银发黑袍男子是他们遇到过的最可怕的人物。

"这银发黑袍男子,一直在旁边看着我们测试。可是,从开始到刚才,我根本没注意到他的存在。"罗峰心中暗惊,"不出声,就仿佛空间中没这个人一样,太不可思议了。不对……"

罗峰努力回忆银发黑袍男子长相的时候，却震惊地发现——自己只记得那一双让人沉陷进去的眼睛，根本记不起来那人长的样子。

"你们三个过来。"

教官江年等一群武者笑着看着三人，"来练武厅。"

从神经反应测试房间，进入了宽敞的练武厅中。

"这是三份武者实战考核申请合约。"其中一个肥胖老者从练武厅角落取出三份合同，"武者实战考核，一旦参加，若在过程中被怪兽击杀，是和我极限武馆无关的！当然，武者实战考核死亡率是很低的。"

罗峰、杨武、白阳三人都接过这合约，翻看着内容。

"死亡率低，可是伤残率却不低。"一名光头壮汉低沉道，"武者实战考核，是和怪兽生死搏杀！当然这是最基础的搏杀，等你们将来真的独自去危险区域猎杀怪兽，危险可比这武者实战考核可怕得多。如果连这关都过不了，是没有当武者的资格的。"

罗峰、杨武、白阳三人彼此相视。

合约很简单，主要是说实战考核中出现死亡伤残，极限武馆概不负责。

三人没有犹豫，直接取来旁边的签字笔签下自己的名字。

"嗯。"

旁边教官江年微笑道，"好，今天7月1号，距离实战考核还有一个月。在这一个月当中你们要好好准备。对了。"说着教官江年走到旁边的键盘前，迅速按动一些按键，很快练武厅的墙壁上浮现了透明巨大屏幕，屏幕上出现了一篇文章，名为《基因原能修炼法》。

"嗯？"罗峰不由屏息。

武者们身体之所以强大，甚至于有一些顶级武者的移动速度，做到超过音速！一刀可以劈开几米厚的钢板！靠的就是基因原能！

当然现如今罗峰他们的实力，和传说中的强者相比差距还很大。

武者为什么强大？

"当年，大涅槃时期。人类感染RR病毒，产生抗体，导致身体基因自然而然进行改变优化。"教官江年微笑道，"当基因优化到一定程度，就能够吸收宇宙间的丝丝能量，融入全身每一个细胞！这过程中，基因优化，骨骼、细胞、血液、内脏和皮肤等等都会发生变化，不断地进化提高！"

"你们的骨骼可以变得比金刚石还硬十倍百倍，你们的内脏强大到可以一口气在水中憋气半个小时，乃至更久！"

"这一切，都要靠你们吸收宇宙间的能量，融入每一个细胞中，成为你们自己的能量。也就是——基因原能！"

教官江年指向屏幕上的文章："这，就是基因原能的修炼方法——五心向天修炼法！也是整个地球上，唯一一种修炼基因原能的方法。"

罗峰立即仔细阅读这篇文章。

基因原能，人类基因进化的依仗！

"原来是这样。"罗峰仔细一看就明白了。

普通人是无法修炼的，因为基因优化程度还不够。一般达到拳力900公斤，速度25米每秒，神经反应速度在准武者合格线上。达到这程度时，基因优化程度差不多就达到合格线了。百分之九十的准武者，都能开始修炼基因原能！

"你们这一个月，可以开始尝试修炼基因原能。"教官江年微笑道，"至于最珍贵的导引术，却是等你们成为武者，加入我极限武馆或者军队等等，才能获得的。"

修炼基因原能的方法，全世界只有一种。

可是导引术，全世界有千万种。修炼不同的导引术，可以令修炼基因原能的速度相差极大，甚至于相差数十倍。导引术才是各势力最珍贵的。

第十三章
喜 悦

"教官。"那白阳忍不住问道,"导引术据说很神奇,有多神奇?它怎么就能令修炼基因原能速度增加呢?"

这时候,练武厅当中一名头发有些花白的中年人开口道:"白阳,这么跟你说。假如,你们不修导引术,单单使用五心向天修炼法,一天可能炼化五分钟,你们的全身细胞就已经饱和,无法再吸收!"

"可如果修炼导引术,你们细胞的容量就大的多,可以让你们修炼八分钟,乃至十分钟,甚至于一个小时!"这中年人看向罗峰三人,"你们现在明白了吧?"

罗峰一听,这才恍然。

"导引术,就是让每一颗细胞,每天的饭量增加。"罗峰心中暗道,细胞吸收宇宙丝丝能量化为基因原能,就好比人吃饭!假设一个人只能吃下三碗饭,修炼导引术就是让人一天能吃五碗饭、十碗饭。

江年微笑道:"你们如果不修炼导引术,细胞能吸收的能量,假设为一个单位!一旦修炼导引术,细胞能吸收的能量就可能变为两个单位、三个单位,乃至更多!也就是说,你修炼一年,可能超过别人修炼十年!这就是导引术的魅力。"

在场武者们一个个都开口谈论着,显然在导引术上都有很多话。

"世界第一强者、我极限武馆全球总馆主洪就创出九套一等一的导引术。你们加入我极限武馆,武馆贡献度够高的话,就有机会学到这顶级导引术。"在场武者们都笑着诱惑着罗峰三人。

世界上各大势力,都是希望自家的武者越来越多的。

"教官。"罗峰忽然开口。

"嗯?"教官江年笑看向罗峰,"什么事?"

"教官,刚才和总教官一起出去的银发黑袍武者,他怎么一个眼神,就让我们没有反抗能力?这是武者的什么能力?"罗峰从未听说过武者有这么厉害,所以好奇的很。

教官江年微微一笑,旁边的一群武者更是哈哈大笑。

"小子,和总教官一起走的那位,是精神念师!比我们武者数量还要稀少的多的精神念师。"武者们哈哈笑着说道,"当然精神念师一般也是武者!不过却是武者当中最可怕的存在。"

"精神念师?"罗峰心中一惊。

现如今网络发达,在网上罗峰就曾经看到过介绍,说精神念师是武者群体中很特殊的存在,也是非常可怕的存在。

不过到底哪里可怕,网络上没详细说明。

"等你成为武者之后,很快会知道精神念师的。"教官江年笑道,"好了,今天准武者考核就到此为止。你们三个也可以回家了。嗯,准武者证书要通过上面盖章,输入公民身份信息,大概过几天才会到。到时候会通知你们的。好了,你们都回去吧。"

"是,教官。"

罗峰、杨武、白阳三人,当即转头一道离开了练武厅,在极限会馆前被小区的驻守军人们手持枪械监视着离开小区。

明月小区门口,罗峰、杨武、白阳三人都是一脸笑容。

"我叫白阳,是江南第一军校的。我老家就在扬州城,刚好暑假,所以就近来这儿进行考核。"白阳伸出手,分别和罗峰、杨武握手,"很高兴能认识二位。"

江南第一军校?

自己本来就是想进这所军校的。

罗峰笑着道:"我叫罗峰,这位是杨武,我们俩都是宜安区极限武馆的。"

"罗峰兄弟将来肯定是前途无量,就是我们军校精英班,成为武者的都没多少。"白阳是很乐于交朋友的，对于如此年轻就跨入准武者行列的罗峰，他自然更加乐于结交。说不定将来罗峰就成为一个超级大人物。

旁边杨武哈哈笑道："不说那么多了，咱们三个同一天同一个地方通过考核，也是缘分。今天是好日子，我们一起找个酒楼好好吃一顿，好好聊聊。"

"好。"白阳笑着应道。

"走。"罗峰也哈哈笑着。

三人刚刚过关准武者考核，都是意气风发，选了一座酒楼一起吃了午饭，而后就分头各回各家。

罗峰今天喝了点酒，等到在地铁上才想起要给家里打电话报喜。

不过，地铁中人太多。恐怕自己一开口说准武者考核过关，肯定会引起围观："算了，等出了地铁，再打电话不迟。"

乘坐地铁1号线到中安路站就直接出站，从中安路站换乘11号线要走好一会儿。

"告诉爸妈弟弟他们。"罗峰直到现在，都兴奋的很。

准武者啊……

家里面生活窘迫了这么多年，自己努力了这么多年，总算有所成就了！

站在中安路站街道边上，罗峰取出手机。

"嘟——嘟——"

按了电话号码后，罗峰便等待着。

"喂。"手机中传来了弟弟的声音，罗峰笑着说道，"是我。"

"当然，你也不看看你哥是什么人。当然过关了。哈哈，对，对。行。"罗峰拿着手机，开心地说着，"嗯，妈也在家？好，你让妈接电话。"

"喂，妈，是我，小峰。"罗峰开心万分。

听着电话中母亲开心激动的声音，罗峰都不由有些眼角湿润，毕竟为了这一天努力太久太久了："妈，你都问三遍了。我是真的考核过关了。那准武者证书过几天就会发到家里的。"

"我已经吃过了，是和另外两个考核过关的一起吃的饭。"罗峰笑道，"哦，给爸爸打电话？放心吧，妈，我不会忘记的。嗯，我知道。"

挂了手机，罗峰脸上不由露出笑容。

开心、满足！

自己奋斗这么久，从小就努力锻炼身法、刀法，为的不就是这一天？

"呼，吸。"

罗峰深呼吸一次，平静一下心情，这才拨打父亲的手机。在这个家里父亲罗洪国就是一座山，家里的顶梁柱！在自己没有成为武馆高级学员前，家里所有开销几乎都是靠父亲努力赚钱维持的。

母亲虽然工作，可是更多精力还要照顾两个儿子，更何况其中一个还残疾。

父亲从事的房屋装修工作非常苦，腰疼、手受伤，有过好几次。

"爸，从今往后，你不用再这么辛苦了。"罗峰在心中默默道。

"嘟——嘟——"

手机中声音一阵阵传来，罗峰在等待着父亲接电话。

第十四章
是你找死

"嗯，怎么没接电话？现在十二点多，应该是吃饭时间。我爸他们装修，中午一般都是休息的，该接电话才对啊。"罗峰疑惑地在手机屏幕上点了一下手机定位查找功能，手机屏幕上很快就显示出了扬州城的地图，其中一个红色小点是罗峰自己所在的位置。而绿色小点，就是父亲手机所在位置。

"离我这儿不太远。"

罗峰一下子就清楚父亲现在的位置，不由露出一丝笑容，"我跑到爸身边，亲自告诉他我成为准武者的消息。"

当即，罗峰按照手机中地图显示，迅速赶去。

宜安区，天都花园小区。

"快点，东西都搬快点，你们好去休息吃午饭，我们也好去吃饭啊。"小区内的一栋联排别墅的私人庭院中，一身白色T恤、白色长裤的张昊白皱眉催促道，在他的身侧还站着三名面容冷峻的保镖。

"先生，别急，这家具可是贵重物品，不能大意啊，哥几个，加把力！"只见私人庭院外的小区路道上停着一辆卡车，卡车上则是包封完好的木制家具。

木制家具，在如今这个年代是非常昂贵的，属于少数人的奢侈品！

因为，人类都是居住在基地市区内，栽种树木的地方极为稀少，大多是为了美化作用。而人类基地市区外，的确是有大量生长的树木，可是人类基地市区外同样有着怪兽，为了砍伐运输树木而去和怪兽厮杀，可想而知这成本有多高！

现如今大多数人家的家具，都是塑料制品，好点的也就是玻璃制品。

木制品，非一般人家买得起的。

"小心点。"

这装饰公司的员工们小心翼翼地将沉重的家具先从车上搬到地面上，而后三名员工一起小心翼翼地搬着家具进入了私人庭院。

"你们小心点。"张昊白皱眉提醒道，"这可是实木家具，都是上等的木材。弄坏了，你们老板肯定要找你们麻烦。"

"呼，呼。"

三名员工小心翼翼地搬着，这家具用材很好，也非常重，有一千多斤，这三名员工搬起来有些吃力。

"哥几个，先停下歇息一下。等会儿一口气搬进屋里。"在前面抬的员工开口道，"先将家具放在这地方，慢点，轻点放。"三名员工小心地将家具放在庭院地面上，这才直起腰，长舒一口气。

"老罗，我这肚子都饿了。"一名体型高大的装修公司员工活动了一下身体。

"搬完这套，还有两套家具。全部搬完了，大家一起去吃饭。"罗洪国笑呵呵地看着另外两名工友，他也随意地用衣服擦了一下满头汗，现在可是七月，又是快下午一点，正是一天最热的时候。

三个人搬一千多斤的贵重家具，的确是苦力活。

"你们快点！"张昊白有些不耐烦地催促道。

"好嘞。"罗洪国弯下腰抓住家具，"哥几个，加把力，把这套家具送进去。"

"来，一，二，三，起！"

罗洪国他们三人一起用力，抬起家具，而后小心翼翼沿着台阶一步步上，很快就进入了屋子，片刻后就走了出来。当罗洪国他们三名工友走过张昊白几人旁边的时候，那一身汗味直接弥漫开，张昊白不由皱起眉头。

"穷人就是穷人，做这种苦力活，一辈子都是做苦力的命。"张昊白心中暗道。

他爸是富豪，出身于富裕家庭，张昊白天生对那些社会的最底层，做苦力活的人有一种歧视。在他看来，这些甘愿做苦力活的人没有拼搏奋斗精神，活该过这种苦日子。

"小心点，别碰到大门。"

罗洪国三人小心翼翼地一步步抬着家具前进，他们的衣服完全被汗湿透了，汗珠从额头上渗出，而后滑落滚进脖子里。

"在屋外歇息下。"罗洪国三人将家具再度放下，略微歇息调整一下呼吸。

"走，一，二，三，起！"

罗洪国三人虽然累，可是这种活他们做了二三十年，也习惯了。知道自己的承受力极限在哪儿，所以搬运东西很少出错。

片刻后，罗洪国他们又去搬运最后一套家具。

"天真热。"张昊白仰头看看天，"王哥，等会儿，我们去旁边的酒楼撮一顿。"

"谢谢少爷啦。"这三名保镖都笑呵呵应道。

张昊白瞥了一眼正在搬最后一套家具的三名装修工，鼻子中不由发出一声低哼。对这种泥腿子，张昊白自然而然讨厌得很，忽然张昊白目光落在了庭院中用来铺道的大理石，其中一块大理石有着裂痕，这道裂痕是前几天他和保镖切磋时，不小心弄坏的。

"嗯？"张昊白眼睛一亮，"最近零花钱不多，刚好能弄点来！"

这时候，罗洪国三人正搬运着第三套家具。

忽然——

一阵手机彩铃声响起，正在搬运家具的罗洪国心中一喜："应该是小峰的电话。"不过罗洪国正在搬家具，根本没办法接电话，所以只能忍着，准备等放下家具时再回打过去。

"在屋外先歇息下，轻放，慢点。"罗洪国三人轻轻将家具放下。

罗洪国掏出口袋里的手机，一看来电显示，正是儿子打来的，不由一笑准备回拨过去。

"你们怎么回事？"

"啊，让你们小心点，你们几个怎么搞的？"一道怒斥声猛地响起。

罗洪国等三名装饰公司员工都是一愣，转头看去。只见张昊白脸色阴沉，手指怒指着家具压着的大理石路面："你们怎么做事的？不认真点，看，我家的路面都被你们压坏了。这可是南山大理石，是专门去基地市区外才能弄到的。一块大理石要十几万块的，你们赔得起吗？啊！！！"

罗洪国三人低头一看——

果真，家具下面的路面上，其中一块大理石的确裂开了一道小裂痕。

"哼，我问问你们公司老板，怎么回事。"张昊白怒气冲冲，"王哥，你有他们装修公司电话的吧，打电话，给他们装修公司。让他们老板过来！跟这几个人说再多也没用。"

"我这有他们装修公司的电话。"那姓王的保镖立即取出手机，开始拨打。

罗洪国三人彼此相视。

"不对。"体型高大的装饰公司员工立即说道，"这大理石上的裂痕，之前就有了。我看到过。"

"还狡辩，狡辩有个屁用。"张昊白嗤笑一声。

罗洪国眉头一皱，作为一个经验丰富的老员工，他知道这种扯皮的事情最麻烦。而且公司一般都很注重声誉，一旦真的被敲诈，而公司又没有证据证明这大理石裂痕不是他们员工弄裂开的，结果一般是只能公司赔钱。

公司赔钱，那么负责搬运的三名员工肯定是要被扣工资的。

"哥几个，先把家具搬进去再说。"罗洪国开口道，说着就要去抬家具。

"搬进去？"

张昊白上前两步，一把推搡开罗洪国，环视一眼三名员工喝道，"别耍花样！这家具压在大理石上，这就是证据！你们想把家具搬进屋，然后来个死不承认？哼，你们这种小手段我见多了。等你们老板来了再说。"

"老罗，老罗。"

另外两名工友连忙去将被推倒在地的罗洪国扶起。

"没事。"罗洪国揉了揉肩膀。

"你们怎么推人啊！"

"这大理石是不是我们弄坏的还不清楚，你们推人干什么？"另外两名工友立即瞪眼怒喝道，这些做苦工的可是天不怕地不怕，真的惹火起来大不了打上一架。到时候就算被抓进警察局，他们这些人要钱没有要命一条，警察局一般也没办法，还是会放走这些人的。

"别跟我耍横！"张昊白闪电般就是两脚，踹在那二人肚子上。

噗！噗！

直接将两名工友踹得倒飞出去，跌倒在地。

"哼，耍横也不看看地方。"张昊白冷笑一声，他张家在宜安区也算是人脉挺广，打几个普通苦工一顿，又算得了什么？

"老田，大猴。没事吧。"罗洪国也是急了。

"你这个年轻人，怎么这样！"罗洪国怒喝道。

张昊白闻到罗洪国身上的汗味，不由眉头一皱，挥手道："王哥，你们几个教训他们一顿，让他们安静点。"

"少爷，装饰公司那边的。"那姓王的保镖手机递过来。

"嗯。"张昊白挥挥手，那三名保镖立即去教训那三名工人，而张昊白拿着电话，"对，我是天都花园这边的，让你们老总姓侯的接电话。侯总，今天你们送货的人怎么回事啊？粗手粗脚的，把我家庭院的大理石路面都给弄裂开了。你们快点来人，看着办吧！这事情不解决，家具的尾款你们也别想要了！"

话音未落——

"住手！"一声暴喝从庭院外传来。

此刻罗洪国等三名工友，被那三名身高马大的保镖给逼得站在庭院角落中，身上满是脚印。

"嗯？"三名保镖、张昊白四人都转头看去。

只见一道模糊身影瞬间冲进庭院，张昊白一眼就认出来了，不由怒喝道："罗峰，你竟然跑到我家来，给我打！"

"狗日的！"罗峰一眼就看到庭院中全身汗湿，身上还满是脚印的父亲弓着腰捂着肚子站在角落，眼睛一下子就红了，父亲这么多年来做着这种苦活，还要遭人白眼，今天竟然还遇到这种事情。

三名保镖其中一个略显矮胖的男子冷笑着上前一步。

"给我走开！"罗峰暴喝一声，闪电般就是沉重的一脚，狠狠地踹过去。那矮胖保镖还用右臂格挡。

"砰！"

沉重的一脚踹的那矮胖保镖立即瞪大眼睛，竟然悬空倒飞出去四五米，这才跌下。旁边另外两名保镖吓了一大跳。

"罗峰，你竟然到我家打我的人！"张昊白瞪着眼，暴喝道，"你找死。"

"是你找死！"罗峰双眸带着凶光，咬牙怒喝道。

第十五章
我配合你们的工作

"给我上，一起上！"气得发疯的张昊白满脸通红，愤怒地挥手吼道。

这个罗峰竟然敢到他家捣乱，打他的保镖。

"小心点，这家伙腿脚重得很。"跌倒在地的矮胖保镖揉了揉肚子，嘴角都有血迹渗出，一时间竟然爬不起来。

"小子，够狠的啊。"那姓王的保镖和另外一名保镖都朝罗峰迅速围过去，见识过刚才罗峰的一脚之力，这两名保镖也根本不敢大意。而罗峰这时候已经冲到了父亲罗洪国身旁，可还没来得及说话，罗洪国连道："我没事，小峰，小心后面！"

几乎一瞬间，两名保镖一左一右，同时攻向罗峰。而且那张昊白也悄悄逼迫过来。

三人联手！

"哼！"罗峰眼角余光瞥了一下，瞬间一个转身，通过腰胯借着这股旋转力道，迅速的挥出了右臂，同时竖掌成刀。整个右臂小臂就仿佛一柄战刀瞬间横斩切过！

呼！

手刀未到，劲风已经吹来。

"不好。"姓王的保镖面色一变，立即双臂去抵挡罗峰这一记横切！

砰！低沉撞击声。

罗峰的手刀重重地斩在姓王的保镖双臂上。

姓王的保镖感觉自己的双臂就仿佛不是自己的一般，疼痛到瞬间失去感觉，只感觉右前臂一阵无力，不由迅速后退，同时嘶声喊道："我右臂骨折了！"

"什么！"准备动手的张昊白大吃一惊，他家的这三个保镖可都是武馆高级学员，按道理罗峰也是武馆高级学员，力量上应该相差不大，不可能一记手刀就斩的同是武馆高级学员的那名王姓保镖的右臂骨折。

"不好！"姓王的保镖受伤，只剩下那名身材高大的黑衣保镖了，这黑衣保镖的两位伙伴接连被击败，一时间他又惊又怒。

黑衣保镖一咬牙，低吼一声就是闪电般一脚外加一拳。

嗖！嗖！

罗峰却灵活的很，两个晃动就已经避开了两次攻击，随后毫不留情的就是一记最猛烈的劈刀！

右手高高举起，就仿佛关公刀猛烈下劈！

"太快了。"躲避不及的黑衣保镖只能双手架在上方，咬牙硬抗这一劈！当罗峰那可怕的一记手刀疯狂劈下时，黑衣保镖心中已经有了畏惧之心。

咚！

黑衣保镖只感觉双臂瞬间失去直觉，竟然直接被罗峰的一记手刀砸的双臂一软，而罗峰这一记手刀却根本不减气势，压着黑衣保镖的双臂又砸在了黑衣保镖的肩膀上，超过千斤的力道瞬间让保镖整个人跪坐在地上。

"怎么可能？"本来准备偷袭的张昊白，吓得停下了。

三大保镖，一个捂着肚子爬不起来，一个右臂骨折，还有一个被一记手刀劈得跪在地上！

"张昊白！"罗峰双眸欲喷火，要吃人一样。

"你干什么！罗峰，你要干什么！"张昊白猛地连退两步，怒吼道，"这是我家！你擅闯民宅，还打伤我的人，你还嚣张！"

"竟然敢打我爸，敢踹我爸！"罗峰双拳紧握，全身肌肉就仿佛钢筋一般，青筋更是如蚯蚓般一突一突的，显得那般狰狞。

"你爸，你爸是谁我都不知道，我怎么打你爸，踹你……"张昊白忽然一瞪眼，看向远处身上脏兮兮的、还满是脚印的三名工人。他一下子明白了，为什么罗峰不问其他就直接冲进来打人了。

张昊白看着要吃人的罗峰，立即大吼道："罗峰，我警告你，你——"

"砰！"

罗峰凌厉的一脚，快如闪电的一脚直接踹在张昊白的肚子上，令张昊白直接被踢得趴在地上，脸色涨红。

"警告个屁！"罗峰一把就抓住张昊白的颈部衣服，将他一把抓了起来，令张昊白整个人都悬空。

"你，你……"张昊白想说话，可是被抓住颈部衣服，整个人悬空，这令他颈部压力很大，呼吸起来都难受得很，更别说说话了。

"快把业主放下来！"

一道怒喝声老远就传来，只见十数名保安全副武装，一个个拿着警棍冲了过来。天都小区内很多地方都有摄像头，这里发生的打斗第一时间就被小区保安们知道了，能住在小区联排别墅的都不是一般人家，他们哪敢大意。

第一时间就赶来，同时也报警了。

罗峰瞥了一眼冲过来的小区保安们，冷笑地看了一眼张昊白，随手一扔，张昊白直接跌在庭院的草坪上，身上的白色衣服早就被草汁给染绿了。

"爸，没事吧？"罗峰走到父亲罗洪国身边。

"没事，就是一些皮肉伤而已。"罗洪国看着那三名爬起来都有些痛苦的保镖以及脸色难看的张昊白，有些担心地低声道，"小峰啊，你这拳脚怎么这么不知道轻重，你将人打成这样，医药费都要赔不少的，甚至于人家还能告你的。"

"对啊，小峰啊。你这出手太重了。"另外一名工人也担心道。

"不重，打的好，之前他们几个可没将咱们几个当人看。"另外一名高大些的工人怒道。

小区的这一群保安对于小区内几家特有钱的人家还是很清楚的，张家的这三个保镖可都属于精英级别保镖，都是武馆高级学员层次。可是现在这三人竟然都受伤挺重，这些保安一时间也不敢来招惹罗峰。

毕竟当保安，也是拿一份工资，没人愿意像那三个保镖一样被打的骨折。

"嘟——嘟——"

忽然警车声音传来，所有人不由都转头看去，只见一辆警车停在了张家的门口，警车四个车门同时打开，四名警察迅速跑了出来。

"警察来了。"保安们立即让开。

"不好，警察来了。"罗洪国等三人都是大吃一惊，罗洪国更是一把拉住罗峰到角落，急切低声道："小峰，你把人打伤，到了警察局事情也会比较麻烦。你先别急，我马上去帮你找律师。"

"爸，我准武者考核过关了。"罗峰轻声说道。

就这一句话，让原本急躁万分的罗洪国一下子轻松了，不由舒了一口气："真的？太好了。小峰你考核过关，那这些警察不是没资格抓你了？"

准武者，只要实战考核后就是武者了，身体素质达到合格线，代表准武者一样可以修炼基因原能。

所以，国家规定——

准武者、武者牵扯到各种案件，一律由基地市区安全局负责。江南市自然是由江南安全局来负责，而一般的警察系统的部门是没有资格抓人的。

"不过，爸。我考核过关后，要经过上面审批，还要过几天，这准武者证书才会寄到家，才会记录进我的公民身份信息。"罗峰低声道，"所以从法律角度说，我现在还不是准武者。要过几天才是！"

只要记录进公民身份信息，那罗峰才正式是一名准武者。

"这几天，就算真的有麻烦，大不了，直接通知极限武馆，请他们提供担保，证明我已经准武者考核过关。我就可以直接从警察局出来。"罗峰说道，"不过，没麻烦就没必要那么劳师动众了。只是在警察局待几天而已，到时候我想留，他们也不敢留下我。"

罗洪国点点头。

"罗峰！"只见两名警察走了过来，其中一个喝道，"你竟然敢擅闯民宅，将人打得重伤！走，跟我们去局里一趟。"

"警察同志，我配合你们的工作。"罗峰微笑着上前一步，"走吧，你们就一辆车，好像几个人坐不下啊。"

这令两名警察一愣。

"放心，我家有车。"张昊白转头看向这四名警察中带队的男子，"刘叔，我这三个保镖还有我，都被他打伤了，我们都是人证。"

"一起带走。"

这被称之为刘叔的警察挥手说道。

"罗峰。"张昊白狠狠看了一眼罗峰，心中怨气大得很，高中三年积累的怨气就罢了，今天罗峰再次揍了他，令他回忆起当初在武馆也被揍过一次，"这次，罗峰你不死也得脱一身皮。竟然打的我保镖都伤这么重，都足以构成刑事案件了。判你坐几年牢，看你还嚣张！"

罗峰微笑着，和警察们上了警车。

第十六章
看守所

冰冷昏暗的屋子空荡荡的，冷气不断灌进来，让人不由身体发颤。

"这就是审讯室？"罗峰却是一副好奇的模样，仔细看了看这审讯室，"把我一个人扔在这昏暗的屋子里，冷气开这么大，是玩心理战术吗？"其实这一场所谓的审讯还没有开始，罗峰就已经赢了！

准武者考核过关，令罗峰根本无惧警察系统的手段。

在审讯室外的监视室内，几名警察看着摄像头拍下的审讯室情景，其中一个年轻女警疑惑道："头儿，这个年轻人怎么一点感觉都没有？一般人进入这审讯室，在里面待上半个小时，加上自己胡思乱想，很快就会恐惧的手足无措了。"

"别小看他，公民身份信息显示，他可是一名武馆高级学员！而且他可是一人打伤了四个武馆高级学员。"秃头中年警察笑道。

"一个打伤四个？这么厉害，不会已经是准武者了吧。如果真是准武者，那可麻烦大了。"其中一名年轻男警察说道。

"他不是准武者，公民身份信息上一清二楚。"

秃头中年警察道，"走，肖扬，跟我进去审审他。"

"是，头儿。"

审讯室内，罗峰已经在这儿待了超过半个小时。

"你们来了？"罗峰笑看着进来的两名警察。

那秃头中年警察一怔，这个年轻人平静的出乎他的意料，随后他和另外一名年轻警察都坐在审讯桌前。秃头中年警察微笑道："抱歉，之前我们审问其他几个人，耽搁了些时间，所以到现在才过来。"

"没事。"罗峰询问道,"那装饰公司的三名工人呢,现在在哪儿?"

"我们已经让他们回家了。"秃头中年警察显得很友好。

罗峰点点头。

这次事件父亲罗洪国等三人是受害一方,自然很容易就被放掉。

"装饰公司的三名工人,以及张昊白和他家三名保镖,都已经说出了事情经过,事实对你非常不利。你有什么要说的吗?"秃头中年警察盯着罗峰看,一般人听到事实对自己不利,都会为自己辩解的。

罗峰微笑道:"没什么,张昊白和他三个保镖,这四个人就是杂碎!竟然敢打我爸,这次我只是教训教训他们而已。"

"嗯?"秃头中年警察和那年轻男警察都愣住了。

"砰!"年轻男警察猛地一拍桌子,站起来呵斥道,"罗峰,你老实点,这里是警察局,别这么嚣张!"

"嚣张?我在说事实经过。"罗峰微笑道,"好了,我要说的就这么些。"

秃头中年男警察眉头皱起来:"罗峰,你这么肆意嚣张。这份口供到了法院,会对你很不利的!以你下手的狠辣,以及你故意这么做,到时候判你坐几年牢,都不是问题。你还是将事情说清楚点好。"

"我没什么好说的。"罗峰摇头道。

秃头中年警察皱起眉头,仔细看了看罗峰,罗峰沉默以待,最后秃头中年警察只能挥手道:"好吧,到时候你别后悔。带他下去!"

罗峰微笑着站了起来,审讯室外也迅速走进来两名男警察,押解着罗峰出去。

宜安区看守所内,这看守所就在警察局旁边,现如今社会武者风气太重,导致社会上打架斗殴的非常多,所以被关押到看守所的人也非常多。每一个区都专门有一个看守所来关押这些人,罗峰今天就被关了进来。

换上统一的灰色囚服,罗峰被关了起来。

"299,就是这间,进去吧。"看守的警察将罗峰推了进去,而后又将牢房房门给锁上。关押在看守所里的,大多是打架斗殴、小偷、酒后驾驶等人员,以及部分等待上法庭进行审讯判刑的犯罪嫌疑人。

罗峰的打人事件，可大可小。

说轻一点，就是打几个人而已。可如果真的告上法庭，的确是有可能让罗峰坐几年牢的。当然前提是——罗峰不是准武者。

牢房中。

"啧啧，新来的？"只见一名身上有着文身的光头壮汉正躺在下铺的床铺上，他旁边还有一名中年人乖乖地为他按摩肩膀。光头壮汉瞥了一眼罗峰，"小家伙，长的细皮嫩肉的。不错，过来，给我敲敲腿！"

罗峰新奇地看着这光头壮汉，传说中监狱里欺负弱小现象很严重，不过罗峰也只是听说，这是他第一次见到。

"妈的，耳聋了？"光头壮汉一瞪眼，呼地就站起来。

"有意思，有意思。"罗峰很是好奇。

"你找抽啊。"光头壮汉见罗峰这么不给面子，猛地挥起那蒲扇般的大手就拍向罗峰脑袋。

罗峰身体微微一晃动，右手就如毒蛇吐芯般猛地伸出，一把就抓住了光头壮汉的手腕。

"嗯？嗯？"光头壮汉猛地想拽动，却感觉手臂仿佛被铁箍给圈住了，根本没办法发力，不由面色大变，他知道踢上铁板了。

"你要我给你敲腿？"罗峰右手手指用力，同时扭动光头壮汉的手臂，光头壮汉疼痛得整个人都弯下身来，连连求饶道："这位兄弟，我有眼不识泰山，兄弟你放我一马。啊，啊——"剧烈疼痛令他忍不住发出痛叫声。

罗峰右手猛地一用力，将光头壮汉整个人一甩，光头壮汉脚下踉跄撞在了墙上。

"如果你还想我给你敲腿，随时说。"罗峰略带恶趣味地说道，随即整个人纵身一跃，右手略微一借力就已经落在了床铺的上铺上。

光头壮汉瘫坐在墙角，揉着自己的右臂手腕。

而牢房中的那中年人，以及另外在床铺上的精瘦年轻人，都看了看光头壮汉，又看看上铺的罗峰。

"光头黄，怎么了？"看守所里面的一名警察站在牢房门口，揶揄笑道,"谁惹你了,怎么弄成这样?哦,提醒你一声。你们牢房这新来的年轻人,可是一个人打伤了四名武馆高级学员才被关进来的,小心点,别去招惹他。"

说完,这名警察哼着小曲离开了。

"不早说。"光头壮汉惊惧地抬头看看上铺,"一个人打伤四个武馆高级学员,这么变态?"

在床铺上睡着的罗峰脑海中则是在回忆之前在极限会馆看到的基因原能修炼法:"嗯,反正在牢狱也没事,等到深夜一片漆黑的时候,我就试试修炼这基因原能!"

武者,之所以拥有无可匹敌的能力,靠的就是基因原能。

当罗峰在看守所牢房中计划夜里修炼基因原能的时候,在宜安区距离警察局并不算太远的一家KTV里面,其中一间小包厢中,两名年轻男人正分别搂着一名小姑娘,在那边鬼哭狼嚎般唱歌,其中一名年轻人正是张昊白。

"好了,你们两个出去吧。"张昊白挥手道。

这包厢中顿时只剩下张昊白和另外一名戴着眼镜的青年。

"周哥,今天是请你帮个忙。"张昊白开口道。

"有事尽管说。"这戴着眼镜的青年豪爽道,"只要我能帮忙的,绝对没二话。"

"是这样的,有一个叫罗峰的!这个杂碎总是跟我作对。"说着张昊白气得一吐唾沫,"这次他打伤我家的三名保镖,也打了我一顿。兄弟我这口恶气实在没办法出啊!现在这家伙就被关在看守所,我想请周哥帮帮忙通过看守所里面的人,给罗峰一个教训。"

"哦?这没问题。不过请看守所里面的人帮忙,也得花些钱啊。"眼镜青年皱眉道。

"钱不是问题,我这有十万块!等事成之后,再给十万块。"张昊白直接将旁边的一个皮包扔过来。

"哈哈,爽快。"眼镜青年也不看钱包,点头道,"二十万块,只要不是杀人,都能做。说吧,你要教训那个罗峰成什么样?"

"打断他一条腿、一条胳膊!"张昊白咬牙道。

"行，这简单。"眼镜青年立即点头应允。

张昊白连忙提醒道："周哥，这个罗峰可不是好惹的，他可是连打伤我三名保镖。"

"放心吧。"眼镜青年自信一笑，"你就给我放一千两百个心，只管等好消息就是。"

第十七章
牢房中的深夜

深夜时分，今天夜空中没有月亮也没有星辰，罗峰所在的牢房一片漆黑，只有牢房外的道路上隐约有些光亮。

"呼——"鼾声在牢房中不断响起，显然已经是熟睡的时候。

突然——

左边的上铺上，原本躺着休息的罗峰忽然坐了起来，双脚更是相互盘起，令两个脚掌朝向上方，双手也放在腿上令掌心朝上，腰背笔直。

"按照极限会馆中看到的那篇文章，基因原能修炼法全世界只有一种——五心向天修炼法。而一般能达到武者身体素质的要求，大多数人就能开始进行基因原能修炼了。"罗峰深吸一口气，"文章中说，第一次感应是最难的！"

要吸收宇宙中的丝丝能量，就必须先感应到这些能量。

按照文章中说的，这能量是遍布在地球各处，甚至于宇宙星空中也有这种能量。只是……人类绝大多数是根本察觉不到这些能量存在的。

"只要能做到感应，吸收起来就简单了。"

"一般天才人物，第一天修炼就能感应。而天赋弱些的武者，单单感应宇宙能量，就要耗费一年半载。"罗峰调整一下自己的呼吸，而后保持五心向天姿势，这里的五心指的是两个脚心、两个掌心以及头顶的百会穴。

"呼，吸……"

罗峰呼吸渐渐平缓，控制自己，让自己的心变得安静。

"身体要松，五心向天自然而然。心要静，安静如那平静如镜子的湖面。"罗峰自我控制力很不错，渐渐地他就完全静下来，连心也静下来。

寂静无声，呼吸已经微不可闻。

一分钟，两分钟……三十分钟，一个小时……

"嗯？"牢房中罗峰忽然睁开眼，"所谓的宇宙能量，到底在哪儿？我怎么感觉不到？我刚才的心应该已经非常非常平静了。难道，真的要如文章中所说，天才人物一天能感应成功，天赋弱的，感应到宇宙能量就要一年半载？"

"再试一次。"罗峰闭上眼，再度尝试去感应那文章中描述的存在于周围每一处的宇宙能量。

松、静。

这是五心向天修炼法中最强调的两点。

"还是不对。"半个小时后，罗峰再度睁开眼。

罗峰真正意识到，修炼基因原能的第一关——感应，那是非常难的。

"尝试最后一次吧，再不成功就等明天夜里了。希望能成功。"罗峰心中期盼着，闭上了眼，开始再度让自己心静下来，感应宇宙能量。

时间一分一秒过去，十分钟……三十分钟……五十分钟……一小时二十分钟……

"怎么还没成功？"

近乎冥想的心灵寂静中，罗峰的思想也变得比较慢。

渐渐的……

在这种闭着眼近乎冥想的状态，原本罗峰的心底还存有一丝渴望，渴望能感应到宇宙能量。可是随着时间流逝，罗峰自己却快睡着了！毕竟就算正常人在深夜闭上眼什么都不想地熬半小时估计都要睡着了，别说罗峰已经坚持了三个小时了。

接近睡眠的状态，这一刻罗峰已经忘记去感应宇宙能量了。

"好舒服。"

近乎睡眠状态的罗峰，模模糊糊感应到一丝丝气息透过自己的双脚脚心、双掌掌心和头顶百会穴，以极其缓慢的速度，逐渐流入了自己的身体。

"这是什么？"罗峰还半睡半醒。

"是宇宙能量！！！"罗峰猛然惊醒过来，眼睛一下子瞪得滚圆，顿时之前的感觉完全消失。

罗峰自己都没想到，自己竟然在要睡着的时候，模糊感应到了宇宙能量。

"我感觉到了，我感觉到了，之前那一定就是宇宙能量。"罗峰心中一阵惊喜，"按照文章中说的，一旦达到准武者境界后，绝大多数人都是能修炼基因原能。即使自己没感应到，在无意识中，身体也会以极其缓慢的速度吸收。"

罗峰知道，刚才自己感应到的情况，应该就是身体自发的在吸收宇宙能量，不过这种身体自发吸收宇宙能量的速度，那就太慢太慢了。

"就是那种感觉。"

罗峰闭上眼立即再度尝试去感应，渐渐地呼吸平缓、心静下来。罗峰的意识几乎就集中在了双脚脚心、双掌掌心以及头顶心，他努力感应之前感应到的丝丝气息。

迷迷糊糊间，似乎，自己感应到了那种气息，又似乎没感应到。

渐渐地，感觉逐渐清晰。

就是它！

一丝丝很微弱的气息微微飘荡，在靠近脚心时才有一丝渗透进去，速度非常慢。

"这就是宇宙能量。"罗峰意识集中在五心上，意识自然发散出一道道吸收宇宙能量的念头，自然而然地双脚脚心、双掌掌心、头顶百会穴吸纳的速度开始增加，而且瞬间增加近百倍速度。

如果说一开始，宇宙能量就仿佛水管的裂缝，水一滴一滴缓缓漏进罗峰体内。

那现在，这水管裂缝变大了，就仿佛一条小水流，不断流进罗峰体内。

"啊——"一种发自全身骨髓深处的战栗感，让罗峰身体不由一颤。这些无形无色的宇宙能量进入罗峰体内后，就被那饥渴太久的身体的每一处细胞疯狂吞噬，这些宇宙能量透过五条通道不断进来。

细胞中。

随着宇宙能量进入细胞，迅速被细胞内的线粒体给吸收，同时释放出一股奇异的能量，这股能量迅速的被细胞各处吸收，整个细胞本身立即开始发生翻天覆地的变化，DNA 基因蓝图也发生细微变化，同时细胞也开始分裂，一分为二。

时间一分一秒过去……

罗峰的身体在不断发生变化，不管是表面的皮肤、肌肉、骨骼，还是深层次的每一个细胞，乃至基因本身都发生些许变化，这种变化是生命的进化，是生命基因的一种优化！

"按照修炼法中所说，因为人体从出生以来，从来没有有意识的吸收过宇宙能量，所以一直处于饥饿状态，第一次吸收宇宙能量，是吸收最多的，也是实力提高最快的一次！"罗峰感觉到全身从内而外，都在发生着本质的变化。

整个地球上，乃至宇宙中，都有着无穷无尽的能量，罗峰现如今吸收的这一点点，完全可以忽略不计。

可对罗峰本人而言，却是他从小到大长到如今提高最惊人的一次！

骨骼密度在提升，细胞本身体积在缩小，一个细胞分裂成两个细胞，肌肉组织本身开始进行优化，自然而然罗峰的身体体重也在不断增加。

生命，就是这么的奇特！

脑域中。

在罗峰无法察觉的脑域深处，随着宇宙能量不断涌入，甚至进入脑域当中。从罗峰出生到如今，这脑域深处仅仅发生过三次震动，那三次导致罗峰的三次昏迷。而今夜随着大规模的宇宙能量涌入，脑域深处发生了有别于之前三次的变动，这次的变动，更加隐晦……修炼中的罗峰甚至于没有察觉。

"当——当——当——"

清晨，太阳刚刚升起，才五六点钟，看守所里起床的声音就响起了。一个个牢房中的被关押者都开始起床。而盘膝坐了许久的罗峰也终于睁开了眼，露出了一丝笑容："果然，从小到大，这第一次刻意地吸收宇宙能量，吸收时间最久，竟然吸收了快两个小时才吸收饱和。"

罗峰感觉得到，自己身体中蕴含的比过去强大了一大截的力量！

"这一夜的提升，好像比我上次高考昏迷带来的身体素质提升还要大。"罗峰有这样的感觉，"估计一拳现在能有1500kg吧，或许更高。"至于到底提高了多少，只有经过详细测试才能知道。

"吃早饭了，吃早饭了。"有不少看守所疑犯出了牢房，去吃饭了。

罗峰直接跳下床铺，也刷牙洗脸准备吃早饭。

而这时候——

牢房外走廊上，三名穿着囚服的疑犯走过罗峰的牢房，其中一个喊道："光头黄，听说你这个牢房来了一个高手，打伤了四个武馆高级学员。"

"刘哥，他厉害着呢。"罗峰牢房中，那光头壮汉连笑着点头。

"哦。"

三名囚犯相视一眼，其中一个低声道："不会错，牢房、年龄、实力都没错，周哥说的就是他。"

第十八章
械 斗

看守所内。

吃过早饭后，囚犯们又一一回到自己的牢房。

走廊南边从左边数第三间牢房，牢房内关押的四人都静静躺在自己床铺上，其中一名胖子低声说话："大哥，早饭的时候我已经和李老大他们说过，李老大也点头同意了。我们自己人出三个高手，加上李老大他们的两大金刚，就有五个人。对付那个叫罗峰的，应该没问题。"

"胖子，那罗峰据说能一个打四个武馆高级学员，很难对付啊。"身上有着黑狗文身的壮汉低声道。

"黑狗，胖子，这次除了我们以外，周哥也让眼镜蛇出手的。就算我们不成功，眼镜蛇也肯定成功！"一名独眼中年人低沉道。

"眼镜蛇？"

胖子和黑狗壮汉都吓得一跳。

"嗯，很巧，这次眼镜蛇也刚好被关在看守所。"独眼中年人点头道。

"有眼镜蛇在，那肯定万无一失啊。"胖子激动道，"不过大哥，这眼镜蛇到底什么样，我们还没见过呢。"

"具体行动，等中午吃饭我和李老大再商量一下。"独眼中年人低声道，"不出意外，今天晚上集体吃晚饭的时候动手！记住，都带好武器。"这些囚犯所谓的武器，其实也就是刀片、牙刷柄磨成的尖刺……

虽然看守所里检查比较严格，可是还无法和重型监狱相比。

就算重型监狱里面，手眼通天的人物都能将枪支弹药送进去，毕竟再严格的制度，只要是人来执行，就会有漏洞！当然看守所里面这些人，都是一些小人物，使用的也只是刀片、玻璃片等锋利的武器。

傍晚。

"罗哥。"

"罗哥。"

从牢房中走出来，在走廊上碰到的一些囚犯，一个个都乖乖地向罗峰喊道。罗峰一个打伤四个武馆高级学员的战绩，昨天晚上便已经传开，现在整个看守所里几乎所有人都知道这个年轻人的凶狠。

集体食堂中，说是食堂，其实是一个封闭的大厅。

银色固定的长桌，足有数十个。

"在看守所里一切还好，就是这饭食太差。"昨夜修炼基因原能成功，令罗峰今天一天心情都很好。走到柜台前，向里面的看守所监管人员领了一个塑料饭盒，这饭盒中便是烂泥一样的饭食。

低头看了看，里面的饭食是灰色烂泥模样，尝尝还有点土豆的味道。

"这就是传说中的生物餐。"罗峰摇摇头。

名儿起的不错，不过说是生物餐，实际上是社会上公认的最垃圾食品。如果吃这种生物餐，一个人一天只需要五毛钱就可以了。可想而知这生物餐的成本何等低廉。

银色的大厅，银色的饭桌长凳，银色的饭盒。

大量穿着囚服的人一个个都过来，领了饭盒去吃饭。

罗峰坐在长桌旁，低头开始吃生物餐，而这时候一名戴着眼镜的消瘦少年也端着饭盒坐在罗峰旁边。这消瘦少年低头吃了两口后，不由咒骂一声："猪狗吃的都比这个好！"

"快，你输了，给我两根香烟。"

"你搞什么玩意儿啊。"

整个银色大厅中，超过百名囚犯彼此说着话，一片乱糟糟。两名看守警察站在栏杆外，手持着突击步枪懒散地瞥了里面一眼，就相互谈笑起来。而银色大厅角落上的摄像机正不断运转，记录着大厅中的一切。

"嘭！"一名独眼壮汉坐到了罗峰右边大概三米处的另外一张长桌上，瞥了罗峰一眼，笑了笑，"你叫罗峰？"

罗峰看了这独眼壮汉一眼："你是？"

"我姓隆。"独眼壮汉咧嘴一笑。

"独眼龙。"一声低喝，只见一名低矮的胖子坐在了独眼壮汉对面，在这低矮胖子身侧还坐着两名铁塔似的壮汉，两名壮汉都冷视着独眼中年汉子。而那低矮胖子冷笑一声："昨天下午出去放风的时候，是你的人打了我的兄弟吧？说吧，这事怎么解决？"

"滚。"独眼壮汉眼睛一翻，喝道，"李胖子，你赶紧给我滚远点，惹恼了老子，就别怪老子不客气。"

低矮胖子双眸寒光一闪，冷笑一声："独眼龙，看来你不想谈喽？"

在旁边吃饭的罗峰低头吃了两口，瞥了这边一眼，不由感到有趣。在他看来……这显然是牢房当中两个颇有势力的头目人物斗起来了。

"谈个屁，就你还想跟我谈，给我滚蛋。"独眼龙唯一的眼睛一翻，喝道。

"妈的，给我打！"

低矮胖子面色狰狞，猛地一声低喝。

低矮胖子身侧的两名铁塔般壮汉瞬间动了，其中一个一把就掀起了银色长桌，挥舞着砸向独眼龙壮汉，另外一名铁塔壮汉也是闪电般一个飞踹，狠狠踹向独眼龙。

"敢打我老大！"

"兄弟们，上。"

整个银色大厅瞬间一片乱糟糟。

"砰！"其中一名囚犯搬起板凳，就狠狠砸在大厅墙角那个摄像机上，看守所里面每一次大规模械斗前第一件事情就是砸掉摄像机。警察没百分百证据，到时候打斗经过自然可以由这些囚犯随意编撰。

银色大厅中。

"啊！"那名独眼龙挥出右臂，挡住铁塔壮汉的一脚，可是那一脚非常重，令独眼龙整个人踉跄着连退好几步，退到了罗峰的身旁。

那两名铁塔大汉瞬间逼迫过来。

而且独眼龙麾下的小弟，也朝这儿冲来，一时间罗峰竟然陷入械斗的旋涡中心。

"竟然遇到械斗。"罗峰只能起身，他可懒得掺和这些事，而这时候独眼壮汉麾下的一名胖子在冲到罗峰旁边的时候，手中突然冒出了一根长螺丝钉磨成的尖刺，锋利的尖刺直接刺向罗峰的腰背。

而之前还踉踉跄跄的独眼龙，手中一翻竟然出现了一把被塑料固定好的刀片，直接刺向罗峰。

"嗯？"罗峰忽然感到一阵危险，同时腰背略微一疼，似乎有什么尖锐物体刺入肌肉中，但是紧接着便被肌肉给夹住，罗峰整个人就仿佛一只狸猫迅速弹射起来，越过了前面的饭桌。可就在这时候……

"嗬！""嗬！"

那两名铁塔壮汉，几乎同时甩出了犹如战斧一般的大腿，狠狠劈向罗峰。

"你们找死！"瞬间明白一切的罗峰，猛地一声低吼，双拳狠狠砸向那劈来的两条大腿！那号称两大金刚的两名铁塔大汉都是心中冷笑，腿部力量爆发起来是要比手臂力量强得多的，他们岂会怕罗峰？

砰！砰！

沉闷的撞击声音，伴随着骨骼断裂的声音，之前凶猛之极的两名铁塔壮汉痛苦的号叫一声，竟然被罗峰双拳砸的倒飞开去，狠狠撞击在远处的桌子、凳子上，在地面上流下一片让人心颤的血迹。

"啊，嗷——"两名大汉痛苦地捂着两条腿在地上打滚。

"什么！"那独眼龙和他身侧的胖子、黑狗，都吓了一跳。

这时候——

"嗡嗡——嗡嗡——"刺耳的鸣叫声响起，看守所内的警察们迅速地从各自休息处冲出来集合，朝牢房这儿赶来。

罗峰一摸腰背，鲜血完全染红了腰背处的衣服，心中略微一定。传言果然没有错，能修炼基因原能的武者，一拳三四千斤，普通的小口径手枪子弹，已经无法射穿肌肉了。刚才那胖子的一刺只是刺入皮肤表层，就被肌肉给卡住了。

"原来你们在做戏。"

罗峰目光扫过独眼龙和那低矮胖子，双眸中掠过一丝凶光，这令独眼龙、低矮胖子二人大惊失色。

"都给我上，他受伤了。"独眼龙怒吼道。

"大家一起上。"低矮胖子也是一声大吼，在喊的同时他们自己也搬起板凳砸过来，老大都动手了，那些小弟自然一个个也搬起板凳就冲过来，一片乱糟糟。

罗峰身形一动便化作一道幻影，只见他的双腿就仿佛一发发炮弹，一个个囚犯被踢得飞起来。对于普通的小弟囚犯罗峰并没有下狠手，毕竟那些人都是从犯，而对领头的独眼龙二人，以及刺自己一刀的胖子，罗峰可不会手软。

"噗！"罗峰一记掌刀直接斩在板凳上，将板凳斩的断裂，手臂又砸在独眼龙手臂上，将独眼龙整个人砸的飞起来，独眼龙手臂更是九十度反方向扭曲。

一个个人影被抛飞起来，一个个板凳、桌子扭曲、断裂。

差距！

这就是修炼基因原能后武者和普通凶悍匪徒的差距。

在罗峰横扫一群囚犯的时候，一直在人群中默默看着的那名戴着眼镜的消瘦少年忽然一挥手。

"咻！"

一道寒光瞬间划过长空，已然到了罗峰身前。

第十九章

觉　醒

　　这名消瘦少年正是在宜安区圈内名声颇大的眼镜蛇，他成名就靠的一手飞刀绝技。从之前其他囚犯疯狂围攻罗峰开始，这眼镜蛇少年就在寻找着动手的最佳机会，而现在正当罗峰打的兴起，最是疯狂的时候，他出手了！

　　这一记飞刀非常的阴险，这一刀在飞出的时候，刚好被一名囚犯身体阻挡，令罗峰根本没看到有飞刀射来。

　　"咻！"飞刀从一名被抛飞起来的囚犯裤裆中穿出，当罗峰看到这柄飞刀的时候，飞刀距离他只剩下两米距离！

　　"不好！"

　　"来不及了。"罗峰神经反应很快，可是这么短的时间他根本来不及移动身体闪躲开。

　　飞刀并没有射向要害，可是却射向罗峰的右肩处。

　　"不！"罗峰一瞪眼，对一名武者而言使用武器的手臂极为重要，罗峰是用刀的，他用刀的手是右手。而一旦右肩这个关节处被射穿，骨头裂开，没几个月时间，是根本没法施展刀法和怪兽厮杀的。

　　也就是说，一旦中刀，8月1号的武者实战考核他就没法参加，只能等明年的2月1号了。

　　"不！闪开，让开！！！"

　　在飞刀那惊人的速度面前，短短两米距离，罗峰脑海中根本没办法思考事情的后果等等。在这千钧一发的时刻，在这最关键的一刻，罗峰整个人的精神瞬间绷紧，全身筋骨力量也迸发到极限，死死盯着这飞刀，只有一个目标，一个信念——

躲开这飞刀，不能让飞刀射中自己肩膀！

"噗！"

飞刀在即将射中罗峰的一瞬间，刀尖诡异的竟然略微改变方向，本来是直线射向罗峰肩膀，变成了擦着罗峰的肩膀而过，只是擦破了罗峰肩膀表面的一层皮，鲜血微微染红了罗峰肩膀的衣服。

"全部蹲下，全部蹲下！"

"快，蹲下。"

这个时候，集结的大量看守警察手持着突击步枪已经冲进了这大厅当中，之前还疯狂的囚犯们都立即乖乖蹲下，连那名眼镜蛇消瘦少年也蹲了下来，他震惊地看着罗峰："怎么会这样，我那一记飞刀怎么会失误了？"

见到警察们冲进来，罗峰也立即蹲下。

"刚才飞刀怎么会变线？"蹲下来的罗峰疑惑得很，可就在这时候，一股可怕之极的头部疼痛没有任何征兆地突然产生，这股剧烈的头疼就仿佛有一柄尖刺在罗峰的脑海中不断地钻啊钻，疼得罗峰全身不由抽搐起来，直接倒在地上。

"怎么回事？"

"你们几个跟我过来看看。"

已经控制好局势的警察们，震惊的看着罗峰，只见这时候的罗峰全身通红，全身汗珠不断渗出，甚至于渗出了一颗颗血珠，令罗峰全身的衣服很快完全染红，青筋暴突，就仿佛一根根青蛇缠绕着罗峰，令罗峰变得前所未有的可怕。

"不好，他已经疼晕过去了。"

"快，快送到旁边的医护室去。"

警察们也被罗峰的样子给吓住了，就算罗峰整个人已经失去了意识，可是他的身体还是通红。

罗峰脑海中。

一股股强大的神秘力量不断从罗峰脑海中涌出，瞬间融入罗峰全身每一处，在这股神秘力量的洗礼下，罗峰全身骨骼、五脏六腑、血液、肌肉、皮肤都在发生着剧烈变化，每一个细胞也在不断发生着变化，这比罗峰自己修炼基因原能时，身体蜕变速度快了百倍千倍，按理说这么剧烈迅速的变化，身体会承受不了而崩溃炸开。

可是在那一股股神秘力量的融入下，罗峰的身体虽然表现出抽搐、血液渗出、骨骼震颤等诸多现象，至少五脏六腑没出现一点内伤。

"快，小心点，送到医护室去。"警察们立即将罗峰抬走，送往医护室。

而这一次的大规模械斗的经过，也很快被整理归纳出来。

晚上八点。

看守所一座幽静的三层小楼中，在一楼客厅中，足有两百英寸的大屏幕挂在墙壁上，正放映着一场电影。

"暂停。"

沙发上一名穿着睡袍的中年人开口道，顿时放映着的电影暂停了下来。这时候，外面才传来敲门声。

"进来。"门自动打开，一名穿着军服的男子走了进来，恭敬道，"所长，这次大规模械斗已经查清楚了。是周华阳安排的人要对付这个叫罗峰的年轻人，不过结果却是一大群人被罗峰打伤，其中还有几个是重伤。"

"周华阳那小子？仗着他周家的一些权势，还真够嚣张的。"这睡袍中年人淡漠道。

"虽然是周华阳安排，不过真正要对罗峰下手的，据我们猜测，应该是叫张昊白的年轻人。"军官恭敬道，"我们翻看了罗峰的档案，加上他进入看守所也跟张昊白有关，张昊白请周华阳帮忙的可能性很高。"

现如今整个华夏国一共六个基地市区。人类前所未有地聚集在一起，令国家对公民的控制力急速上升。

"不过所长，据我们勘察当时械斗的场景，那一个个被拳头打得凹陷的金属板凳、金属桌子。我们判断，这罗峰的身体素质肯定达到了武者程度。"军官铿锵有力地说道，看守所里面吃饭的凳子、桌子是金属制品。

罗峰的拳头将金属桌子打的凹陷，一记掌刀甚至于将金属凳子斩断。

这何等可怕！

"武者程度？"一直很淡然的中年人猛地站了起来，皱眉盯着军官，"你确定？"

"百分百确定！"军官回答道，"而且我刚刚打过电话给雷电会馆、极限会馆，进行查实，这罗峰刚刚进行过准武者考核，并且已经过关！只是现在还没有记入公民身份信息当中，相信这几天就会记录进去。"

"准武者？他一个准武者，跑到看守所干什么？"这中年人皱起眉头，"真的闹腾起来，那可就麻烦了。"

武者，不管是哪一方武者，权益都是很被看重的。

如果有武者在警察系统吃亏，那肯定会遭到全体武者的不满，到时候麻烦就大了。毕竟警察系统是没有资格对武者作出任何拘留关押措施的。

"现在这罗峰人呢？"中年人开口道。

"这罗峰从小就有奇怪的头疼病，他高考时就发作过，刚刚又发病了。不过现在已经恢复正常，正在医务室中，还处于昏迷状态中。"军官回答道。

中年人略微思考了下，立即下令道："立即将罗峰送到旁边的军人疗养小区，让他休息！等他醒来后，你代表我亲自向他道歉，等明天一早我们再联系他所在的极限武馆说清楚这事，务必将这事情大事化小，小事化了！再将他送回家。"

"是，所长。"军官立即领命离去。

深夜。

幽静的卧室中，罗峰眼睛微微一动，而后便睁开了眼睛。

"这是哪儿？"罗峰意识清醒了过来，目光扫向周围，卧室旁边的窗户的护栏上的斑点是那般清晰，周围其他住户人家看电视的声音竟然那么大，甚至于远处马路上夜间走路人的对话声音自己都能听到。

"不对，不是声音大，是我听力提高很多。"

罗峰下了床站了起来，走在卧室当中，他环视周围，他的视力、听力乃至嗅觉都有了一个惊人的提升。

罗峰的目光落在旁边的凳子上，心中一动，顿时一股无形力量瞬间就控制住了凳子。这股无形的力量肉眼无法察觉，可是罗峰本人却能清晰感觉到，这股无形力量是从自己脑海中瞬间延伸出去的。

"这是什么力量？我怎么有了这样的力量？"罗峰只感觉心跳加快，感到不可思议，这种无形力量就好像他无形的手一样。

呼！

在这黑夜时分，这凳子竟然悬浮了起来。

罗峰心意一动，目光看向旁边的床铺，顿时整个床铺悬浮了起来。转头看向旁边的电视柜台，顿时，电视柜台也悬浮起来。紧接着就是三张椅子、一个茶几，还有旁边的衣柜全部都悬浮着离地。

很快——

整个卧室当中，几乎所有物品都离开地面，就仿佛在太空中没有引力一样。

"控制这么多东西悬浮，我一点吃力的感觉都没有？"罗峰缓缓走到阳台上，深夜时分，一片寂静，罗峰的目光落在护栏上，心意一动。

咔！

护栏上的一根钢柱缓缓旋转，而后硬是从护栏上脱离下来，看着这一根钢柱，在罗峰双眸注视下，整个钢柱的前段开始逐渐旋转扭曲，变得锋利尖锐起来，成为一根钢刺。一切都是悬浮在半空中，靠那无形力量控制。

"去吧！"罗峰心意一动。

只见这根钢刺快如闪电，射向下方的小区中的一座假山，在惊人速度下，这一根钢刺瞬间贯穿了假山上的巨石。在射穿巨石后，钢刺又返回来继续贯穿于巨石当中。

嗖！嗖！嗖！

只见钢刺化作无数幻影，疯狂地不断射穿这假山，就仿佛被大量的穿甲弹不断射穿一般，整个假山很快就变成了筛子。

"嘭！"忽然一声低沉的爆炸。

足有两三米高的假山完全爆裂开，化作无数碎裂的石头，而一直被罗峰控制的钢刺也完全爆裂成粉末。

"是谁？"

"呜呜，呜呜——"整个军人疗养区里面立即响起警报声，一盏盏高聚光灯亮起，不少警卫手持着枪械冲了过来。

而罗峰本人则是一缩脖子，立即溜进屋子躺在床上，心中则是震惊得很："那足有一两米厚的大石头，竟然瞬间就被贯穿了！我控制钢刺的威力，足以媲美重型狙击枪的穿甲弹了，这还是钢刺不够结实、锋利的缘故，最后钢刺完全被反震成了粉末。"

"我瞬间贯穿了过百下，不就等于瞬间过百颗穿甲弹射过去？"罗峰倒吸一口凉气，"这，这到底是怎么一回事？"

如此神秘可怕的力量，在这普通的军人疗养小区，觉醒了！

第二十章
暗金色圆球（第一集终章）

幽静的卧室内，没有开灯。

在昏暗中，罗峰坐在旁边的个人小沙发上，心中无法平静："这力量太强了，普通的警用小口径手枪，恐怕也只能将那假山巨石上打出一个小眼儿而已。而我控制钢刺，竟然轻易穿透整个假山，威力强了数十倍过百倍！"

人类和怪兽的战斗，持续了数十年，之所以一直没有取胜，就是因为怪兽们太强大。

怪兽群体中有强有弱。

就算是最弱的怪兽，也是无视那种小口径手枪的。别说怪兽了，就是人类最弱的武者，一般靠肌肉也能卡住普通小口径手枪子弹。而厉害的怪兽，是根本无视热兵器的，只有一些重型狙击枪、大口径重机枪、高射机枪乃至机炮等，才能对怪兽产生威胁！

当然，一些巅峰的怪兽如黑冠金雕被 20mm 口径的火神炮疯狂轰击，都无法轰碎一根羽毛！那才真正可怕。

"我竟然能隔空控制物体，这，这难道是……"罗峰心中一动，"难道是精神念师的精神念力？"

对于精神念师，罗峰知道的很少。

可还是知道一些基本信息的，精神念师一般也是厉害的武者，同样修炼基因原能！不过精神念师在修炼基因原能的基础上，还修炼第二种能量——精神念能！这精神念能，一般也被称为"精神念力"。

"不过是不是精神念力，还要等日后好好查查，才能确认。"罗峰暗道。

精神念师，从小到大，自己仅仅见过一个而已。

也就是被扬州城极限会馆总教官邬通称之为队长的神秘黑袍银发人。

"钢刺的穿透力是强，可是，像黑冠金雕这个层次的怪兽根本无视热武器。只有激光炮、核武器才能对他们有威胁吧。"罗峰也清楚，自己现在实力虽然惊人，可是在全世界是有很多比自己强大十倍百倍千倍的存在的！

如那位网络视频上，杀死黑冠金雕的绝世强者——

他的身体移动速度能超过音速！一刀能将黑冠金雕劈成两半！一脚能毁掉一座六层居民楼！

这就是武者中的绝世强者。

"而世界第一强者洪，世界第二强者雷神等人，更是可以令五大强国和他们平等对话！"罗峰深吸一口气，能够令一个国家和个人平等对话，可以想象这样的强者实力会是何等的惊人。

"我现在控制钢刺，恐怕都无法碰到人家的身体。"罗峰暗暗提醒自己，自己虽然很强了，可强者还是很多。

虽然这么提醒……

可毕竟那些绝世强者离罗峰太遥远，现如今罗峰的实力完全能够让爸妈、弟弟过上优越的生活。

"努力！"

"我现在还年轻，将来说不定也能踏入世界上最顶尖的高手圈子。"罗峰充满期待。

在这幽静卧室内，罗峰觉醒了自己的能力，同时也激动得有些难以入睡。

"算了，今天太激动，恐怕很难睡着了。还是修炼基因原能吧。"罗峰在床上盘膝而坐，呈五心向天的姿势，闭上眼睛开始修炼。

因为有过第一次经验，加上体内已经有基因原能了。

所以很容易就感应到宇宙能量的存在。

"咝咝——"宇宙能量透过脚心、掌心、头顶百会穴不断流入体内。

"今天吸纳宇宙能量的速度，似乎更快了些。"宇宙能量沿着五条通道进入罗峰体内，全身每一处的细胞都疯狂吞噬这些神奇的宇宙能量。

经过细胞内的线粒体转化，宇宙能量被转化为基因原能。

"咦？我的头……"罗峰感应到，不少宇宙能量涌入自己脑海中，随着意识集中在脑海。

轰——

仿佛整个灵魂一阵战栗，之后，罗峰就震惊地发现……自己的意识到了一个神奇的地方。

这神秘地方无边无际，有着无尽的雾气不断地环绕，在这雾气中央有着一颗暗金色圆球，这暗金色圆球就仿佛恒星一般缓缓自转着，同时散发出一道道雾气，令这神秘地方的雾气时刻不停地增加着。

"这雾气……是，是精神念力？"罗峰轻易感应到这雾气的力量，正是自己控制物体的精神念力。

"还有——"

罗峰清晰地看到，一丝丝透明的能量正从这神秘地方不断渗透进来，而后很快就被同化成了雾气力量。罗峰的意识也感应到，这透明能量正是宇宙能量。

"雾气是精神念力，而透明能量是宇宙能量，宇宙能量被吸收进这儿，转化为精神念力。而我的精神念力都是从脑海中延伸出来。"罗峰心中一震，"这里就是我的脑海？或者说，这是我的识海？"

识海，是武者们对脑海的特定称谓。

"我这识海中央，怎么有一个暗金色圆球？"罗峰的意识疑惑地观察着，这缓缓自转着的暗金色圆球不断散发着一道道雾气（精神念力），在散发出道道精神念力的过程中，罗峰也感到自己的识海很是舒坦。

"我从小到大，昏迷过几次，恐怕就是这暗金色圆球的缘故。"罗峰有一种直觉。

"暗金色圆球，释放精神念力？"

"而我过去，是没有什么精神念力的，是这次昏迷才有的。"罗峰思考着，"那么应该就是这次昏迷过程中，这暗金色圆球释放出大量的精神念力，不但令我拥有强大的精神念力，同时顺带着改造了我的身体。"

自己身体素质是强，可是和精神念力相比较，就差的远了。

"对了。"

"之前那群囚犯攻击我，其中有一个人放出飞刀。那飞刀在要射穿肩膀的时候，忽然变向。应该就是我的精神念力起作用了。"罗峰根据事实情况，很容易推理出一些真相来。

的确，暗金色圆球的确是在这次昏迷过程中，释放出大量精神念力的。

可实际上，在罗峰第一天进入牢房的深夜，第一次修炼基因原能，吸纳宇宙能量的时候，就已经引起识海的变动。就算没有因为飞刀的缘故，提前令暗金色圆球释放出大量精神念力，随着时间流逝，也会水到渠成般拥有精神念力的。

一次飞刀偷袭，令罗峰提前觉醒而已。

"我过去头疼昏迷，十有八九是这暗金色圆球作怪。不过现在，暗金色圆球不断的释放出精神念力，应该不会再让我昏迷了吧。"罗峰感觉。就仿佛堤坝阻挡住洪水，因为过去暗金色圆球一直无法放出精神念力，才会让罗峰每天都一阵阵头疼，现在等于是有了一条渠道来泄洪，不断释放出精神念力，自然应该没事了。

第二天清晨，当罗峰离开卧室下楼的时候，发现客厅中坐着一人。

"罗峰先生，早上好。"一身军服的男子站了起来，微笑道。

"你好。"罗峰疑惑道，"这里是什么地方，我怎么在这儿？还有，我似乎没见过你。"

这军官微笑道："自我介绍一下，我是宜安区看守所的董安。而这里是我宜安区的军人疗养小区，罗峰先生……没想到你已经准武者考核过关了。我们看守所自然没权力关押罗峰先生，罗峰先生有权现在回家。"

"现在回家？"罗峰点点头。

昨天自己打了那么多囚犯，特别是拳脚打在金属桌凳上，是很容易被人判定自己实力的，罗峰不奇怪。

"我想问一下，到底谁想害我？"罗峰皱眉道。

军官微一迟疑。

"如果你们看守所无法回答，我会通过极限武馆，向江南市安全局提交申请，查探一切事情的。"罗峰开口道，一旦这事情被捅上去，被人知道一个准武者在看守所里被人围攻，而看守所竟然包庇罪犯，看守所的高层，绝对会有麻烦的。

军官连忙笑道："罗峰先生，别急。事情是这样的，据我们调查是一位名叫周华阳的地头蛇人物，安排了这些在押囚犯对罗峰先生你进行攻击，按照我们调查，他们是准备打断罗峰先生你的一条腿和一条胳膊。"

"哦？"罗峰皱眉道，"打断我一条胳膊一条腿？够狠啊，想废掉我吗？这周华阳我不认识，谁让他干的？"

军官连回答道："我们已经审问过周华阳，是名叫张昊白的年轻人请他帮忙的。"

"张昊白？"

罗峰目光一寒，"真是不知死活！"

"他的确是不知死活。"军官微笑道，"罗峰你完全可以选择向江南市安全局申请捉拿张昊白。他幕后指使人伤害准武者，这是重罪！判有期徒刑二十年都很正常。"

"别怪我多嘴，这张昊白的叔叔，也是一名武者！"军官说道，"罗峰你可以不给他叔叔面子，申请安全局捉拿张昊白……安全局乃是管理武者的机关，权力极大。张昊白叔叔根本不可能影响安全局做事。"

"选择不惜得罪他叔，依旧要对付张昊白，还是与他私下调解，让张家赔钱。一切由罗峰你自己来决定。"军官微笑道，"我的话已经带到，这是罗峰先生你的手机等物品，都放在这儿。"

罗峰点点头。

私下调解，让对方赔一笔大数额金钱，还是硬要对付张昊白？

"喂，爸。"罗峰拿起手机拨通电话，"我已经出了看守所，过会儿就能到家，到家吃早饭！放心吧，爸，你儿子现在实力厉害着呢，怎么可能有事？"

第一篇　一夜觉醒

第二集　武者

第一章

罗哥，你好

罗峰被看守所放出来的当天上午，宜安区的一家古色古香的茶楼里，一间包间当中，仅有周华阳和张昊白二人，二人面前的茶杯热气蒸腾，香气弥漫。

"周哥，你这一大早把我喊来，到底什么事？"张昊白声音压低，轻声询问道，"是那件事情有结果了？如果真的搞定，周哥你放心，钱的事情是绝对没问题。"张昊白有些期待，罗峰是不是真的被打断了一条腿、一条胳膊。

周华阳坐在那儿，脸色渐渐沉下去，一声不吭。

"周哥？"

张昊白觉得气氛不对劲，低声连道，"周哥，你，你倒是说话啊。"

"张昊白，你够狠啊，你想找死竟然也把我拖下去。"周华阳冷笑着看着张昊白。

"我，我怎么了？"张昊白一头雾水，急切道，"周哥，到底是怎么一回事？你跟我说清楚。"张昊白从周华阳的语气、脸色上都察觉不对劲，可是他张昊白的确是不知道，到底发生了什么事情。

周华阳深吸一口气，低沉道："张昊白，你是让我请人打断罗峰的一条腿一条胳膊，对吧？"

"是，怎么？"张昊白点头道。

"哼，怎么了？"周华阳声音冰冷，嗤笑道，"你要对付的罗峰，他是准武者！"

"准武者？"张昊白一下子就蒙掉了。

安静。

包间内安静一片，张昊白脸色苍白，傻傻的坐在那儿一动不动，额头汗珠不停渗出。

周华阳冷笑着坐在一旁，端着茶杯在那边一口又一口地喝茶，也不说话。

"怎么这样，怎么会这样？"张昊白现在已经没有了嫉妒，有的只是恐惧！他家是富豪家庭，对于准武者的一些特权他是很清楚的……自己竟然派人去要打断准武者的一条腿一条胳膊，准武者完全可以让江南市安全局来抓自己啊。

一进安全局，自己这辈子就完蛋了！

"不，不……"张昊白脸色煞白。

"知道害怕了，傻了吧？"周华阳气得将杯子重重砸在桌上，怒喝道，"妈的，你这个蠢货如果真的想死，也别拖着我啊！准武者啊，你让我安排人去打断准武者的一条腿一条胳膊，人家一旦上报安全局，我也麻烦大了！"

周华阳气的咬牙切齿。

"周哥，我怎么办？我该怎么办？"张昊白连道，"我，我不想被安全局抓去，你告诉我，我现在该怎么办？"

安全局……

对普通公民而言，那是一个神秘可怕的地方。能出动安全局来抓人，那么几乎一辈子就完了。

"对了，周哥，你有没有把我供出去？"张昊白眼睛一亮连说道，他请周华阳办事的事情，也就周华阳一个人知道，如果周华阳没把他供出去，那么这事情还有余地。

"你这个狗日的在想什么呢？"周华阳气得一屁股站起来，怒指张昊白，"政府的人都到我这儿审问我了，我还敢不说？我不说，代你去死啊！！！"

张昊白一怔。

的确，如果不把他给供出来，周华阳自己就倒大霉了。

"我是看在你我这么多年交情的份上，才来告诉你一声。防止你被安全局抓去，都不知道是怎么回事。"周华阳嗤笑一声，"我劝你还是回去，将这事情跟你爸商量商量吧，你爸路子比你多，做事肯定比你强。兄弟……你周哥我不陪你了，先走一步！这一桌的账单我已经付掉了，不必你买单。"

说完，周华阳直接拉开门走了出去。

包间内只剩下张昊白一人。

"怎么会这样？"张昊白坐在椅子上，摇着头，依旧不敢相信，"他，他怎么会是准武者！在高考前，他拳力也就八百公斤。这才几天？他怎么可能成为准武者？"

"不，不，我不想被安全局抓去。"

"爸，爸……我去找爸爸。"

张昊白脸色苍白的迅速冲出茶楼，以最快的速度赶回家。

家中。

张昊白坐在客厅沙发上，双拳紧握，身体微微发颤。

"咔！"门开了。

"昊白啊，这么急喊我干什么？还说我回来晚了，你就要死了？"从公司急匆匆赶回来的张泽龙推开门走了进来，一看儿子脸色、样子，就心底咯噔一下，暗道，"不好，昊白这孩子怕是惹大祸了。"

"爸，我惹祸了。"张昊白抬头看向父亲。

这简简单单几个字——我惹祸了。

就让张泽龙心中一阵冰凉。

"说，到底是怎么一回事，你给我详详细细地讲，不要漏下任何一点，全部说清楚。"张泽龙表情郑重起来，虽然知道事情麻烦，可是张泽龙并没有自乱阵脚，毕竟他是从大涅槃时期熬过来的，什么大风大浪没见过？

张昊白深吸一口气："是这样的，上一次在我家庭院，装饰公司送家具来……"

从头到尾，张昊白没敢有一点隐瞒，全部说了出来。

"你，你竟然敢找人去将准武者打残废掉？"张泽龙一瞪眼。

"我，我不是不知道嘛。"张昊白被父亲这么一瞪眼，都慌掉了，

"我如果知道，打死我也不敢啊！"

张泽龙深吸一口气，没说话，只是取出手机连忙拨打电话。

"嘟——嘟——"

"嘀！"

一道声音在张泽龙手机上响起，张泽龙一看不由眉头一皱。

"怎么了，爸？"张昊白连忙问道。

"我给你叔打电话，不过，你叔现在正在基地市区外猎杀怪兽。"张泽龙坐在沙发上，"等你叔打回来吧。"

在基地市区外，说不定什么地方就隐藏着一头怪兽。

所以一般都是寻找一个安全地，才会和市区内通信联系。

片刻后——

"大哥，什么事？"一道低沉声音响起，"我现在比较忙。"

"阿虎，这次事情不小。你侄儿闯大祸了。"张泽龙说着，眼睛都红了。

"昊白闯什么祸了？大哥你说，我听着。"张泽龙的弟弟张泽虎的声音传来。

"是这样的。"张泽龙把电话开通免提，将刚才儿子说的又复述了一遍。

手机中沉默了片刻，之后张泽虎的声音传来："昊白这孩子，竟然敢找准武者的麻烦，真是太胆大了！这样，从今天起，昊白你每天都给我待在家，不要再出去惹祸，也不要再去见那个罗峰。"

"知道，叔。"张昊白仿佛抱着最后一根稻草，连忙点头应道。

"嗯，你们什么都不要做。"手机中声音继续道，"一切等我回来。就算安全局来人了，把你抓去了，也不要做任何其他事，一切等我回来。我这次任务比较重要，估计一两个月时间才能回来。"

"嗯。"张昊白连点头。

"放心，昊白！我大哥就你这么一个儿子，我说什么都会保住你的。"手机中声音继续道，"大哥，队长在喊我，不多说了。记住，不要做任何其他事情，只管等我回来。"

挂上电话，张泽龙、张昊白父子二人这才长松一口气。

张家人心惶惶，可罗峰一家人却开开心心。

晚饭后。

罗峰带着弟弟罗华，从楼上下来，罗峰推着轮椅，在这小区中散着步。

"哥，这个小区我们住了十多年了，爸妈更是住了超过二十年。"罗华抬头看着小区，小区的住宅楼密度很大，绿化非常的少，"以后我们离开这儿，住进那明月小区。每天我都要出来逛逛，自己一个人就行了。"

每天上下楼，对坐着轮椅的罗华而言是天大的难事。

"嗯。"罗峰微笑点头，推着轮椅，"阿华，以后咱们不会一年四季都晒不到太阳，不用一年四季都在那小房间内。爸妈也不用一直睡沙发了。"

罗华连连点头。

这一天……他们盼望好久了。

"有人过来了。"罗华抬头看向前面，一名戴着眼镜的年轻男子微笑着走过来，先是朝坐在轮椅上的罗华一笑，而后看向罗峰，"罗哥，对吧？"

"你是？"罗峰疑惑看着这人。

这年轻男子微微一笑："罗哥，你好，我叫周华阳！不知道罗哥有没时间，我们找个地方聊聊？"

第二章

赔偿金

"周华阳？"罗峰心中一动，"原来是他！"

看守所那名军官说过，张昊白就是请周华阳帮忙安排的人对付自己。

"你就是周华阳？"罗峰露出一丝笑容。

周华阳心中咯噔一下，在罗峰的注视下不由有些心慌，他没法不心慌，罗峰如果真的要对付他，他可真的有大麻烦了。周华阳保持着那一副笑脸："正是小弟。罗哥，我们去旁边找个地方聊聊吧？"

"也好。"罗峰点点头，"我也有事要和你谈谈。"

在离南岸小区不远的一处街道上，有一家扬州浴馆，这浴馆算是消费比较高的地方了，就算一个小套间，最低消费都是一千块，罗峰虽然听说过这地方，却是从来没进去过。而这次他带着弟弟和那周华阳来了。

扬州浴馆，是集泡澡、泡脚、休闲娱乐等为一体的。

"好了，你出去吧，有什么事我再叫你。"在扬州浴馆其中一个套间内，周华阳吩咐道。

"好的，先生。"服务员离开套间。

这套间一共有三个房间，其中一个房间是浴房，专门供泡澡的。第二个房间是休息室，可以喝茶商务会谈等。第三个房间是娱乐室，是供上网、看电视、唱歌的。

"阿华，你就在这个房间玩玩，我和这周华阳谈点事情。"罗峰笑着道。

"去吧，哥。"

罗华一拉动车轮，轮椅直接来到电脑前，罗华有些兴奋，"啧啧，46英寸超薄屏幕，声控系统，爽。"

罗峰心中唏嘘不已，自己家的笔记本电脑是那种最低档的，操作系统还是手动的，几百块钱一台，便宜的很。而现如今一些奢侈的笔记本几乎都是声控的，甚至于传说中最顶级的还有三维虚拟全息投影功能。

当然能三维虚拟投影的设备，价格极为昂贵，属于传说中的设备，就算一般富豪家庭恐怕倾家荡产才能买得起一个。

弟弟罗华在电脑前，兴奋得尝试使用声控系统。而罗峰和周华阳，则是进入休息室。

"咔。"关上房门，休息室里，罗峰和周华阳相对而坐。

"罗哥，喝茶。"周华阳端起茶壶，为罗峰倒下一杯茶，同时一脸愧色说道，"罗哥，这次我来，是向罗哥你道歉来的！这一次的事情……唉，说起来，我实在是不好意思，惭愧得很！"

罗峰端着茶杯，在一旁默默听着。

周华阳这样的人在社会上很多，属于那种人脉比较广的。他们做的事情，就是收别人钱，帮人家办事。比如周华阳，他也是收钱办事，事先跟罗峰是没一点仇怨的。对周华阳，罗峰也没多大怨气。罗峰真正恨的是张昊白。

"那张昊白就算不找周华阳对付我，也会找其他人。"罗峰暗道，"这周华阳只是一个中间人而已。不过……他既然来找我，就顺便和他私了吧。"

周华阳见罗峰沉默不开口，连忙继续说道："这一次我安排人对付罗哥你，我事先根本不知道罗哥你的情况。都是张昊白告诉我的，所以才做出了这等蠢事！我希望罗哥你大人大量，饶过小弟。"

"饶过你？"罗峰咧嘴一笑。

"这是小弟的一点意思，希望罗哥能收下。"周华阳从怀中取出了一个信封，放在桌上推到罗峰面前。"这是招行的记名支票，收款人名字是罗哥你，只有罗哥你可以取出这笔钱。在招行的任何一个分行都可以拿到这笔钱。"

罗峰看了一眼，打开了信封，其中的确有一张支票，付款期限十天，限付罗峰，上面还附有罗峰的身份证号码。

当然最吸引人的是那一行字——壹佰万元整！

"一百万？"罗峰微微一惊，这是一个比较大的数额了，罗峰家这么多年来存款也没超过十万块，现如今的华夏币还是很值钱的，就算是那些开公司的老总，一百万华夏币对他们而言，也是一笔大数字。

"希望罗哥能原谅小弟，这事情就此揭过。"周华阳诚恳道。

一百万……

罗峰家还从来没有过这么多钱，这样的钱，不要白不要。

"我知道你是中间人，也不为难你。好，这钱我收下。"罗峰点点头，那周华阳顿时松了一口气。

"不过这支票取钱也麻烦，这样，你现在通过网络直接转账进入我的户头。"罗峰开口道。

"行。"周华阳很是干脆。

罗峰点点头，取出桌上边的一支签字笔，在一白纸上写下了银行账号和开户银行："这是我的银行卡账号，开户银行地址在这儿，开户人就是我本人。"

"嗯。"周华阳收回了信封和支票，同时从怀中取出了手机，通过手机迅速上网进入银行系统，仅仅片刻，就转账成功。

罗峰感觉到自己口袋里手机震动，取出打开一看，收到一条短信，是银行的银行卡余额变动通知，通知自己的银行卡余额增加了 100 万。

"到账了吧？"周华阳笑道。

"嗯。"罗峰点点头。

周华阳微笑道："罗哥做事就是爽快，在这扬州城，罗哥你如果有什么事情解决不了，直接找我，我只要能做到的就一定帮忙。当然罗哥你很快就是武者了，不过阎王好过，小鬼难缠，遇到一些麻烦事，还是我们出面解决比较容易点。"

"行，有事自会请你帮忙。"罗峰起身。

周华阳也立即起身，二人握手。

"那我就先走一步了。"周华阳笑道，"这套间的钱我已经付过，罗哥你们可以玩到明早。"随即周华阳和罗峰的弟弟罗华也打了声招呼，便出了套间。

套间中只剩下罗峰、罗华兄弟二人。

套间的娱乐室中。

"哥，这人找你干什么的？"罗华笑道，"感觉这人挺客气的。"

"是给咱们送钱来的。"罗峰一笑。

"送钱？"罗华吃了一惊。

在看守所中遇到的事情，罗峰并没有和爸妈、弟弟说，他不想父母亲人为自己担心。在罗峰看来……既然走上武者这条路，那么这条路上将会困难重重、危机遍地，这些危险困难事，还是不和父母说的好。

"嗯，对了，阿华。"罗峰笑道，"你炒股怎么样了？"

弟弟阿华常年在家，因为对金融感兴趣，特别是股票这一行业，别看弟弟岁数不大，却已经炒股有三年了。

"第一年没赚钱，这两年都赚了不少，翻了两番，有两万多块了。"罗华说道。

"这么多？"罗峰大吃一惊。

两万多块钱，是无法令罗峰吃惊的，令罗峰吃惊的是弟弟赚钱的效率！竟然翻了两番！算是很可怕的效率了！

"还行吧。"罗华笑道，"其实玩股票，一个玩的是心理，第二个玩的是数学。只要将仓位控制好，通过逐次购买，将买入价控制好。再跟随幕后的庄家，很容易操作的……只是有时候，股市震荡，心理会受到影响。第一年没赚钱就是经常会吓得早早抛掉。"

罗峰听得一头雾水。

"我这赚钱不算什么，厉害的高手操作期货等，我炒股翻一倍，人家能赚十倍二十倍。当然期货危险更大，一不小心被强行平仓，就全部完蛋了。"罗华摇头道。

罗峰虽然不懂这些……

可是他懂得一点，股票赚钱是复利形式。

比如弟弟，从几千块到两万块，花费三年工夫。可是如果他本金有 100 万，或许现在就有 400 万资产了。有 400 万本金的话，恐怕就有 1600 万资产了。

钱滚钱，越往后越夸张。

"阿华，回头我给你 50 万。"罗峰笑道，"好好努力吧。"

"50 万？"弟弟罗华激动的眼睛一亮，"今天股市跌的很厉害，正是抄底时候，能大赚一笔。"和弟弟这么多年睡一个房间，罗峰早就发现……弟弟总是期盼股市大跌，而自己的邻居王伯总是期盼股市大涨。

弟弟炒股赚钱，王伯炒股赔钱。

高手都是期盼股市大跌？罗峰心中暗想。

"对了，哥你哪来的钱？"罗华追问道。

"就是刚才那个周华阳喽。"罗峰一笑，"弟弟，这钱你就去用吧，以后等你哥哥我成为武者后，赚钱多着呢。"普通武者赚钱不厉害，可是……罗峰很清楚自己的实力，单单控物那一招就比重型机枪要可怕！

毕竟子弹是直线飞行，而罗峰控制的尖刺等，是可以瞬间改变方向的。

"8 月 1 号，武者实战考核，过关后，就要开始武者生涯了。"罗峰端着茶杯的右手不由略微一用力，啪！茶杯立即碎裂开，茶水撒的一地。

旁边的弟弟罗华吓得一跳："哥，你怎么了？"

"没什么。"罗峰摇头一笑。

心中却是暗想道："我在看守所牢房中，修炼基因原能，实力一下子提高了一大截。而后能力觉醒，我的实力增加更多！现在我的力量、速度比过去强大太多太多。不过实力增长太快，也不是好事。我对力量控制都不够精细了。"

一激动，竟然捏碎掉茶杯，显然是力量控制不够。

"嗯，明天一早，就去极限武馆。从今天到 8 月 1 号，这二十几天，我好好修炼一下。将我现在的速度和力量，都好好磨炼掌握一下。让自己的实力，能更大限度发挥出来。"罗峰心中暗道。

第三章
血影战刀

第二天早晨五点，天蒙蒙亮的时候，罗峰就赶往极限武馆了。

准武者的证书还没到手，罗峰依旧使用武馆高级学员的学员证，进入了武馆。

"师兄。"

"师兄，早。"

极限武馆内，草地路上有着不少晨练的学员。罗峰微笑着点头，而后直接奔向高级学员教学楼的三楼，现如今自己还没得到准武者证书，也只能进入高级学员练武厅，没资格进入四楼的教员区。

"喝，哈！"只听得练武厅中传来一道道吐气喝哈声。

罗峰朝里面一看，只见一名白袍青年正手持一杆铁枪，不断舞动着。

"铁哥。"罗峰笑着喊道，"一大早就过来练枪？很少见啊。"

"疯子。"这白袍青年停下，惊讶地看向罗峰，一脸喜色，"你怎么过来了？哈哈，对了，我可得先恭喜你一下，恭喜疯子你准武者考核过关。"

"你怎么知道的？"罗峰惊诧道。

自己准武者考核过关的消息，知道的人应该很少才对。

"昨天晚上，教员给我们上课的时候，可是说了这事。说我们武馆高级学员中，疯子你和杨哥二人，都已经准武者考核过关了。"这白袍青年无奈地摸摸脑袋，"看到你们两个都过关，我也不敢松懈，所以今天一大早就过来练枪了。"

罗峰点点头。

原来是教员说的这事，极限武馆虽然有三万多号学员，可是教员一共才六个人！教官更是仅仅只有一个！教员授课的时候，大多是在那种超大教学厅中教学，让数千名学员同时听课。

当然给高级学员教课就不必了，整个武馆的高级学员也就那么点人而已。

"疯子，你都考核过关了，一大早来干啥？"白袍青年笑道。

"8月1号，武者实战考核。我得准备准备。"罗峰笑着就朝练武厅旁边的兵器房走去，兵器房房门没关。

进入兵器房中，在兵器柜上，摆放着大量的兵器。刀、枪、棍、棒、斧、锤、剑、矛等等，种类繁多。而且每一大类兵器，还分很多种。比如刀当中，就分单手刀、双手刀。而这单手刀也分很多种。

"血影系列。"罗峰打开其中一个兵器柜子，里面摆放着大量的同样款式的战刀，当然这些战刀都是仿真的，战刀形状、重心、重量都和真刀一模一样。只是材质上相差万里，一柄能斩杀怪兽的真刀价格可能数十万，可这种仿真刀价格也就数百块，便宜的多。

咻！

罗峰拔出其中一柄，这是血影2系战刀，刀刃长78厘米，整刀长101厘米，刀宽5.2厘米，刀背较厚，刀尖锋利善于突刺。

"嗯？"罗峰随意挥动两下，皱起眉头，"这血影战刀，我都用好久了。不过……感觉好轻。"

过去习惯挥动的战刀，现在却感觉轻飘飘的。

"我的力量增加，需要使用的刀，重量也得增加才感到顺手。"罗峰又取出一把同样是血影2系战刀，挥劈两下产生空气锐啸声音，"不对，还是轻了。"

"这一把也不够。"

"轻了，太轻了。"

罗峰取出最重的一把血影2系战刀仿真刀，不由摇头笑了起来，"看来我的实力，真的是提高太多了。这高级学员兵器房里，根本找不到一把适合我的战刀。"罗峰只能选择离开三楼，沿着楼梯去四楼。

"四楼，是教员和教官经常去的地方。"罗峰知道，这四楼也有练武厅，兵器房，"准武者也是有资格进入四楼的，不过，我现在的准武者证书还没发下来，不知道能不能进入四楼。"

四楼楼梯口旁边，有一个小房间，一名老者正在那儿值班。

"嗯？干什么的，这里不允许学员进来。"这值班老头站起来，忽然他露出惊诧之色，笑道，"是罗峰啊，听江馆长说，你准武者考核过关了，哈哈，进来吧。"

"谢谢李伯。"罗峰松了一口气。

如果这李伯真的严肃起来，硬是让罗峰掏出准武者的证件，那罗峰就没办法进去了，毕竟从法律上讲，罗峰现在还不是准武者。

四楼练武厅，装饰明显好的多，各种器材设备也高档得多。

此刻，四楼练武厅内就罗峰一个人。

"浪费啊浪费，实在是太浪费了。"罗峰不由摇头，感叹着，"这武馆，一共才六个教员老师。六个教员老师除了授课，平常大多时候都是在极限会馆那边修炼。这么好的地方，就这么空着，罕有人来。"

罗峰摇着头，进入旁边的兵器房。

这兵器房中兵器，虽然也是仿真的，可是外表看起来比三楼的那些兵器好很多。

"血影2号系列的，嗯，这里的战刀果然重很多。"罗峰抽出一把挥劈两下，又换了另外一把，经过五次尝试，终于选定了一把适合自己的。仔细一看上面的标识，在刀刃上有这把刀的重量——101kg。

"什么，101kg？"罗峰自己都被吓了一跳，"这么重的刀，我竟然感到顺手舒服？"

要知道，血影战刀本来就是挥劈速度快的那种战刀，重量较轻。

使用这种刀，都要101kg才感到顺手，如今自己的力量到底达到了什么程度？

"我身体素质提升，看来真的很惊人。回头测试一下拳力、速度。"罗峰有些兴奋，"现在，先练习练习基础。"选了战刀后，又顺手取了一块六棱形的盾牌。

……

练武厅中，罗峰左手小臂套在盾牌里，右手手持血影战刀。

"喝！"

"哈！"

只见罗峰站在原地，非常标准地施展着基础刀法的招式——横切、上撩、挥劈、连斩……每一招都标准的很，每一刀挥劈过去，罗峰的身体重心都不受影响，就这么不断的练习着，不断进行修改。

"我现在力量太大。挥劈的力道控制不够精细。"罗峰也知道自己的问题。

"身体素质好归好，还要能发挥出来才行。"罗峰很清楚。

身体素质比对手强，不代表实力就比对手强。

有些人，只能发挥本身身体素质的30%实力。

而有的人，能发挥50%，60%，70%，乃至于100%发挥出来的都有。有一些刀法宗师级别人物，甚至于能够凭借弱小的力量，斩杀比他力量强十倍的存在。这就是技巧、经验的重要性。

当然——

身体素质如果相差太大，就不是技巧能弥补的了。总的来说，不管如何，技巧上必须认真锤炼，才能将自身身体力量完全发挥出来。

"馆长。"四楼那位值班的李伯恭敬喊道。

"谁在里面？"教官江年询问道，他清晰听到旁边练武厅中传来的一阵阵锐啸声，这锐啸声音显然是刀剑等兵器达到惊人速度后，劈开空气产生的。单单听这声音就能明白，肯定是武者级别。

"是罗峰。"李伯笑着说道。

"罗峰？"教官江年微微一笑，走向练武厅。

站在练武厅门口，教官江年看着练武厅内的罗峰正一招一式，仿佛教科书般不断的挥劈着刀法基础招式。时而原地挥劈，时而飞速奔跑、闪躲和后退等运动过程中挥劈出血影战刀，招式非常连贯。

"嗯，基础真是够扎实。"教官江年忍不住点头，心中暗赞："基础好，将来刀法修炼才会更好。没明显弱点，真不错。"

他越看越满意。

"啊，教官。"罗峰转身时才发现教官江年，连忙停下。

教官江年笑着走进来："罗峰啊，刀法不错，应该是从小就开始练的吧？"

"嗯，过去岁数小，没进武馆的时候，就是在家一个人挥劈了玩。"罗峰笑道，教官江年满意地点点头，可是他脸上微笑的表情忽然凝固了，他愣愣地看着罗峰手中的血影战刀，眼睛瞪得滚圆。

"教官，教官？"罗峰被教官的表情吓了一跳。

"你，你……"教官江年震惊地盯着罗峰，"你刚才是用101公斤重的血影战刀挥劈的？"

"对，对啊。"罗峰有些吓住了。

教官江年连连摇头："不可能，不可能……怎么可能……"但是紧接着，教官江年的眼睛亮了起来，就仿佛看着绝世珍宝一般盯着罗峰，"罗峰，你去拳力测试机那边，快，打出一拳给我看看，让我看看你现在的拳力到底达到了多少！"

第四章
激动的江年

　　"这罗峰上一次准武者考核的时候，他拳力也就 1100 公斤左右，这才短短几天？他竟然能够轻易挥动 101 公斤的血影战刀，而且挥劈速度达到那等惊人地步。他的实力，不是一下子增加了好几倍？"教官江年深吸一口气。

　　自从成为武馆教官后，江年的武馆贡献值增加极为缓慢。

　　极限武馆的武者们，都非常重视武馆贡献值。

　　增加贡献值最快的办法，就是猎杀怪兽。不过江年已经很久没有去猎杀怪兽了。

　　"如果猜的不错，这罗峰在修炼基因原能上，速度一定比一般武者快的多。"江年暗道，"说不定，就有资格让总部那边派人过来。如果能将罗峰给推举上去，我不单单能赚取武馆贡献值，在其他教官面前，也有面子啊！"

　　江年忍不住激动。

　　"罗峰，给我尽最大的力量，打出一拳！"江年喝道。

　　"是，教官。"

　　罗峰走到了拳力测试机前，深吸一口气暗想道，"相比于我的隔空控物能力，这拳脚刀法就要低上一个层次了。"罗峰也没有什么隐藏实力的想法，只是调整一下呼吸，随后身体瞬间整体发力，脊背都仿佛一条大龙弓起。

　　轰——

　　拳头就仿佛一发导弹轰击在拳靶上，拳靶整个猛地一阵晃动。

"嘀！"

"多少？"江年立即跑过来，看向拳力测试机的显示屏，罗峰也同样打出一拳之后就立即看向显示屏。对于如今自己拳力到底达到了多少，罗峰自己也没有一点谱。

拳力测试机显示屏上清晰的数字——3109kg。

"3109kg？"江年倒吸一口凉气，转头仿佛看着怪物一般盯着罗峰。

罗峰看着这数字，心中也是吃了一惊，自己的拳力竟然增加了这么多："上次准武者考核我是 1100 公斤左右，第一次修炼基因原能，实力提高最快，应该提高到 1500 公斤到 1800 公斤左右。之后我的能力觉醒，身体进化，竟然一下子达到 3109 公斤？"

自从那次觉醒之后，罗峰清晰感觉身体力量增加很多，可是一直没有一个明确数字来表明。

"罗峰，你，你基因原能修炼成功了吧？"江年连忙追问道。

"嗯，准武者考核之后，我第一次尝试修炼基因原能，当天夜里就成功了。"罗峰点头。

江年忍不住拳掌交击，大喝一声："哈哈，我宜安区极限武馆也总算出了一个真正的天才人物了。第一次修炼基因原能，就从 1100 公斤增加到 3100 公斤，第一次进步这么多，整个江南市这样的天才，一年也最多一两个吧！"

人类从出生到第一次修炼基因原能，中间有十几年乃至更久的时间，身体是从未吸收过基因原能。

因为从未吸收过，"饥饿"了十几年二十几年，所以第一次修炼，进步最惊人！

而从第二次开始，每次进步就很小了，需要长年累月的不断修炼，才能逐渐提高。同时这第一次修炼的进步幅度……也代表了一个人的资质问题。有的人第一次修炼拳力增加 300 公斤，算是比较普遍，有人增加 600 公斤，算是比较优秀。

有人增加过 1000 公斤……这就算是精英了。

而罗峰，增加过 2000 公斤！！！这就是天才！

"罗峰，来，测试速度。等会儿，再去测试神经反应速度。"江年就仿佛发现一块瑰宝，不断测试这块瑰宝的能力。

"是，教官。"罗峰也有些兴奋。

很快考核成绩出来——

拳力——3109kg！

速度——58m/s！

神经反应测试——初级战士级满分！中级战士级优秀！

"哈哈，我宜安区也出了一个怪物了。"江年看着最后神经反应测试机上的成绩评定，激动的满脸通红，随即一拍罗峰肩膀喝道："罗峰啊，你教官我将来的武馆贡献值，可就要靠你来赚了啊。"

罗峰只是嘿嘿一笑。

"罗峰，你这进步的实力，完全可以提前让你加入武馆。"江年说道，"不必经过武者实战考核，直接让你先加入！"

"先加入极限武馆？"罗峰有些疑惑。

一般是成为武者后，才有资格正式加入其他势力。

"罗峰，你从宜安区极限武馆出来。我也算是你的领路人。"教官江年拍了拍罗峰肩膀，笑着道："我也不瞒你。你第一次基因原能修炼，就增加超过两千公斤的拳力，而且速度、神经反应测试进步同样惊人。可以评定——你的天赋属于天才级，或者说是怪物级。整个江南市两亿人口，一年恐怕也就出这么一两个怪物人才。"

罗峰心中无奈一笑……

怪物级？

别人不知道，可是他自己心中清楚，自己第一次基因原能修炼，拳力进步恐怕也就六百公斤左右。后来的能力觉醒，才让自己实力再次大幅度提高，达到这般惊人数值。

不过——

江年是想不到的，毕竟正常武者这一辈子实力跃升最大的，就是第一次修炼基因原能！

"你这样的怪物天才，等武者实战考核，成绩自然会被雷电武馆、地下联盟等各个家族发现，到时候他们当然会来请你加入。"教官江年一笑道，"到时候，你说不定就会被各种优厚条件给迷花了眼。"

罗峰恍然，对，遇到整个江南市两亿人口一年才出的这么一两个怪物，各方势力谁不争？

"所以现在让你就加入，不是更好？"教官江年笑道，"当然你放心，我极限武馆给你的条件也不会低！平常武者加入武馆，除了获得一套别墅外，就是一百万华夏币的启动资金。罗峰你别不在意钱，这武者们的战衣、兵器、刀法秘籍乃至一些热武器，甚至于你可以请一些强者亲自教导你，都是需要金钱的。"

罗峰点点头。

"给予你这样的天才，我们除了一套别墅外，还有 2000 万的启动资金！让你购买各种武器装备等。同时，我们极限武馆，还会免费送你一套导引术，一套刀法秘籍，一套身法秘籍。这三者价格只要低于 5000 万，就直接让你免费获得，超过五千万的，需要你自己付多出来的部分。"

罗峰心中不由屏息。

老天！

普通武者启动资金也就 100 万，而自己等于就是近 7000 万！毕竟导引术、刀法秘籍、身法秘籍对武者都很重要。

"罗峰，这导引术、刀法秘籍、身法秘籍，三者加起来说是不超过五千万。可如果你在其他地方购买，花费金钱恐怕是在极限武馆购买的两倍左右。"江年微笑道，"极限武馆武者，购买极限武馆内的一些秘籍，是有优惠的。当然购买什么等级的秘籍，也需要有相应的武馆贡献值！你没武馆贡献值，有钱也买不到秘籍。当然你来购买，第一次免费赠送是没有武馆贡献值要求的。"

罗峰恍然……看来极限武馆给自己的条件，算是丰厚了。

"我极限武馆，对天才武者们的条件，都是一样的。"江年微笑道，"你在极限武馆，将来出去猎杀怪兽，可以得到各地同伴的帮助，而且我们极限武馆的总馆主，世界第一强者洪，也会偶尔指导一些真正的精英人物。"

罗峰生活在如今这个年代这么多年，他很清楚，极限武馆的影响力有多大！

加入极限武馆，绝对是好选择。

"好，教官，我同意。"罗峰点头道。

"哈哈。"江年一笑道，"当然我是没资格让你直接加入极限武馆的……吸纳你这等怪物级的武者，是需要总部那边亲自审核的。"说着江年从怀里取出了手机，轻轻开口说了一声总部，顿时手机拨打了过去。

片刻后——

手机屏幕上出现一道人影。

"江年，有事？"手机屏幕上的花白头发老者淡笑着说道。

"白伯。"江年一脸兴奋地说道，"我这宜安区发现了一个天才级武者，第一次修炼基因原能就增加了两千公斤拳力。速度达到 58 米每秒，就是神经反应测试，中级战士级别考核都是优秀！绝对是怪物级、天才级啊。"

"哦？"这花白头发老者大吃一惊，连忙问道："第一次修炼增加超过两千公斤拳力？他今年多大？"

岁数越大，那么培养价值就越低。

"18 周岁！"江年连说道。

"什么，才 18 周岁？"这花白头发老者猛地站起来，连吼道："你小子，赶紧带他来总部这边！我现在就安排人，准备对这小子进行考核。"

"好，我马上就去总部。"

江年挂上电话，转头笑看向罗峰，"罗峰，现在就跟我走，去总部。"

"是，教官。教官，我把血影战刀和六棱盾牌都放进兵器库去。"罗峰刚开口，江年就一把拉着罗峰："还放什么兵器库，就让它在地上别管了，快，别浪费时间。"

说着江年就拉着罗峰冲向楼梯口，同时江年吩咐道："老李，今天恐怕一天我都没时间，今晚我的课取消。"

"是，馆长。"李伯连点头。

他话音刚落，江年和罗峰已经消失在他的视野里。

第五章

武者的等级

教官江年使用了武者特权，也没有买票，直接带着罗峰乘坐列车，赶往江南市的主市区。

江南市分为主市区以及八大卫城。

主市区和八大卫城之间的交通工具，是列车。而一般人要乘坐列车，必须提前三天订票，而且票价很贵。至于从一个基地市到另外一个基地市……那票价更是天价，普通人根本买不起。所以江南市两亿老百姓，大多数人一辈子都很少有机会离开基地市的范围。

江南基地市，主市区。

人行道上罗峰和江年二人并排走着。

"罗峰啊，感觉到主市区和我们扬州城的区别吗？"江年笑着指着周围。罗峰朝四周看了看，摇头道："没感觉什么，就是感觉人更多，车更多，这马路也更宽。其他一般般。"单论一个小场景的确没什么特殊。

江年微微一笑："你乍一看，是区别不大。等会儿你就知道区别了。"

"喂？"江年打开手机。

"江年，人还有多久到？"手机屏幕上出现那名老者头像。

"白伯，十分钟内到。"江年微笑道。

"嗯，我可是将主管大人都已经请来了。到时候你可别出纰漏。"花白头发老者郑重道。

"主管大人？"江年吃了一惊。

就在谈话间，罗峰已经一眼看到前方的一座占地极广的区域，除了那延伸开的银白色院墙外，便是一栋高高耸立的深蓝色摩天大楼，这座摩天大楼楼体上有四个几里地外都能清晰看清的大字——极限武馆！

"这就是极限总会馆！我们极限武馆在江南市的总部。"江年开口道。

"军人真多。"罗峰倒吸一口凉气。

极限总会馆的院墙外，每一处都有人荷枪实弹站岗，整个极限总会馆给人的感觉，就是一个武装到牙齿的怪兽。而极限总会馆的正门，足足有百米宽，一排排军人用目光扫视着四周。

"这些是我们极限武馆内部的军队。"江年微笑开口，"我们极限武馆内部，也是有权建立保安力量的。"

"走，进去。"江年带着罗峰走向正门。

"放行！"正门口一名脸上有疤痕的独臂男子挥手道，顿时所有军人们都后退一步，那整齐划一的气势就让罗峰屏息。

那独臂男子笑看了一眼江年："老江，有些日子没来总部了啊。回头过来咱兄弟喝几杯。"

"好。"江年笑着点头，同时看了一眼罗峰，"罗峰，这位是你的前辈，喊一声鲁叔。"

"鲁叔。"罗峰恭敬喊道，他能感觉这名独臂男子是一名极厉害的武者。

"小伙子不错。"独臂男子微笑点头。

"没时间和你说了，回头再聊，白伯在里面等我。"江年立即带着罗峰，进入了极限总会馆的院内，只见这巨大的院区就仿佛一个大型公园，小桥流水、假山花圃随处可见，而且院区内的行人往来不绝，每一个人都让罗峰感觉不一般。

江年和罗峰走在路上，不由感叹一声："刚才你喊鲁叔的那位，是当年和我一起闯荡的生死好兄弟，都是经过患难的生死兄弟啊，他的胳臂就是被一头猿猴类怪兽中的黑毛铁猿给一巴掌打断的。"

罗峰静静听着。

"我们极限会馆的武者，是非常团结的。"江年指着那一栋摩天大楼，"你看，那栋大楼，就是极限武馆的武者们在江南市的总部！从那座大楼进进出出的，几乎都是武者。”

“几乎都是武者？”罗峰一惊。

他都能透过那摩天大厦一楼大厅玻璃，看到里面隐隐约约的人影，怕是有过百人。

“江南市一共足足两亿人口，我们极限武馆的武者又怎么会少？”江年笑道，“在一楼大厅的，大多都是喝酒聊天的。这总部大楼，二楼到九楼，是战士级武者们经常修炼的地方。十楼到十九楼，是战将级武者待的地方。至于二十楼往上……那是一些集体会议开会的地方。”

罗峰心中疑惑，问道：“教官，武者分为战士级和战将级？”

“武者，主要分为战士级、战将级以及极为稀少的战神级！”江年轻声解释道，“其中战士级的武者，数量是最多的！许多武者一辈子也就是战士级，战士级又分初级战士、中级战士、高级战士。一般刚刚考核过关的武者，都属于初级战士级！”

“罗峰，你现在的实力，算是中级战士级。”江年说道。

罗峰点点头。

看来自己这点武力，在武者群中还算是基层啊。

“战士级武者，一般用热武器还能将其杀死。”

“而战将级武者，热武器一般都无法杀死了。”江年感慨道，“比如你用重机枪扫向一名战将武者，战将武者完全可以凭借神经反应、速度，轻易避让开！所以战将级武者，在武者当中那绝对算是了不起的精英了。”

“你天赋虽然好，可年纪小，只能算是菜鸟。”江年一笑。

罗峰只能摸摸头。

武者中的绝世强者罗峰当然很清楚，比如视频中那位能够一刀将黑冠金雕劈成两半的绝世强者……自己就算是使用念力，恐怕都无法伤到人家一根毫毛。

“战将级之上，就是战神级！”江年目露崇拜之色，“那可真是名副其实的战神啊！每一个都能轻易行走于枪林弹雨中，速度快如闪电，反应更是快的不可思议，每一个人一拳一脚就能毁掉一座居民楼。战神！这就是战神。”

罗峰屏息聆听。

战士级……战将级……战神级！

自己现在，单纯武力只是中级战士级！或许使用精神念力后，实力会强很多，说不定就能跨入战将级。

"教官，这战神级之上，还有没有？"罗峰连问道。

"有。"

江年微笑点头，"战神级之上，全世界也是有这样的存在的，他们每一个都拥有毁天灭地般的实力！就算是国家面对这样的强者，都得谨慎对待。不过这样的人太少太少，就算是我们华夏国政府麾下这样的无敌强者也就两三个而已。"

罗峰暗惊。

战神级之上，连五大强国之一的华夏国，一国政府麾下才两三个？

"所以全世界的武者们，只是将武者层次，分为战士级、战将级和战神级！"江年解释道，"当然，全世界评判实力标准，其实并非根据你的力量、速度、神经反应来判定，而是根据你的战绩！"

"战绩？"罗峰疑惑道。

"对，虽然罗峰你现在的身体素质，应该达到中级战士级！可是，等你成为武者后，你的武者身份信息上，依旧只是初级战士级！等你猎杀了足够的怪兽，符合了中级战士的要求，才是中级战士级！"江年感叹道，"毕竟，有的人身体素质好，有的人刀法身法好，有的人懂得各种手段。一个人的实力判定，唯一的标准就是战绩！"

罗峰点头恍然。

对……就算身体素质相差悬殊，可身体素质弱的人照样能杀死身体素质强的！

"好好努力吧，成为战将级！你就是我们扬州城的骄傲了。"江年笑道，"上次来找我的严罗兄弟，他就是战将级。"

"哦。"罗峰微微点头。

自己若使用精神念力，实力到底多强呢？能媲美战将级吗？这一切恐怕只有等日后才能确定了。

罗峰和江年一路交谈，很快就走到一栋三层的独栋别墅外。这一栋别墅占地挺大，别墅二楼阳台上一名花白头发老者喊道："江年，快上来。"

"走，跟我上去。"

江年带着罗峰，迅速进入别墅当中。

第六章

诸葛韬

别墅的二楼空荡荡的，丝毫不比扬州宜安区那边的极限武馆练武厅小。

"主管。"江年进入二楼的时候，立即恭敬喊道。

"嗯？"

罗峰微微一惊，教官江年不管是见扬州会馆总教官邬通，还是见其他人，从未这么恭敬过。

"江年，这位年轻人就是罗峰吧。"柔和的声音响起。

"是的，主管。"江年恭敬应道。

罗峰仔细看去，在那位头发花白的白伯身旁站着五个人，其中四个人都是一身白色西装，此刻这四个穿着白色西装的男女恭恭敬敬站在一名穿着黑色唐装的中年人身后，这唐装中年人身形消瘦，鹰钩鼻，双眸带着温和的笑意，整个人有一种阴柔感。

江年立即以眼神示意罗峰，罗峰这才惊醒，连道："见过主管。"

"嗯。"

这名穿着唐装的中年人微微点头，开口道："老白，你们开始吧。审核一下这个年轻人的实力如何。"

"是。"白伯也恭敬应道。

罗峰见状心底则嘀咕起来："教官就是见到总教官邬通，也没这么恭敬。这个白伯，在极限总会馆地位也挺高。可是他在这个主管大人面前，也是恭恭敬敬……这位主管大人，到底是什么身份？"

不管如何，这名主管，显然是位高权重之人。

"嘀！"

拳力测试机、速度测试仪等开关全部打开。

"呜——"

二楼这宽敞的练武厅中的摄像机等设备全部开启，显然要将罗峰测试的图像完全摄录下来。那四名白色西装年轻男女，也立即行动起来，或是手持掌上电脑，或是亲自去查验各种仪器是否够精准。

"白伯，仪器没问题。"穿着白色西服的年轻女子开口道。

"好。"白伯看向罗峰，"罗峰，开始测试吧，先拳力测试。"

罗峰深吸一口气便走向拳力测试机，这时候不管是江年、白伯，还是那四名穿着白西服的年轻人，抑或是高高在上的主管，目光都落在罗峰身上。只见原本身体显得很松的罗峰，瞬间爆发，仿佛猎豹一般扑出。

"嘭！"一记带着气爆声的重拳，砸在了拳力测试机的拳靶上。

罗峰立即看向显示屏——3110kg。

"小伙子，不错。"一直很淡定的主管大人，这时候微笑着点点头，"继续下一项。"

速度测试、神经反应测试很快出来。

速度测试成绩——58m/s。

神经反应测试——初级战士级满分，中级战士级优秀！

"呼——"

罗峰从神经反应测试机的红圈内走出来，见到成绩正常发挥出来，这才舒出一口气。"还好，关键时候没掉链子。"在罗峰旁边的教官江年同样放松下来，毕竟有些人一到关键时候，心理压力大，很容易发挥不出正常实力的。

"身体素质三项，这神经反应，比其他两项还要好一些。"唐装中年人微笑点头。

"年龄也在18周岁，在限制范围内。"

唐装中年人看向江年，微笑道，"你们宜安区出了这么一个天才，江年，你功不可没。"

江年不由露出一丝喜色，笑道："主要还是罗峰这小伙子自己够努力。"

"嗯。"

唐装中年人目光落在罗峰身上，郑重道，"罗峰，你可愿意现在就加入我极限武馆？相信那些条件，江年都已经告诉你了。"

"我愿意加入。"罗峰没有犹豫。

"很好。"

唐装中年人笑着一拍手，"按照老规矩，你可以在扬州城或者主市区总部这儿，选择一栋别墅居住。你拥有居住权，没有将它卖掉的权利。我们极限武馆的别墅小区，一定是武馆内武者居住的。"

"除此以外，两千万的启动资金！还有价格不超过五千万的身法、导引术、攻击之法三本秘籍。"唐装中年人微笑道，"我说的可对？"

"是的。"罗峰点点头。

唐装中年人看向旁边一名穿着白西服的女子："去拟一份合同，按照老规矩……不过将其中一条修改一下：罗峰可以任选身法、导引术、攻击之法秘籍。价格只要在一个亿之内，都免费，由我买单。"

"是，主管大人。"白西服女子惊异地看了一眼罗峰，没敢多说立即去打印合同了。

"主管……"罗峰吃了一惊。

之前的好处，说是三本秘籍价格不超过五千万。现在一下子提高到一个亿，还是这位主管大人买单。

"罗峰，你很不错。"唐装中年人微微一笑道，"我很看好你，这点小钱就别在意了。"

"小钱？"罗峰心中暗惊。

五千万上升到一个亿，也就是说，这位主管要为自己花费数千万，竟然是小钱？恐怕就是战将级武者也没这么奢侈吧。

"谢主管。"罗峰也感谢道。

这唐装中年人微微一笑，随后打印好的合同已经带过来了，只见这唐装中年人随手接过合同和笔，迅速的签了字。那白西服年轻女子又将合同和笔递给罗峰："在这儿，这儿，还有这儿签个字就行了。"

罗峰略微扫视着看了一眼合同，合同条件非常清晰明朗，几个条款写的明明白白，根本没有一点让人头疼的专业术语。罗峰当即签了字。

"欢迎你，罗峰，加入极限武馆的大家庭！"唐装中年人微笑着伸手。

罗峰也伸手，和主管握手。

"从今天起，你就可以直接搬入武者别墅小区中去。"唐装中年人微笑道，"至于你的启动资金，以及选择秘籍等，等你正式成为武者后，拥有武者权限，才有资格进入极限武馆的内部网络，选购秘籍。启动资金也会直接进入属于你的武者账号。"

罗峰点点头。

"哦，对了，我叫诸葛韬。小伙子可别忘了。"唐装中年人微笑道，随即带着四名白色西服年轻男女离开了这栋别墅。

别墅二楼空荡荡的，只剩下白伯、江年以及罗峰三人。

"呼，刚才主管在这儿，我呼吸都有些紧张了。"江年哈哈一笑。

"我也没想到，主管会来。"白伯感慨道。

罗峰疑惑道："教官，白伯，这主管到底是什么人啊？"

"哈哈，小伙子，你运气不错。主管看你有潜力，随手就给你的秘籍挑选多增加五千万上限，达到一个亿。"白伯看着罗峰，感慨道，"而且最让我惊讶的是，主管竟然告诉了你他的名字！看来主管的确很看好你。"

"名字？"罗峰根本没意识到，一名主管主动告诉对方自己名字，代表着什么。

听到诸葛韬这个名字，罗峰当时没其他震撼感觉，只是心中感叹了一番……诸葛这个姓是很少见的啊。

"罗峰，用我们的说法，主管那就是我们江南极限武馆这边的四巨头之一。"江年微笑道。

"四巨头？"罗峰一怔。

白伯瞪了江年一眼，低声道："这些都是私下说法。江南极限总会馆，地位最高的是会长，接着就是三大主管！会长和三大主管，就是众多武者暗地里称呼的四大巨头！每一个都拥有着极高的权力。想要当主管，首先实力就得达到高级战将级，同时对武馆贡献值很大，还要得到足够数量的战神级强者支持！"

"哦？"罗峰暗惊。

成为主管有三大条件？实力、贡献值以及足够战神级强者的支持？

"罗峰，对主管而言。五千万的确不算什么。"江年低声道，"依我看，主管之所以看重你……是看罗峰你年纪小，仅仅18周岁！他认定你将来有希望、有可能成为战神级，所以今天投入五千万帮你一把。"

罗峰点点头。

旁边白伯笑道："不过，罗峰，你可别大意。你天赋是不错，可是想成为战神级太难太难了！主管也只是认为你有一丝希望、可能而已。"

"就因为一丝可能，就投五千万帮我？"罗峰暗叹。

极限武馆的规则很严厉，内部规则给罗峰的条件，三本秘籍最高上限为五千万。就算是主管，也不能改变规定。他只能在五千万基础上，从自己腰包里掏钱帮人。而武者刚刚发展的时候，好的秘籍的确用处极大。

"别想了，罗峰。主管对你另眼相看，对你是有好处，而无一点坏处的。主管的人脉那可是非常的广，军队、战神级强者的圈子、政府和各大家族……主管都有自己的人脉。那才是整个江南市最顶层的大人物，巨头级人物啊。"江年忍不住感慨道。

罗峰点点头。

这主管对自己有好感，是好事，想那么多干吗？既然人家帮自己，将来自己有机会也回报一下对方就行了。

"罗峰，准备什么时候搬家啊？搬到扬州城的武者小区，还是主市区这边的？"江年询问道。

罗峰微一迟疑……

爸妈的朋友，几乎都是在扬州城。自己熟悉的朋友也几乎都是在扬州城。

"就搬进明月小区吧。"罗峰回答道。

（第一部分节选）

第十八篇

第三十三章
宇宙之镜

　　荒石岛中一座荒凉的山石上空，凭空出现了七道身影，正是兹鸦尊者、吠镜王他们七位。

　　"荒石岛。"

　　"和资料上描述的一样，果真是荒凉，我们到荒石岛了。"

　　兹鸦尊者、吠镜王等七位异族强者环顾周围，眼神都变得锐利，进入九幽时空他们情不自禁便小心翼翼。

　　"荒石岛还算安全却什么宝物都没有，这岛屿也很小，一旦出了岛那可就危险了。"吠镜王声音天生尖锐，扫视其他强者眼，"我是准备探那九幽之海，寻九幽之海中的宝物，这九幽之海……乃是整个九幽时空最危险的地方，你们是否要跟着去，随便你们。"

　　"九幽之海？"

　　"吠镜王，你去九幽之海？"

　　其他五位不朽都震惊了。

　　吠镜王见状暗自嗤笑，这旁边五位不朽传承者都是来自北疆联盟，和他来自同一方势力，所以他才会给点面子带他们一起来。只是……让他吠镜王帮这五位找宝物，那简直就是做梦了，他可没那闲工夫。

　　"吠镜王，真去九幽之海？"

　　"要不，我们先去其他岛屿吧。"

　　吠镜王扫视那五位一眼，冷哼一声，只是看向兹鸦尊者："兹鸦尊者，你呢？"在场虽然有好几位伙伴，可是吠镜王唯一重视的也就这兹鸦尊者，毕竟那是一名宇宙尊者，和他吠镜王实力也是相近。

九幽之海，那可是真正的危险之地，有个帮手，也安全得多。

也不怪其他五位不朽传承者不敢去，整个九幽时空其实就是一片无尽的海洋，海洋上有着上千座岛屿。传承者们大多是去岛屿上探险寻宝，敢深入九幽之海的却是极少，因为，九幽之海无尽广阔，藏有的宝物恐怕超越其他所有岛屿相加，可危险也超过其他所有岛屿相加。

九幽之海最危险的当数九幽漩涡。

在那海中，会偶尔出现一些漩涡。

一旦陷入漩涡，进入九幽之海的核心之地，就算是宇宙尊者，活下来的概率怕也百不一存。

"既然吠镜王要去九幽之海，我也随吠镜王你一起，只是……吠镜王你不会进入九幽漩涡吧？"兹鸦尊者担心道。

"当然不会，我虽然自信，却还不至于盲目要送死。"吠镜王摇头，"这九幽之海中危险处处，其他地方我还敢闯闯，可是九幽之海的九幽漩涡，我若是看到，定是早早就避让开了，哪敢深探。"

兹鸦尊者暗松一口气，随即道："那我便和吠镜王你一同联手，探一探那九幽之海。"

"哈哈哈……"吠镜王顿时笑了起来，声音刺耳。

兹鸦尊者也跟着笑起来。

他们俩如此，其他五位不朽传承者却是彼此相视，暗中传音。

"怎么办，兹鸦尊者和吠镜王都要去九幽之海了，我们怎么办？"

"没有他们俩，我们五个如果去其他岛屿探险，也是九死一生，若是跟着兹鸦尊者和吠镜王，说不定还能去一些更奇绝之地，也能侥幸得到重宝，我们和他们是队友，他们绝对不敢对我们下手的。"

"我们也困在极限无限岁月，这次就是九死一生，拼了，我跟他们去。"

"去，我也去。"

"传说中最危险的九幽之海，若是死，死在九幽之海，也值了。"

五位不朽传承者暗中迅速做出打算。

"兹鸦尊者，吠镜王，你们俩都去，我们自然也跟着去。"

"对对对，我们五个在九幽时空中，随便一处危险之地都是九死一生，还不如和两位一起去。"

"我们都去。"

吠镜王、兹鸦尊者自然是乐意接收下。

"各位，让我先探一探，周围十亿公里中有哪些危险吧。"吠镜王道。

"吠镜王，请。"

其他六位包括兹鸦尊者都避让开，论探查手段，吠镜王的确是独步宇宙。

吠镜王上前一步，双眸一凝，随即他全身鳞甲上复杂的秘文亮起，他那双金色眼眸直接生出目光虚影，似乎映照无尽天地虚空。

"前方……"吠镜王看着前方，冷漠自信道，"岛屿上没有任何危险，出了岛屿，下方便是九幽之海，在靠近荒石岛 3200 万海里内危险都可以忽略，越是深海中，危险越多，我已发现了宇宙尊者级生物。"

吠镜王随即又转头看向另外一个方向。

他说是"看"。实际上是天赋秘法宇宙之镜，一旦施展开，可直线扫荡十亿公里范围，就仿佛将一切都映照在镜子上，映照得清清楚楚，任何危险都能看清。除非是成为宇宙之主，能够完全掌控一方时空。否则绝对无法躲开这宇宙之镜。并且，被吠镜王这一探查……其他强者也根本意识不到。

"这个方向，我发现了一处不朽级的特殊生命。"

吠镜王看向四周。

"嗯？"

吠镜王看向右侧方向时微微错愕，随即露出一丝古怪笑容。

"吠镜王，发现什么了？"兹鸦尊者见状忍不住问道。

"哈哈……你们猜猜，我发现了什么？"吠镜王表情古怪，兹鸦尊者和其他五位不朽传承者都疑惑不已。

"哈哈哈，是那位名气极大的刀河王！"吠镜王道。

"刀河王？"

兹鸦尊者和五位不朽传承者都是一惊。

"有意思啊，没想到这位刀河王竟然敢来九幽时空，我听说他有一双善于飞行逃跑的至宝羽翼，在那紫荆岛上没法下手，在这儿却是一好机会。"吠镜王伸出猩红的大舌头，舐了一下嘴唇，露出獠牙。

"吠镜王，你——"兹鸦尊者一惊。

"哼，你不敢，我北疆联盟可不怕那人类联盟。"吠镜王嗤笑道，"兹鸦尊者，你不必插手，也不必搅入这浑水中去，可是你也要规矩点，别提醒那刀河王，否则便是和我为敌。"

"放心吧，我不会插手。"兹鸦尊者点头，无奈得很。

北疆联盟，乃是宇宙中族群数量最多的一个联盟，也属于最顶级势力之一，完全能和人类、妖族、虫族等巅峰族群的几大联盟媲美。

"走。"

吠镜王咧嘴一笑，直接朝远处缓缓飞去，不敢飞快，怕引起动静。

"若是能得到那至宝羽翼，这次来九幽时空就已经值了，都没必要再去九幽之海冒险了。"吠镜王金色眼眸中满是贪婪，它乃特殊生命，本性便贪婪凶狠，他丝毫不以为耻，反而认为是理所当然。

那山峰的山洞内。

罗峰凭借微型探测仪隐匿身份，盘膝坐在这，之前那位吠镜王施展探测手段，他也是丝毫没有察觉。显然那等手段，已经超越了微型探测仪所能发现的极限。

"还有一个月。"

"一个月后，就能得到世界树枝叶，孕育第三分身，而后跨入不朽了。"罗峰是满心期待地等着，丝毫不知，那吠镜王等七位强者已经到了山峰外。

"停。"吠镜王传音下令。

兹鸦尊者等一个个都在远处停下。

"那人类有微型探测仪。"吠镜王咧嘴一笑，"不过那些狗屁探测仪，就算是机械族最最顶尖的探测仪，也无法和我的天赋秘法相比。"

"封锁！"

吠镜王看着前方的山峰，直接施展开空间封锁，顿时几乎是小半个荒石岛的空间波动都完全停止。

"进去！"

嗖！吠镜王当先便冲向那山峰。

其他六道身影也是跟着……

"不好。"在感应到空间封锁的第一瞬间，罗峰目光扫了眼山洞内的一些碎石，那些碎石中有一颗便是伪装的信物，在这座山峰的另外一个山洞还藏有另外一信物，这便是麾下仆从神国传送定位来使用的。

"即使暂时离开，将来也可直接传送过来。"

嗖！

罗峰双翼一展，便瞬间冲出山洞。

刚一冲出山洞，罗峰就感到一股强大的威压扑面而来，只见一名微微弓起直立类似狼人，却全身布满鳞甲，鳞甲上更满是玄妙法则秘文，脸上是金色鬃毛、金眼的强者在破空飞来，死死盯着罗峰。

"吠镜王。"罗峰一惊，紫荆岛上最出名的那些特殊生命，个个都不好惹。

吠镜王，擅跟踪、追杀，本性贪婪、凶狠。

"嗖！"罗峰双翼一振，速度猛地飙升。

"哈哈，刀河王，在我面前你还想逃掉？哈哈，我吠镜王便是以追踪出名，在空间一道上极有天赋，天生速度快，我的神体又远远超过你，看看是你快，还是我快。"吠镜王速度也飙升，追逐罗峰。

吠镜王神体强大，生命层次是正常强者的 2000 倍，封王极限人类是 10 万倍界主之力，吠镜王便是足足 2 亿倍界主之力，令他完全可以力抗宇宙尊者。

神体的强大，加上速度上擅长。

嗖！嗖！嗖！

吠镜王速度不断飙升。

罗峰速度也不断飙升。

"什么？"罗峰震惊现，自己拥有弑吴羽翼后第一次竟然没能拉开距离，而且那吠镜王还在不断逼近。

"第二形态。"罗峰承认小瞧了这吠镜王，顾不得其他，立即驱动起了弑吴羽翼，只见弑吴羽翼的那些羽翼一根根宛如细长战刀，一排排战刀整齐排列，哗哗——直接撕裂了周围空间，形成了空间乱流。

　　空间乱流中，罗峰身影都显得模糊不清。

第三十四章

战

在后面追杀的吠镜王也陷入了空间乱流中。这空间乱流中满是各种空间碎片，每片空间碎片的碰撞丝毫不亚于一颗颗星球撞击，使得吠镜王在空间乱流中即使横冲直撞，撞碎无数碎片，速度还是大减，根本无法追杀罗峰了。

吠镜王不怒反喜，传音叫嚣道："至宝威能果真不凡啊，可这样的至宝，你一个人类没资格拥有，我乃宇宙强大特殊生命，才配得上这样的至宝，交出至宝，我饶你一命。"

轰！

吠镜王气息暴涨，已然燃烧神体，为了至宝，他可不吝啬燃烧神体。而且北疆联盟为了吸纳他，提供了无尽资源，恢复神体的各种宝物他也多的是。

"轰！"越是普通宇宙尊者的神体，一旦燃烧神体，吠镜王的实力顿时飙升到逆天地步。

"轰隆隆——"

吠镜王速度顿时再度飙升，直接将空间乱流碾轧出了一条宽阔的通道，所有阻碍他的空间碎片全部都震碎化为粒子流。

已然拼命的罗峰发现后面吠镜王速度暴涨，迅速就追上来了。

"我速度不如他。"罗峰见势不妙，立即双翼一振。

唰！

只见罗峰仿佛一只蝴蝶，在空间乱流中不断变向，时而往前冲，时而往左飞，甚至猛地拐弯……方向不断变幻，犹如鬼魅。要知道速度越快变向越难，就像一辆速度飙上去的跑车猛地改变方向很可能会翻车，一个道理，吠镜王一时间也被弄得措手不及。

"这么灵活？"吠镜王也是跟着不断变向追杀罗峰。

论直线加速，罗峰即使施展弑吴羽翼第二形态，形成空间乱流，也敌不过燃烧神体的特殊生命吠镜王。

可一旦变向，吠镜王就有点慌乱了。

"封。"吠镜王怒着，直接操控神力去压制罗峰，却被罗峰的弑吴羽翼直接给撕碎了压迫。

"吠镜王，你何苦要追我？"罗峰传音道，"我这至宝羽翼乃是宇宙之主赐予，就算你夺走了，怕将来也要被夺回来。"

"哈哈，别拿宇宙之主压我，你们人类联盟有宇宙之主，我北疆联盟就没有？哈哈，至宝不愧是至宝，我在基础上超越你这么多，加是过你的，可是这灵活变向却是远不如你，只能凭借速度一次次追上你，让你甩脱不掉。"吠镜王反而很是兴奋。

后面的兹鸦尊者和其他五位不朽传承者，看着吠镜王追杀刀河王，在半空中乱飞，都早已冲出了荒石岛范围，在九幽之海上空飞着。

"吠镜王燃烧神体都追不上？不愧是至宝。"

"燃烧神体，能令速度大增，可速度越大，变向越难。"兹鸦尊者道，"吠镜王只能保证不被甩脱，估计该动手了。"

吠镜王追不上，他面前凭空出现了一紫色晶球。

"嗖！"

这紫色晶球在吠镜王的神力驱使下，速度自然远远超过吠镜王自身，直接到了罗峰上空，只见紫色晶球体积暴涨，从之前的巴掌大，已经变成了一颗直径数千公里的大星辰，这紫色星辰的下端露出了一个巨大的空洞。

"轰隆隆——"空洞中出现了漩涡，一股滔天吞吸之力直接作用在罗峰身上，原本灵活无比在半空中不断变向的罗峰，顿时受到影响。

"这是我封印重宝，虽我不懂得完整的空间法则，可有这重宝，再凭借我燃烧的神力，比宇宙尊者的封印手段，怕也要强上一筹，我就不信，你能挣脱。"吠镜王哈哈传音道。

罗峰陷入无尽吞吸之力中，身形有些乱。

"使用封印类重宝，都是先重伤敌人，趁敌人反抗之力极弱时，再镇压封印。你竟然妄图直接将我镇压封印，简直是做梦。"罗峰心中怒吼，"弑吴羽翼，破开它！"顿时弑吴羽翼边缘一柄柄锋利战刀刀尖切割空间，搅碎一切。

重宝有很多。

封印类重宝，是强在镇压封印，而攻击能力一般是很弱的，想要直接将一名强者吞吸进去，除非二者实力差距太大，否则做不到。

罗峰自认……自己有弑吴羽翼在身，那吠镜王若是使用重宝远程攻击，自己定然挡不住，可单单靠封印重宝的吞吸就想要把自己给吸进去，也太嚣张了。

"嗤嗤嗤——噗！"罗峰在那无尽吞吸之力中，弑吴羽翼的切割搅碎中，终于令罗峰冲出了吞吸范围。

"嗯？"

这一幕令那一直哈哈大笑的吠镜王一怔，紧跟着便嗤笑："至宝的确不凡，刀河王，本来不想杀你，现在……别怪我了。"

吠镜王忽然张开嘴巴——

静。

整个天地一下子便安静下来，吠镜王的嘴巴张得非常大。

远处的兹鸦尊者等六位见到这一幕顿时震惊。

"吠镜王一吼，那刀河王怕是要死了。"

"刀河王可是有天赋分身手段的。"

"不管怎样，这个分身怕是得死了，他的至宝也要落在吠镜王手里了。"那五个不朽传承者暗中传音，兹鸦尊者也是这么想的，因为吠镜王的两大天赋秘法绝对是独步宇宙，一者探查，一者攻击。

探查，即可洞彻一切。

攻击，即可毁灭灵魂。

罗峰在那吠镜王张开嘴巴的一瞬间，便感到一股无形的攻击降临了。

"吼——"一道无比可怕的灵魂怒吼，即使是以罗峰的意志，也瞬间意识一片空白，这道灵魂怒吼以摧枯拉朽之势碾轧毁灭罗峰的灵魂，而坐镇灵魂核心的塔珠顿时浮现，迸出光芒，笼罩灵魂。

怒吼阵阵。

在罗峰的灵魂前方，显现出吠镜王的头颅，吠镜王头颅虚影张开血盆大口，向罗峰灵魂发出咆哮。

"嗡嗡嗡——"塔珠也在微微震颤。

罗峰的灵魂在颤抖，边缘精神力完全被震碎消失，只剩下核心大部分灵魂被塔珠保护，在拼命抵抗。

"吼——"吼声阵阵。

"嗡——"塔珠奋力镇压保护。

"好可怕的手段。"罗峰意识一片空白，瞬间又恢复清醒，感受到体内一切不由震惊，"塔珠没显现时，单单攻击刚开始，我意识便一片空白。显然我是丝毫没有抵抗之力的，如果不是塔珠，绝对会被碾轧成虚无。"

"而且塔珠显现，竟然都很吃力。"罗峰震惊。

越是强大的特殊生命，天赋手段就越加逆天。

像银眸等，还算一般。

像吠镜王、逐虫王，天赋手段那就不可思议了。

"逃。"罗峰清醒后，知道再乱飞也难逃，一咬牙，直接朝下方的九幽之海冲去，九幽之海……乃是整个九幽时空最广阔也最危险之地，特别是其中的九幽漩涡，可是此刻罗峰顾不得那么多了。

嘭！

海水炸裂，罗峰已然冲入九幽之海中。

"不可能！"吠镜王眼眸中满是震惊，不敢相信那刀河王竟然能够抵抗自己最为骄傲的攻击，他当即面色狰狞，咆哮着紧跟着便直接冲入了那九幽之海的海水中。

海水上空。

兹鸦尊者他们六位在高空俯瞰，一时间都有些错愕。

"挡住了？"

"竟……竟然没死？"

他们六位都不敢相信。

兹鸦尊者更是连连摇头，道："吠镜王神体无比强悍，能力拼宇宙尊者。此刻燃烧神力下施展他的天赋秘法……这一招，威能绝对媲美那些宇宙霸主的正常攻击，这等威能下，那人类刀河王怎么可能挡得住？"

"兹鸦尊者，吠镜王可是宇宙尊者实力，又燃烧神力进行天赋秘法攻击，这等威能他刀河王怎么可能扛得住？难道，他还有一件至宝，保护灵魂的至宝？"

"保护灵魂的至宝？"其他传承者都惊愕。

"对，至宝。"兹鸦尊者连点头，"他是人类，是有灵魂的，遭到攻击，凭借他自身能耐怎么都挡不住，定是至宝！保护灵魂的至宝！那逐虫王都有两件至宝，人类这么重视刀河王，他有两件至宝也有可能。"

"竟然有两件至宝。"其他五位传承者不敢相信。

"太，太疯狂。"兹鸦尊者也忍不住生出贪婪之心，他乃是宇宙尊者，却一件至宝都没有。

而吠镜王、逐虫王，都早有至宝在身。

连这刀河王，竟然也有两件至宝在身。

"如果我侥幸得到，大不了躲起来，这可是两件至宝，一件羽翼逃命，一件是保护灵魂……"兹鸦尊者眼眸掠过一丝凶光，当即也猛地朝下方海水中冲去。

幽冷的海水，海水中都充斥着一股股让人心颤的气息。

"轰隆隆——"吠镜王在海水中疯狂追逐，时刻维持着空间封锁，同时传音咆哮道，"人类，你逃不掉的，竟然能够挡住我的天赋秘法攻击，你定是有一件保护灵魂的至宝，一定有！都是我的，都是我的！"

吠镜王完全疯狂了。

保护灵魂的至宝，比飞行类至宝更罕见也更珍贵。

"嗖！"

罗峰却是在无尽九幽之海中不断变向，不断朝深处探去，哪里危险朝哪里闯。

第三十五章
九幽漩涡

九幽之海深海中，每一滴海水都沉重得犹如一座大山，可不管罗峰还是那吠镜王，都是以最快的速度一逃一追着。

"刀河王，你逃不掉的。"

吠镜王疯狂地咆哮着："哈哈哈，你逃跑的能力厉害！你抵抗灵魂攻击的能力厉害！我就不信，你还能抵挡我强大的物质攻击！除非你拥有类似飞行宫殿类的至宝……死去吧！"

"轰！"

吠镜王利爪猛地一挥，一道可怕的隐隐带着灰色的神力直接射向远处正无规律不断变向逃窜的罗峰。

"不好。"罗峰一惊。

吠镜王虽然走的是武者流，可是释放神力攻击却是很简单的手段，只是这种手段威力一般都比较弱，可吠镜王神力本来就逆天，此刻又燃烧神力……即使这种弱的手段，一旦那极度凝聚的神力击中自己，自己怕也完了。

至宝分很多种。

像天狼殿、星辰塔，都属于飞行宫殿的那一类。

而劫甲却是护身战甲类。

对于真正逃命而言，反而天狼殿这类至宝作用更大，只要罗峰躲在天狼殿内，敌人即使狂轰天狼殿，恐怕也伤不了罗峰。

"可惜，我没那等至宝。"罗峰一直保持高变向，弑吴羽翼每一次震荡都引起巨大的空间乱流。

"轰！"

神力光柱刺穿无尽海水，又刺穿空间乱流，从罗峰左侧呼啸飞过。

"躲过了。"罗峰暗松一口气，自己一直保持高变向，就像地球上子弹射击似的，只要能够不断变向，一般还真的很难击中。

"哈哈哈，躲过一次，我看你还能躲几次！"

吠镜王得意地传音大笑："你果真是没有飞行宫殿类至宝啊，哈哈哈，刀河王，你逃跑是靠至宝羽翼，你抵挡灵魂攻击是靠灵魂类至宝，可你没有专门抵挡物质攻击的至宝，可惜啊可惜，所以你死定了。"

"轰！轰！"

连续两道神力光柱，射向罗峰。

不蕴含任何法则感悟，凭借的就是媲美强大宇宙尊者的神力，且是燃烧状态！

"我速度追不上你，我的神力难道还追不上你？"吠镜王眼眸中满是疯狂，他实力远远超过罗峰，就仿佛追杀只小蚂蚁似的，这只小蚂蚁逃得灵活无比，又有灵魂至宝，可是只要凭借纯粹的神力去碾轧……

除非还有天狼殿一类的至宝，否则必死！

"难道要让魔杀族分身回来？"罗峰无规律变向，一道神力光柱闪过，而另一道神力光柱擦到了罗峰的羽翼边缘，令罗峰整个人都因此猛地一转，而后又连连变向逃窜，弑吴羽翼完全爆发到极限状态。

"魔杀族分身虽然有天赋秘法域，但仅仅是能够自身在域内任何一处，却是无法带着其他生命。"罗峰暗道。

这就是域的局限性。

域和瞬移是完全不同的两种手段。

瞬移是可以带着其他生命的，一起裹挟着进入空间波动，瞬间抵达遥远距离外。

域，是魔杀族分身先完全化身为直径上万公里的空间，和原有空间契合，紧跟着再由空间恢复成魔杀族分身！

魔杀族分身可以化身空间。

可罗峰本尊无法化身空间，除非是……罗峰本尊进入世界戒指，让魔杀族分身携带着融入体内，这样才行。可吠镜王那弥漫开的神力……哪会给罗峰本尊进入世界戒指的机会。

"又逃了一次？"吠镜王怪笑传音道，"竟然连连躲避了两次，哈哈哈，那至宝羽翼令你逃跑能力增强，我看你这第三次怎么躲！"吠镜王眼眸中出现一丝疯狂之色，同时一股汹涌的神力开始凝聚。

神力凝聚才能威能极大，如果辐散上亿公里，分散开的神力是很微弱的，只能用来探查等等，要攻击却是不行。

神力最凝聚状态，形成了神体罢了。

"神力成丝！"

"囚笼！"

吠镜王猛地伸出利爪，顿时数千道神力丝线，无比坚韧的丝线，直接划过长空追杀向罗峰，每一根丝线都是最凝聚状态，媲美吠镜王神体的凝聚度……单单这简单一招，就消耗了吠镜王足足10%的神体。

战斗从开始到现在，其他招数加起来消耗神力也就仅仅1%，可这一招就消耗10%，一是耗费的神力值极高，乃是最凝聚状态，二是量大，数千根神力丝线……

"你无处可逃！"吠镜王眼眸中满是贪婪，两件至宝啊，他若是拥有这两件至宝，就算面对宇宙霸主，怕也有逃命希望。

"轰！"

忽然九幽深海中凭空产生巨大的漩涡，漩涡滔天，撕扯力量极大，那漩涡中更有着巍峨高大的血红色身影。它，有着魁梧无比的身躯，弯曲的两根血色长角，发出低吼，吼声直接在吠镜王脑海响起："外族，竟敢在我族九幽之海肆虐，受死。"

轰！

"什么？"吠镜王转头一看，大惊，"九幽漩涡！九幽漩涡中的强者？"

他只是听说九幽之海中危险重重，其中最危险的当数九幽漩涡，可是没有想到……这九幽漩涡会凭空诞生，而且还从其中钻出来一名宇宙尊者级的强者。特别是感应其气息之强大，绝对有力压吠镜王的资本。

"轰！"燃烧的血光，直接笼罩向吠镜王。

"滚！"吠镜王猛地操控神力丝线，杀罗峰要轻松得多，眼前这九幽漩涡中的强者才是大敌，那足足占据他 10% 神体的数千根神力丝线，直接凝聚成一柄长矛，刺向那耀眼燃烧的血光。

"轰隆！"

二者撞击，海水炸裂，暗流汹涌，二者竟然不相上下。

"有些实力。"那宇宙尊者吃惊道。

"死。"吠镜王紧跟着便张开嘴巴，施展开天赋秘法。

寂静！

周围海水一片寂静，无声冲击，直接轰击那位九幽漩涡中的宇宙尊者。

"哈哈哈，灵魂攻击对我族没用！"那血色弯角的魁梧身影咆哮着，便杀过来。

"你奈何不了我。"吠镜王却也不惧，刚才瞬间交手他就明白，他比这九幽漩涡中的强者要弱一些，因为他那数千根丝线凝聚的长矛足足占据他 10% 的神体，对方那一击恐怕仅仅是消耗 1%-2% 的神体罢了。

二者却是不相上下，灵魂攻击又是无效。

"难怪说陷入九幽漩涡，进入九幽之海核心之地，连宇宙尊者活着出来都百不存一，随便冒出个来，就强成这样。不管他，我实力虽然不如他，可逃命手段怕是比他强些。"吠镜王转头就追向罗峰。

那血色弯角魁梧身影则是追着吠镜王。

"嗖！"

二者一前一后，吠镜王擅长追踪追杀，加速度的确极快，罗峰施展第二形态弑吴羽翼直线逃跑都不如他，那位血色弯角魁梧身影加速度能力也是不如吠镜王。

"我杀了你这刀河王，然后就立即离开。"吠镜王追向罗峰，再一挥爪，顿时大量神力丝线开始凝聚。

"拼了。"

罗峰见状顿时顾不得其他，一咬牙，双翼一振，直接朝那九幽漩涡冲去。

罗峰也是实在没办法，之前运气好，关键时刻那位血色弯角身影现身，令吠镜王先去操控神力丝线去对付威胁极大的那位。可这次……吠镜王却是明知不是后面那位的对手，专心要杀死罗峰了。

"轰隆隆——"九幽漩涡撕扯力量无比惊人，吞吸力也极其惊人。

罗峰一冲入其中，便被吞吸进入深处。

"不！"吠镜王刚凝聚神力丝线，便看到那刀河王冲进九幽漩涡中，顿时愤怒咆哮。

他是强大。可是却根本不敢去闯九幽漩涡，罗峰是被逼得没办法，才死中求生。可是他吠镜王完全有逃生能力，哪会去闯整个九幽时空最可怕的九幽漩涡。

"可惜了两件至宝啊，我的两件至宝！"吠镜王心中怒吼，随即立即一飞冲天。

轰！

很快，吠镜王直接破开海水，冲向天际。

"外族！"滚滚海浪中，那血色弯角身影踏着海浪，仰头看天，看着吠镜王瞬移消失，咧嘴狰狞一笑，"算你逃的快。"

紧跟着血色弯角身影便返回深海，片刻后，来到那九幽漩涡中，这血色弯角身影直接钻入九幽漩涡……已然消失不见。

海水中。

兹鸦尊者这才现身，偷偷看着这幕，眼眸中有着惊骇："都说九幽漩涡通往九幽之海核心之地，看来，那里应该生活着一群可怕的强者，这出来一个，实力就比我强。而且似乎是不惧怕灵魂攻击的族群。"

"可惜，那人类刀河王也进入了九幽漩涡，他死了，他的至宝怕也遗落在那核心之地了。"

"不过至少没落在吠镜王手里。"

兹鸦尊者眼中闪过丝丝寒芒，看着遥远处那九幽漩涡。那九幽漩涡之前虽然凭空诞生，可此刻却一直存在着，估计能维持许久……而且九幽漩涡深处那无尽虚无，却有着莫名吸引力，令兹鸦尊者欲要进入。

"好可怕。"兹鸦尊者瞬间惊醒，惊恐地看了眼那九幽漩涡，"凭空诞生传送通道的手段，而且又不是神国传送，这，这简直……不愧是九幽时空最危险之地。"当即一晃身，悄然瞬移，完全消失不见。

第三十六章
另一个天地

罗峰一钻入那九幽漩涡，便感觉滔天撕扯碾轧之力，仿佛磨盘碾豆子，罗峰全身筋骨都发出噼啪声，面部扭曲变形。

"单这撕扯碾轧之力便能将我湮灭！"罗峰大惊。

"镇封星辰！"

罗峰顾不得其他，立即启用一颗镇封星辰，罗峰直接钻入了这颗镇封星辰中。

嗖！

镇封星辰，乃是封印类重宝，内含一方空间，只要躲在这镇封星辰内……外界攻击会被镇封星辰本身抵挡只剩下千分之一、万分之一，不过躲在镇封星辰内也有一个巨大的弱点——敌人可以直接将镇封星辰一把抓走，而且在镇封星辰内飞行闪躲能力就差多了。

这也是刚才罗峰被追杀，为何没躲进镇封星辰的最主要原因。

镇封星辰内，乃是一片美丽的世界，天空中隐隐有一道道金光划过长空，广袤大地厚实无比。

罗峰站在其中，意识却是融入镇封星辰，又分出念力探查外界。

"有点像神秘之地那种空间漩涡。"罗峰暗自道，之前就曾因为空间漩涡被弄到空间之地，侥幸得到空间之心的传递，让魔杀族分身有了一番大机缘。

"到了。"

罗峰迅速感觉到周围稳定下来。

念力在外界一个扫荡，便让罗峰吓了一跳，他清晰感应到在周围上百公里内驻扎着一支异族军队，所有的异族强者尽皆都是血红色魁梧身躯，有着血色弯角，显然是和之前那位追杀吠镜王的异族宇宙尊者属一个族群。

"嗯，宝物？"

"这是什么宝物？"离这漩涡传送之地最近的一支分队的几名异族战士，看着凭空出现的一颗星辰，直接飞了过来，可紧跟着他们便感觉到一股念力扫荡过来。

"外族！"

"是外族！"

几名异族战士顿时咆哮起来。

嗖！

只见星辰突兀消失，一名银甲银翼男子却是凭空出现。

"我就不奉陪了。"罗峰目光一扫，这驻扎的军队一共有三百名强者，个个都是不朽，为首的那气势之强烈……估摸着属于封王无敌水准。

"随便一个驻扎小队都这么强，据我所知，九幽之海中是有很多九幽漩涡的，恐怕这种驻守的传送之地也有很多。"罗峰心底一寒，就算是人类族群也没奢侈到让三百名不朽强者去看守一个地方。

嗖！

罗峰心中震惊，动作却是极快，双翼一展，便迅速破空而去。

"是外族。"

"快追。"

很多异族士兵都激动且兴奋起来，就仿佛猎人看到猎物般，而为首的那位驻扎小队的队长发出咆哮："第一、第二分队，跟我来。第三分队继续驻守。"

"嗷——"

顿时一道道血色身影破空飞去，且个个发出激动的嚎叫，约两百道身影直接追杀向罗峰逃跑方向。

罗峰这一逃，便迅速感觉到这一方世界和外界的区别。

"好强的阻力。"罗峰抬头看了眼天空，这是一方有别于九幽时空其他区域的天地。天空中竟然有着一颗颗璀璨星辰，而空气中则是有着肉眼可见的一丝丝雾气般的血色气流，令整个世界有着浓郁的特殊力量。

这股力量，令这一方天地内的空间波动完全停止，更压制一切神国传送。

"无法瞬移！"

"无法神国传送！"

罗峰明白，为何连宇宙尊者异族强者，都是凭借类似虫洞的九幽漩涡出去，而不是瞬移和神国传送。

"嗷——"

"哈哈哈——"

"外族，这是我族的天地，你们外族在这受到巨大压制，而我们却没事，你逃不掉的。"一道道声音透过神力传递，直接在罗峰耳边炸响。

罗峰回头一看，那一道道血色身影正急速追来，在罗峰的感应中，这天地间的血色雾气虽镇压封锁了空间波动，可这些异族生灵飞行时，却如鱼得水，很是轻松。

"哼！"

"就你们这些不朽也想追我。"罗峰的弑吴羽翼顿时掀起了空间乱流，同时速度也是不断飙升。

那群异族战士们只能眼睁睁看着罗峰渐渐远去，很快便化为一个银色小点，消失在他们的视线范围内，这让他们彼此相视有些傻眼。

"怎么会这么快？"

"这外族只是一个不朽，在我族天地，怎么能比我们还快？"

异族战士们有些措手不及，在漫长岁月中，他们早就积累了对付外族的经验，如果是不朽级外族，一旦进入他们的家乡世界，会受到压制速度锐减，会被他们轻易追上！而如果是宇宙尊者级外族，他们则是会立即上报，让族内的宇宙尊者强者出马。

"可恶！"身材最是高大的血色弯角身影发出咆哮，"一个不朽外族都能逃掉。"

"队长，怎么办？"

"现在怎么办？"

其他战士看向队长。

高大血色弯角身影低吼道："上报！不上报，难道你们想死么？"

茫茫天地，繁星当空，天地间则是隐隐有着血色气流。

这一方天地中，也有山脉，也有水流，也有花草。

"好大的世界，我已经逃了百亿公里，竟然都没发现什么异族影子。"罗峰盘膝而坐，坐在草丛中，茂盛的杂草完全遮盖住了他，"由此可见，这异族族群的数量应该很少，不过他们实力却非常的强。"

"无法瞬移，无法神国传送。"罗峰暗道，"也就是说，逃不出去，只能仿佛猎物般，被这异族族群狩猎杀死！"

"按照传说，这里就是九幽之海的核心之地。"

"看宇宙坐标，这里依旧是九幽时空内。"

罗峰查看了下坐标，便发现……这里的一方天地，是属于九幽之海的底部世界。

"虽然无法瞬移，可以用魔杀族分身天赋秘法'域'的手段，还是有办法进来的。"罗峰暗想，只要不是遭到追杀，魔杀族分身想要渗透进一个地方还是很容易的。

"且先等等，魔杀族分身已经飘荡那么久，离最后行动还有一个月，不能功亏一篑。"

"而且魔杀族分身就算进来，想要再逃出去，也没有百分百把握。"

"嗯，我先联系下老师。"

罗峰思索片刻，觉得现在情势发展已经超出自己掌控，而世界树的枝叶自己势在必得！

就在罗峰透过虚拟宇宙去联系混沌城主老师时，在这九幽时空最核心的一方天地中，一座大型的古城里也架设着虚拟世界，可以令他们这些土著们透过虚拟世界，轻易地彼此交流。

"外族！一个不朽外族，竟然都没抓到！"一名穿着黑色铠甲的血色弯角巨汉发出咆哮。

"孩儿们，跟我走！"

“是，将军！”

古城的其中一座豪奢府邸中，这黑色铠甲的血色弯角巨汉，率领着一支精英小队十名战士，直接破空飞起。

“麻麻拓。”一道声音忽然在宇宙尊者脑海响起。

令破空飞起的血色弯角巨汉神体微微一震，连忙停下，他后面的异族战士们也都停下。

“将军？”战士疑惑道。

“是皇子。”血色弯角巨汉低沉道。

“皇子？”十名都拥有队长级战力的精英战士都是一惊，随即情不自禁连忙躬身，就连宇宙尊者巨汉也躬起身。只见遥远处……整个古城最巍峨的宫殿中，数十道身影破空飞来，其中有三道气息更是强大。

数十道身影很快抵达。

“皇子殿下。”宇宙尊者巨汉微微躬身表示尊敬。

“皇子殿下。”十名战士更是直接跪伏下。

这数十道身影，为首的那位有着俊美的面容，面孔中有着血色秘文，穿着一身华美的金色、血色夹杂的战铠，铠甲肆意展露着强大的波动——这是一件至宝的波动，毫无疑问，他便是皇子殿下。

皇子气息无比强大，长相模样也和其他族人不同。

不管是之前的宇宙尊者巨汉，还是皇子身后跟着的两名宇宙尊者和一群不朽，皮肤都是呈现血色，也有着血色弯角！

从外貌判定，皇子和其他将军、士兵，看似两个族群。

“麻麻拓将军，我刚刚得到消息，你麾下的一支小队，发现了外族。而且这外族仅仅是一名不朽，却能逃脱你麾下小队的追杀。”皇子声音优雅。

“是的，皇子殿下。”弯角巨汉恭敬道。

“有趣，一名不朽竟然这么厉害，据说那祖神教的无数传承者中，有些不朽是非常厉害的。”皇子声音优雅道，“我也是不朽……不知道我和他，谁更厉害。”

“皇子殿下威能无限，那外族怎会是皇子殿下对手。”弯角巨汉连道。

“不可小觑外族。”皇子道，“这样吧，带路，平常也是无聊，去狩猎追捕这位不朽外族也挺有意思。"

"这……"弯角巨汉一怔。

"怕我遇到危险?"皇子反问。

"不敢。"弯角巨汉道。

"哼,我兄弟108个,至今一个都未曾陨落,哪有什么危险!"皇子自信道,"走。"

"是。"弯角巨汉只能应命。

嗖!

当即数十道身影簇拥着这位皇子殿下,去狩猎那位不朽外族了。

第三十七章
九幽之主

虚拟宇宙雷霆岛最高处，那无尽气流中的宫殿外，罗峰凭空出现。

"事情超出我掌控。"罗峰站在宫殿门外，皱眉思索，"如果我在那一方天地最终没能逃掉，被杀死，我的至宝都被夺走。那么到时候想要再拿回来，就难了。"

"罗峰。"一道声音响起。

罗峰一怔，猛地掉头。

只见宫殿外，靠近那悬崖边站着一金袍身影，正是混沌城主，混沌城主也俯瞰着下方雷霆岛。

"老师。"罗峰连忙走过去，恭敬行礼。

"你来见我，在门外又犹疑不进，有什么事？"混沌城主转头看了罗峰一眼，面带笑意，"你之前和我说过，你要去那九幽时空寻找世界树的枝叶，孕育你的第三分身，难不成……有所变故？"

罗峰恭敬道："世界树的枝叶，弟子正在按照计划行事，相信有希望得到，只是我的地球人本尊出了点岔子。"

"嗯？"混沌城主看着罗峰。

"我地球人本尊隐匿在九幽时空最安全的荒石岛，没想到我祖神教另一批传承者也到了那，并且其中有一位吠镜王，那吠镜王以追踪探查出名，自然就发现了我。他也眼红我的至宝，于是便对我下手。"罗峰道。

"吠镜王？"混沌城主惊讶，"他如果出手，你怎么能逃掉，还是说，至宝已落入他手？"

"不。"

罗峰摇头，"弟子逃掉了。"

"你逃掉了？"混沌城主疑惑，"他虽为不朽，可拥有宇宙尊者实力，特别是他的天赋秘法攻击。"

"弟子还有一至宝，专为保护灵魂。"罗峰道。

"至宝？"混沌城主也忍不住吃了一惊，根据之前罗峰一次次的战斗场景，他推断出罗峰的念力兵器应该属于至宝，没想到竟然还有第三件至宝，且是保护灵魂的至宝，这让混沌城主忍不住追问，"罗峰，你到底有几件至宝？"

罗峰有些尴尬："三件，弑吴羽翼、念力兵器、保护灵魂至宝，就三件。"

"就三件？还就三件，为师我当年身为界主时，也就一件至宝在身。"混沌城主忍不住道，"看来你的机缘，果真是不小。"

罗峰心中却是有些忐忑。

若老师追问自己另外两件至宝哪里获得，该怎么说？

"你就算有至宝保护灵魂，可以他宇宙尊者实力，也不会让你逃脱的。"混沌城主问道。

罗峰暗松一口气，老师倒是没追问两件至宝的来源，否则自己只能编造谎言了。毕竟星辰塔乃是最大的秘密，像星辰图、弑吴羽翼等这类至宝，很多宇宙之主都是不屑一顾，都是赐予族群内的强者。

像天狼殿等至宝，就足以让宇宙之主们眼红。

千宝河这一等至宝，足以让宇宙之主们疯狂。

至于最高等的星辰塔，那更是足以让无数族群为之痴狂，宇宙最强者们都拼命想得到。与之同等的五彩极光湖那更是宇宙第一大实力的护教至宝！保护大本营的根本！

罗峰很清楚……星辰塔秘密，在自己能完全掌控前绝对不能暴露，否则自己再大背景，都阻挡不了强者们的疯狂。

"按理说弟子的确无法逃脱，可因为他追杀我，是在那九幽时空。"罗峰道，"危机之时，我发现了九幽漩涡，弟子心想，若是至宝落在那吠镜王手里，想要拿回来怕是很难，九幽漩涡虽然凶名在外，可至少弟子不会立即就死，于是心一横，直接冲进了九幽漩涡。"

"九幽漩涡有点类似虫洞。"

"弟子直接来到了一方世界中。"罗峰恭敬道，"那里生活着一群特殊的生命，个个身材魁梧高大，身体血红，也有着血红色的弯角。弟子现身处，刚好有数百名不朽异族驻守，弟子侥幸才逃脱。不过估计，会有更强者来追杀……而那一方天地中又无法瞬移又无法神国传送，只能等着被猎捕，弟子能做的就是尽量拖延时间，毕竟那一方天地还是很大的。"

混沌城主听完微微点头。

"你做的对，那吠镜王是北疆联盟的，北疆联盟一直很嚣张，东西到他们手，就拿不回了。"混沌城主道。

罗峰吓得一阵冷汗。

塔珠，牵扯重大，虽说吠镜王得到也不一定认出，可星辰塔认主，便是塔珠融入灵魂的，自然是不容有失。

"弟子现在该怎么办？"罗峰看着混沌城主。

"哈哈哈，现在知道来求了。"

混沌城主面带笑意，"祖神秘境，我未去过，知道的也极少。可是祖神秘境中一些最可怕的存在，纵横宇宙的超级存在，我倒是知道几位！"

"我问你，那一方天地的宇宙坐标在哪？"混沌城主问道。

"就在九幽之海下方。"罗峰道。

"嗯。"

混沌城主点头，"我的猜测没错了，你现在在那一方世界，我都只能隐隐约约感受到留在你那的信物，而且显然受到那一方世界干扰，能够做到这一步的，放眼整个宇宙，也就那么多。"

罗峰顿时吃了一惊，这是老师给自己的保命之物，关键时刻向老师求救的。

"我没去过九幽时空，却知道九幽时空真正的主宰，名为九幽之主。"混沌城主道，"而你所在的那一方世界，就是九幽之主的老巢。"

"九幽之主？"罗峰眨巴下眼睛。

"那是位宇宙之主。"混沌城主道，"当然你别将他等同于天狼之主等一些存在……这九幽之主，论威能，却是不下于我。"

罗峰听了暗惊。

不下于老师？混沌城主可是有三大分身，个个逆天无比。九幽之主竟能媲美老师。

"这九幽之主，纵横宇宙，堪称无敌。"混沌城主道，"就算是那祖神教，也是对他客客气气，三大祖神……也和那九幽之主颇有交情。很多事情他们不好出面，而兽神们又解决不了，一般会请九幽之主出马。"

罗峰仔细聆听。

"九幽之主实力强横，特别是在九幽时空。"混沌城主道，"那九幽时空，乃是他的地盘。"

"在九幽时空中……九幽之主，便是无敌的，宇宙中谁也奈何不了他。"混沌城主道。

"啊。"罗峰眨巴下眼睛。

老师没必要骗自己。

也对。

都说混沌城主在那初始宇宙中是无敌的，这九幽之主，在九幽时空竟也是无敌的存在。

"在九幽时空，他能发挥出最大威能。"混沌城主感慨，"不管是你知晓的最强世界树，还是其他宇宙之主战力存在，只要是在九幽时空的，都是那位九幽之主的属下。所以宇宙中其他超级存在，是不愿去那的。"

"到了九幽时空，很容易吃亏。"混沌城主道，"我也不愿去那，也就一些不朽、宇宙尊者们会去那闯荡，想要得到些宝物罢了，真正的宇宙之主，有几个敢去？那九幽之主，可是一位心狠手辣的家伙，在其他地方灭掉一位宇宙之主很难，可在他的九幽时空中，灭掉一位宇宙之主，都不难。"

罗峰暗自惊颤。

没想到，没想到这九幽时空背后还隐藏着这么一位超级主宰！历史上的传承者们探知的也仅仅是表面皮毛罢了，也对，传承者们根本没资格令那位超级存在现身。

"堪称无敌。"罗峰心中也有着渴望，"老师在初始宇宙中便是无敌，这九幽之主在九幽时空中也是无敌，我将来……能否也走到这一步，放眼宇宙，谁也无法击败我？"

虽说都有条件限制。

必须局限在某个地方是无敌的，这已经让罗峰眼馋了，只要将一个分身放在那个地方，就永生不死了。

混沌城主道："九幽之主，和我实力相当，也曾和我联手过多次，而且他还欠我一个人情。"

"欠人情？"罗峰一怔。

"你若是真的遇到危险，实在是逃不掉了。"混沌城主看向罗峰，"你便直接喊——九幽之主，我是混沌的弟子！那九幽之主完全掌控九幽时空，九幽时空中任何一点动静也瞒不过他，你一喊，他自然知道，就算你再危险……他一插手，你必定没事。"

罗峰听了，也明白了。

"不过……能不用人情，便不用人情。"混沌城主道，"实在无计可施，再用。"

"明白。"罗峰点头，心中一阵感动。

人情债最难还！

九幽之主这等存在，欠下一个人情，是多么难得的一件事。价值多高？绝对不亚于一件至宝的价值。

"你如果真的开口，也可以和他提出额外要求，这人情也不能让他那么容易就还掉。"混沌城主道，"比如直接和他说，想要那界主级世界树的枝叶……这种小事，他会答应的。"

"弟子明白。"罗峰郑重点头。

自己有魔杀族分身还是有逃掉的希望，不被逼到真正的绝境，绝对不用掉这一人情。

"去吧。"混沌城主笑着道。

"是。"罗峰恭敬行礼，随即凭空消失。

第三十八章
庆 贺

血色气流弥漫的一方天地中。

"没想到整个九幽时空，是那位九幽之主的地盘。"罗峰在草丛中，"九幽之主在这九幽时空中便称得上无敌，难道特殊环境对强者实力有震慑作用？"

罗峰想了想，便不再多想。

这距离他还比较遥远。

"嗯？"

"他们找我干什么？"罗峰当即意识到连接荣耀世界。

荣耀世界，露天广场。

当罗峰凭空一出现，顿时引得露天广场上的无数传承者都看过来。

"看，是刀河王。"

"刀河王现身了，果真是厉害，他的天赋分身之术，想要杀死他都难。"

罗峰被盯得有些莫名其妙，都盯着自己干什么？这些传承者可都是绝世天才，之前超两万场的挑战风波早已经过去，那几次自己即使进入荣耀世界，也只有少部分传承者会注意自己，不会像现在见了稀奇珍宝似的围观。

"刀河。"露天广场一处角落，察曼王连喊道。

罗峰立即走过去。

走在露天广场上，罗峰走到哪，都会吸引一群目光，那些传承者们边看罗峰边都暗中议论纷纷，这让罗峰愈加疑惑。

"刀河王，你那至宝羽翼还在么？"忽然一道喊声响起。

罗峰瞥了眼，是北疆联盟那庞大团体中的异族传承者开口嬉笑喊的，那满是角质的脸上，有着让罗峰厌恶的表情。

罗峰没理会而是迅速走到了鸿盟团体那。

"怎么回事？"罗峰直接坐在一桌旁，旁边坐着察曼王、离烁王、千雨王三位，这三位也是传承者鸿盟团体中和罗峰走的最近的。

"刀河，听说你被吠镜王追杀，陷入了那九幽漩涡中？有没有这回事？"察曼王先是将周围声音隔绝，而后连忙悄声议论。

罗峰一惊。

自己刚陷入那一方天地才多久，消息竟然都传开了。

"难道是真的？"千雨王从罗峰的表情迅速辨别出。

"对。"罗峰点头。

消息怕是已经传开，那也就没必要隐瞒了。

"你竟然真的陷入九幽漩涡？那，那地方可是连宇宙尊者陷进去，都难以存活的。"千雨王连道，旁边离烁王、察曼王也都担心地看着罗峰，察曼王忍不住道："都说你陷入绝境被击杀，至宝羽翼落在那危险之地了。"

"你们哪来的消息？"罗峰忍不住问道。

"反正就在这露天广场上彼此交谈，很快就传开了。"察曼王道，"都说你被吠镜王追杀，无路可逃，而后陷入九幽漩涡了。"

"你真的在九幽漩涡？死了？"离烁王也忍不住问道。

现在很多猜测，罗峰已死过一次，而后靠天赋分身术再度复活，可至宝却是落在那绝境了。

"我是陷入九幽漩涡到了一危险之地，可我刚刚进入那绝境，现在还在挣扎，至少没立即就死。"罗峰摇头道，"我这才刚沦入那等境地，你们竟然就有消息了，传的还真是快。"肯定是兹鸦尊者、吠镜王他们中的某个或者某几个传开的消息。

"那九幽漩涡通往哪里？"察曼王追问。

"有多危险？"离烁王道。

千雨王更是盯着罗峰。

这可是机密情报，从那能活着逃出来的屈指可数，情报价值极高，都是当成一等一的机密，不轻易外传的。只有那些容易被传承者发现的情报才会传开。

"那里很危险。"罗峰想到那位追杀吠镜王的宇宙尊者异族，低沉道，"无法瞬移、无法神国传送，而且那里强者如云，我现在也是在挣扎，怕也难逃追杀。"

"无法瞬移、无法神国传送？"察曼王、离烁王、千雨王神色都变了。

"这，这不等于是封印类重宝的世界么。"察曼王忍不住道。

没法逃。

即使不死，也等于是被关押在那无尽岁月，对强者而言这的确很可怕。

"不和你们多说了，我还得继续逃命。"罗峰低沉道，随即凭空消失了。

这让察曼王、离烁王、千雨王都默默记下，这九幽漩涡的秘密，可不是一般的情报，若非罗峰和他们关系好，怕也不会轻易说出。

罗峰在那一方天地中逃命，尽量跑远点。

而荣耀世界中却是议论着关于他的话题。

"吠镜王来了。"

"是吠镜王。"

当吠镜王出现在荣耀世界露天广场时，他也得到了和罗峰同样的待遇，遭到大量传承者的围观。

"吠镜王，听说你追杀刀河王？让他陷入了九幽漩涡，这是真的假的？"顿时有传承者询问。

"哼！"

吠镜王却是冷哼一声，没说话，直接走向北疆联盟团体的聚集处。

想得到刀河王的至宝失败后，他便计划在九幽时空中探险，可忽然接到了邮件，是他的一些朋友透过荣耀世界发送给他的。吠镜王这才知道……之前发生的事情，竟然都在荣耀世界中传开了。

"混蛋，不是兹鸦尊者，就是那五个杂碎。不过那五个杂碎，应该没那个胆子，很可能是兹鸦尊者在放消息。"

"哼，看来他也不是白痴，刀河王拥有灵魂类至宝的消息，是个新情报，他倒是聪明，没传出去。"吠镜王暗道，同时也走到北疆联盟团体处，随意坐下。

吠镜王看了眼周围的传承者。

"我知道，大家都好奇这事。"

吠镜王咧嘴狰狞一笑，"虽然我不清楚哪个杂碎传出的消息，可是……对，那刀河王的确被我追杀得逃进那九幽漩涡。哈哈，那可是九幽漩涡，陷入进去，就算是宇宙尊者都难以存活，那刀河王就算有天赋分身之术，可至少他的至宝是肯定会掉落在那了。"

吠镜王倒是张扬，直接主动承认一切。

六天后。

紫荆岛上，一座座各族风格的宫殿建筑。

"轰——"一股引起整个紫荆岛震动的强大本源法则气息直接降临，这惹得整个紫荆岛上很多传承者们都立即飞出来，遥遥看向本源法则气息最强烈的中心——就是那座属于真衍王的府邸。

府邸上空，出现了五彩漩涡。

金、木、水、火、土的五种法则气息都彼此契合，引起了一股更加高贵威严的空间本源法则气息，那五彩漩涡的核心……便是一片虚无，宛如一条神秘的通道连接着宇宙本源之地，无尽神力直接进入真衍王府邸中。

"突破了？"

"空间法则！"

"这是谁，竟然悟透了完整的空间法则，成为宇宙尊者了。"只见紫荆岛上空，一道道身影升起，都震惊且羡慕地看着这一幕。

紫荆岛上过亿的传承者都困在那一步，都渴望有这一天。

"这是谁的府邸？"

"我不知道。"

"我也不知道。"

"到底是谁，是谁突破，成为宇宙尊者了？"

"不知道。"

无数传承者竟然没几个知道，而鸿盟团体中也是大部分不知，还是察曼王道："那府邸和刀河王的府邸在一起，便是这次我们人类族群派来的两位传承者的另外一位。这次派来的两位，一位是刀河王，另一位就是真衍王。"

"真衍王？"

"真衍王突破为宇宙尊者了？"这使得鸿盟团体中很多传承者都震惊万分。

"真衍王困在那一步已经无尽岁月，他终于突破了，我们得去拜访拜访，算是贺喜。"

"不急，现在正是真衍王吸纳神力的最关键时刻，不能浪费一点时间。"

在强者路上，成为不朽、成为宇宙尊者、成为宇宙之主，在这三个关键时刻，宇宙本源法则都会降临，特别是第一次……那是身体朝神体的转化，可以一次性尽情吸纳够神力。可第二次和第三次就没那么好运了。

当然成为宇宙尊者那一刻、成为宇宙之主那一刻……这两个关键时刻，虽然不可能尽情吸纳，却也是比平常吸纳神力要特殊的多。

因为本源法则降临，等于是完全连接法则海洋，可以肆意吸纳，可惜，本源法则降临的时间是有限的！到了一定时间，本源法则就会消失不见，所以能够拼命吸纳神力的也就那么一会儿。

片刻后，一切波动便已经消散。

顿时鸿盟团体中一些传承者乃至宇宙尊者，都去拜访。

"吱呀。"门开启。

真衍尊者正笑着看着外面："哈哈哈，请进。"

"恭喜真衍王……不，真衍尊者。"

"真衍，恭喜，你也跨入宇宙尊者这一层了。"和罗峰不同，真衍王的朋友要多的多，很多宇宙尊者都和真衍王有一些交情。

"是啊，漫长岁月，总算跨入这一层了。"真衍尊者点头，再无暮气，反而意气风发。

"这次吸纳多少神力？"

"还行，趁本源法则降临狠狠吸纳一通，我的神体提高到现如今极限的92%。"真衍尊者道。

"竟然没有100%，我们人类体型小，储存神力本来就少，趁此机会应该能够吸纳100%的吧。"

体型越大，想要将神力储存到100%就越难。

比如像世界树，那么大体积，如果跨入宇宙尊者，本源法则降临的短短时间，吸纳神力或许比真衍王要多，可相对世界树体型而言，也就杯水车薪。还得靠将来漫长时间慢慢积累神力来提高。

"真衍的生命基因层次，早早就进化过，有十倍吧。达到宇宙尊者后，神体极限也高，能储存92%很不错了。"

真衍尊者和其他强者们交流。有些疑惑，他突破为宇宙尊者，他的徒弟罗峰怎么没来。

第三十九章
真衍尊者

真衍府邸中，其他鸿盟的强者个个都热情无比，能够和一名宇宙尊者有些交情，这总是好事。特别是鸿盟中其他几位宇宙尊者和真衍也很是亲近。

为何？

因为宇宙尊者也是有区别的！

像一些村王巅峰强者突破成为宇宙尊者，和村王无敌突破成为宇宙尊者，完全不一样！

"封王无敌"有两种。

一种是像银眸，生命层次天生就高，所以在封王中很容易就达到封王无敌水准。

一种是像真衍王，正常族群水准，即使想尽办法提高生命基因层次，能够提高十倍就算走大运了，这点能耐还想要达到封王无敌，想要在宇宙尊者下保住一条命，那是何等的艰难？必须得有一些傲视无数强者的特殊手段才行。

不管是第一种还是第二种，一旦跨入宇宙尊者，战斗力都很强。

第一种成为宇宙尊者后，神体强。

第二种成为宇宙尊者后，不朽即可在宇宙尊者下保住一条命。这要成了宇宙尊者，还了得？

许久后，一个个容人离开，只剩下一位武汤尊者。

武汤尊者和真衍尊者在很久以前交情便极好，即使武汤尊者最终成为宇宙尊者，两人依旧保持一定关系。

"武汤。"真衍尊者问道，"你可知道那刀河王的事，当初我和他来紫荆岛，一起接受了传承后，我就闭关了，后面事情我都不知，你和我说说。"

他成了宇宙尊者，罗峰却没来，肯定是有什么事情发生了。

"后面事情你都不知道？"武汤尊者声音雄浑，不由连忙道，"这你可就错过很多好戏了，这刀河王刚来，就出了大风头，先是这紫荆岛上大量的传承者向他进行邀战，本想好好欺负那刀河王，谁想被刀河王捡了大便宜……"

武汤尊者说的是痛快淋漓。

从连战62万场，到罗峰被刺杀，再到最近九幽时空的事，全部说了一个遍。

真衍王一开始听得满脸笑容，可当知道罗峰被刺杀、九幽时空中被吠镜王逼入绝境，便是脸色难看。

"都传言刀河王就是罗峰。"武汤尊者笑看真衍，"难道刀河王真的是你徒弟？"

"你就别多管了。"真衍道。

"哈哈哈……"武汤尊者笑着点头。

"有件事情让你帮个忙。"真衍道。

"说，尽管说，我俩什么交情。"武汤尊者的确很重视真衍，一来当年有生死交情，二来，他也很看好真衍的未来。因为人类族群的天赋问题，导致每一个能达到封王无敌且能突破为宇宙尊者的，成就都不凡。

"我需要祖神秘境的一些危险之地的情报，特别是那九幽时空。"真衍道。

"难道你要去那？"武汤尊者道。

"别废话了。"真衍眼眸掠过一丝厉芒，"我怎么可能不去？"

"哈哈，这才是真衍，这才是当年那火爆冲天的真衍啊。"武汤尊者连忙点头，"我已经透过虚拟宇宙，将所有情报都给你了。"

真衍点头，咧嘴一笑："我在混沌城潜隐亿万年，恐怕没几个记住我了。"

仅仅是半天后。

真衍在府邸内静心准备后。

"老朋友，亿万年沉寂，怕是你也寂寞了吧。"真衍手中突兀出现了一根黝黑的长棍，这棍棒的两端各有金箍，令整个黑色长棍散发着古朴气息，这乃是真衍当年闯荡宇宙时得到的第一件重宝。

陪他在生死中闯荡，一次次杀戮，才成就封王无敌的名声。

"我这徒儿待我如至亲，我能跨入宇宙尊者，也多亏仙……吠镜王竟敢欺负我徒儿这样，我岂能饶他！哼，特殊生命？擅长灵魂攻击和追踪探查？"真衍整个人原本那股宁静气息消失，反而散发着一股凌厉的暴虐气息。

暴虐！火爆！

这才是真衍！

纵横宇宙，杀戮无数，成就封王无敌之名。

只是他沉寂太久，久到和他一个时代的不朽很多都已经陨落。

"我亿万年沉寂中，新创三大绝学，现在既然跨入宇宙尊者，那就拿你来祭棒吧！"真衍王眼中有着疯狂，封王阶段他就跟宇宙尊者挑衅过，最后逃掉性命，骨子里他便有着一种疯狂。

嗖！

真衍从府邸中直接一飞冲天，而后一个瞬移，便抵达那岛主宫殿前的传送喷泉，迅速前往了那秘境之地。

九幽时空，荒石岛。

作为一名宇宙尊者，能轻易瞬移上千光年，自然可以掠过很多危险之地，半天没到，真衍就已经抵达荒石岛。

"我便在这等着。"

真衍盘膝坐在一座山峰之巅，"按照武汤给我的情报，在九幽时空中探险，会经常回荒石岛休整，只要那吠镜王回这荒石岛……"

随即真衍便闭上眼睛，宛如一只闭眼休息的老虎，随时等待暴起杀人那一刻。

在荒石岛下方，九幽之海的底部，有着另一方天地。

罗峰便在其中不断逃窜，他尽量逃的远点。

嗖！嗖！嗖！

三道身影划过长空，忽然停下，正是高贵的皇子殿下和他麾下的两位宇宙尊者。

"竟然到现在都没找到这外族。"皇子眼眸中掠过一丝寒芒。

"皇子殿下，我九幽世界广阔无尽，那外族肯定趁机不停逃跑，可能逃的远了，想要找到他怕是得多花费点时间。"那略微精瘦些的宇宙尊者道。这两位宇宙尊者尽皆是血红色皮肤、血色弯角。

"这得等到何时？"皇子皱眉，"我这便传令，在我的领地，所有城池都分出一半士兵，全部分散开扫荡追查那外族！且个个透过虚拟世界联系，一旦有谁查到，立即通知我。还有每个士兵必须时刻意识到连接虚拟世界，一旦脱落，便代表陨落……定是被外族击杀！"

皇子透过虚拟世界，立即传令给麾下各个军队。

在九幽世界，每位皇子都统领一大片领地，对领地有着绝对的控制力。

"查，查，查！"

"快。"

"都去查找那外族不朽。"

只见天空中犹如蝗虫般，大批不朽战士以及界主战士从城池中飞出，而后迅速分开，朝各个方向飞去，每个战士都负责一片区域。

九幽世界的这些族民很特殊，他们有着血色身躯、血色弯角，乃是能量类生命的一种，而且他们的天赋极高，有点像金角巨兽等……只要达到成年那就是界主！只是没有天赋秘法，身体生命层次也是和人类相当罢了。

因为成年就是界主，所以城池中界主很常见，只是因为族民数量和人类一比稀少得很。

九幽世界也就那么大，可罗峰之前飞百亿公里都看不到一个族民的身影，由此可见，人口之稀少。

"嗷——"

这些土著战士们个个兴奋嚎叫着，在高空中分散开，破空飞行，或者凭借世界投影，或者凭借法则领域，乃至于是神力扫荡……总之想尽办法来查探。

罗峰在逃匿中度过了十余天后，终于遇到第一个搜索者。

一湖泊中。

罗峰直接躲在湖泊下方，仰头看向上方，透过湖水都能看到那高空飞行的血红色身影。

同时一道神力，直接扫荡过整个湖泊。

罗峰凭借微型探测仪隐匿起来，默默看着这幕："哼，单单神力探查，怎么可能发现我，这探测仪……可是我所能购买的最高端的微型探测仪。"

可当神力扫荡到罗峰这里时，竟然一停顿。

"不好，被发现了。"罗峰立即明白这点，"怎么可能被发现？"

天空中那血红色身影猛地停下，俯瞰下方，眼眸中满是兴奋："外族！"

嗖！

罗峰顾不得疑惑他们如何发现自己，当即破水而出，双翼一振，化作一道银光速度飙升到极限。

"外族，是外族，我发现外族了。"那土著不朽战士追着罗峰，却发现距离越来越远，他也立即透过虚拟世界开始上报，他的眼眸中满是兴奋，"哈哈，这异族使用了探测仪，还以为我发现不了他？"

"哈哈，在我们九幽世界，我的神力勾动九幽世界之力，能够清晰查探出一切非我族群之力的外族。"

"别说是一个不朽，就是那些宇宙尊者外族，到了我们这，也一个都逃不掉。"

嗖！

罗峰速度快得吓人，很快就消失在那位不朽战士的视线范围内。

"怎么会被发现？"罗峰急忙逃窜时，也是满心的疑惑，"我这探测仪，就是封王无敌实力也不可能发现隐匿的我。那吠镜王发现，靠的是他那逆天的探查手段，可是那一个普通的土著不朽怎么就发现我了？"

"麻烦大了。"

"这下麻烦大了。"罗峰知道，自己怕是不得清静了。

的确，那位皇子殿下一得到消息，顿时带着麾下两名宇宙尊者朝这杀来，并且还安排周围的一些不朽战士乃至宇宙尊者强者前来阻拦。

第四十章

围　剿

那位皇子殿下所掌控的领地，大量的不朽战士、界主战士都是分散开，遍布各地撒网似的搜索罗峰。

所以即使皇子殿下现在下命令去围剿，从各个区域集中赶去，也是需要很长时间。

"逃！"

"这军队估计是分散开，分散在诸多地方，想要合拢围剿我，估计还要不少时间。"罗峰施展开弑吴羽翼，化作一道银光，破空急速飞行，"我必须用这点时间尽量拉开距离，千万不能陷入包围圈中去。"

大量的土著战士从四面八方汇合来，而罗峰则是拼命想要从天罗地网中逃出。

第二天，罗峰便连续遇到3位土著战士——两位不朽、一位界主。

"嘭！"罗峰念力直接钻入那位土著界主战士体内，只发现了其体内的一颗晶钻。

"能量生命，类似魔杀族分身，灵魂类攻击一律无效。"罗峰瞥了眼那土著界主战士，知道无法掌控，也懒得击杀，继续双翼一展，远远逃逸开去。

那土著界主战士有些发蒙："他没杀我？"

"我发现外族了，我发现外族了。"土著界主战士紧跟着就立即透过虚拟世界，上报消息。

第二天遇到3位土著战士。

第三天遇到 12 位土著战士。

第四天遇到了 21 位土著战士。

第五天遇到了足足 52 位土著战士。

随着时间流逝，原本分散在各地的土著战士不断汇聚，以罗峰为中心的周围大片区域的土著战士密度开始不断提升！这让罗峰愈加感到危机……可是他也没有任何办法，显然敌人掌握着他的行踪。

诡异的是——

第六天，仅仅遇到一位土著战士。

第七天，也仅仅遇到一位土著战士。

第八天到第十二天，每天也都仅仅遇到一位土著战士。

"不好。"

"前些日子，那些土著们一直掌握着我的行踪，围剿是越来越强，曾经还有过 11 名土著不朽战士联手围杀我。可现在却突然一下子消失了？"罗峰感觉到一种风雨欲来的感觉，自己宛如瓮中之鳖，一直在挣扎。

可这次，怕是真的麻烦了。

连绵起伏的山脉上空。

高贵优雅的皇子以及他麾下两名宇宙尊者，都站在半空中。

"没想到这个外族不朽，逃命能力竟然这么强。"皇子殿下微笑道，"派遣我族不朽战士联合围杀，根本拦不住他。看来对付他，唯有使用对付宇宙尊者级外族的手段。"

"皇子殿下，现在整个大型包围圈差不多形成，九位将军，也都到位。"精瘦的宇宙尊者恭敬道，"只要皇子殿下你一声令下，大军立即可以进行最后的收网行动。那个外族，根本没希望逃掉。"

"别急，等，等我赶去。"皇子殿下微笑，"外族不朽这么厉害，我很好奇。让将军们击杀他太可惜了，我要亲手击杀他。"

"是，皇子殿下。"

两位宇宙尊者都恭敬应命。

"走，赶过去。"皇子殿下下令。

嗖！

他们三位直接飞向那大包围圈。

就算是高高在上的皇子殿下，麾下的宇宙尊者也不多，调遣九位将军已经是他的极限了。幸好整个九幽世界无比安全，所以他才能将麾下所有将军都调过去。

"这些土著战士一定在聚集，很可能形成大型包围圈。"罗峰在沼泽地上，眉头微皱，"很可能是多重大型包围圈，一旦我逃出一重包围圈，其他土著战士自然会朝我靠拢，一重重包围圈会不断合拢，甚至其中很可能有宇宙尊者带队。"

宇宙尊者级的土著，罗峰见过。

杀的吠镜王只能逃命。

"我若是遇到宇宙尊者异族，那就完了。"罗峰眉头微皱，"执行分身计划。"

嗖！

罗峰周围凭空出现了九道身影，都是些异族。

"主人的主人。"异族奴仆们全部恭敬行礼。

"变化为我的模样。"罗峰下令。

"是。"

这些异族奴仆神灵，神体变幻，很快个个都变成罗峰的样子，只是气息完全不同。

不朽神灵本就可以变化，只是如果体型变化过大，对实力会有影响。可显然罗峰不在乎这点……至于所谓的气息，那些土著战士中真正见过罗峰的也就那么几个，整个土著大军，怕是很难辨认出真假的。

"听我命令。"罗峰立即传令下去。

"你为1号，他为2号。你们俩先行动。"罗峰立即开始详细部署。

自己掌控的奴仆中，奴仆也有奴仆，特别是普通不朽、封侯级的，更是有一堆。随便浪费九个，罗峰的确不在乎。

"是。"1号和2号奴仆恭敬应命，而后化作两道流光迅速飞离开去。

罗峰凭借9名伪装的"罗峰"，开始故意诱导土著，改变其包围圈设置。

就在执行过程中，罗峰忽然收到了荣耀世界的短信。短信的内容很简单，一句话——"真衍尊者和北疆联盟斗上了！"

这令罗峰吓了一跳。

"真衍尊者？老师成宇宙尊者了？"

"和北疆联盟斗上了，老师怎么又和北疆联盟斗上了？"罗峰第一时间脑海中迅速浮现出吠镜王，而后顾不得其他，虽然在执行逃命计划，可逃命计划估摸着需要两三天时间，罗峰还是分出一丝意识连接荣耀世界。

荣耀世界露天广场。

罗峰一出现，顾不得引起其他传承者的注意，立即来到了鸿盟团体聚集处。

"怎么回事？"罗峰连坐下，看着察曼王、离烁王、千雨王。

"斗上了，斗的很疯狂。"千雨王兴奋道。

"真衍尊者实在是太厉害了。"察曼王忍不住赞叹，"当年闯出封王无敌威名，沉寂亿万年，这一朝爆发，果真是厉害。"

"厉害，厉害。"离烁王也道。

"快说，快说！什么情况？"罗峰是一头雾水，"真衍王成尊者了？还有和北疆联盟到底是怎么回事？"

他们三位都看了罗峰一眼。

早就传言说罗峰就是刀河王……如果传言是真的，那么刀河王这么关心真衍尊者就不奇怪了。

"真衍王成尊者，就是十几天前的事。"察曼王连说道，"后来他就离开了紫荆岛，我们也不知道他去了哪儿，现在看来，他是去了九幽时空！"

"九幽时空？"罗峰心中一动。

"嗯，就在今天，他和吠镜王在九幽时空的荒石岛厮杀起来了。"察曼王兴奋道，旁边千雨王也插嘴道："真衍尊者竟然将吠镜王击败了，你没想到吧？甚至那吠镜王被杀得无路可逃，差点直接陨落，关键时刻他召唤了也在祖神教的北疆联盟的一位强者来，是叫万酆尊者。"

"万酆尊者，乃是祖神教的外围成员，实力极强。"离烁王道。

"是他？"罗峰震惊。

祖神教的外围成员，除了是候选神使、候选神将外，就是将兽神传承达到极高者（至少已经完全接受第五重传承）！

那希罗多，也就是完全接受第六重的水准，便是宇宙霸主了。

这万酆尊者……虽算不上宇宙霸主，却也很接近。

"然后呢？"罗峰紧张地连忙追问。

"真衍尊者无比强悍，杀的吠镜王差点陨落后，和万酆尊者又是一战！不过万酆尊者不愧是能成为祖神教外围成员的尊者，真衍尊者不是他的对手，而后拼命从万酆尊者手中逃掉性命，逃回了紫荆岛。"察曼王兴奋道。

"逃回来了？"罗峰暗松一口气。

"嗯。"察曼王连忙点头，"当年真衍尊者还是封王时，在外面闯荡时，便和宇宙尊者交战过，那时候他就能逃掉性命。他的逃命能力的确很强啊。听说那吠镜王论速度，根本不及真衍尊者，逃都没法逃，被真衍尊者追着杀……若是万酆尊者迟去一会儿，怕就陨落了。"

罗峰暗自惊叹。

厉害。

自己这位老师一直不显山不露水，隐匿混沌城亿万年，困在最后一步。没想到成了宇宙尊者后，爆发起来速度比吠镜王速度还快！而且这般强悍！

"真是厉害，老师竟然能够抵挡吠镜王的天赋秘法攻击。"罗峰也为之兴奋。

关于这一战，罗峰是满腹的激动和好奇，连忙透过虚拟宇宙联系老师。

虚拟宇宙，一专属位面空间。

人类族群每一位宇宙尊者在虚拟宇宙中都能被分配一位面空间。

这是一座悬浮的金色山脉。

山脉下有着滔天的火焰，时刻灼烧着整个山脉，山脉中间却是缠绕着无数黑色植物，任凭火焰灼烧，依旧顽强生长。而在这座金色山脉的顶端却有着尘封的寒冰，冰层、积雪，笼罩整个山峰表面。

"老师。"罗峰凭空出现，当即笑着喊道。

真衍尊者正一身金甲，坐在那，畅快地喝酒。

"哈哈哈，来来来，徒儿，陪我喝酒，痛快，痛快啊。"真衍尊者连忙招呼罗峰。

罗峰也不废话，直接走去陪老师喝酒。

"徒儿，你可知道我为何这么痛快？"真衍尊者看着罗峰。

"为何？"罗峰好奇，"是打的痛快？"

"打败吠镜王一切在我意料中，就如打狗般，而我又被那万酆尊者杀的重伤，神体燃烧得只剩下4%，我痛快个屁！"真衍尊者咬牙道。

"那老师为何这么痛快？"罗峰好奇。

第四十一章
世界树枝叶

"意外收获!"真衍尊者拿起酒瓶,便汩汩地连喝三大口,然后双眸放光,看着罗峰,"你可知道……你老师我也是有些运道的。虽然不如你,可还是不错的。"

"老师是得到宝物了?"罗峰心中一动,开口道。

"错!"

真衍尊者摇头……"到了宇宙尊者这一层次,除了是修炼上有所突破外,恐怕就是得到宝物最开心了。不过你说我是因为得到宝物,不够准确,因为这次我并没有得到宝物……之所以开心,是因为我发现,我原先调有的一件重宝,我自己以为这件重宝只是普通重宝,谁想到却很是不凡,就算没跨入至宝层次,那也绝对是最顶级重宝威能。"

"恭喜老师。"罗峰笑道。

"是开心啊,在不朽层次,我都没发现它的特殊。这次是我跨入宇宙尊者后第一次尽情厮杀。"真衍尊者唏嘘道,"在我燃烧神力施展下,竟然令它发生了新的变化,出现了二次形态,这绝对算是最顶级重宝了,若是有三次形态,那就跨入至宝门槛了。"

罗峰点头。

弑吴羽翼便是有三大形态。

"老师,你说的是什么宝物?"罗峰忍不住好奇地问道。

"哈哈。"真衍尊者看了罗峰一眼,说道,"你老师我虽然身法厉害,可那吠镜王毕竟天生擅长追踪探查,逃命能力极强。我就算能压制他，却也不至于杀得他连逃跑都做不到。就是因为，我当年得到的一对战靴重宝，发生二次形态变化，威能展现。"

"战靴威能提升，我本身便自创巅峰绝学身法，速度极快。"真衍尊者忍不住兴奋，"配合这二次形态下的战靴……连吠镜王都无法逃脱。就算遭遇那位万酆尊者，他实力远远超过我，可我依旧凭借战靴能逃命。徒儿，这类能逃命的重宝，那可是价值无量啊，万酆尊者论实力可丝毫不亚于蚀火尊者，能从他手下逃命，说明你老师我，虽然实力在宇宙尊者中算是一般般，可逃命能力却算是高等了。"

"徒儿，这得到宝物是开心，可本以为普通的重宝却是一件真正大威能的宝物，这才让我更痛快啊。"真衍尊者感慨。

宝物蒙尘，终有一日绽放光芒。

他真衍，也终于绽放光芒，立足宇宙强者之林了！

"老师，你说你实力一般，怎么能令吠镜王毫无还手之力？"罗峰忍不住问道，"我听说，不少宇宙尊者都较为惧怕那吠镜王。"

"吠镜王本身实力不算太强，强是强在他那天赋秘法。"真衍尊者解释道，"你应该知道，普通宇宙尊者的神体是封王神体极限的百倍。"

"知道。"罗峰点头。

"宇宙尊者神体，最普通也是 1000 万倍界主之力。"真衍尊者道，"而能成为宇宙尊者，谁不想想方设法提高自身生命的层次？一般都能提高个几倍，像我就早已提高约 10 倍，所以我成为宇宙尊者后……神体是亿倍界主之力。而那吠镜王是普通封王极限的 2000 倍，则是 2 亿倍界主之力，仅仅是我两倍而已。"

罗峰微微点头。

一个神体是 2 亿界主之力，一个神体是 1 亿界主之力，差距的确不大。

"他的神体，加上那件防御至宝，令他吠镜王足以和普通宇宙尊者硬抗，可是他的攻击能力就很一般了。神体仅仅比我强上一倍，法则感悟比宇宙尊者们差，他自创的秘法也不如绝大多数宇宙尊者，所以在攻击上就差得多。只能凭借他那逆天的天赋秘法攻击！"

"他的天赋秘法极强。"

"幸好，我是武者流派，武者流派最怕的是遭到幻境等一些灵魂攻击，所以我一直在研究灵魂防御秘法。"真衍王道，"当年我纵横宇宙时，灵魂防御就极强，已然算是巅峰绝学层次。而在混沌城隐匿亿万年，我当时无法在法则感悟上突破，所以很多精力都花在创造秘法上，我资质天赋虽然不如你，可亿万年研究下来，也创造了三大绝学。"

"其中最强的就是灵魂防御绝学。灵魂防御方面虽然依旧是'巅峰绝学'，却比之前威力强上十倍。"

真衍王微笑道，"以我燃烧神力，灵魂防御绝学，再以我磨砺亿万年的意志，我就不信抗不下。毕竟他吠镜王到如今并没有击杀宇宙尊者的记录。"

罗峰点头。

逐虫王有击杀宇宙尊者的记录，可吠镜王没有。

"他的天赋秘法攻击很强，可我抗下来了。"真衍王咧嘴一笑，"我抗下他的天赋秘法攻击，那么注定，他将被我蹂躏。"

紫荆岛。吠镜王的府邸中。

"可恶，可恶，可恶！！！"吠镜王在府邸中发出咆哮，咆哮声在府邸中不断回荡，却没有丝毫传出去。

吠镜王双眸满是凶厉。

"可恶的真衍！"

吠镜王咬牙切齿，"我记住你了，我记住你了，很好！竟然敢对我动手，竟然敢对伟大的特殊生命动手，你真是找死。现在算你厉害，等我跨入宇宙尊者……到时候杀你就仿佛踩死只小臭虫。"

"他竟然直接硬抗住我的天赋秘法攻击，而且，好可怕的棒法。"吠镜王回忆起来有些不寒而栗。

真衍王手持那黑色长棍，硬是砸得他差点陨落。

"若非，若非我有至宝护身。"

"若非万酆尊者及时赶到……"吠镜王一阵后怕。

护身至宝虽强，可真衍尊者在法则感悟上明显比他强，那棒法的绝学层次显然极高，导致攻击力暴强！即使每次被护法至宝削弱九成，可依旧令他神体不断损耗……

"等着。"

"等着。"

"终有一日，我成为宇宙尊者……"吠镜王眼眸中有着疯狂、怨恨，这是他前所未有接近死亡的一次，也令他愈加仇恨那个人类。

九幽时空，那一方天地中。

罗峰意识刚刚从虚拟宇宙中回归。

"传言都说，封王无敌若是能突破成为宇宙尊者，比普通宇宙尊者更强。果然传言非虚。"罗峰暗自点头，"厚积薄发，这就是厚积薄发。本来就达到封王无敌，漫长岁月又不断积累，法则感悟不行就去研究秘法。"

"若是不突破则罢，一突破，的确极强。"

罗峰露出微笑。

"魔杀族分身飘了这么久，终于到世界树那了，只要得到一片世界树的枝叶，我便能孕育第三分身，到时候我便踏入不朽层次。"

"吠镜王？"

"你既然敢杀我夺宝，那等我跨入不朽后，我也定杀你。"罗峰暗自道，对自己，罗峰有着十足自信，一旦成为不朽……罗峰的目标自然是和那些宇宙尊者们相比，和逐虫王等一些逆天的、宇宙独一无二的特殊生命相比！

至于吠镜王？亲手杀死！

"世界树的枝叶，就看这次了。"罗峰不再多想，主要精力都汇聚在魔杀族分身那边。

九幽时空，树岛。

树岛依旧是那般宁静，美丽的花草植物遍地都是，植物种子绒球飘荡在整个树岛中，随处可见。

魔杀族绒球，这时候已经降落在临近界主级世界树的地面上。

"到了。"

"就看这次了。"魔杀族分身期待无比，绒球上的毛发，也看着眼前的一切。

这棵世界树，依旧那般高大，每一片树叶都依旧犹如翡翠晶石雕刻，美丽得动人心魄，那一圈圈的光晕环绕周围。

这时……在荒石岛的洞窟中。

一名封王巅峰不朽奴仆手持着火神源晶出现了。

"嗖！"直接三个瞬移。

前两个瞬移，是在海域上空。

第三个瞬移，这封王多峰不朽奴仆就直接来到了树岛核心——世界树的领域！

出现的地方正是离魔杀族分身最近的那棵界主级世界树的树冠中，离魔杀族分身大概50万公里距离。

"爆。"封王巅峰奴仆刚出现，就扔出了火神源晶。

紧跟着他再度瞬移，直接瞬移了百万公里，到了庞大树冠的下端一处，直接攻击界主级世界树。

"轰隆隆——"火神源晶被扔出瞬间就爆炸！

这次携带的火神源晶比上次的还要略强些，若是近距离足以击杀封王初等不朽，主要是罗峰的火神源晶也就那么多，这已经算是威力弱的了。

随着爆炸！

在火神源晶爆炸点周围顿时化为一片虚无，远距离的大量枝杈断裂，被强烈冲击波直接轰飞，而无数的残破树叶在冲击波下更是犹如箭矢，朝四面八方飞去，一时间飞向各个方向，漫天都是。

"世界树的枝杈。"封王巅峰奴仆，瞬移百万公里后刚一出现，便直接抓住了一巨大的足有三百多米粗的大枝杈。

"给我断！"封王奴仆猛地就要拽断这大枝杈。

而整个界主级世界树却是发出愤怒的咆哮，整个树冠都震颤起来，大量枝叶直接缠绕向这位封王巅峰奴仆："可恶的外族，可恶的外族，又伤害我，又伤害我，去死，去死。"

第四十二章
孕育第三分身！

上次那最强世界树曾经出手，可这次却没有。

显然是想让他的孩子吃点亏，也算吸取点教训，更何况他的神力早就暗中笼罩了界主级世界树的主干，能够保证他的孩子不会死，既然如此……那就让孩子多战斗吧。

封王巅峰奴仆却是有些疯狂，神力直接燃烧，就犹如一颗燃烧的恒星，强大的燃烧神力直接令周围的无数枝叶嗤嗤嗤化为虚无，无法靠近。

"啪！"

一声脆响。

就仿佛玉石断裂，那直径三百多米的大枝杈直接被封王巅峰奴仆给掰断了。

"走！"封王巅峰奴仆当即要瞬移离开。

按照罗峰的命令，先是扔火神源晶，然后夺了世界树枝杈就逃，以他封王巅峰燃烧神体后的实力，的确轻易就掰断了那世界树的一根枝杈。

"嗡！"

时刻关注这一切的最强世界树终于插手了，一道无形力量直接掠过封王巅峰奴仆，刚刚抱着那三百多米粗的世界树枝杈的封王巅峰奴仆便整个一颤，随即"呼——"化为粉末，飘洒在半空，紧跟着粉末都化为虚无。

陨落！

从封王巅峰奴仆瞬移出现、掰断世界树、被击杀……都不足半秒。

"还是死了。"魔杀族分身。

"我以为封王巅峰奴仆第一次瞬移扔出火神源晶爆炸，引起注意，第二次瞬移恐怕就会被击杀。没想到还给他掰断枝权的机会。"魔杀族分身暗暗奇怪，以最强世界树的能耐，一旦出现，那么紧跟着即可击杀。

罗峰哪里知道……世界树父子间的一些事情。

"嗡嗡嗡——"

无数残缺树枝、枝叶破空飞来，射向周围各处，那强烈的冲击波也引起了一些植物种子的乱飞，其中就有枝叶落到魔杀族分身所在的方位。

"来了！"魔杀族分身期待着那一刻，他不敢有一丝特殊反应，完全是犹如普通绒球般，随着冲击波而飘着。

呼！

其中一残缺枝条，上面仅仅只有一片树叶，最先砸向魔杀族分身方向。

"就是这一刻，走！"

魔杀族分身似乎也被冲击，乱飞起来，直接碰撞在其中一棵世界树的枝条上。

"咻！"

瞬移！

无声无息……直接瞬移数十光年，离开了九幽时空。

整个树岛核心，那世界树领地，界主级世界树的树冠在震颤，同时还在咆哮："又是我，又是我，又来攻击我，怎么又是我？可恶，可恶！"

"哈哈，可怜的七七。"

"七七，你不是说不要插手么，如果不插手，那外族可就逃掉了。"

"我说了不要插手，就算被偷走枝权，我也甘愿，父亲，你为什么插手？"被攻击的界主级世界树发出愤怒的咆哮。

"别闹了，那么大的枝杈，足以培育出一株生命树。我绝对不会看着那外族偷走那世界树枝杈的。"温和的声音响彻整个世界树领地。

"哼。"

界主世界树当即开始恢复，同时吸引着一些残缺枝叶从远处飞来，飞回树冠中。

他甚至都没发现其中有一片枝叶消失，整个世界树领地……在魔杀族分身逃走时，唯有那最强世界树凭借对一方时空的感应，瞬间反应过来。可等他发现时，魔杀族分身早已经瞬移逃到九幽时空外了。

至于那界主级世界树没发现自己的一片枝叶消失，并不奇怪。

界主级和不朽级有着本质的区别。

一旦跨入不朽，每片叶子都融入灵魂生命印记，自然能够清晰感应。可界主的世界树……其实界主级植物生命还是有着一定的植物特性，一片叶子没有一丝生命印记，是根本感应不到的。

别说是植物，就算是人类界主，如果断了条胳膊，胳膊被拿到数十光年外，也感应不到。

加上刚才在爆炸上损毁极多。

界主级世界树根本没意识到……有一残缺枝叶被带走了。

"瞬移？宇宙尊者级的瞬移？"

"隐匿气息竟然连我都没现，那应该是天赋秘法。一个懂得改变气息的宇宙尊者，竟然偷一点枝叶？"最强世界树暗自疑惑，却也没多想，对它而言，孩子少了一片叶子，那就像人类掉了点头皮屑。

九幽时空外的虚空中。

嗖！

黑衣罗峰凭空出现，正手持着一碧油油的宛如翡翠般的枝叶。

"哈哈哈，哈哈哈……终于到手了。"魔杀族分身盯着手中的枝叶，激动无比。

"第三分身！"

"有了它，那么运气好点，就能孕育出世界树分身。到时候世界树根植于神国，加持神国，令我神国无比稳定庞大！而且它庞大的体积，比坐山客老师，比混沌城主老师神体还要庞大。即使我其他分身近乎耗光神力，也能从世界树分身迅速得到补充。"

不同分身，却是同一种神力。

像法则海洋中的最纯净的神力，一旦融入生命印记，便是有主的神力。

不管地球人本尊、魔杀族分身、金角巨兽分身还是世界树分身，将来都会是罗峰灵魂印记融入的神力聚集而成！

即使金角巨兽分身损耗80%神体，也可以从世界树分身迅速得到补充……相对世界树而言，金角巨兽80%神体，恐怕都不及世界树的万分之一的量！

"更有掌控时空的天赋。"

"哼。"

"若是能成……"魔杀族分身愈加心焦。

嗡——

旁边的虚空中荡起碧绿色的光芒，一名普通不朽奴仆从中跨出，这名普通不朽奴仆是由在原始秘境的金角巨兽专门派遣出的。

"主人的主人。"奴仆恭敬行礼。

"走。"

魔杀族分身当即带着这奴仆，再度通过神国传送……以这奴仆的神国为中转，随即便抵达了原始秘境。

原始秘境，巍峨的宫殿内。

天阵王正站在那默默等待。

当那碧绿光芒出现，魔杀族分身和不朽奴仆一道出现时，天阵王立即躬身："主人。"

"嗯。"

魔杀族分身点头，却是顾不得其他，直接吩咐，"从现在起，禁止任何人进入我的宫殿。"

"是。"天阵王恭敬行礼。

嗖！

魔杀族分身已然消失。

原核的体内世界。

金角巨兽、魔杀族分身都站在无尽的平原上。

金角巨兽那宛如山峰般的头颅低垂着，看着魔杀族分身手中抓着的那一世界树枝叶。

"最后一个难关。"魔杀族分身轻声道，"我的体内世界孕育是有极限的，是金角巨兽分身生命层次的数十倍乃至百倍。而这世界树刚好差不多是'体内世界孕育'的极限区域，是成功，还是失败……"

忐忑！

紧张！

在耗费无数心思，做出大量努力，连地球人本尊都因此在那"九幽世界"受牵连。可罗峰都不会后悔，只要这第三分身能成！毕竟获得一个适合自己且强大的分身，太难了。

"最后一搏！"魔杀族分身猛地一挥手！

那美丽的宛如翡翠的世界树残缺枝叶，直接飞向高空。

"最后一搏！"九幽世界中的罗峰眼眸隐隐泛红，前所未有的紧张。

三大分身都期待着这一刻，决定命运的一刻！

咻！

绿色流光直接飞向高空，不断地飞……就仿佛一道极光，那般的耀眼。

魔杀族分身、金角巨兽分身都扬起头颅看着，那世界树枝叶不断飞向高空，须知整个体内世界是有上亿公里直径，而这世界树枝叶一直飞到整个体内世界最核心的位置才终于停下，悬浮在那。

"天赋秘法——分身！"罗峰的意识立即发出命令。

他拥有三次分身机会，一次孕育了地球人本尊，一次孕育了魔杀族分身，这是最后一次！

"轰隆隆——"

整个体内世界开始震颤起来，颤抖起来，无尽的世界之力开始疯狂汇聚……一时间整个体内世界仿佛陷入末世，同时一巨大的金色球体开始在体内世界的半空出现。

"最关键时刻。"

魔杀族分身、金角巨兽分身，包括九幽世界中的罗峰，都很紧张。

"嘭！"

金色球体猛地一颤。

令魔杀族分身等都是一惊。

"嘭！"

金色球体又是猛地一震，仿佛内部有着火神源晶爆炸似的。

"嘭！"

连续的一次次轰鸣。

罗峰的意识强烈感觉到金色球体内那世界树的生命印记所带来的强大压力，那股压力，令整个体内世界都感到难以承受。

只见金色球体上"啪！"出现裂痕，渐渐地，裂痕越来越多。

"不好。"黑衣罗峰脸色大变。

"嘭——"最后一次巨震，令整个金色球体炸裂，化为无尽世界之力乱飞，而那世界树枝叶也在这过程中完全化为了虚无。

黑衣罗峰、金角巨兽分身都默默看着这一幕。

沉默许久。

九幽世界中，一直紧张的罗峰也是心里一颤，眼眸中掠过一丝不甘。

失败了！

孕育……失败了！

第四十三章
穿梭九幽世界

站在杂草丛中的罗峰，抓着面前的杂草，直接将杂草捏化为虚无。

"失败了！孕育第三分身竟然失败了！"罗峰感觉头脑嗡的下，就算是地球人本尊陷入如此绝境，他也没这么心乱过。

从地球走出踏入宇宙以来，罗峰一直在拼命地不断提高，一次次拼搏，在强者路上走得越来越远！但是罗峰必须承认……"魔杀族分身和金角巨兽分身在其中是起了很大作用的，虽说意志、心性等很重要，可天赋也很重要。"

"第三分身，对我将来发展，对我将来在宇宙中的地位也极其重要。"

"像不死尊者！"

"他虽然仅仅是宇宙尊者，可是那些宇宙之主都不敢小瞧他，因为至今没谁能真正杀死他。"罗峰暗自道，"我若是有了世界树分身，即使其他分身陨落，凭借世界树分身提供的大量神力也能迅速补充恢复……到时候我便拥有和不死尊者一样的能力，堪称不死！"

"神国乃是神灵最大的要紧……"

"而世界树在'神目'中，一来加持神国，二来世界树本身就强大，三来世界树的天赋'掌控时空'配合神国威压……绝对实力暴涨。"罗峰心中不甘啊，这是他从已知的界主级特殊生命中最终选出来的最适合自己的！

其实自己有《九劫秘典》，按理说更适合去找一个血肉类特殊生命，这样神体能达到极强地步。

可罗峰现如今的地位权限知道一些讯息……宇宙是有极限的。

比起神体振幅、灵魂振幅的极限是百倍！

比如生命层次最高，就算是宇宙独一无二的特殊生命，也就大几千倍上万倍。

"我已有了金角巨兽分身，凭借《九劫秘典》，金角巨兽分身绝对能达到媲美那些独一无二特殊生命的层次。"罗峰暗自道，"既然如此，我根本没必要再找一个血肉类特殊生命，毕竟血肉类的……体积大多不大。"

体积，代表着神力多寡。

越大越好！

像界主级世界树正因为体积够大，所以就算是最强火神源晶爆炸，恐怕能毁掉其数百万公里的部分身躯就不错了，相比其上亿公里直径的树冠、千万公里的高起……即使最强火神源晶带给它的也仅仅是轻伤！

"像最强世界树，不谈自身实力，单单那庞大神体……足以让其他宇宙尊者绝望，其他宇宙尊者即使自爆，恐怕也仅仅能轻伤最强世界树。"罗峰心中不甘，"不谈任何法则感悟，单单那庞大神体……便使得唯有宇宙之主才对他有威胁。"

"我现在怎么办？"

"世界树分身孕育失败，显然我的体内世界无法承受。"罗峰咬牙，"那我第三分身到底该孕育什么？"

失败一次没事。

天赋秘法分身注定会有三个分身，当然前提是在不朽之前就孕育。若是踏入不朽，没了体内世界自然无法孕育，那么机会就浪费了。

"孕育什么？"

"我的第三分身，到底该孕育什么？"罗峰脑海中掠过一个个特殊生命资料。

血肉类特殊生命？即使靠《九劫秘典》，也就等于是又一个宇宙独一无二生命层次，和金角巨兽相当罢了。暂时排除！

能量类特殊生命？体积也小，排除。

岩石类？植物兔？这两类倒是有些选择。

植物类中罗峰最重视的就是"世界树"，岩石类特殊生命罗峰最重视的就是黎火山。

"黎火山在我的候选中排在第三，第一是世界树，第二是祖星树，前两者都是树类特殊生命。"罗峰暗自摇头，和世界树一比，第二候选祖星树明显略逊一筹，第三候选黎火山比祖星树还要略差点。

罗峰选择的第一条件……就是体积！

世界树、祖星树、黎火山，都是体积巨大的特殊生命。

孕育第三分身的失败，令罗峰受到很大打击，可很快他便恢复过来，既然世界树没法孕育，那到底该孕育什么分身。

"得仔细考虑。"罗峰暗自道，"我现在困在这九幽世界，身上可是携带着三件至宝，每一件都不容有失，特别是塔珠！还是先让魔杀族分身救我离开这。"

原始秘境内，千宝河环绕下无数宫殿的其中一座内。

嗖。

魔杀族分身凭空出现在大殿内。

"主人。"天阵王恭敬行礼，同时他也心中疑惑，原以为主人会闭关很久，所以才吩咐阻止其他人打扰，没想到这么快就出来了。

魔杀族分身眼中依旧有着不甘。

"送我去荒石岛。"魔杀族分身迅速召出了一奴仆，荒石岛的其中两个山洞中都留有伪装成岩石的信物戒指，每个信物戒指内都有好几件信物，分别属于不同的奴仆。

"是。"

异族奴仆恭敬应道。

"嗡——"

金色光芒亮起，沐浴在这金色光芒中，魔杀族分身已然看到通道另一端那神国的浩荡海洋。

"嗖！"直接传送消失。

九幽时空荒石岛。

魔杀族分身刚一出现在荒石岛，就直接朝下方九幽之海中瞬移，他能够清晰感应到本尊的位置，所以自然是尽量靠近本尊所在。

"轰隆隆——"深海中,海水汹涌,每一滴水都重如大山。

魔杀族分身凭空出现在海水中。

"本尊就在下方。"魔杀族分身俯瞰着下方,"我能感应到准确位置。"

魔杀族分身不断瞬移朝下方逼近,仅仅三个瞬移,就来到了整个九幽海洋的最底部。在九幽海洋的最底部……正有着无尽的血红色气流在蒸腾,神力蒸腾,咕咕咕的翻动,这让魔杀族分身有些色变。

"下方无法瞬移了。"魔杀族分身眉头微皱,"这些血红色气流完全将空间波动给压制住了。"

"从宇宙坐标看,我和本尊距离近 6 光天!"魔杀族分身暗自焦急,6 光天,光都得飞六天才能抵达,自己凭借天赋秘法"域"每次最多前进上万公里,就算一秒钟前进上百次,也得两三天才能到。

前提是……

这血红色气流中,没有任何危险阻碍。

"可看样子,就不像没危险。"魔杀族分身俯瞰着下方那翻滚的血红色气流,九幽海水虽然无比沉重,却无法侵入这血红色气流范围。

"拼吧。"

"反正失败只是损耗些能量。"

魔杀族分身不再犹豫,直接朝下方血红色气流中钻去,他并没有直接使用天赋秘法"域",而是用最普通的飞行手段。

刚一碰触血红色气流,魔杀族分身就感觉到无比可怕的阻力。

"嗤嗤嗤——"魔杀族分身硬是朝里面飞,可那血红色气流的阻力大得离谱,越是往里飞,阻力越是夸张,当魔杀族分身仅仅钻进去不足 2 米距离,便完全卡死在血红色气流中,根本无法再飞进去一点。

甚至连返回都做不到!

"好可怕的阻力。"魔杀族分身有些色变,"若是其他强者,他们没有我天赋秘法,'域'一旦尝试硬闯,陷入血红色气流深处,那根本连走动都没法走动。不愧是'九幽之主'的地盘,在他的地盘,九幽之主便是无敌的。"

魔杀族分身直接施展天赋秘法"域"。

嗖!

任凭阻碍再大，可宇宙本身便是时间、空间结合的，每一寸地方都是空胤魔杀族分身瞬间化为空间，然后再化身魔杀族分身，顿时一下子就前进上万公里。

"呼！"

魔杀族分身开始拼命施展起了天赋秘法"域"，几乎一秒钟就前进上百次，开始疯狂朝下方前进！只是所过之处……尽皆是无尽的血红色气流，那血红色气流中的阻力大得离谱！魔杀族分身都无法撼动！

"本尊就在下方，我就在他头顶正上方。"魔杀族分身能清晰感应。

"快，快，快。"

魔杀族分身疯狂施展着天赋秘法，虽然很疲累，可连续施展六个小时，他也仅仅休息二十分钟，而后继续不停往下一次次前进。

当魔杀族分身在努力穿梭九幽世界时，九幽世界内，那形成巨大包围圈的海量土著战士群中，三道气息强大的身影从远处飞来，正是皇子殿下和他麾下的两大宇宙尊者。

"皇子殿下。"

在半空中的那名宇宙尊者将军，连忙恭敬行礼。

"拜见皇子殿下。"周围遥远空间上千名战士全部跪伏下，无比恭敬虔诚。

"哈哈哈……"皇子殿下微笑道，"一名不朽外族，能够让我领地这么热闹，哈哈，宇宙尊者若是遇到他禁止杀死，得交给我亲自动手。至于其他士兵，则可以全力出手。"

"传命……收网！"

皇子殿下下令道。

"是！"那血色弯角将军顿时恭敬应道，同一刻，皇子殿下的命令也透过虚拟世界传给了其他八位将军，随着九位将军的令下，这布置许久的包围圈终于开始了收网。

第四十四章
送 死

随着皇子殿下一声令下，这巨大的包围圈开始收缩，整个包围圈直径在三百亿公里，所牵扯的土著战士上亿计。界主战士和不朽战士的比例约在 1000：1，那些界主战士或许无法阻拦罗峰，可当作眼线却是足够的。

如此大的包围圈，即使亚光速飞行，穿梭整个包围圈也得需要两三天时间。

包围圈，分九层。

里面八层……都是界主级战士。

最外面一层才是不朽战士以及宇宙尊者将军！

"那外族肯定逃不掉。"

"他已经陷入包围圈内，被擒获击杀是唯一结局。"界主战士们彼此相距数万公里，开始急速推进，他们的世界之力直接释放，开始勾动这九幽世界之力，横扫一大片区域，任何异族都逃脱不了查探。

包围圈在缩小，不断推进中。

过了约三个小时。

"外族！是外族！"一名急速飞行的界主战士猛地停下，俯瞰下方大地，同时情报迅速上报。

嘶啦——

那干涸的大地猛地撕裂开，一道银甲银翼身影迅速冲天而起，散发着强大的气息，速度极快。

"追。"这名界主战士拼命追，奈何实力相差太大。

嗖！嗖！嗖！

数十名界主战士从各个方向还击。

可他们却只能眼睁睁看着那银甲银翼身影朝包围圈外冲去。

"逃不掉的，我们仅仅是包围圈最内层，包围圈可是足足有九层的。"这些界主战士们都开始退却，回到自己的位置。

此刻整个包围圈的北部都停止前进，第二层、第三层、第四层……第八层的界主战士都开始去围追。

"咻！"银甲银翼身影不断闪烁逃窜，迅速甩掉那些界主战士。

"逃的倒是快。"

"这外族速度真快。"在最外围第九层，不朽战士们早就开始聚集，其实前面八层界主战士去围追，实际上是确定那名外族的准确坐标……这样最外围第九层的强者们才能提前聚集在关键位置上。

从第一层到第九层，银甲银翼身影足足飞了近30分钟。

"他已穿过第八层，即将抵达。"

"大家必须小心，这名外族的速度非常快，按照早先的情报，连我族的队长实力都无法追上他，所以一对一是绝对不行的。我们各个分队靠的就是围攻，联合围攻，靠攻击来阻拦他。"聚集的近百名不朽战士分成三大队蓄势以待。

数分钟，足以让不朽战士飞行数亿公里距离。

所以数亿公里内的所有不朽战士都汇聚到了这里！共近800名不朽战士。

在包围圈的另一处，皇子殿下正在那。

"没想到他朝那个方向逃了。"皇子殿下摇头，"可惜，不能第一时间和他交手。希望他实力强点，能够在百名我族不朽战士围攻下抵挡住第一波攻击，能幸存20%～30%神体，保住一条命。那我就能亲自见见这位外族了。"

"皇子殿下，那外族很是不凡，在800名我族战士围攻下，虽说肯定逃不掉，可保住性命应该没问题。"旁边精瘦的宇宙尊者恭敬道。

"开始动手了。"皇子殿下眼眸一亮，透过虚拟世界同步传送，他能看清一切。

三支大队。

共近 800 名不朽战士。

"外族出现，九幽合击！"这近 800 名不朽战士中地位权限最高者立即下达命令，所有的不朽战士都同时举起了那宛如树藤缠绕的粗壮右臂，嘴巴也同时发出嗷——的吼叫，紧跟着手臂立即燃烧，出现血红色的神力光芒。

嗡——他这一方天地中那血色气流，完全被引动，疯狂朝每一个不朽战士汇聚而去。

每一名不朽战士右臂上空都出现了模糊的血色刀影气流，而 200 多名不朽战士的上方，多道血色刀影气流直接吸引汇聚，化为一巨大的血刀。

三支不朽战队，上空各凝聚着一柄巨大血刀，那血刀还疯狂吸引着天地间的血色气流，令威能不断膨胀，直至达到这些不朽战士们自身所能控制的极限。

"咻！"银甲银翼身影一出现，看到远处的不朽战队，顿时惊慌逃窜。

奈何，其他两个方向，也各有一支不朽战队。

除了硬过……他无路可逃！

"攻击！"一声令下。

三支战队在三个方向，近 800 名不朽战士齐刷刷地同时挥出右臂！

哗——

巨大的血刀立即破空飞出，血刀过处，无可抵挡。

三尊巨大的血刀同时绞杀向银甲银翼身影，银甲银翼身影气息冲天，拼命想要逃窜，又怎么比得上血刀的速度？

"轰！"

血刀飞行数十万公里，当靠近时，三尊巨大的血刀同时爆炸！

雄浑可怕的力量，就仿佛有着一名超级强者在旁边自爆，那无尽威能瞬间扫荡过那银甲银翼身影。"啊！"一声凄厉痛苦嚎叫响彻天际，银甲银翼身影在这威能下，直接湮灭化为虚无，完全消失不见。

"外族不朽已死！"近800名不朽战士迅速飞来，神力扫荡而过，"只剩下一件普通不朽的兵器和一世界戒指！"

皇子殿下立即就得到了消息。

"死了？"皇子殿下很是吃惊，他听说那外族不朽速度能超越己方的队长级不朽战士，就认定对方不一般了，因为在九幽世界内……本族族人是受到加持，而异族是受到抑制的。

"皇子殿下，九幽合击，不朽战士们只是个引子，引动的乃是我们这一方世界之力，击杀那外族也不奇怪。若是不朽战士足够多，引动的一方世界之力足够强，击杀宇宙尊者都是有可能的。"旁边壮硕的宇宙尊者恭敬说道。

皇子殿下却是透过虚拟世界下令："查看那世界戒指。"

片刻后，得到汇报。

世界戒指中……没什么宝物，也就普通不朽的一些物品，对皇子殿下而言，那就是些破烂货。

"假的，那死去的外族肯定是假的。"皇子殿下摇头……"速度能够比我族队长级不朽战士还快，在外界肯定不凡，怎么可能就这么点东西。"

"或许他只是擅长逃命天赋。"精瘦宇宙尊者道。

"先扫荡一遍再说。"皇子殿下道，同时开始透过虚拟世界下达命令。

"所有不朽战士归位！"皇子殿下下达命令……"包围圈继续收缩。"数名不朽战士收缩返回，之前他们聚集耗费了近30分钟，这再度返回原先位置，也是耗费了近30分钟。

一来一回，因为这银甲银翼身影，已然浪费了几个小时。

又两个小时后。

"发现外族，发现外族！"消息传出。

"什么，又是外族？"

"外族不是死了么？"

而控制整个包围圈的皇子殿下得到消息，却是哈哈大笑："我就知道，那个外族不容小瞧，现在看来，他之前使用的一定是不朽奴仆，让不朽奴仆变换成他的模样，故意引诱我们。"

"殿下，我们这下怎么办？这第二个出现的外族……不一定就是他啊。"两名宇宙尊者都看向皇子殿下，他们俩虽然都有些想法，可皇子殿下地位尊崇无比，不管对错，一般他们都是听皇子殿下的。

"继续按照原计划，每一个出现的外族，都必须慎重对待。"皇子殿下自信道，"若是大意，逃掉一个。说不定逃掉的就是我们要抓的那个外族。"

"可这样，包围圈收缩就慢了。"

"宁可慢一点，也必须稳妥地扫荡，扫灭一切外族，不放走一个！这样一来，那名外族肯定逃不掉。"皇子殿下下令。

的确一切如皇子殿下猜测的，那是罗峰派出的一个奴仆不朽。

每个奴仆不朽，在包围圈中肆意拼命逃窜，吸引大量不朽战士汇聚，最终被灭杀。可每次不朽战士汇聚、再回归位置……短则耗费 1个小时，长则 2 个小时。

杂草丛中。

罗峰正皱眉思索着整个详细计划。

"正好我的仆从中，有好几个都是灵魂类大师，他们都是有数十乃至上百的奴仆，甚至他们的奴仆，也有奴仆。"罗峰倒是不在乎那点奴仆，每个不朽奴仆论速度其实不一定比这些土著界主快，可一旦燃烧神力，实力飙升千倍，每个不朽奴仆都是远远超过界主战士的。

一个个不朽奴仆，去送命。

不断拖延时间！

"快，快，快。"罗峰心中焦急，"我放出的奴仆，每次只是引起包围圈的其中一面减速，其他三面依旧在前进。"

"同时阻拦四面！"

"多拖延一天，就要耗费近百个奴仆。"罗峰暗自道，"不朽奴仆的作用还是很大的，不管是用来'神国传送'，还是当诱饵等等，也不能这么疯狂浪费。"

罗峰仰头看天。

就在他头顶这个方向……那血色气流深处，魔杀族分身正不断施展着天赋秘法"域",一次次朝下方前进。

"快,现在就看是他的包围圈收缩得快,还是我这魔杀族分身赶来得快了。"罗峰焦急,他曾经计划让奴仆们逃窜,令包围圈最外围不朽战士聚集,然后自身趁其部分区域的防御稀疏,从中逃脱。

可罗峰仔细想了后,发现成功概率不高!

因为那包围圈布置的非常巧妙。

虽说大概是圆形,可实际上包围圈九层,特别是最后一层其实更类似于齿轮,有些不朽战士会分散得很远很远,而且虽然大部分不朽战士会被吸引,可还是有极少数不朽战士担任岗哨作用。以其齿轮结构的岗哨,轮流追踪,盯着罗峰一两个小时都不难。

"这还是运气好,若是运气差,那个方向因为经常有奴仆逃窜,安排个宇宙尊者在那,我就完蛋了。"罗峰暗道。

"最安全的方法,就是魔杀族分身来。"

"他可是最擅长隐匿逃跑的。"罗峰看向天空。

第四十五章
逃出生天

在这一方天地的天空深处，那里聚集着无尽的血色气流，是整个九幽世界的禁地。

就算是宇宙尊者也无法在内深闯。

可就是这禁地……嗖！嗖！嗖！魔杀族分身却是一次次闪烁，不断地朝下方前进。

"必须赶到！"

魔杀族分身拼命穿梭于这九幽世界的血色气流层时，那巨大的包围圈依旧在稳步收缩着。

"第四个，哈哈哈……看看，我早就说了，这外族不朽很是不凡，这直接能弄出这么多不朽奴仆，能是普通强者吗。"皇子殿下面带微笑。

"皇子殿下英明。"两位宇宙尊者都奉承道。

"不朽奴仆伪装后逃跑！"

"两名不朽奴仆，一名藏在另一名的世界戒指里，趁另一名陨落、我们的战士懈怠时突然出现逃窜。"

"又或者三名不朽奴仆，前后冲击同一防线不同区域。"

"不过，我麾下上亿战士，又怎会被他逃掉。"皇子殿下自信。

"那外族不朽不过是最后的挣扎。"精瘦的宇宙尊者道。

"很快他便无路可走。"另一名宇宙尊者也道。

皇子殿下点头："现在包围圈只有之前的一半，我们的战士数量就显得很富余。一半的战士依旧按照之前的策略，另一半的战士……则开始不停地前进，不管有没有遇到那外族，依旧前进，我要以最快的速度扫荡一遍。"

"这样一来，那外族即使派遣奴仆，也无法减慢我包围圈推进的速度。"皇子殿下眼眸掠过一丝光芒。

两名宇宙尊者都连忙附和。

的确，随着包围圈缩小，土著战士数量就显得很是富余。

随着命令一下，其一半的界主战士、不朽战士就开始高速朝包围圈内部开拔！扫荡！

"不好。"

杂草丛，罗峰面色一变，透过派遣出的不朽奴仆，罗峰清楚包围圈的一些动向。

"竟然开始根本不管我的奴仆，直接往里冲？"

罗峰一想就明白，这是包围圈缩小的缘故。

"怎么办？"

"这下怎么办？"罗峰急了。

之前按照罗峰的计算，时间很是充裕，问题只是耗费奴仆不朽的数量是多是少！可现在，不朽奴仆不再浪费其推进时间，那么自己就麻烦了。

"快，快快快点来。"罗峰仰头看向天空那无尽血色气流。

包围圈现在分成外包围圈和内包围圈。

外包团圈依旧同之前的策略。

内包围圈则是不顾外族不朽，只顾往里面冲，扫荡一遍便清晰那外族不朽的一切布置。

"冲！""冲！""冲！"

一名名不朽奴仆往外冲，轻易冲出内包围圈，因为根本没谁阻拦。

一天后。

内包围圈的数千万战士们终于开始汇聚。

"皇子殿下，我等已经扫荡完整个包围区域。"

"传令，内包围圈开始扩张，和外包围圈彼此靠拢，同时……但凡遇到任何一外族，全部击杀。"皇子下达命令的时候，整个包围圈已经小很多，同样大范围的战士的密度也大很多。

罗峰已经陷入极为艰险的境地。

"内外包夹？"罗峰咬牙切齿，"拼了，争取最后一点时间，魔杀族分身估计还有数十分钟抵达，必须争取到这一点时间。"

虽说那位高高在上的九幽之主，欠混沌城主一个人情。

可九幽之主的人情，何等重要？

罗峰绝对不会轻易使用。

"只要我能逃过底层的追杀，以九幽之主的高傲，应该不会对我下手。我可从来没听说，九幽之主对传承者直接下手的。"罗峰暗自道，随即一挥手，又是六名不朽奴仆出现，都是恭敬行礼："主人的主人。"

"听我命令。"罗峰直接下达命令。

"是。"

六名奴仆个个变成罗峰模样，按照罗峰的命令迅速飞离开去。

罗峰真的疯狂了。

内外包围圈同时包夹推进，击杀一切外族。可是正因为击杀一切外族……所以外族的冲击，就会引起包围圈推进的停滞。每一次停滞，再等待不朽战士们归位，都是要耗费不少时间。可伴随着距离越来越小，战士数量愈加富余，那么每次冲击，停滞时间都极短了。

"皇子殿下，很快，内外包围圈即将汇聚，那位外族怎么都逃不掉了。"两名宇宙尊者都很期待。

皇子殿下微微点头，一脸微笑。

瓮中之鳖？

最后的挣扎？

那名外族不朽拼命挣扎，令皇子殿下很是愉悦。

"他，很不想死吧。"皇子殿下开心道，"否则不会明知道陷入绝境，还这般拼命挣扎了。"

"可是，你终究要落在我手里的。"

"我会好好水印拍死盗版狗。你外族到底什么手段。"皇子殿下愈加期待，漫长的生命里，他的乐趣还真的很少。

罗峰仰头看向天空，脸上露出一丝惊喜之色。

嗖！

高空一道身影，宛如瞬移，一次次闪烁，眨眼间就已经冲到了下方，而后停下，正是那魔杀族分身。

"来了。"罗峰暗松一口气，迅速便进入了魔杀族分身的世界戒指。

魔杀族分身摇身一变，黑色气流涌动……

直接变成了土著不朽战士。那血红色的身躯、血色弯角、连气息都是复制得当初罗峰刚刚来到九幽世界时，曾追杀罗峰的那数百名不朽战士其中的一位。

"连续一天多，每一秒都施展天赋秘法上百次，我的意识都快累得疯了。"魔杀土著战士暗松一口气，这一天多，实在太累了，他根本没有一刻放松，其实像这般高频率的不断施展天赋秘法，就算宇宙尊者，意志都扛不住那种疲劳。

罗峰的意志很强，加上生命的渴望，这才赶上。

"估摸着还有几分钟，内包围圈即将最先抵达我这。"魔杀土著战士露出笑容，"可惜你们晚了一步。"

内包围圈、外包围圈的上亿土著战士们，距离已经很近了，开始了最后的扫荡绞杀。

高空。

皇子殿下高高悬浮在半空，遥看无尽大地，所有战士发现皇子殿下时都自然躬身表示尊敬。

"哈哈哈最后的绞杀很快，每一块空间，都有我的战士。"

"我看这异族哪里逃！"

皇子殿下畅快不已。

可仅仅过了1分钟。

"皇子殿下，我麾下人马找遍了，没发现实力强大的外族。"

"我麾下人马也没发现强大的外族。"

"没有……"

一个个将军都迅速禀报。

这令皇子殿下顿时傻眼。

"怎么会没有？"皇子殿下在虚拟世界对那九名将军发出咆哮。

九名将军都连忙禀报。

"皇子殿下，我们在扫荡过程中，已经击杀想要逃跑的可疑外族数名，我们不朽战士的合击引动九幽世界之力……外界的封王巅峰强者都是瞬间而灭的。很可能那外族不朽在这过程中已经陨落。"

"对，皇子殿下我们曾发现一名可疑外族，速度极快，实力也极强，而且他陨落后留下的宝物也不少，很可能就是我们要找的那位。"

"应该是那位。"

当九位将军都回禀时，却令皇子殿下愈加愤怒："不，那肯定不是，最先驻扎小队禀报的那位，速度比队长级不朽战士还快！速度快成这样，肯定不是一般强者。而且到现在，就没发现有这样的异族！"

"找，给我找。"

"一定要将他找出来。"皇子殿下咆哮。

"是。"

"是。"

九位宇宙尊者将军在皇子殿下的愤怒面前，只能乖乖应命。

然而任凭上亿战士疯狂查探，可就是查探不出。

"当然查不出，因为，我就是你们战士中的一员啊。"魔杀族土著不朽战士却是悠闲得很，因为在无比愤怒的皇子殿下命令下，上亿的战士疯狂查找，朝各个方向飞去，他也趁机朝远处飞去。

每个战士都是负责一片区域。

他自然也是如此。

于是……

便一飞不回头了，飞远了。

任凭那位皇子殿下如何愤怒咆哮，可是上亿战士在那片大地上翻来覆去地找，却是怎么都找不到。最终……皇子殿下再不甘心，只能命令所有战士回到各自所在。

魔杀族土著战士倒也没急着就离开。

"有魔杀族分身隐匿气息变幻身份，他们根本查不出。"

"就算查出，凭借天赋秘法'域'，就算是宇宙尊者也根本拦不住我。"不怪魔杀族如此自信，毕竟九幽世界，宇宙尊者是没法瞬移的。

那些强者没法瞬移。

而魔杀族分身却能够施展天赋域，谁能追得上魔杀族分身？

"幽静的土著城市。"魔杀族土著战士在天空飞了许久，路途中也遇到了其他一些游历的土著战士，没有谁对罗峰起疑心，因为……这九幽世界就从来没遇到过麻烦。

"这城市，都没城墙。"

一眼看去。

整个城市外面有着大量的建筑，很多血色身躯、血色弯角的土著生活着。在整个城市最里面有着高大的城墙，那应该算是内城，罗峰估摸着……内城应该生存着一些所谓的地位高者、实力强者。

第四十六章

父 皇

在这异族世界，罗峰却坦然而行。周围一眼看去诸多建筑中生活着很多土著，这些土著个个血色身躯、血色弯角。有的犹如婴儿，高不过膝盖，却在地上乱跑；而有的犹如孩童，已然开始在那儿彼此战斗、一比高低。

"婴儿便是行星级……成年便是界主。"罗峰行走着看去，但凡那体型高大达到土著正常身高的，几乎个个是界主。

"难怪之前追杀我的土著战士中，会有那么多界主。"

"这土著族群，还真是强大，比我所去过的金角族群要强多了，在宇宙中，怕也有资格名列强大族群。"罗峰暗自想。

忽然耳边传来声音。

三名土著婴儿正在飞奔嬉闹，行星级实力，令他们飞奔得很快，打闹也是一拳将其他婴儿砸飞，那血色小弯角……倒是增添了一抹可爱。

"我可是生自祖海，你们就该奉我当首领。"

"生自祖海，吸纳祖海中精华孕育诞生是天赋好，可不代表你一定能成为不朽，我们出生自皇海的，照样比你强。"

"不服我，我就打到你们服。"

"谁怕谁？"

三个婴儿却是彼此打闹着。

罗峰听得一转头，便遥遥看到远处三个婴儿，却是暗自道："看似婴儿，可就和金角巨兽一样，天生智慧便极高。怕及得上人类的一般少年了吧。"

"生自祖海？"

"生自皇海？"

"吸纳祖海中精华诞生？"

罗峰脑海中掠过诸多念头，"难道说这些土著，不是母亲所生？他们是能量类生命，能量类生命的诞生的确很不同，听起来，有些土著是从'祖海'中诞生，有些土著是从'皇海'中诞生。"

"祖海，听起来似乎更高一等。"

"皇海，以'皇'命名，我这一路上过来，碰到的其他土著……早就听说那皇子殿下引领上亿战士围剿我，皇子地位高，那么肯定还有地位更高的'皇'吧。"罗峰暗想着。

"祖海、皇海！"

"皇子！"

罗峰脑海中浮现诸多疑惑，随即继续漫步而行，那些土著看到罗峰后都无比恭敬地行礼，这罗峰早就知晓……在这土著世界，对于不朽级强者是非常尊敬的。

巍峨的一座古城，生活着无数土著居民。

这座古城，比罗峰正在逛的那座要大的多，因为……这里是皇子殿下的所在，宇宙尊者将军也在这城内各有府邸。

古城，皇宫内。

"混蛋。"

"可恶。"

皇子殿下在殿内来回走着，眉头紧锁、咬牙切齿，所有仆从尽皆出去，殿内只剩下皇子殿下一个。在大殿外所有的仆从都是胆战心惊……他们也不知道皇子殿下为何就突然暴怒起来，甚至直接处死了三名奴仆。

"竟然敢耻笑我，不就是比我更早跨入宇宙尊者级么，竟然敢耻笑我。"

"还认为外族不朽、绝对无法逃脱查探，认为是我乱想？"

皇子殿下咬牙切齿。

作为这一方世界中高高在上的存在，连宇宙尊者都对他恭敬，对皇子殿下而言……他的手下根本不敢招惹他，敢惹他的也就是他的那群兄弟！两个兄弟……自然是一次次争锋，一比高低，这次围剿外族不利的事情自然是隐瞒不住，竟然被耻笑了。

"我没错。"

"我没错。"

皇子殿下猛地一挥手臂，"轰隆隆——"殿门轰然关闭，吓得外面的仆从根本不敢发出一丝声音。

殿内，只有那巨大的支撑柱上泛着隐隐的红光，令整个大殿红光隐隐。

"父皇。"

"父皇。"

"孩儿求见父皇！"皇子殿下猛地仰头喊道。

"轰隆隆——"一股无可匹敌的气息忽然降临到这大殿内，强大的九幽世界之力开始汇聚，然而如此大动静……大殿外的奴仆却丝毫没有感觉。大殿内和大殿外……宛如是两个世界一般。

这九幽世界的力量汇聚，逐渐形成了一模糊的巨大的脸型轮廓。

"我的孩子。"巨型头颅俯瞰着皇子。

"父皇。"皇子殿下先是恭敬行礼，然后不忿道，"这次孩儿指挥上亿战士去围剿一外族不朽，前后击杀了很多外族不朽的奴仆，就算是最后……孩儿都认定了，那外族不朽肯定是没死。我甚至都传唤询问了当初驻守九幽漩涡的那三百不朽战士，那群曾追杀过外族不朽的不朽战士都说……外族不朽速度奇快，之后击杀的那些奴仆每一个都不像是他。他们的话，也更证实我的猜测是对的。"

"可是，可是……"皇子殿下咬牙切齿。

巨型头颅俯瞰下方，声音幽冷，缓缓道："可是你麾下的宇宙尊者，还有你的兄弟们都认为你是妄想，对吗？"

"嗯。"皇子殿下连连点头，不甘心道，"可是……"

"你想的没错。"

"他们想的也没错，九幽世界之力探测，却找不到异族，认为你妄想。"巨型头颅俯视皇子殿下，"不过……那外族不朽的确还活着。"

"活着，真活着？"皇子殿下顿时大喜，哈哈笑道，"我就知道那外族不朽一定活着，我当初得到驻点情报，就认定那外族不朽肯定不凡。"

"是不凡，非常的不凡。"

巨型头颅道。

"那他是怎么逃脱我大军的搜查的？"皇子殿下连忙问道，对此，他也好奇，之前他的兄长就是如此责问他，"九幽之力探测，一切异族尽皆显形，现在上亿大军搜查却也找不到，显然外族不朽已然被击杀。你说他活着，那我问你，那外族不朽怎么逃脱探查的？"

皇子殿下也满心疑惑。

"因为他有伪装手段。"巨型头颅俯瞰下方，"能够伪装成任何一个我九幽族人。"

"啊。"皇子殿下不敢信，"那，那得赶紧杀了他，他能够伪装任何一族人，那还得了。"

"嗯？"

巨型头颅忽然冷哼一声。

皇子殿下顿时醒悟，乖乖不吭声，他父皇虽然疼爱他们这群兄弟，可是他本性冷漠孤傲，能疼爱他们兄弟就不错了，可是……若是这群皇子敢对父皇的事指手画脚，那么就会得到惩罚。

"还是赶紧修炼，像你三个兄长一样跨入宇宙尊者级，如此，我即可带你出去闯荡。"巨型头颅说了声，便消散了，那可怕的气息也消散了。

皇子殿下这才长舒一口气。

"还好。"皇子殿下一阵后怕，他之前意识到说错话就立即一副乖乖模样不吭声，如果胆敢狡辩，那么他就悲惨了。

"宇宙尊者级。"

"哼，我一定能达到，一定！"皇子殿下一想到这，顿时眼中有着无尽戾气，那是被压抑的无限岁月的戾气。

因为他们所有皇子兄弟，只有达到宇宙尊者级，才有资格离开家乡，去外界闯荡。

罗峰行走在诸多建筑群落间。

忽然看到前方一群婴儿在嬉闹。

"过来。"罗峰对其中一个招手，那闹得最是欢腾，显然是孩子王的婴儿立即乖乖跑来，恭敬行礼："拜见不朽。"

"嗯。"

罗峰笑着问道，"你出生自祖海？"

"是。"那婴儿摸了摸自己的弯角，很是害羞道。

罗峰点头，根据他的推断，出生自祖海的土著……比出生自皇海的土著，天生就强些，属于更优秀的！像嬉闹的一群婴儿中，一般出生自祖海的都是孩子王。

"和我说说祖海吧。"罗峰吩咐道。

"不朽大人没去过祖海？"婴儿显得很兴奋，随即似乎很是得意道，"嗯，祖海可是在我们世界外面呢，就算我们出生自祖海，可一旦离开祖海进入我们世界，就再也无法回祖海了。除非将来成为不朽，也得有机会透过九幽漩涡，才能去祖海。"

罗峰听的一愣。

祖海？

九幽漩涡？外面？

"难道是九幽之海……"罗峰忍不住道。

"祖海广阔得很。"这土著异族婴儿连忙道，"无穷无尽，就在我们世界上方，据说比我们世界还要大。哼哼，那些出生自皇海的，根本没法和我们比，皇海共有108座，就算是最大的皇海，都不及祖海一点点。"

罗峰心中咯噔下。

上方？

比这一方世界还大？

"九幽之海！"罗峰心中一颤，"整个九幽时空，其实就是一座九幽之海，上面只是有一些岛屿罢了。"

"原来，九幽之海，会孕育出一些土著生命。"

那个婴儿在那边夸夸其谈，显然为出生自祖海，很是骄傲。

罗峰心中虽然掀起滔天巨浪，可表面上依旧点头，同时笑着道："出生自皇海，也不算差的，你去过皇海吗？"

"我没去过。"

婴儿连忙摇头，似乎明白眼前这位不朽出生自皇海，又道："皇海其实也不差，特别是最大的皇海，我现在还小，等我将来实力强了，还是能去的。"

罗峰心中顿时明白。

能去？

那就肯定是在九幽世界内了。

第四十七章

秘 辛

"他们呢，魔杀族分身看向远处其他婴儿，他们都出生自哪个皇海。"

"北安螺也是出生自祖海。"那婴儿眼睛很亮，说话也是有条不紊，"……除了北安螺和我外，其他都是出生自皇海。有的是出生自大皇海，有的出生自小皇海。"

魔杀族分身听得暗自点头，皇海……分大皇海和小皇海？

"好好努力，将来你也能成为不朽。"魔杀族分身摸了一下这婴儿的血色弯角，笑着说道。

"嗯。"婴儿连忙点头。

魔杀族分身随即便转身离去。

这婴儿看着魔杀族分身离去的背影，咬着嘴唇，眼眸中有着不甘。

"首领。"

"首领。"其他婴儿一个个飞跃过来。

"怎么样，首领，那位不朽大人有没有收你为徒啊？"

"还问，那位不朽大人都走了，当然没收。"

其他婴儿们一个个叽里呱啦地说着，当年还处于孩童阶段的金角巨兽便引起整个地球的大灾难，这些婴儿期的土著却是个个都很聪慧。

"闭嘴。"

那婴儿猛地一声咆哮，随即依旧不甘心地看了魔杀族分身远去的背影一眼。

原本他以为这位不朽看好他，愿意收他为徒的，他那样热情地说着一切，可没想到不朽并没收他。要知道整个土著群中，成年就是界主，导致界主数量非常多，可是不朽数量却无比的稀少。

军队中，界主战士和不朽战士的比例是1000：1，这是绝大多数界主民众都没进入军队的缘故，实际上界主和不朽的比例，更加夸张。

能得到一位不朽栽培，那才叫有前途！

"这不朽没收我为徒，是因为我出生自祖海，而这不朽大人是出生自皇海吗？"婴儿首领咬牙，眼眸中有着不甘，"哼，我出生祖海，更加高贵！总有一天，我唛司螺一定会成为不朽，而且是不朽队长，甚至是将军！"

魔杀族分身悠闲地在这土著城市中闲逛，他的耳朵能清晰听到周围上千公里的上万土著交谈的内容，一边听着一边在脑海中整合情报。

忽然听到其中在谈论108位皇子的对话，魔杀族分身也听得悠闲。可忽然他仿佛被雷电劈中般一怔，愣愣站在原地。

"108位皇子？ 108位？ 108座皇海？"魔杀族分身站在原地一动不动，脑海中仿佛一道灵光闪现。

"祖海，皇海。"

"108座皇海。"

"108位皇子。"

"怎么会这么巧，刚好都是108，难不成……每一座皇海都和皇子有关？"魔杀族分身眼睛越来越亮。"皇海和皇子有关，那么，祖海难道就和九幽之主有关？老师曾经说过，在九幽时空，那位九幽之主便是无敌的。那么，九幽之主恐怕能够动用那座九幽之海的力量！那座直径十几光年的九幽之海威能无限，恐怕不比五彩极光湖差，能动用九幽之海，的确称得上宇宙无敌！"

魔杀族分身越想越是兴奋。

甚至在心底他还有另外一个想法："皇子为什么都会有皇海？难道是伴随而生？就是说，每个皇子诞生后，都会伴随有皇海？"

"若是我的第三分身，能和皇子一样，天生伴随有一座皇海。"

"108位皇子，按照我这么久搜集的情报来看，有的皇子是宇宙尊者级，有的是不朽级，也有是界主级的。"

"虽说皇子地位高贵，甚至有宇宙尊者护卫，想获得皇子基因很难……可如果这皇子天赋真的逆天，为了第三分身，就算使用那九幽之主欠老师的那个人情，也在所不惜了。"魔杀族分身脑海中迅速组合思绪。

现有情报判断九幽之主、108位皇子和祖海、108座皇海，数字完全匹配。加上九幽之主在九幽时空，便就是无敌，可以说有极大概率是关联的。

皇子，算是实力弱小化的九幽之主！

"而且听那些土著说，皇子个个都是不死的，也就说，他们在某种程度上拥有不死的能力。"

魔杀族分身听着周围的一些土著议论，继续搜集讯息，一连在这座城市中逛了两天。显然土著孩子从小就被灌输："必须忠诚于皇，忠诚于皇子！""皇、皇子，威严不可侵犯！""为皇而战，为皇子而战，是荣耀！"

搜集越多有关皇子、皇的讯息，罗峰愈加期待。

最终罗峰决定去见混沌城主老师。

虚拟宇宙，雷霆岛最高处。

那座巍峨的笼罩在无尽气流中的宫殿内，罗峰跨入门槛，直接步入大殿之中。

"老师。"站在大殿中，罗峰面对无尽气流，恭敬道。

"在那九幽世界遇到麻烦了？"伴随着温和沁入心田的声音，一身金袍的混沌城主走了过来。"已经用了那个人情？"

"还没有。"罗峰恭敬道。

"嗯？"混沌城主有些惊讶，"你逃脱了追捕？"

"弟子有魔杀族分身。"罗峰道，"……弟子陷入九幽世界，魔杀族分身最终赶来。"

"他怎么赶去的？"混沌城主追问，"……你的魔杀族分身难道穿梭九幽漩涡？怕不行吧。"

"是直接穿梭进九幽世界。"罗峰道。

混沌城主疑惑地看着罗峰，虽说他没去过那儿，可那里既然是九幽之主的地盘，那么那一方天地肯定是很安全的，恐怕宇宙尊者的实力都无法硬闯入那一方天地。

"弟子的魔杀族分身有些特殊际遇，获得了天赋秘法'域'。"罗峰直接道。

"域？"混沌城主虽然吃惊，可他也知道，魔杀族的一些宇宙尊者强者，就有天赋秘法"域"的，毕竟魔杀族作为一个繁衍的种族……有些不是太机密的情报，早早就让外界知晓了。

至少混沌城主这层次的存在，是知道"域"这一招的。

"域这一招是很厉害。"混沌城主微笑点头，"除非成为宇宙之主，否则在此之前……这一招颇为强大。"

"嗯。"罗峰点头。

"你既然有魔杀族分身保护，那么在那九幽世界中逃命应该不难，毕竟你是祖神教的传承者，而那九幽之主和祖神教关系匪浅。他不太可能亲自出手对付你。既然如此，你来找我，又有何事？"混沌城主好奇地问道。

罗峰深吸一口气道："弟子之前已经得到世界树的枝叶，只是孕育第三分身……失败了。"

"失败了？"混沌城主轻轻叹息一声。

他也为他的弟子感到可惜。

"可弟子发现了另一件事情。"罗峰看向混沌城主。

"说。"

"弟子先问老师，那九幽之主和九幽之海，是什么关系？"罗峰连忙盯着混沌城主老师。

混沌城主惊异地看了罗峰一眼，随即道："这乃是宇宙中一大秘密，我便告诉你，那九幽之主……就是九幽之海！九幽之海也就是九幽之主！"

罗峰身体一颤。

天！

这比他预想的还要夸张。

"在宇宙历史上，九幽之主，一直是很可怕的一位，论地位实力，他不亚于我。"混沌城主感叹，"…其实单单一对一，他要比我弱些，可为何能和我媲美？就是因为，即使击杀他，很快他又会再度现身。"

"就是说……他是不死的！"混沌城主道。

罗峰一惊。

"杀死九幽之主，又冒出新的九幽之主，再杀，再冒出一个，源源不绝。这样的对手，是何等可怕？"混沌城主感叹，"所以九幽之主，连祖神教都得礼待，很多兽神办不了的事，让他去办。"

"没有永恒的秘密。"

"很多强者都在研究，宇宙之主为何能够迅速再生。毕竟损失一个强大神体，消耗那么多能量，按理说要复活要很久。"混沌城主道，"后来才发现，他一旦死了，那九幽之海中就会诞生出新的一位。"

"九幽之海，便是他源源不绝的能量源泉。"

混沌城主感慨，"当时只是猜测九幽之海和九幽之主，有特殊关联。还是后来……真正令九幽之主名震宇宙的一件大事发生了。那次，他灭杀了一位宇宙之主！"

"因为某件至宝，妖族的两位宇宙之主联手追杀那九幽之主，一直追杀到九幽之海！"混沌城主道，"那时，九幽之主直接逃入九幽之海，当他进入九幽之海瞬间便完全消失，同时整个海洋完全燃烧起来，燃烧着无尽神力。"

"整个海洋燃烧？"罗峰一愣。

"对。"混沌城主感慨，"整个海洋都燃烧！显然那次九幽之主暴怒了，倾尽全力，燃烧整个海洋，那威能太可怕了，直接力压妖族两位宇宙之主所带的至宝，瞬间便完全灭杀一位宇宙之主，另一位宇宙之主则是凭借至宝逃掉。"

"死去的宇宙之主，叫'苍鸾之主'。"

"逃掉的宇宙之主，叫'天狼之主'。"混沌城主看着罗峰，"此战，当时还有其他强者在后面尾随准备随时捡便宜，却是目睹了这一切。

经此一役，消息传开！宇宙中的一些超级存在，才知道九幽之主就是九幽之海！九幽之海，就是九幽之主！"

"九幽之海存在，他便永恒不灭。"

"甚至回归九幽之海后，更堪称宇宙无敌！"

第四十八章

抵达皇海

"有那直径十几光年的神力海洋……宇宙中谁能和他比拼神力？"混沌城主感叹，"太离谱，那神体之大，太离谱。"

罗峰点头。

是离谱。

宇宙中的特殊生命有不少，体积巨大的也有很多，可体积排在最顶尖的特殊生命，也就达到数亿公里高度！且这些主要还是植物类和岩石类的特殊生命，而九幽之海却是直径十几光年。

数亿公里，和十几光年，可以说最强世界树就好比九幽之海的九牛一毛！

"只是没谁明白，为何他会有那么大的神体。"混沌城主摇头，"宇宙中除了九幽，没谁这么离谱夸张。哦，还有一点……我从未听说，这九幽之主拥有什么天赋秘法。"

"嗯？"罗峰一怔。

没天赋秘法？

"九幽之主，毫无疑问乃是宇宙中的特殊生命。"混沌城主道，"可即使被杀的湮灭，再冒出一个神体来。他也从未施展过秘法。"

"哈，这宇宙是公平的，赐予了他这么离谱的神体，恐怕也给了他很大的限制。"混沌城主道。

混沌城主忽然看向罗峰："你问九幽之主的事，到底是为了什么，现在可以说了吧？"

"弟子想要孕育的第三分身，便是孕育出类似皇子的分身。"罗峰道。

"皇子？"混沌城主一愣。

"对，九幽世界中的皇子殿下。"罗峰解释道，"根据弟子所知，那些皇子殿下……也有类似于'九幽之海'的海洋，只是叫作皇海！"

"可九幽之主仅仅只有三个孩子而已。"混沌城主道。

"三个？"罗峰错愕。

"对，他的三个孩子，其中一个算是宇宙霸主，另外两个是宇宙尊者。"混沌城主道，"不过这三个孩子，即使被杀，也能再度复活现身。"

罗峰顿时笑了："老师，据弟子在那九幽世界中探查得知，九幽之主，"其实一共有108个孩子，而那九幽世界中也有着108座皇海！只是这些皇子实力有强有弱，其中宇宙尊者有三位，不朽级有数十位、界主级也有数十位。"

"108位？"混沌城主惊诧，随即眼睛一亮，"既然有108位共存，那么生命基因层次应该不会太高，你孕育时成功概率极高。"

罗峰连忙点头。

他也是这么想的，那世界树共有九棵，而九幽之主的孩子却足足108个，所谓数量越多，生命层次就会越低。毕竟越是逆天的生命，就越加稀少。像很多都是宇宙独一无二的。

"你能得到皇海的海水？"混沌城主道。

"108座皇海，在整个九幽世界的核心中央，没有任何驻守土著军队。"罗峰道。

混沌城主却是摇头，"没有军队，可是九幽之主却会注意。"

罗峰一怔。

对啊，九幽之海可就是九幽之主本身，那一方九幽世界……恐怕也是完全被他控制的世界，发生的一切，这位九幽之主肯定都知晓。

"我仅仅取了些海水，应该没事吧。"罗峰忐忑。

"海水毕竟是他孩子神体的一部分，不过一座海洋中的一些海水，你取了，或许没事，或许有事。"混沌城主道，"若是被九幽之主发现，你先收了海水，同时和他说，你是我的徒弟，一个人情……弄一点海水，没什么。"

罗峰心下愈加感激，混沌城主的确帮了自己极多。

混沌城主却是看着罗峰，愈加满意，若是将来罗峰的第三分身类似九幽之主，那么死了即可再度现身！而且能量堪称源源不绝！那绝对将是人类族群的一大悍将！不怕死的悍将！

"弟子这就去努力得到海水。"罗峰再也忍耐不住。

"去吧。"混沌城主也充满期待。

九幽世界。

魔杀族分身眼中掠过一丝炽热，随即冲天而起，直接朝整个九幽世界的核心飞去。

九幽世界，广袤无边，魔杀族分身这一飞……便足足飞了大半年。

"皇海！"魔杀族分身在高空，便遥遥看到远处那无穷无尽的海洋了，的确是波澜壮阔。

"我先仔细探查下这108座皇海。"

虽早早知道这108座皇海，可详细数据资料却不清楚，这海洋的体积……可牵扯到将来自己的神体，罗峰当然得弄清楚。这一飞行探查，便又飞行了一个月，在从高空俯瞰，根据肉眼观察判断出数据来。

108座皇海，其中有56座皇海，海水呈血红色，宛如血液，完全称得上是血海！这56座血海同样大小，直径都约在8000万公里。

有49座皇海，海水波涛汹涌，和普通海水一般，大小一样，直径却是达到惊人的9.6亿公里，这便是土著居民口中所谓的小皇海。

有3座皇海，如普通海水般，大小略有差别，直径从320亿公里至1010亿公里不等，这是土著居民口中所谓的大皇海。

"好多土著来朝拜。"魔杀族分身俯瞰下方。

只见108座皇海，特别是小皇海和大皇海四周，都看到一些土著跪伏在那，表示崇敬。至于体积最小的血海，却没有土著崇拜。

"朝拜。"魔杀族分身暗自点头。

土著居民，很多都是诞生自小皇海和大皇海，这皇海……等于是他们的父母！在刚刚出生时，他们会被带走，送往各个城池聚集地，而等到他们成年后，实力足够强后，一般都会来这朝拜。

甚至很多土著寿命到了大限，死前也会抵达这，跪伏在这，静等大限降临。

生于此，也便死于此！

"这些土著恐怕并不知道，皇子就是皇海，皇海就是皇子的秘密。"魔杀族分身在高空俯瞰，暗自道，"不过他们有些诞生于皇海，有些诞生于祖海。估计从生命根本上，就会自然而然尊崇皇子，尊崇皇吧。"

嗖！

魔杀族分身俯冲向下方。

很快便落在一座血海旁。

小皇海，代表着不朽级皇子！大皇海，代表着宇宙尊者级皇子！而血海……代表着界主级皇子！

"界主级皇子，实力弱，而他们的海洋都是呈现血海这模样，而且，血海是无法诞生生命的。只有成为不朽后，血海蜕变，变得类似普通海洋，实际上却是一种真正的升华，这时候才能诞生生命。"罗峰暗自点头。

108座皇海，大皇海和小皇海周围，都有无数土著在跪伏朝拜。

血海旁却没有朝拜的，因为没有生命是在血海中诞生的。

"你在这干什么。"天空中一道身影飞下来，正是一名不朽级土著。

魔杀族分身看了他一眼，便转头看向前方广阔的血海，血海中无尽血液在澎湃流动，魔杀族分身声音中饱含恭敬："我只是想看看这血海，我出生自大皇海，可是……大皇海在很久很久以前，也是如这血海般。"

"你小心点。"那不朽土著盯着魔杀族分身，"早有严令，禁止在血海周围打斗、攻击，弄走血海之水等。"

"我当然明白。"魔杀族分身点头。

"嗯。"

不朽土著没再多说，他也相信他的族人不会做那些禁忌的事。

魔杀族分身看着那不朽土著离去，暗自道："没想到还有这禁忌，我搜集情报时间太短，对，皇海就是皇子，血海乃是界主级皇子，界主级的皇子实力弱小，生命相对而言就脆弱，一些强大的土著的确容易误伤血海，如果有心者，杀死界主级皇子都有可能。"

天地间，一丝丝血色雾气常年不散。

血海中，那无尽血液不断澎湃涌动着，在这血海边缘，魔杀族分身站在那里。

"管不了那么多了。"

魔杀族分身看了眼四周，因为血海周围没有朝拜者，所以距离这最近者都在十几亿公里外，只要动作够快，恐怕没谁会注意自己的行为，唯有一位肯定会知道——九幽之主！

"我弄点这血海之水就走。应该没事。"

"直径8000万公里的血海，不在乎这点海水吧。"魔杀族分身实际上有些紧张，因为有一定的可能……那位可怕的九幽之主会愤怒。

"为了第三分身！为了将来机遇！"

"拼了。"

魔杀族分身瞬间施展天赋，嗖的出现在血海海面，直接一抄手，就将部分血海海水直接控制着收入世界戒指中，这世界戒指乃是地球人本尊贴身携带，堪称罗峰拥有的最坚硬最安全的世界戒指。

当然以九幽之主能耐，能够轻易灭掉。

"这哪里是海水，根本就是鲜血。"魔杀族分身手指碰触血海海水时，鼻子都能闻到那浓郁的血腥气。

"嗖！"

魔杀族分身又瞬间回到原先所站位置。

这两次"域"的施展，不足0.1秒，那血海之水已经到手。

"我穿梭九幽世界，那九幽之主早就知道我'域'的能耐。"魔杀族分身看了眼远处其他朝拜的土著，"他们没发现就好。若是被这些土著发现我触动禁忌，恐怕会围攻我。"

就在魔杀族分身打算离开时。

"轰——"

一股强大的、不可思议的气息直接降临，周围上亿公里内的九幽世界之力瞬间形成真空，完全汇聚在罗峰前方的半空中，直接形成了一巨大的脸型轮廓，而周围的天地也充斥着那无尽的怒气，天地完全变色，变得一片血红。

血红天地中，那巨大的头颅冷漠地俯瞰魔杀族分身。

九幽之主降临了！

第四十九章
愤怒的九幽之主

魔杀族分身大惊，目光一扫。便发现周围上亿公里内的天地和外界天地完全隔绝。能瞬间做到这种手段的，恐怕也只有那位九幽之主了。

而此刻，在另外一些皇海边朝拜的土著，他们就算朝罗峰这个方向看，也只能看到一如平常的血海，看不到其他任何异常处。

巨大头颅悬浮当空，俯瞰下方魔杀族分身。

"人类！你是在挑战我的耐心！"冰冷的声音响彻整个血色天地。

魔杀族分身暗惊。

这位九幽之主的确是无所不知，自己在九幽世界中的一切举动，恐怕都在他的注视下，自己现在是魔杀族分身，可这位九幽之主依旧直接说人类，显然是认定自己的人类分身才是本尊地位。

"还好，他没一来就下杀手。"魔杀族分身暗忖道，"看来他还是顾及自身地位，而且他和祖神教关系匪浅，对我这传承者一直没直接动手。"

"可现在我怎么办？"

"他的地位特等高贵，就算是祖神教的三大祖神，有些事也是请他帮忙。他之所以没直接动手，也只是自持身份罢了。若是我稍微再激怒他，恐怕他会直接下杀手，不管祖神教、人类族群，恐怕都没办法逃脱。"

"第一，不能再激怒他。"

"第二，必须保住那血海的海水。"

"这九幽之主很可能根据我之前的一系列行为，像偷世界树树枝，猜出我的真正目的。不过也不一定……我偷世界树树枝，是在那树岛上，那是世界树的地盘。那最强世界树好歹也是宇宙之主战力存在，九幽之主应该不会一直观察查探着那里。"

"没有任何一个强者，喜欢一直被盯着的。"

"就算我，都不愿时刻被盯着，更别说那最强世界树了。所以……很可能，我偷盗世界树树枝，九幽之主并没发现。"

"若是没发现……我这次弄海水，他不一定就猜出我的真正目的。"

魔杀族分身在那九幽之主形成的巨大头颅发出咆哮时，便迅速掠过诸多念头，也立即做好应对准备。

"拜见宇宙之主。"魔杀族分身恭敬行礼，同时身体切换，地球人本尊现身，魔杀族分身则回到世界戒指中。

既然九幽之主都直接称呼他人类了，他罗峰当然要以地球人本尊身份露面，这也是表示对九幽之主的一种尊敬。

"你既然已逃出围剿，为何还不离开？"巨大头颅俯瞰下方。

"我，我心存侥幸。"罗峰恭敬道，"逃出围剿后，自认魔杀族分身不会被看穿，而祖神教历代传承者对九幽漩涡通往的地方，一直是个秘密。所以我也想趁机好好看看。我心存侥幸不会被发现，只是现在看到宇宙之主，顿时明白之前一切都在宇宙之主观察下。"

巨大头颅俯瞰观察着罗峰。

罗峰也是恭敬以对，丝毫不慌张。

"我之真名，九幽。"巨大头颅忽然开口。

"九幽之主。"罗峰当即恭敬道。

巨大头颅缓缓道："人类刀河王，我也听说过你的一些事，你是自持天赋分身之术，即使被我击杀都能复活，所以才这般不惊不慌，是吗？"

罗峰连忙道："刀河遇到九幽之主，怎能不惊慌？只是在故作镇定。"

"哈哈哈……"

巨大头颅发出笑声，笑声犹如浪涛，席卷整个血色天地。许久，笑声渐歇，那巨大面孔渐渐变得冰冷，冷视着罗峰。"你应该知道，心座皇海，特别是其中的血海，是禁止碰触的，这是禁忌！你在我这一方世界中，应该搜集到这些情报了，为何还胆敢弄走血海海水？说！"

"说！""说！""说！""说！""说！""说！"

这一声"说"直接刺入罗峰灵魂，在脑海中不断回响，一时间令罗峰陷入幻境中。

"破！"

罗峰意志超越绝大多数宇宙尊者，坚定得可怕，九幽之主想要单凭一道声音产生的幻境影响罗峰，还是不够的。

"嗯？"九幽之主俯瞰罗峰，冰冷的面孔中露出一丝惊讶。

他知道刀河王是界主。

一名界主，竟然能抵抗他这声音产生的幻境，一些宇宙尊者不小心都可能着了道。

"我对传说中的108座皇海很是好奇，于是来观看。我发现其他皇海的海水很普通，唯有这小型的血海，仔细看，血海海水犹如鲜血，甚至隐隐能闻到血腥味。我好奇下，于是采弄了一点海水。"罗峰恭敬道，"我是在想，血海这么大，一点海水应该没什么，我也是心存侥幸。"

"心存侥幸？"巨大头颅俯瞰罗峰，声音愈加冰冷，"哼，明知道是禁忌，还敢触犯！那就得有承担后果的准备……"

这话音刚到一半，罗峰听的便心中大惊。

"不好。"

罗峰本还想尽量不使用九幽之主欠老师的那人情，顾不得那么多了，立即开口："九幽之主……"

"我本想……"

"九幽之主……"

罗峰的话和九幽之主的话同时响起。

之前罗峰还要喊出那番话，可听到"我本想……"这三个字，罗峰便将自己要喊出的话强行咽了下去。

"嗯？"巨大头颅俯瞰下方冷笑，"以为我要杀你？哼，我本想杀了你，可念及你是祖神教新晋培养的强者，才放下杀你的念头。"

"祖神教？"罗峰一怔。

"祖神教分正式成员和外围成员。"巨大头颅俯瞰罗峰，"而真正战斗反而更多靠得是外围成员，祖神教的外围成员……才是其最强大的武力组织！"

罗峰听的点头。

祖神教正式成员才多少，而外围成员却是搜集了整个宇宙亿万族群的无数绝世天才。像候选神使、候选神将兽神传承达到极高的传承者……很多都是拥有宇宙霸主实力！这绝对是非常可怕的一股势力。

"我，乃是祖神教外围组织的护教神主……九幽！"巨大头颅俯瞰罗峰，"你刀河王是我祖神教外围组织内定的吸纳成员，且是重点成员。"

罗峰眨巴下眼睛。

护教神主？

"外围组织，分护教使者、护教尊者、护教尊主、护教神主。"巨大头颅俯瞰罗峰，"每位神主，统领一方势力。你刀河王……从今天起，便是祖神教外围组织，我九幽一脉的护教使者，随着你实力增强，自然地位会跟着提高。你接受，我便饶你一命，不接受……你知道后果。"

罗峰眨巴下眼睛。

天。

原来，原来这九幽之主是护教神主！

自己本来还想要用九幽之主欠混沌城主老师的人情呢，没想到，那祖神教早就盯上自己了。

"虽加入外围组织，却不会让你和人类族群为敌。"巨大头颅冰冷道，"外围组织一直很自由，平常没有任何羁绊。偶尔我祖神教有一些事需要解决，才会下达命令，若是你不愿意做，也可以写出原因，祖神教不会强行要求。"

"加入，还是不加入？"九幽之主冰冷地看着罗峰。

罗峰眨巴下眼睛。

"拜见护教神主。"罗峰恭敬行礼道。

"你倒是聪慧。"九幽之主道，"好，这是祖神令。"

凭空出现了一块黑色令牌，令牌从高空降落，直接落在了罗峰面前。

罗峰伸手接过，沉甸甸，一阵冰凉，祖神令上仅仅只有两个字——"祖神"，这字体是由无数秘文构成，罗峰不认识，却一看就自然而然知晓是祖神二字。

"印入你的生命印记，祖神令便唯有你才能用。"

九幽之主俯瞰罗峰，"通过这祖神令，即可联系祖神教，祖神教发布任务，也是通过祖神令发布。只要在这宇宙范围内，即可通过祖神令进行联系。"

"嗯？"罗峰一惊。

这不是跟虚拟宇宙一样了。

"仅文字交流。"九幽之主继续道，"祖神令很是特殊，切勿丢失。"

"明白。"罗峰暗松一口气，仅仅文字交流……不过也很厉害了，可显然这祖神令制造起来不容易。

"若是祖神教有谁找你，你拿出这祖神令，他们就懂了。"九幽之主道。

"是。"罗峰恭敬应道。

"去吧。"

九幽之主话音刚落，一股无形的力量便包裹着罗峰。

嗖！

罗峰已然消失，那巨大头颅却是发出声音："这刀河王进入我这一脉了，我可没主动抢，是他跑到我的九幽世界来，冒犯了我，我这才收了他。那几个家伙知道了，不知道会怎样，哈哈哈……上次逐虫王被烽天抢去，这次这刀河王却是落入我手，哈哈哈……"

"嗯？"罗峰环顾四周，自己已然在虚空中，一眼便能看到远处那九幽时空。

"我，我竟然到了九幽时空之外。"罗峰暗惊九幽之主的手段。

随即罗峰心中便是狂喜，可表面上却不敢表现太过，谁知道那九幽之主是否在观察，当即命令灵魂奴仆开启神国传送。

嗡——

迷蒙金光亮起。

罗峰带着这灵魂奴仆，直接一步跨入，紧跟着便消失在了虚空中。

原始秘境大殿内。

"哈哈哈……"罗峰一出现在大殿，脸上终于露出狂喜之色。

成功了！自己将血海海水带来了！

第五十章

第三分身

或许那九幽之主不知道自己弄这血海海水的真正目的……或许是知道却怀有其他心思，可是不管怎样，自己的目的达到了！

"管他是真不知道，还是假不知道，我实力强才是根本！"

"血海海水到手，即可孕育第三分身。"

罗峰满心狂喜。

而且本以为得靠混沌城主那一人情才能弄到血海海水，没想到，却只是加入外围组织。

"我人类族群强者中，有不少都加入了外围组织。"罗峰满脸笑容，"随着我的实力越来越强，像我有那么多次接受兽神传承的机会，将来完成五重传承我是有十足信心的，到时候还不一样必须加入！"

候选神使、候选神将、兽神传承完全接受五重传承者或者更高，都是必须加入祖神教外围组织的！

而现在罗峰……却是被邀请加入。

像逐虫王、吠镜王、罗峰等一些被认定天赋逆天的，如不朽级即可对抗宇宙尊者，跨入宇宙尊者级就拥有宇宙霸主能耐，稍微再提高一番……就能拥有宇宙之主战力！这样的逆天天才，祖神教也是要提前抢的。

毕竟这些绝世天才，一旦兽神之道失败很可能就不来紫荆岛了，若是走时空道路，照样可能有成。所以先邀请加入，防止到手的未来绝世强者就这么放跑了。

"我走兽神之道，是定有所成。"罗峰默默道。

"未来也要加入，现在提前加入也没什么。"

"凭这，就逃过一劫，哈哈哈……"罗峰也没想到，自己弄来弄去，却成了那九幽之主麾下的一脉人马了。

自己人，好说话。

那九幽之主，也没为难自己。

"哈哈哈，痛快痛快。"罗峰越想越兴奋。

"恭喜主人，贺喜主人。"

大殿内的天阵王恭敬行礼。

"嗯。"

罗峰一挥手，便将暂放在天阵王那的世界戒指给召了过来。同时盘膝而坐的魔杀族分身则是携带着那血海海水进入了体内世界。

原核，体内世界中。

"嗷呜——"

连绵上千公里的金角巨兽仰头发出兴奋的叫声，声音轰隆隆宛如雷声滚滚，传递开去。

"世界树共有九株，而九幽之主的那群皇子却是足足108个，若是算上九幽之主，他们这同类生命便是109个。"魔杀族分身站在半空，看着面前，只见脸盆大的鲜血在悬浮翻滚着，一阵阵血腥气弥漫。

"109个！九幽之主那般强大，我就不信，每个皇子的生命层次都那么离谱。"

"成，一定得成！"

魔杀族分身死死盯着那血海之水。

虽说理智上认定成功概率极高，可毕竟罗峰不清楚皇子的准确生命层次，加上上次失败过一次，所以……此刻也忍不住紧张。

"决定命运的一刻！"魔杀族分身、金角巨兽都平静下来，都看着那脸盆大的鲜血。

嗖！

在体内世界的世界之力裹挟下，那一团血海海水却是冲天而起，直接飞向遥远的高空。

整个世界一片寂静。

许久……

那团血海海水飞到了体内世界的核心。

"天赋秘法分身！孕育！"罗峰的意志操控着整个体内世界。

随着一生仅仅只有三次的孕育分身之术的最后一次启动，整个体内世界都在轰隆隆地震颤着，无尽的世界之力疯狂涌向整个世界核心的那团血海海水，血海海水瞬间犹如雾气般消散，只剩下最基本的一点生命物质被无尽的世界之力包裹。

高空中出现了一金色球体。

"一定得成。"大殿中盘膝而坐的罗峰还有体内世界观看这一幕的魔杀族分身、金角巨兽都同样紧张，因为上一次就是在刚刚开始时就失败了。

其实罗峰当年选择吞噬金属以促进体内世界进化，使得自身体内世界达到了极大程度，一方世界的直径接近1亿公里，所以罗峰的体内世界所能孕育的分身极限还是极高的，只是上次世界树的生命层次……依旧超过了体内世界承受的范围。

这次呢？

孕育分身已经启动。

罗峰的意识时刻感应着一切，仅仅片刻。

"成功，所有生命物质已经解析，开始真正孕育。"罗峰的意识迅速感应到这点。

"哈哈哈……"魔杀族分身大笑，"第三分身注定是血海九幽分身，将来我便拥有无穷无尽的神力源泉，即使陨落，也能再度诞生。这才是不死！"

"嗷唔——"金角巨兽发出激动的怒吼。

"痛快，痛快。"大殿中盘膝而坐的罗峰也是直接站起，哈哈大笑，一把抓住旁边的天阵王："天阵，陪我喝酒。"又是召出其他一些封王极限仆从，开怀畅饮，好不痛快！

随着孕育分身的开始，罗峰的意识也感应到，孕育这第三分身估计需要持续超过 600 年！

体内世界越强，那么孕育越是容易。

孕育的生命越是强大，孕育时间越久。

地球人身体，孕育耗费了一年出头。

魔杀族分身，孕育耗费了三年零九个月。

血海九幽分身，却是需要超 600 年。若是罗峰没有选择吞噬金属来促进体内世界，而是用普通金角巨兽的界主九级体内世界来孕育，恐怕得超过万年才成。

"超过 600 年才能孕育成功，也在我的预料之内，毕竟是特殊生命嘛。"罗峰心情却是愉悦，之前为了寻找这第三分身，一次次冒险，一次次想尽方法，现在既然开始孕育了那就轻松了，只需要静心修炼。

不就 600 多年吗，修炼很快便能度过这 600 多年，到时候第三分身便成了。

"去祖神教！"

"这 600 多年我可得好好研究参悟，跨入不朽对我而言没什么难度，可跨入宇宙尊者倒是挺难的。"罗峰很清楚这点，自己的空间法则才真正悟透瞬移这一方面，空间绞杀和空间封锁这两大方面虽有所感悟，却离悟透远得很。

等悟透三方面，并且将三方面融合为一，才是真正的完整空间法则。不知道多少绝世天才三种都悟透了，就是到最后一步跨不出。如当年的真衍王、逐虫王、吠镜王等等……个个皆是如此。罗峰也不敢大意。

"积累越是雄厚，对突破越是有好处。"

"还有，我第三篇既然领悟，那么《星辰布道图》和《明月策》的第三式，也该创了。"罗峰略做整理，发现自己需要做的事情的确很多。

开怀畅饮一番后罗峰又向混沌城主禀报了一番，混沌城主知道罗峰竟然连人情都没用，并且还开始孕育那第三分身，顿时大喜。连连道："哈哈，和祖神教关系匪浅的那几个强大的宇宙之主，虽说是祖神教外围组织中的几脉首领，可再怎么说，也是外围罢了。这九幽活得太久了，和那几个老家伙一比高低，反而成了他的乐子了。"

"罗峰你要好好努力，既然被祖神教这么重视，那逐虫王可是弄了两件至宝在身。那祖神教的好处，不拿白不拿，你到时候也别心慈手软。"

"是，老师。"罗峰如此应道。

当天。

罗峰地球人本尊就离开了原始秘境，透过神国传送直接来到了祖神教紫荆岛。

回到紫荆岛后，罗峰先是和老师真衍尊者，以及千雨王、察曼王、离烁王等一些朋友聚了聚，很快紫荆岛上便传开消息："刀河王回来了！""刀河王从九幽时空回来了！"

"刀河王的至宝，到底有没有落在那九幽漩涡通往的核心之地？"

"肯定遗落了。那地方，连宇宙尊者都是去了几乎难以活着回来的。这刀河王肯定和当初被刺杀一样，靠天赋分身之术，再度复活了而已。"

"可看不出刀河王的界主气息啊？"

"对，我也看到刀河王，却没发现他的界主气息。"

"我看刀河王的至宝可能还在。"

"怎么可能，尊者去了都活不了，就他？依我看，或者是刀河王跨入了不朽，或者是刀河王又有了新的至宝。"

"新的至宝？"

"人类族群可是巅峰族群，一些差点的至宝……虽说一些普通族群为之眼馋，可巅峰族群却是多的是。"

消息在荣耀世界露天广场中疯狂传播，也传到吠镜王耳朵里。

府邸内。

吠镜王神体早已完全恢复，他眼神却更加阴冷，天生便是一副阴冷凶残的性子，这次又栽在真衍尊者手里，自然憋着一肚子怒气。

"没有显露界主气息，是跨入了不朽？还是获得了新的至宝？"吠镜王咬牙切齿，"若跨入不朽，那我就正面击杀他！我可是强大高贵的特殊生命！若有至宝，再抢来！刀河王，真衍尊者！你们俩等着！"

任凭外界各种谣言漫天乱飞，罗峰却稳如泰山，除了开始和老师、朋友聚了下，随后罗峰便在自己的府邸中开始了漫长的潜修。

第十九篇
不　朽

第一章
宝藏！宝藏！

自罗峰从九幽时空归来潜修，只过去 500 年。

祖神教，宝藏之地。

山脉连绵一眼看不到尽头，山峰座座，或是巍峨，或是险峻，在山峰间还有着或大或小的湖泊。

"都好久没有新的宝藏出现了，都说宝藏之地，隐藏无数宝藏……"一名异族盘踞在那儿，那蛇尾尾巴尖随意扫荡着，将后面的山石摩擦得干干净净。

"经常出现宝藏？那还得了！任你是宝藏再多，漫长岁月也会耗光。"

"宝藏不出世，就没意思。宝藏出世……那场景真的是震撼。"蛇尾异族呈三角形的眸子满是期待。"多期待，那场景是为我而出现。"

"哈哈……你在宝藏之地都逛了千万次了，死心了吧。"

"刀河王来了。"

"刀河王当年从九幽时空归来后很快消失，这么多年一直都没现身，这一出现，竟然就来宝藏之地。"

"在哪儿呢？刀河王在哪儿呢？"

传承者很多都朝四周看去，有些甚至于腾空而起，在高空中遥遥观看，很快锁定一个方向。只见一身银甲的人类青年，正破空飞行，直接飞向整个宝藏之地最高的那一座山峰。

罗峰扫了眼四周，暗自笑道："看来我也成了这祖神教传承者中的风云人物了。"对此，罗峰心中也只是笑笑，这 500 年来，在修炼方面进步也不小，特别是感受着那第三分身孕育的不断成熟，心情自然非常好。

"估摸再过 100 多年，第三分身就炼成了。"

"到时候差不多就突破为不朽了，在突破不朽之前，我可得来这宝藏之地逛逛。"罗峰目光扫向这藏有无数宝藏的苍茫山脉。"我现在是界主身份，说不定有一些超级存在，专门为界主级传承者准备了宝物，若是我突破为不朽，可就得不到专门为界主准备的宝藏了。"

嗖！

罗峰第一个目标，选的就是那最高山峰。

因为整个宝藏之地的 108 座最高山峰，藏着最珍贵的 108 种宝藏，只是有 42 处在历史上被传承者得到，剩余的依旧在等着有缘的生命。

"看刀河王去了最高山峰。"

"看来刀河王来宝藏之地，也是为了获得宝藏啊。我还在想，这刀河王刚来时虽然来过一次，可和贝山尊者斗了一次后，就离开了，并没好好逛宝藏之地，还以为他对宝藏之地没想法呢，这回总算来了。"

"宝藏之地 108 座最高山峰，藏着最珍贵的 108 份宝藏。这一去，就去最高山峰，这名震宇宙的超级天才野心也大着呢。"

在远处的众多异族强者中，也有些对罗峰嫉妒乃至仇恨的。

"哼！"

一声冷哼，从那站在其中一座山峰之巅的佝偻身影传出。他有着金色鬃毛、金色眼眸，只是腰却是弓着的，仿佛一头时刻欲要扑出的野兽般。

"吠镜王，你说那刀河王能得到宝藏不？"

"他直奔最高山峰呢。"旁边另外几位传承者说。

吠镜王阴冷地看着，嗤笑一声："最高山峰的宝藏自祖神教开辟这宝藏之地以来，就已经存在。据传……乃是其中一位祖神亲自放入，到如今这漫长岁月，历史上也有界主级的特殊生命，可就是没谁能开启那宝藏。至于刀河王……他还差得远，肯定不符合那宝藏之地开启的条件。"

旁边几位传承者都连连点头。

"吠镜王。"一道声音传来，一道巍峨身影飞来。

吠镜王看了过去，来者正是贝山尊者。

贝山尊者那独眼先是瞥了远处的罗峰一眼，随即道："这刀河王消失这么多年，突然来这宝藏之地，看来得到宝藏之心，很强烈啊。依我看，他恐怕是白忙活一场。"

"滚！"吠镜王却是突然冷喝道。

贝山尊者独眼瞪得滚圆，满脸错愕。

"哼，你跟那刀河王有些矛盾，我和他有仇怨，你以为就能攀交上我？你这个独眼，上次还欺负了我北疆联盟的不朽传承者，快滚远点，我懒得理你。"吠镜王却是露出獠牙，金色双眸冷视贝山尊者。

贝山尊者气得身体发抖。

他堂堂宇宙尊者，早听说这吠镜王本性阴狠、贪婪，难以亲近。所以一直没真正刻意接触……而这吠镜王显然和刀河王结了仇怨，他也和刀河王有些矛盾，在他看来，双方有共同的目标，应该关系能亲近。

和吠镜王结交，是他极为愿意的，吠镜王现在实力就不比他差，而且吠镜王一旦跨入宇宙尊者，只要再稍微磨砺下，便很快会成为宇宙霸主层次的存在。

"好，好，好。"贝山尊者气得发抖，面孔在抽搐。

"吠镜王，你够狠啊。"

贝山尊者咬牙切齿，随即怒哼一声便直接飞离开去。

吠镜王看着这一幕，只是嗤笑道："什么东西！"

旁边几位传承者彼此相视，暗自惊叹，像吠镜王、逐虫王他们完全可以不给一些宇宙尊者面子！因为他们有这个实力！当然……宇宙尊者和宇宙尊者也有区别，像称得上宇宙霸主的存在，却是能轻易踩蹦吠镜王他们。

吠镜王、逐虫王，就算跨入宇宙尊者，也得好好磨砺一番，才能达到宇宙霸主层次。

但是毫无疑问……这些生命层次是普通生命数千倍的特殊生命，个个都是宇宙霸主的苗子！所以，北疆联盟、祖神教等等宇宙中一等一的超级势力，对这些逆天的特殊生命都无比重视，甚至赐予至宝。

罗峰却没注意吠镜王和贝山尊者斗上的那一幕，他直接落在最高山峰上。

"最高山峰，也代表着最强的宝藏。据传，乃是祖神亲自放入的宝藏。"罗峰站在山峰峰顶，在周围都走了一圈，却没引起任何动静。

按照正常规则，只要在某个山峰，如果符合条件，那么宝藏会自动开启。

显然罗峰没引起这最高山峰任何变化，说明……

失败了！

这一幕顿时引起远处很多传承者的议论，特别是吠镜王，更是难得露出一丝笑容。"刀河王，超90%概率就是罗峰。而罗峰和真衍，又是徒弟和老师。"吠镜王冷哼盯着罗峰，他当年虽然追杀罗峰，开始却没有怨恨之心，可被真衍尊者杀得实在是……太惨了！诞生以来前所未有的贴近死亡！

吠镜王怒了！恨真衍尊者入骨，发誓一旦成为宇宙尊者，定要第一个击杀真衍！

而刀河王很可能是真衍的徒弟，加上真衍来杀他……估计就是为刀河王报仇，所以也令吠镜王迁怒刀河王。

"真衍！刀河！"吠镜王默默念叨着这两个名字。

"吠镜王，那刀河王失败了。"

"他又去了第二高的山峰，路途上也逛了其他山峰、湖泊，都没反应！"

"抵达第二高山峰了。"

"哈哈，没反应，一点反应都没有。"

旁边的几名传承者说着。

吠镜王却是笑容越来越盛，道："宝藏哪里是这么容易开启的！这最高宝藏可是祖神教吸引历代传承者的，从宇宙诞生到如今，才几种开启，平均得很久很久才开启一次，条件那是极为苛刻。"

一个又一个山峰，一个又一个湖泊。

罗峰不断飞过，降落，再飞起，降落……

失败！失败！失败！

一连的失败，从第一高山峰到第 60 高山峰，还将路线上其他很多地方都逛了遍，足足逛了十个多小时。不过对于不朽神灵而言……十个多小时，也就是喝杯酒的时间。

"开启宝藏真的很难啊。"罗峰倒也轻松，这次来逛，本来就是抱着不拿白不拿的想法，不管怎样，得试试。

"似乎仇恨我的异族有不少。"罗峰飞向远处一座峡谷，一扫远处。

这十个多小时，经常被围观，绝大多数传承者都是看热闹般，有些传承者或是嫉妒，或是怨恨。这些怨恨其实并非针对罗峰，更多是针对人类族群！因为人类族群乃巅峰族群，在宇宙中也造就了很多杀戮。

异族，杀！

杀异族，人类是毫不心慈手软，一代代仇恨积累，的确有不少异族极度仇恨人类。

"哪个巅峰族群不是杀出来的，心慈手软，根本没法成为巅峰族群。"

"想要成为巅峰族群，就得抢夺资源，而抢夺资源，就得杀！"这是真衍曾经和罗峰喝酒时说过的一句话。

罗峰在宝藏之地逛着，中途还有异族飞到罗峰身侧，直接辱骂人类族群，罗峰只是冷笑。

非我族群，其心必异。

都是在为各自族群战斗，算不上谁对谁错。

人类想要在地球上生活，掌控更多资源，所以得杀死其他大量动物，甚至奴仆……若是人类不够狠，恐怕就是其他动物杀死大批人类，将少量人类抓起来奴役。

道理一个样。

"这就是宇宙，弱肉强食而已。"罗峰内心何等坚定，哪会理会这些。

就在这随便闲逛中……罗峰终于逛到了第 106 高的山峰，他也没抱有多大希望。可当罗峰刚刚一降落在这 106 高的山峰之巅时……

"轰隆隆——"整个山峰都震颤了起来，一时间引起无数传承者看过来，紧跟着整个宝藏之地都震颤了。

第二章

古船银河

罗峰刚刚降落在这座山峰之巅上，还没移动，便感觉到整个山峰在震颤，不由有些发蒙……这，这，开启宝藏了？

整个山峰都在震颤，且震颤幅度越来越大。

"宝藏。"

"宝藏要开启了。"

"开启宝藏了。"远处原本或是交谈，或是寻宝的传承者，大都腾空而起，都朝这个方向看来。一时间远处天空中，四面八方，各处都是宇宙各族的身影。

吠镜王也同样飞起来了。

"怎么可能！"吠镜王金色眼眸瞪得滚圆，一眼便看到遥远处那山峰上站着的七名传承者中有罗峰，顿时道，"一定是其他六个传承者中的一个。一定是！"他发自心底厌恶那刀河王，不愿接受刀河王得到宝藏的结果。

而且，这可是第106高的山峰！

虽说排在106，可那也是传说中的108大宝藏之一，任何一个都是有着媲美至宝的价值的。就算排在末尾……那也该有媲美最普通至宝的价值才对。而他吠镜王却仅仅只有一件普通至宝，当然不愿相信刀河王能得到。

事情不以吠镜王的意志为转移。

"宝藏，是宝藏。"

"山峰震了。"

"一定是宝藏要开启了。"山峰之巅，另外几位传承者都激动了，因为他们也在山峰上。

"一定是我，刚才我碰了那棵树。"

"不，是我，一定是我突然触动了宝藏开启条件。"这些传承者们个个激动、紧张，虽说他们都看到是刀河王降临后才引起的震动，可好歹他们也是在山峰上，说不定也是他们其中之一的缘故。

有一丝希望，他们都不会放弃。毕竟这可是，必宝藏之一啊！

"哗哗哗——"

宝藏之地上空的五彩极光湖，就在这座山峰的正上方忽然有数千根极光开始旋转起来，宛如漩涡。

咻！

突兀的，数千根极光从高空坠落，每根都长达上万公里，分五种颜色，宛如无数各色流星直接坠落，坠落向下方。仅仅片刻这数千根极光便完全笼罩住这一座山峰，仿佛珠帘一般，环绕山峰。

美轮美奂！

这幕华丽景色，让无数传承者们激动、澎湃、眼红！那数千根极光蕴含的威压更是大得不可思议，须知仅仅数根极光即可屠戮宇宙尊者，这数千根极光那得是何等威能？毕竟这是宇宙第一大势力的护教至宝、宇宙至强至宝，这名头可不是开玩笑的。

"是我的。"

"宝藏是我的。"被数千根极光包裹的整个山峰，山巅上的传承者还有山腰上的传承者，都在包裹范围内。

可紧跟着一股股力量直接席卷他们，然后直接将他们给瞬移了出去。

"不。""不要。""是我的。"那些异族传承者一个个很不甘心。

"到底谁引发了宝藏？"

"肯定是刀河王，我看到刀河王降落在那座山峰的。"

"那山峰的传承者多的是，山腰上也有，说不定是山腰上藏匿的宝藏。"那些激动的异族传承者们边议论边看着，只听，"嗖！""嗖！""嗖！""嗖！""嗖！""嗖！"一道道身影，或是庞大或是矮小，或是布满鳞甲角质，或是透明犹如液体，各种异族生命被五彩极光湖给踢了出去。

"谁，到底谁引发了宝藏？"

"都被踢出来了。"

"我们几个都出来了？"

"是刀河王，就刀河王没出来。"飞出来的这群传承者们虽然不甘心，可也迅速查看，很快确定……就是刀河王没出来。

而那些在远处观看的异族其实首先便在那些被踢出的传承中寻找刀河王。发现没有，便立即知晓……刀河王就是宝藏的引发者。

"哼。"

吠镜王咬牙切齿，露出了他的獠牙，愤怒不甘地看着这一幕。

可又有什么办法呢？

他旁边的几位传承者彼此相视，却是不敢开口，他们都知道吠镜王这时候肯定很恼怒。

"白痴！一头愚蠢的发疯的没有任何智慧的凶兽。"贝山尊者看了眼远处的吠镜王，心中暗自咒骂。

凶兽……乃是宇宙中空有实力智慧却极其低下的生命。外界发生的一切，罗峰看不到却猜得到。

"是我得到了宝藏。"罗峰感受着脚下的山峰震颤不由露出笑容。

关于宝藏之地宝藏引动的场景，他早就听说过……祖神教的一些超级存在，将宝藏藏在宝藏之地，然后确定了启动宝藏的详细条件，这详细条件则是由五彩极光湖操控。五彩极光湖时刻监控着它覆盖的范围，传承者的一举一动，它都记录下来。

像罗峰当初被杀死，然后再度复活，复活时就明显地散发出界主气息。

五彩极光湖，就立即记载下界主、有天赋分身等。它会搜集这些讯息，一旦符合某个宝藏，当罗峰抵达某个宝藏处……五彩极光湖会自动控制宝藏现世！

只是为了保家会封锁场景，除了安放宝藏者、开启宝藏者和五彩极光湖外，没有谁知道到底是什么宝藏。就像七剑王当年得到宝藏，外界也一直都在猜，只要七剑王不公开，不拿出来，自然没谁知道。

山峰震动，同时山峰之巅却是有巨石在升起。

"嗯？"罗峰仔细盯着看。

巨石高约三百米，却是缓缓升起，而后直接飞了起来，完全悬浮在山峰的上方。

"到底是什么宝藏。"罗峰盯着巨石飞起之后，那山巅露出的巨大窟窿。只见黑漆寥的窟窿，一片寂静，片刻后，一枚黑色戒指缓缓飞了上来，而后转弯直接飞向罗峰，悬浮在了罗峰的面前。

罗峰深吸一口气，默默期盼着，期盼一个适合自己的宝藏。

当即伸手，直接接过这枚戒指，这是一枚无主的戒指，罗峰轻易便将精神印记印入其中。

"不错的世界戒指，啧啧，赶得上我购买的最好的那枚世界戒指。戴着它，遭受到宇宙之主攻击，若是不刻意攻击世界戒指，世界戒指都不会损坏。"罗峰暗自点头，戒指本来就是很坚硬，只是要攻破却也容易。

直接从内破坏里面的一方世界即可，至于外面，则取决于戒指的用材。

"到底是什么？"罗峰的念力渗透进入，开始查探。

世界戒指内的一方世界中，仅仅只有一件物品。

一条古船！

长 12 万公里、宽 3 万公里，通体泛着点点银光，船体结构有点像海中的舰船，不像宇宙飞船。

"这是？"罗峰一丝念力直接钻入那古船中，一丝精神印记融入古船，顿时大量讯息涌入脑海，令罗峰脸上忍不住露出惊喜之色。

"出。"罗峰一伸手。

嗖！

一道银光飞出直接落在掌心，一个枣核大小的古船。

"竟然，竟然是飞行宫殿类的宝物。"罗峰双眸放光，难掩激动之色看着这古船，"仅仅是一件顶级重宝，却被评判认定为是媲美至宝。难怪啊……这可是飞行宫殿类的，只要拿出去，绝对有强者愿意拿一件至宝来换！"

古船中的讯息，罗峰已经知晓。

这艘古船，本名为银虬幻影船，为顶级重宝，功能有点类似天狼殿一类。只要在那银虬幻影船内，那么除非敌人轰破船体，否则物质攻击被削弱得几乎没用，灵魂攻击也会被大幅度削弱。

当初罗峰遭受吠镜王追杀，若是有这艘船，躲在船内，吠镜王根本无法伤到罗峰，罗峰却能凭借这艘银虬幻影船迅速逃逸，远远将吠镜王甩掉。

像天狼之主当年在九幽时空，面对九幽之主燃烧整个九幽之海的可怕攻击，就是凭借天狼殿，才能艰险逃出。

"战甲等防御甲铠，是贴身的，敌人不管物质攻击还是灵魂攻击，都只能削弱部分。"罗峰眼睛发亮，"这银虬幻影船体积巨大，我在其中，等于是在一个巨大堡垒内。这可比机械族最昂贵的神灵基地，还要好。"

防御强。而且这银虬幻影船，灵活变向或许很差，可直线加速逃窜，却极快。

"哈哈，这可是顶级重宝，宇宙尊者肯定无法毁掉它，就算是宇宙之主，恐怕也得花费大力气，才能毁坏掉一件顶级重宝。"罗峰很是开心，在银虬幻影船内，再加上自己的塔珠保护灵魂，一旦跨入不朽……

罗峰不由咧嘴一笑。

当然宝物也得足够实力来驱动，假设实力弱，驱动这艘古船速度不够快，恐怕反而被超级强者直接收缴了去。

"等我跨入不朽，便是可以直接使用这银虬幻影船了。"罗峰暗自点头，"待得将来我实力更强……有能耐驱动星辰塔时，我的底牌便是星辰塔了，这银虬幻影船到时只是明面上的交通工具罢了。"

"银虬幻影船，说起来也别扭，就叫……银河吧。"罗峰看着船体那点点银光，仿佛看到银河中无数璀璨星辰，当即便起了这么个名字。

重宝虽有本名，可大多别扭。像紫钟，本名叫魔音火神钟，罗峰却是直接称紫钟罢了。

这艘银虬幻影船也是，罗峰直接称之为银河。"古船银河，在我真正驱动星辰塔前，就由你陪我了。"罗峰看着掌心的古船，心中默默道。

第三章

天生兽神

罗峰一翻手，这艘古船银河便融入手臂皮肤中。

"我的那些宇宙飞船，都是从一些封王手里弄到的，感觉差了些。本计划突破为不朽后，弄一艘更好的宇宙飞船，现在看来……这价值媲美至宝的古船银河，却是比人类族群、机械族群建造的任何宇宙飞船要好了。"罗峰愉快无比。

咻！

一道迅速缩小的极光忽然飞来，吓了罗峰一大跳，当初刺杀自己的那位宇宙尊者可就是被这些极光轻易击杀的，罗峰欲要闪躲。

可周围空间仿佛凝固了，令罗峰移动都难。而极光却快如闪电，其中一端，轻轻碰触到罗峰头上。

"嗯？"罗峰愣愣站在原地。

轰！

原本悬浮而起的那巨石忽然坠落，落入那窟窿中，恢复之前山峰之巅的模样。

而原本环绕整个山峰的数千根极光，全部都冲天而起，迅速飞回那浩浩荡荡的五彩极光湖中。

"看，那刀河王似乎在发呆。"

"肯定是因为太惊喜了。"

"那可是，必宝藏之一啊，就这么被他弄到了手，这凶宝藏可是弄走一个少一个，不知道哪一个时代才会有新的宝藏安放进去。"

"你们说那刀河王得到了什么……"

"是一些珍贵材料？"

"防御至宝？"

"攻击至宝？"

"恢复神体的宝物？"远处那观看着罗峰得到宝藏场景的无数传承者都好奇猜测，可他们谁都没能看见。

罗峰也扫视了远处一眼，直接一个瞬移，瞬移到宝藏之地遥远处的一个峡谷中。

峡谷内，宁静无比。

罗峰独自在这，喃喃道："酒之主？"

之前那极光碰触自己脑袋的瞬间，是传了一些讯息，其实是宝藏安放者给未来得到宝藏的传承者的一段留言。

一道放荡不羁的声音在说着一段话。

"我无族群，宇宙诞生来，我便独自一个，真正的生死好友也就鸠鹤尊者，不过那头鸠鹤际遇也是不凡，我没用的宝物倒是不知道给谁啊。祖神教突然弄了这么个宝藏之地，就将这艘银虬幻影船留给后来者吧。"

"界主，又能挑战赢过千场，且至少兽神传承三重圆满，能达到这条件，我都觉得你是一个难得的天才。"

"记住喽，给你宝物的，乃是酒之主哇，哈哈哈……"

简单的一段留言。

罗峰听得顿时明白，留下宝藏的乃是一位宇宙之主，只是称号比较奇怪——"酒之主"？

"酒，为称号？"罗峰纳闷，当即意识连接虚拟宇宙，现如今自己的权限的确很高，很多宇宙中的秘密都能查探。

虚拟宇宙。

书桌前，罗峰看着笔记本电脑屏幕，迅速开始搜查酒之主。

刷——

屏幕上出现了一则条目，仅仅这一则。

"嗯？"罗峰连点开一看。

酒之主：天生兽神，乃风、空间，兽神，宇宙独一无二的特殊生命，天生便为兽神，自命名乘风，最喜喝酒，痴迷喝酒，宇宙超级强者们送其称号酒，为祖神教最早期八大兽神之一，现已陨落！

"啊！"罗峰看着这简单的一则讯息，露出震惊之色。

这位酒之主竟然是天生兽神，兽神也分后天兽神和天生兽神，那些凭借修炼最终悟透整个兽神之道，并且继承兽神之位，那属于正常兽神。而宇宙诞生时，却是诞生了些天生便为宇宙之主，自身便为融合法则化身的兽神。

"陨落了？"罗峰似乎耳边回荡起那放荡不羁的声音："记住喽给你宝物的，乃是酒之主啊，哈哈哈……"

"这么个超级强者，陨落了。"罗峰暗叹。

一个嗜酒的天生兽神。

罗峰闭眼都能想象天生兽神，站在古船上，拎着大酒壶的场景。

"嗜酒吗……"罗峰轻声叹息，"你留给我一件珍宝，我若有机会，定当报答。"

"天生兽神，却嗜酒，为酒之主，更自命名乘风……"罗峰虽未见过，却对那位已经陨落的酒之主生起好感，只可惜，这宇宙诞生刚开始时，那位天生兽神便诞生，恐怕比混沌城主、巨斧创始者都要古老得多。

祖神教最早的八大兽神之一，时间太久了，早已陨落。

"即使强如宇宙之主，也有陨落可能。"罗峰默默道，"宇宙最强者，如果拼着付出代价要击杀某位宇宙之主，恐怕宇宙之主中，绝大多数都无法逃命。除非是像九幽之主、混沌城主等有堪称逆天手段的。"

混沌城主，在初始宇宙中便称无敌。

九幽之主，在九幽之海便称无敌。

罗峰也不由为自己的第三分身选择而庆幸。

罗峰在宝藏之地的一偏僻峡谷中为酒之主的陨落唏嘘感叹一番后，很快便被一些传承者发现。不过罗峰也很坦然，他继续在这宝藏之地闲逛着，好歹也要将整个宝藏之地全部逛一遍，说不定还能再得到宝藏。

反正绝大部分意识都在虚拟宇宙中修炼，这寻宝，也不需要花费多少精力。

罗峰得到古船银河的仅仅半个小时后，正当他在宝藏之地游逛时。

"刀河。"

一道身影直接飞来。

罗峰抬头一看，来者是那千雨王。

"千雨王。"罗峰笑着点头。

"恭喜恭喜，我刚一进荣耀世界就听说你得到了宝藏。"千雨王兴奋地说着，"恭喜啊。"

"还行。"罗峰咧嘴一笑，"察曼王他们呢。"

"真衍尊者为你准备了庆功宴，察曼王他们都在那呢，真衍尊者吩咐我来，亲自邀请你。"千雨王笑道，"尊者说，获得祖神教心宝藏之一，这事将会流传亿万年，得庆贺，而且得正式点，所以我被吩咐飞来请你了。"

罗峰一怔，随即不由笑了，老师真衍竟准备了庆功宴。

"我这，我这打算继续逛的。"罗峰看了周围宝藏之地，"看来要等之后再来了。"

"逛什么逛。"

千雨王疑惑道，"有什么好逛的，刀河你不是得到宝藏了吗？"

"说不定我能引发第二个宝藏啊。"罗峰道。

"怎么可能，只要引发第一个宝藏，是绝对无法再引发第二个宝藏的。"千雨王道，"这是自祖神教开辟宝藏之地，漫长岁月以来形成的一个规律。"

"呃……"罗峰眨巴下眼睛，自己虽然问过察曼王他们有关宝藏之地的讯息，也只是问了引发的情形等等，的确没问是否可以引发第二次宝藏。

"走吧，不会骗你的。"千雨王连道，"幸亏你才多逛了一会儿，如果你逛很久，恐怕很多异族传承者都猜出你想继续引发宝藏，肯定会引起很多传承者暗中笑话。"

罗峰朝周围看了一眼。

远处一些传承者似乎还沉浸在半个小时前宝藏被发现的震撼中，

毕竟宇宙诞生以来凶宝藏才被发现几个，今天又新发现一个。传承者一个个交流着，偶尔看向罗峰，只是看向罗峰的目光中多是羡慕嫉妒……除了少数和人类有仇怨的异族族群的强者外，也没谁露出贪婪之色。

实力地位是和宝物匹配的。一个行星级小家伙，如果得到至宝，那是找死！

就算是界主，当初混沌城主赐予罗峰一件至宝弑吴羽翼，也是让罗峰不得公开，否则麻烦就大了。

可现在不一样，罗峰经历了吠镜王追杀和沼蚀尊者刺杀，早就证明了自身能力。也没谁去想拼命得到罗峰身上的宝物，毕竟为了一件根本不知道是啥的宝物，不值得拼命。

"我当年刚走出地球，小心翼翼，连一机械族飞船都引来灭顶之灾。"罗峰摇头一笑，唏嘘不已，现在自己身怀至宝层次宝物，却也没几个敢下手。

看着罗峰、千雨王一道离去，吠镜王脸孔略微抽搐，露出他的獠牙，他身侧的其他传承者都明白，吠镜王恐怕是很愤怒。

"可恶！"

"可恶的人类。"吠镜王憋着一肚子火，"不过是靠了点运气而已！待得寻到机会，我一定会让你明白，真正自身实力才是根本！我就不信，下次还有九幽漩涡给你钻。"

他怨恨真衍，也厌恶刀河王。

现在却看着刀河王得到宝藏之一，这种不爽的感觉，简直让吠镜王憋屈得难受。

"吠镜王。"旁边一头异族，绿色舌头闪烁，发出声音，"这刀河王现在嚣张，名气那么大，可是他仅仅只是个界主，他能够击杀封王极限，肯定是靠外在宝物所赋予的一些特殊能力。可是随着实力越高，宝物的用途越小的。等他成了不朽之后，那些宝物对他的作用肯定下降，不管怎样，他也就一个人类，生命层次很低，等成了不朽是远远无法和吠镜王、逐虫王你们这些宇宙中逆天的特殊生命相比的。"

"说的好！"吠镜王眼睛一亮，不由满意地看了那异族一眼。

"他也就一人类。"

吠镜王舔舐了下他的獠牙，遥遥看着之前罗峰消失的方向。"生命层次能高到哪儿去？仗着宝物能横行一时，难不成还能一直横行下去？就算他成了不朽，我单凭生命层次高他千倍，杀他，就仿佛毁掉一颗恒星般轻松。"

第四章
生命基因层次

吠镜说的没错，仗着宝物横行一时，却没办法横行一世！如此至强至宝，就算单单完整驱动就需要无比惊人的实力，所以没实力空靠宝物也是不行。至于费摩毒流之类的，在宇宙尊者级的战斗中就根本没有价值了。

就连金角巨兽穿的金甲想和吠镜王燃烧神体拼命一击，金甲都会直接爆掉。

所以之前对罗峰益处极大的将甲、王甲、费摩毒清等等将被淘汰，作用也锐减到极低。

当罗峰和真衍尊者等度过一月盛宴后，混沌城主却是召罗峰见面。

虚拟宇宙雷虞岛之巅，那无尽气流中的巍峨宫殿前，混沌城主正俯瞰着雷虞岛。

"老师。"罗峰凭空出现，恭敬行礼。

混沌城主转身，看着罗峰，双眸似星空大海般深邃，面带笑意："你得到了，昭宝藏中的一个？"

"是的，是一件飞行宫殿似的顶级重宝。"罗峰说道，"名叫银轧幻影船。"

"银轧幻影船？"

混沌城主略一思忖，并没想起这是什么宝物，却还是道，"若是飞行宫殿类的，你倒是赚了，飞行宫殿类的顶级重宝一直很罕见且珍贵，怕是比我给你的羽翼，还要更会受宇宙尊者疯狂追捧。"

罗峰点头，他也知道这点。

"谁留下的宝藏？"混沌城主追问。

"酒之主。"罗峰道，"我查了下，是祖神教最早时期的八大兽神之一。"

"酒之主？乘风？"混沌城主顿时笑了，"我知道了，是他的那艘酒船，没想到现在到你手里了。这酒之主，是个很了不起的宇宙之主，作为天生兽神，实力极强大，可天生兽神注定会遭到围攻，所以……"

混沌城主摇头唏嘘。

罗峰听得心中不由一惊。

天生兽神注定会遭到围攻猎捕？这令罗峰忍不住回忆起当年在血洛世界所看到的远古目影，当年的确是一个超级存在，和血洛世界的那位兽神进行一战，那位兽神最终陨落。

"为何会遭到围攻？"罗峰忍不住开口。

混沌城主看了他一眼，平静道，天生兽神和后天兽神不同，乃是宇宙中的精华凝聚而生，乃是天生的宝藏。它的鳞甲，它的皮毛，它的血清，无一不具有特效，比普通的至宝千件万件都要珍贵，围杀天生兽神，是一场盛宴，众多超级存在的盛宴。

罗峰眼中露出震惊之色。

"争！争货源，争机遇。"混沌城主道，"争分很多手段。像宇宙各族彼此勾心斗角辱杀争夺货源，是一种争！像神教高喊着不偏帮任何一股势力不掠夺疆域，所以才能做到立于外，表面不争却达到争的另一层次。"

罗峰点头。

华夏古语："……夫唯不争，故天下莫能与之争！"

但是要让天下莫能与之争，却是需要极强的底蕴实力的。像祖神教，正因为有三大祖神坐镇执行，不偏帮任何势力、不争夺任何疆域，所以才能达到更高一层次争的境界，才能传承至今，吸纳宇宙无数族群天才。而无数族群知道祖神教不争，那么自然愿意将族内天才送去让祖神教来培养自己族群的未来。

"都是在争。"混沌城主感慨，自从第一头天生兽神陨落，让宇宙各族知晓天生兽神死后的情况，其他天生兽神，注定会被围攻。即使再厉害，面对围攻，甚至宇宙最巅峰的一些存在攻击，除非永久的藏匿，否则陨落……几乎无法避免。

"像你使用的血洛晶，不就是天生兽神留下的其中一样宝物？"混沌城主看向罗峰。

罗峰一颤。

果然……血洛世界死去的那位，是天生兽神。

"记住。"

"弱肉强食。"

混沌城主看着罗峰，"这就是强者法则！宇宙中亿万族群，你在其他任何族群面前都是异族，大家不会怜悯。所以你要做的就是不断地获得货源来提高强大自己。你强，代表族群的实力也更强，族群真正的实力，是由最高层的一群存在组成，每个都是族群的支柱。你将来，才有很大希望成为族群的支柱。"

罗峰点头。

"提到那血洛晶，你在突破为不朽之前，记得融合血洛晶到极限。"混沌城主叮嘱道，"这也才能助你将来提高生命基因层次。你是黑武者，你的生命基因层次才有希望能达到宇宙普通生命的百倍。"

"百倍？"罗峰疑惑。

"百倍是极限。"混沌城主点头，"身体力量百倍是极限。灵魂振幅，百倍是极限。生命基因层次提高，百倍也是极限……这就是宇宙运转法则的一部分，就像原宇宙中飞行最快达到光速，这些都是规律。"

罗峰屏息。

可自己的生命基因层次，地球人本尊已经百倍，金角巨兽分身更是超过千倍了。

"生命基因层次，就没法超过百倍极限？"罗峰追问道。

"有。"混沌城主点头。

"什么办法？"罗峰连道。

"夺舍。"混沌城主道，"对特殊生命进行夺舍，只要夺舍，拥有了特殊生命的身体，只是灵魂变了而已。牵扯到灵魂的天赋秘法或许会消失，可一些身体上导致的天赋秘法，还有生命基因层次却是都能继承。"

"可这很难。"混沌城主解释道，"首先，不朽神灵的生命印记融入每一个细胞碎片，若是毁掉对方的生命印记，等于毁掉整个神体。所以夺舍只能对不朽以下进行施展。"

"其次……"

"如果我是界主，欲要夺舍宇宙级特殊生命。"混沌城主道，"击败容易，夺舍难，就算夺舍……可我乃是界主的灵魂，对身体的负荷过大！一旦身体承受不了，照样会崩溃。"

罗峰连点头，灵魂和身体是相互匹配的。

正常人类，界主九阶人类的灵魂，身体最起码要达到界主七阶，否则灵魂太强，会令身体崩溃。

"要找寻能承载灵魂的特殊生命身体，可一旦能承载，代表生命实力和你很接近。加上其天赋手段，不是你杀他，反而可能是他杀你。"混沌城主解释，"何况，界主级特殊生命几乎都不离开宇宙秘境，就算能碰到，就算能击败，可特殊生命说不定宁可自爆，也不被夺舍。"

"夺舍特殊生命，虽然好处极多，却难以成功。"混沌城主道，"宇宙中能做到的极少。"

罗峰追问："还有其他办法吗？"

"像你，天赋之末，孕育了特殊生命分身，不就走了？"混沌城主道，当然能孕育特殊生命分身，一般都属于很弱的特殊生命。"

罗峰连点头。

世界树自己没法孕育，须知自己是金角巨兽的体内世界，又是吞噬金属形成的超大体内世界，能孕育的分身估摸着也就是数百倍生命层次。

"总之，很多手段，一般都是借助特殊生命达成。"混沌城主道。

"还有其他手段吗？"罗峰又问。

"还有什么手段。"混沌城主摇头，又迟疑道："当然，宇宙亿万族群，也有些超级存在秘密至今未被发现，或许有连我都不知道的方法。但是我可以肯定，宇宙运转规则就是如此，是公平的，就算有某种手段，那么代价也将极其高昂。"

罗峰点头答是，秘典誉乃是宇宙最强者坐山客，耗费无数心力制造，又弄出价值无量的天魂晶来承载，才能进行传承。即使如此，也仅仅只有少数生命能得到秘典的讯息内容。宇宙运转法则之苛刻，可想而知。

"别想那么多，百倍是极限。"混沌城主露出笑容，"能达到百倍，宇宙中罕见。很多宇宙尊者，生命基因层次也就百倍。而你是黑武者……现在达到百倍，之后再靠兽神之血，还能再提高一大截。"

罗峰点头。

他本来也计划在突破为不朽前融合血洛晶，这样跨入不朽，神体能直接达到极强层次。

"去吧。若需要兽神之血，可以和虚拟宇宙公司直接申请货源。"混沌城主道。

"是。"

罗峰恭敬行礼，随即退去。

在原始秘境，宫殿内。分身盘膝而坐，在体内世界中……金角巨兽则开始了又一次融合血洛晶。

（第二部分节选）

第二十五篇

第十三章

六阶顶尖黑狱塔内，一片寂静地泛着无尽黑雾的空间中。

两道残影迅速被吸入进来，一个是翻滚着的那头天狼，另外一个则是有着三条尾巴的、鳞甲身躯、三角脑袋的异兽墨笏兽，一个是天狼之主，一个是墨笏之主，都是妖族中的两大种族的真正的老祖级人物，可此刻却是被关押了进来。

"不好。"天狼之主眨巴下眼睛，才从之前的幻境中清醒过来，顿时嘶吼道。

旁边墨笏之主也急了。

"天狼，怎么办，我们，我们被关押在那至强至宝黑狱塔了。"墨笏之主急了。

"黑狱塔，啊，黑狱塔？"天狼之主看向四周，空间波动完全和外界隔绝，瞬移？神国传送？都休想逃出去。

"我，我没分身啊。"天狼之主急了。

完了！

这真是一场噩梦，别说是他们，就算是宇宙最强者一旦被关押进至强至宝宫殿内也没有任何逃出的机会。若是他俩有分身就罢了，可是不管是天狼之主还是墨笏之主，在妖族宇宙之主中地位都不算高，也都没分身。

若是有分身，地位便自然不同。

即使被镇矗压到至强至宝宫殿内，有分身的可以立即自爆掉！这样虽然损失了自身珍贵的至宝等宝物，可好歹能保住命！

天狼之主嘶吼道，"我们等机会，梦妖祖还在外面，我们还有机会。相信震妖祖也很快会赶来，到时候只要从人类那夺来这黑狱塔，我们就还能出去。"

墨笋之主想不到其他办法，只有这一条，"梦妖祖，震妖祖，一定会救出我们的！"

"不！"

"可恶！"

在妖族宇宙之主咆哮，超高速飞行赶来的梦妖祖愤怒嘶吼时。他们敌对的一方人类自然是无比开心，彭工之主、黑暗之主、罗峰，包括一大群宇宙之主，个个都笑了，心中都无比畅快开心。

"基本目标已经达成！已经灭杀一名宇宙之主，抓捕两名宇宙之主，抓捕的还是天狼之主和墨笋之主这种没分身的，他们逃都逃不掉。"在虚拟宇宙中，彭工之主如此兴奋道。

"漫长岁月，难得才有一名宇宙之主陨落，今天妖族在我们这一下子损失三名，消息传出，那些实力远远不如妖族的小势力……自然惊恐。我们能在妖族的梦妖祖等最强者面前，都令他们损失三名宇宙之主。那么对付一些小势力，一举灭掉些小势力都轻而易举！"

"对。"

"基本目标已经达成，现在尽管杀吧，尽管抓捕，杀的越多，抓捕的越多，效果越好。"

罗峰、彭工、黑暗个个为之兴奋。

人类族群有了黑狱塔、延钓棍，再加上罗峰的宝物！使得整个族群有三个六阶宇宙之主，虽说在移动速度上要吃亏，可是整体战斗起来，至少单单面对妖族一方，还是占有一定优势的。不过罗峰他们也很清楚……

断东河一脉传承！

注定会吸引各方势力，人类族群要面对的可不单单是妖族一方，所以人类压力极大。单单一个梦妖祖就这么可怕，若是来三个、五个宇宙最强者，恐怕一次联手扫荡，说不定连彭工之主都会被镇矗压封印了。

"不管这一场战争的最后结果如何。"罗峰默默道，"从一开始，就得竭尽全力，这和妖族一战……仅仅是第一战，也是震慑之战，一定要发挥到最好，令其他各大势力都不急着出手，让他们都抱着黄雀在后的想法。"

　　人类表现若是弱？其他各大势力都怕人类迅速被击败、屈服，唯恐迟了就没好处，反而会汹涌地全部杀上来。

　　而人类表现的可怕。

　　那些势力一来不愿付出太大代价，二来也不担心妖族、机械族、虫族能短时间完全击败人类了。自然会在旁看戏。只要给人类族群喘息之机……那么一切就皆有可能！毕竟关于宇宙之主到宇宙最强者，罗峰早就讲解给每一个宇宙之主听了。

　　说不定，在关键时刻，黑暗之主、彭工之主、混沌城主中的某一个就突破了。

　　一旦突破。

　　那人类族群机会就大多了。

　　"若是我能突破到宇宙之主，局面也将大不一样。"罗峰暗暗道，"现在，我仅仅只有地球人本尊、金角巨兽分身，有超强战力。"

　　"可一旦突破到宇宙之主。"

　　"魔杀族分身、幽海分身……都将拥有六阶战力。"

　　"到时，我人类族群情况也将大大改善。"

　　六阶顶尖。

　　在原始宇宙已经是最强战力！想要达到六阶顶尖很难，一般需要五阶顶尖宇宙之主，再加上至强至宝才能做到。人类族群的五阶顶尖宇宙之主，一共才三个（黑暗、彭工、混沌），所以即使再来两三件至强至宝，若是给冰峰之主、龙行之主他们使用，是无法发挥到六阶顶尖威能的。就像当初罗峰法则感悟还差些时，即使有星辰塔，可却只能发挥极小一部分威能而已。

　　强者、至宝，二者一个都不能少！如此，才能形成一个六阶战力。

　　罗峰不同，他创出《涅槃新生》这一宇宙最强者层次秘法，没至强至宝，也能发挥出六阶顶尖战力。

"梦妖祖杀来了。"

"老家伙。"

人类族群一方都注意到那以无比可怕速度冲来的梦妖祖。

"我来挡住他。"罗峰连道,"彭工、黑暗,你们继续对付妖族那一群宇宙之主,努力再抓几个。"

"好。"

彭工、黑暗也见过罗峰刚才的实力,对其充满信心。

哼——

罗峰身后的银色四翼猛地变大,好似遮蔽了半边星空,整个悬浮在星空中。他手持血影刀,看着那超高速杀来的梦妖祖。此刻的梦妖祖状若疯狂,发出一声声愤怒尖厉的嘶吼:"罗峰!"

"去!"罗峰心意一动。

轰!

半空中凭空出现了一艘巨大的墓陵之舟,墓陵之舟和冲来减速不及的梦妖祖直接撞击在一起。墓陵之舟因为刚刚取出,内部动力刚刚运转,所以被震得倒退些许,罗峰当即一挥手,又将这墓陵之舟收了起来。

"可恶的人类!"梦妖祖被撞了下后依旧疯狂地杀向罗峰,它太愤怒了。

"哗!"梦妖祖蛇首猛地张开大嘴。

咻!

一道青色幻影划过长空,掠向罗峰。

"呼!"罗峰手中的血影刀也是瞬间挥出,形成一束极细的刀芒紧跟着越加粗大,直接形成一巨大的黑色微型宇宙笼罩住那青色幻影,接着微型宇宙裂开……薄薄的一道光芒一闪而逝,那一道青色幻影则是迅速飞回梦妖祖嘴里。

二者仅仅一个交手,梦妖祖便盯着罗峰。

"好厉害的刀法,至强至宝?"梦妖祖在思索着怎么对付罗峰,它发现,罗峰的刀芒……具有极可怕的穿透力!若说延钧棍的威能在一个"重"字,那罗峰这一刀就在一个"锋"字,太过锋锐!

罗峰身后银色四翼展开，看着梦妖祖。

六阶顶尖，的确是这原始宇宙内所能发挥的极限。

"我施展《涅槃新生》，已经隐隐感觉到一种阻碍。"罗峰暗暗道，"没想到，这所谓的六阶顶尖限制，不但对宇宙最强者起作用。对宇宙尊者、宇宙之主也起作用。"

在这之前，整个原始宇宙，就没有一个六阶宇宙之主。

即使有至强至宝，都是宇宙最强者拿着！

此刻，罗峰、黑暗、彭工，都是六阶水准，他们三个都感觉到了那一层阻碍。

"是了。"

"六阶顶尖这一限制，是原始宇宙意志来压制宇宙最强者，令他们无法做到大肆屠戮的。"罗峰暗暗道，"可也不至于，压制得令他们反而比宇宙之主还弱！所以即使是宇宙之主，也最多发挥到六阶顶尖。"

之前有诸多传言，可一直没有事实依据。

罗峰、黑暗、彭工成了六阶顶尖，才能清晰感觉……无法突破，因为刚一接近就感到极强大的阻碍。

"真正宇宙之主，六阶顶尖的确是理论极限。"罗峰暗自道，"原始宇宙这样做，的确不算错。可是我……和他们不同啊，倒是吃了亏。"

一代代轮回时代……

终出了罗峰这个特殊存在，因为，他得了断东河一脉传承！

所以，有了血影刀！这血影刀，便令他实力发挥到更高一层次！

三代祖师所创的《断灭》，一旦施展，也能令实力再提升！

所以若是没有阻碍，罗峰现在真的拼命使用《断灭》，完全能发挥到七阶战力（宇宙海中最普通宇宙最强者的实力）。若是达到宇宙之主……则能发挥到八阶战力！

可惜，原始宇宙虽压制宇宙最强者，却也不会压制到令他们不如宇宙之主。

毕竟梦妖祖，在宇宙海中，完全是有近乎八阶战力的。在原始宇宙只能是六阶顶尖战力。

"人类，你这可恶的家伙，若是在宇宙海，你岂会是我对手？"梦妖祖咆哮着。

罗峰手持血影刀，冷笑道："这话当初虚真魔神也曾和双面祖神说过，可惜，这里是原始宇宙！"就当罗峰和梦妖祖刚刚交手，远处那被围攻的妖族群宇宙之主处，忽然爆发出一股可怕的威能，只见那妖族灭禁之主身边的那座宫殿至强至宝中，忽然一有着锯齿外壳的异兽从那宫殿至宝中缓缓爬出。

"震妖祖！"妖族宇宙之主立即为之激动喊道！

第十四章

撤 退

妖族的一群宇宙之主们看到震妖祖出现，个个都激动到极致，妖祖出现了，有救了！

"妖祖！"

"妖祖！"他们一个个喊着，同时竭力抵挡着人类族群的攻击，他们太惨了，之前在暗宇宙中遭到罗峰的一刀便令他们中陨落了一位，吓得他们连忙退回原宇宙，可一退回原宇宙，却使得他们和梦妖祖距离变得很遥远。

"轰——"震妖祖缓缓移动，冰冷的眼眸扫视人类一方。同时它的体表开始浮现强大的神力，神力蒸腾，形成了一头头小型异兽。这些蒸腾燃烧的神力形成的异兽，前赴后继咆哮着硬是抵挡住人类一方宇宙之主的集体攻击。

同时在广袤的星空中，出现了无数的汹涌浪涛，正是巅峰领域类至宝莫水河。当这黑色浪涛刚一出现，便被金色的国度、雪沙海直接碾轧粉碎。

"嗯？"震妖祖冰冷眼眸猛地转而看向远处。

远处……

巨大的银色羽翼辐散开，仿佛遮蔽半边星空，背负着羽翼的主人，正是那人类青年，只见那人类青年略微扭头瞥了眼震妖祖："震妖祖！这是我的地盘，如果没至强领域类至宝，还是别拿出来献丑了！"

"罗峰！"震妖祖盘踞在那，而那些早就受伤严重的妖族宇宙之主们，连忙一个个逃进旁边的宫殿至宝内。

之前他们不敢逃！

唯恐这巅峰宫殿至宝，也被吸入黑狱塔内，那可真的被一锅端了。可是现在震妖祖出现了……那他们这些受伤的宇宙之主自然可以安心先进去修养恢复自身实力。毕竟为了应对这一场战争，他们个个都准备了一些珍贵宝物，以应对危险。只要愿意付出足够代价，完全可以短时间内令神体恢复过来。

"罗峰，你的羽翼不是遗失了吗？"震妖祖看着罗峰，却丝毫不急躁。

"失而复得难道不行么？"罗峰咧嘴一笑。

"当然行。能得到断东河一脉传承的人类，自然不一般。"震妖祖悠闲悠哉道，表面上悠闲悠哉，可震妖祖却在观察局势，现在不管怎样妖族的宇宙之主们都暂时躲起来了，他和梦妖祖却是没有任何危险。

自然可先观察清楚。

"至强至宝黑狱塔！操控者晨……黑暗之主？黑暗之主竟是人类。"震妖祖迅速观察着，暗暗心惊。

黑暗之主、彭工之主、罗峰。

竟有三个六阶顶尖战力！

须知在原始宇宙，六阶顶尖战力已经是最强战力了。

"我羽翼在手，领域掌控权在我是不是很失望啊？"罗峰站在虚空中，声音则是透过领域，浩浩荡荡响彻各处，"彭工、黑暗，一起动手，让那个老家伙震角，看看我人类的厉害。"

"哈哈，好。"

"杀！"

人类族群一方哈哈大笑，却丝毫不手软，彭工之主直接便冲了上去，而黑暗之主也是操控着黑狱塔，只见黑狱塔的塔尖威能不断暴涨，很快变成耀眼的白色，散发着白色光芒，整个黑狱塔化作一道白光，也直接砸向震妖祖。

"杀。"

"灭了这老妖祖。"

"砸了他的外壳。"

其他 12 名人类宇宙之主，集体施展攻击。

一时间人类一方是劈天盖地的攻击，而远处被罗峰阻拦着的梦妖祖见状，顿时怒了，虽说以震妖祖的防御完全能轻易挡下，可是震妖祖仅仅能发挥六阶顶尖战力，这般被围剿……自然等于是被踩躏。

"可恶的人类。"梦妖祖嘶吼一声，速度猛地飙升。

刷！

便欲要绕过罗峰，她的速度实在太快，罗峰是根本没法靠速度拦截。

"嗡——"那遮蔽半边星空的巨大银色羽翼，忽然猛地一振，呼啸着化作了一道巨大的刀芒，刀芒瞬间便席卷时空，化为了一黑色的微型宇宙，笼罩住了梦妖祖。

黑色的微型宇宙忽然炸碎开来。

一巨大的银色大蛇，轻易冲出了黑色微型宇宙。

"不用至强至宝，也想拦我？"梦妖祖的巨大蛇首冰冷地看了罗峰一眼，同时化作幻影，直接撞开了银色羽翼，冲向震妖祖。

"还是神力差一筹。"罗峰暗自摇头，"明明是宇宙最强者层次的刀法，弑吴羽翼威能弱些，导致只能发挥五阶顶尖战力。"

刷！

羽翼一振，罗峰又飞了过去。

震妖祖、梦妖祖瞬间聚集。

这一条银色大蛇，和一锯齿外壳异兽，二者盘踞在虚空中。

任凭人类一方的围攻，他俩联手都能轻易抵挡。

"防御太强了。"

"梦妖祖有至强至宝铠甲，那震妖祖虽说没有至强至宝铠甲，却是天生擅长防御，特别在原始宇宙……六阶顶尖的攻击威能，震妖祖不需要至强至宝，也能轻易抵挡。"人类一方迅速发现问题。

打！

任凭打，都没事。

而对方一旦要逃，以对方的速度，完全能轻易逃掉。

虚拟宇宙内，巨斧神殿前。

"怎么办？"

"那两个老妖祖，都是宇宙最强者，我们根本奈何不了他们。"

"我看，还是撤退吧，这一次我们的目标已经达到，杀死了一名宇宙之主，镇矗压抓捕了两位宇宙之主。妖族损失这么多人……只要消息再传出去，足以震慑那些次一等的实力，也足以让狱族、晶族、独行最强者等势力不会急着出手。"

"撤退？"

长桌上坐着的一名名宇宙之主面色郑重，一个个说出自己的意见。

"墓陵之舟。"罗峰突兀开口。顿时一片安静。

"罗峰，要出这一狠招？"彭工之主迟疑。

黑暗之主也迟疑。

而其他宇宙之主却是疑惑，因为他们并不明白罗峰说出墓陵之舟的意思，须知墓陵之舟是一艘舰船，根本没有主动攻击外界的手段，只要让敌人进入墓陵之舟，才有诸多攻击手段，可现在整个宇宙海，谁不知道墓陵之舟内的可怕？谁会傻乎乎进去的？

"罗峰？"冰峰之主略带疑惑开口。

"罗峰有一杀手锏。"黑暗之主直接道，"师弟，等会儿你们就知道了。罗峰，你认为……真的要现在施展？不等到下一波对付其他势力时？"

"现在能施展，下一次也能施展。"罗峰直接道，"更何况妖族即使吃了大亏，我人类族群有这一杀手锏，他们也不会告诉机械族、虫族吧。毕竟他们吃了亏，恐怕也想其他族群也跟着吃亏。"

"嗯。"

"嗯。"

黑暗之主、彭工之主都点头。

"怎么做？"彭工之主询问，"妖族那群宇宙之主现在躲在巅峰宫殿至宝内，可没办法。"

"躲起来，再让他们出来就是。"罗峰直接道。

黑暗之主、彭工之主彼此相视一眼。

"诸位听好。"黑暗之主直接道，"马上战斗时……"

当人类族群一方强者们稍微分出一丝意识在虚拟宇宙中进行交流、布局时，梦妖祖、震妖祖也进行极短时间交流，很快这两位老祖终于出狠手了。

"去！"

震妖祖盘踞在那儿，一声低吼。顿时半空中出现了一巨大的黑色尖锥，这正是震妖祖的至强至宝碎域锥。这尖锥有点类似震妖祖的尾巴尖端，一般在宇宙海中，这碎域锥都是融入在尾巴尖端上，这样一来，即可延伸形成铠甲保护自身，二来近身战，也是震妖祖极擅长的。

而现在，为了更快战斗，他将碎域锥当作念力兵器宝物进行使用。

"昂——"碎域锥呼啸着，令整个星空中都出现了搅碎的破碎空间，碎片形成的巨大龙卷风似的风暴，这是一巨大的黑色风暴。

快到极致。碎域锥呼啸着便和那黑狱塔撞击在了一起。

"砰！"

黑狱塔翻滚着倒退回来，而碎域锥却是划过一道弧线，卸去冲击力后，转而直接冲向彭工之主。

"该死的人类！"梦妖祖巨大的蛇首，忽然嘴巴一张。

咻！

一道青色幻影飞出，也掠向彭工之主。

"挡住。"

"挡住那碎域锥。"

人类一方的那一群宇宙之主，同时出手，诸多攻击——落在那威能可怕的碎域锥上。可即使如此，碎域锥和那青色幻影，二者也是一前一后几乎同时到了彭工之主身前，彭工之主虽竭力抵挡，依旧被轰击得抛飞出去。

"灭！"一道青色幻影，一道黑色风暴。

二者同时扫荡向人类的一群宇宙之主以及黑暗之主，黑暗之主连忙操控着黑狱塔飞过来，"轰——"黑狱塔竭力挡住了那一道青色幻影，而碎域锥形成的黑色风暴却扫荡过人类一方的宇宙之主们。

"挡住。"

"躲后面点。"

一个个竭力抵挡，幸好包括黑暗之主在内，足足几个宇宙之主神体，同时施展攻击，硬是将那青色幻影的威能给挡下，只有最前面遭到冲击的冰峰之主受了伤。青色幻影也终于停下，原来竟是一柄奇异的鬼魅青色长梭。

"退！"

"走！"

"撤退！"

只见黑色金字塔在一侧，人类族群的宇宙之主全部轰然飞入黑狱塔中，黑暗之主也飞入其中。

嗖！嗖！嗖！

黑色金字塔、彭工之主、罗峰，化作三道流光开始撤退逃窜！

第十五章
妖族之伤

梦妖祖、震妖祖，这妖族的两位最高存在，见人类族群一方竟然妄图逃窜，怎么可能就这么放人类走？他们可是损失了三名宇宙之主了，这是何等可怕的损失！从妖族崛起到如今，还没有过这样的损失，况且还是在他们面前。

"逃，你们逃得掉吗？"梦妖祖、震妖祖同时化作幻影，速度迅速达到十倍光速、百倍光速。

瞬间，梦妖祖便化为一条上亿公里的银色大蛇，直接拦截在了逃跑的人类族群一方的前方。

就在这时候，震妖祖身旁则是出现一道道妖族宇宙之主身影，正是之前受伤的咕宇宙之主。

"你们在我身边，围攻人类！"震妖祖下令。

"是！"

"该死的人类。"

吼——

这些妖族宇宙之主们，或是飞禽，或是异兽，一个个在震妖祖身侧，直接劈天盖地施展着各种攻击。幻术、灵魂攻击、念力兵器攻击……就算罗峰、黑暗之主、彭工之主瞬间遭受这些袭击也感到吃力。

虽说令对方损失了三位，可损失的都是原先妖族宇宙之主中堪称实力垫底的。此刻神体近乎恢复的一个个妖族之主爆发起来，联合攻击照样可怕。

轰隆隆——无数破碎的空间粒子，直接席卷形成一道黑色风暴，黑色风暴的尖端便是那碎域锥。

"啾！"青色幻影也呼啸而去。

"该死！"梦妖祖在操控宝物的同时，同时自身也化作幻影。

呼——而在人类族群上空更是出现了一座圆球形的宫殿至宝，巨大的晶球悬浮着，一股强大的吞吸力量直接作用在人类族群一方。

一时间……

妖族一方已然竭尽全力。

只要人类一方有谁大意，恐怕就会被吸进去，镇压封印！

"哈哈哈，论镇压类宝物，你们妖族差远了。"黑暗之主一挥手，他便整个消失，同时一道黑光出现，这一道黑光飞向妖族上方，并且飞行过程中不断变大，直接变成了一巨大的黑色金字塔，黑色金字塔的底部则是无尽深渊。

强大吞吸力量顿时朝下方妖族一方完全吞吸下去。

"都小心些！"震妖祖传音下令，"不要退出我的周围。""是。""是。""我们之前是接连遭到围攻，天狼和墨笏才会中招的。"

这些妖族之主一个个丝毫不惧，即使没震妖祖，只要不遭到其他攻击，他们这些妖族之主联手都能抵抗吞吸。更别说旁边还有震妖祖保护。

悬浮在妖族上方的黑狱塔的底部深渊边缘，竟然出现了一道道身影，正是人类族群的那群宇宙之主。

"妖族！"

"妖族受死吧。"冰峰之主、龙行之主、荒鉴之主他们一大群存在，个个丝毫不留情，直接在黑狱塔的深渊边缘，朝下方劈天盖地轰击过去，施展攻击的包括在黑狱塔内的黑暗之主，一共有8位！论神体，更是有多位！

一时间，其中几个神体同时攻击下方的妖族一群宇宙之主，其他8个神体（包括黑暗之主在内）则是联手攻击震妖祖。

"哼——"震妖祖体表神力蒸腾，化为无数头异兽，一次次抵挡，同时操控着碎域锥，去攻击黑狱塔，黑狱塔的吞吸以及人类那一群宇宙之主的狂轰乱炸，的确非常难缠。

"嘭——"

黑色风暴撞击在黑狱塔上。撞击下，碎域锥在无数空间粒子流中翻滚着，黑狱塔也震得抛飞开，在塔内的人类宇宙之主们也是一时间不得不停下攻击。

"轰！"

"轰！"

罗峰、彭工之主，一人手持血影刀，一个手持延钩棍，同时对上梦妖祖！

罗峰的血影刀，极为锋锐，具有可怕的穿透力。而延钩棍更是势大力沉，二者配合下，即使梦妖祖使尽手段，近战、念力兵器攻击一起上，依旧是被打的落于下风，更别提要对付罗峰他们俩了。

嘭——

罗峰的血影刀和梦妖祖抽打来的尾巴一次撞击，整个不由自主倒飞。

"去！"罗峰猛地一挥手。

半空中一艘墓陵之舟凭空出现！

墓陵之舟浩浩荡荡直接朝那震妖祖撞击了过去。

"没用的。"震妖祖带领着身边的咕妖族宇宙之主，略微朝下方移动，便轻易避开那墓陵之舟。

墓陵之舟的弱点，早就众所皆知。

虽然坚不可摧，却根本无法对外攻击！

"轰隆隆——"就在这时，上方的黑狱塔仿佛发飙了，猛地一个下沉，上面的包括黑暗之主在内数位宇宙之主几个神分身，尽皆朝下方疯狂攻击。并且黑狱塔都直接朝下方轰隆隆撞击下来。

一时间足足数名神分身，全部攻击震妖祖！黑狱塔也朝下方震妖祖砸来。

"滚开。"震妖祖操控着碎域。并且拼尽全力在抵抗。

震妖祖根本没放在心上，仅仅是之前略微下沉避开的墓陵之舟，就是这一艘墓陵之舟，在从他们一群妖族之主处呼啸飞过的一瞬间，正在遭到7名神分身的攻击。这一群宇宙之主，竟然……

咻！

足足六道身影，瞬间被墓陵之舟吞吸进去！

"嗖！"

墓陵之舟高速飞过，远远飞去。

震妖祖和幸存的瑰妖族之主愣了好一会儿，而后都震惊了！怒了！

"不！"震妖祖发出愤怒的怒吼。

"人类，人类，人类！！！"灭禁之主、血黎之主、蛤焦之主也完全怒得快发疯了。

呼！

震妖祖直接将这幸存的三名妖族宇宙之主收入自身的巅峰宫殿至宝中，而后这庞大的锯齿外壳异兽咆哮着速度飙升到极致，冲向那墓陵之舟。此刻的震妖祖完全发狂了，陷入了癫狂的地步，甚至都忘却了他根本不可能破开墓陵之舟。

"不！"远处的梦妖祖，这才发觉之前到底发生了什么。

"人类！人类。"梦妖祖也发出凄厉的嘶叫，同时速度也飙升起来，杀向那墓陵之舟。

而彭工之主、罗峰，以及悬浮的黑狱塔上走出的黑暗之主，他们三个彼此相视，都微微一笑。

"不，不，不！"愤怒咆哮的震妖祖，很快便追上了墓陵之舟，他操控着"碎域锥"，呼啸着一次次撞击墓陵之舟，令周围空间直接化为无尽粒子流，甚至冲击都波及到空间夹层深处去。

一次次撞击！

疯狂的攻击！震妖祖本身也是拼尽全力攻击墓陵之舟。

破，破妖祖此刻有着愤怒、内疚、不甘，这股强烈的情绪，令他疯狂攻击墓陵之舟，连追上来的梦妖祖也处于疯狂、不甘中，她也一样疯狂攻击墓陵之舟。可是墓陵之舟依旧浩浩荡荡前进。

"怎么回事，刚才到底发生了什么，我只感觉到一股极强的意志冲击。"震妖祖传音和宫殿至宝内的三位宇宙之主交谈。

宫殿至宝空间内。

蛤焦之主、灭禁之主和血黎之主三位一个个盘踞在苍茫的草原上，他们还没从之前的打击中恢复过来，只听到震妖祖的声音回荡在整个草原上。

"我们之前在被人类的那群宇宙之主攻击，个个全力以赴根本没其他防备。"灭禁之主低垂着脑袋，沙哑道，眼眸中的三角瞳孔闪烁着愤怒的金光。"那艘墓陵之舟飞过我们这，突然一股极可怕的意志冲击席卷我们！我和血黎之主、蛤焦之主，都是意志极强的，才能保持清醒，才能竭力抵挡那突如其来的吞吸力量！"

"我虽仅仅只是看到一瞬间，却也看清了。那全身有着血色鳞甲的庞大的背部有着一个个尖刺的异兽，发出声音，那墓陵之舟飞过我们这时，那舱门是开启的！并且舱门处发散出无比可怕的意志冲击，加上之前我们个个遭到那群人类宇宙之主攻击，有些灵魂攻击、幻境攻击等，这突如其来的意志冲击下就连我都勉强才保持清醒，像其他宇宙之主瞬间失去控制，被吞吸过去，很正常。"

"意志？强大意志冲击？难不成，那人类族群将黑文石柱，给搬进那墓陵之舟了？"

震妖祖、梦妖祖彼此悬浮在星空中，已经停下攻击了，他们根本奈何不了那墓陵之舟。

"可恶。"梦妖祖愤怒无比。"这次带来的口位宇宙之主，最强的灭禁和血黎是抗住了，蛤焦是意志上极擅长，算上他们三个这次我们来的几个宇宙之主中有分身的，共是五位。灭禁、蛤焦他们俩，另外三个被吞吸镇压了，他们应该很快会自爆，虽然损失了至宝，倒也能保住性命。""此战，我们损失了六位宇宙之主！一半！以及大量至宝！"梦妖祖、震妖祖一总结，顿时心疼如绞。

一共来几位？

被灭杀了一位，被抓走了八位！幸好被抓的八位中，其中三个有分身可以自爆逃脱！

"轰隆隆——"墓陵之舟朝远处飞去，而远处黑狱塔也朝墓陵之舟飞去。

"人类都躲在黑狱内。"

"怎么办？"梦妖祖、震妖祖遥遥看着，却又能如何？攻击黑狱塔吗？最多浪费时间而已，所以他俩只能眼睁睁看着墓陵之舟的舱门再度开启，他俩虽然咬牙切齿，却根本不敢飞入那舱门内，所以只能看着黑狱塔直接飞进舱门中。

第十六章

罗峰收尾

墓陵之舟内，主殿厅内。

"哈哈哈……"

"痛快！真是痛快啊！"

"妖族这次恐怕哭都来不及啊，还想要趁我人类实力弱时来对付我们，现在他们恐怕恨得咬牙切齿，很不甘心呢。哈哈，越是恨越好，就要他们恨。哈哈……"主殿厅内，罗峰、彭工之主、黑暗之主、龙行之主、冰峰之主、青东之主……

15 位宇宙之主齐聚一起，都无比畅快、激动！

"看，看那两个妖族老祖！"幽侯之主直接指向外面。

墓陵之舟的殿厅墙壁、舱壁等尽皆不成阻碍，在舟内的罗峰他们能轻易看到外面的星空，也看到外面远处星空中盘踞的那巨大的银色大蛇和那锯齿外壳异兽。显然那两位妖族老祖正看过来，眼眸中都燃烧着无尽愤怒的火焰。

仇恨！

愤怒！

"哈哈……"罗峰他们这一群人类的高层存在，却笑得更加开心。

此战，比预计的效果更好！

"罗峰，抓了几个？我隐约看到那妖族震妖祖身边只剩下三位，你抓住的六个……可都还活着吗？"青东之主连问道。

"我抓的六个宇宙之主中，有三个有分身。"罗峰笑道，"所以那三位刚被抓入便清醒，就立即自爆了。还剩下三位！"

"你那有三位。"黑暗之主道，"我黑狱塔内有两位，加上你杀的一个！这次妖族在我们这可是折损了足足六位，并且还损失了不少至宝啊。"

"六位！"

"啧啧，哪一个巅峰族群一口气损失六位宇宙之主啊，从来没出现过这事。"

"在震妖祖、梦妖祖面前，我们都令他们折损六位宇宙之主……像那些次一等势力，怕都不敢动了吧。"

这是理所当然的。

像刺环联盟、九域联盟等，或许他们一个联盟一共才二三十位宇宙之主！即使一个联盟的高层武力加起来……都比不上妖族一方，因为妖族单单两位宇宙最强者，便能和那一群宇宙之主媲美了。

妖族都得损失六位，若是像刺环联盟和人类斗上？一次交锋，不得折损十位、二十位之多？

那些族群都吓住了，不敢轻易插手这一次的战争。

那么一大批的次一等势力都不会轻易插手。实际上整个原始宇宙，那大量的次一等势力、闲散势力等等全部加起来，宇宙之主数量是占原始宇宙中绝大多数的！他们虽然各自实力小，可毕竟数量极多。

"罗峰，你到底是怎么做到的？"

"怎么回事？"

"对，对，罗峰，这墓陵之舟怎么一下子抓住了六个宇宙之主。"龙行之主、荒鉴之主、虚金之主他们一个个都好奇疑惑得很。

"你们想知道？"罗峰目光扫过一名名宇宙之主。

这些宇宙之主个个点头。

他们当然想知道，多狠的手段啊，一下子抓住这么多宇宙之主！他们当然想见识见识，既然罗峰之前都告诉了黑暗之主、彭工之主……应该不至于见不得光吧。

"可别后悔。"

罗峰揶揄笑道。

"后悔什么？"龙行之主疑惑。

"等会儿你们就知道了。"黑暗之主、彭工之主、罗峰他们三个彼此相视，都笑了。

罗峰一招手："都看好了！"

轰！

殿厅的门自动开启，一群宇宙之主都转头朝厅门看去。仅仅片刻，突兀的一股无比强烈的意志冲击便降临了，一时间如幽侯之主，当场便跪伏下来，全身发颤，其他宇宙之主大多也脸色难看。

只有冰峰之主等少数几位能扛住。很快，意志冲击凭空消失，这些宇宙之主这才完全恢复。

"意志冲击？"

"好强的意志冲击？"

"什么宝物？"

一个个宇宙之主都处于震惊中，忍不住开口。

旁边的黑暗之主则道："你们中大多数意志不够，都无法完全靠近那宝物。"

罗峰点头："宝物是在墓陵之舟廊道的另外一处，距离这足足上万公里，我撤销了防护，你们这才感觉到意志冲击。若是这宝物到了你们面前……达到宇宙之主极限意志的还好，其他恐怕个个扛不住，如再弱些的怕都得失去意识。"

"这么厉害？"

"宇宙之主极限意志，才能安然到那宝物面前？"龙行之主、冰峰之主、荒鉴之主个个很是惊骇。

这意志冲击也太强了。

罗峰一笑。

那一滴神血的意志冲击是朝四面八方辐散的。即使如此，也必须是宇宙之主极限意志，才能到那神血面前。若是能将意志冲击束缚到一个方向……完全能横扫宇宙最强者意志以下的所有强者。

绝对是一极可怕武器。

一般单单承载神血的器皿，就很难找到。像弑吴羽翼能承载神血，像星辰塔也能做到！而墓陵之舟同样能做到，且也能封锁住意志冲击。

"我知道了，罗峰，你那墓陵之舟舱门开启，肯定是突然意志冲击！"幽侯之主站起来，唏嘘感叹，"那群宇宙之主，本就在遭到我们集体攻击，或是幻术，或是其他，突然遭到这么强的意志冲击，像那些意志稍差些的恐怕就蒙掉了，就算宇宙之主极限意志……因为本身就在遭受攻击，怕都可能中招。唯有宇宙最强者层次的意志，才有十足把握。只要再辅助一件巅峰宫殿至宝来吞吸……那些没什么反抗之力的，瞬间就被吞吸进去了。"

"嗯，所以，逃掉的是灭禁之主、血黎之主和蛤焦之主。"罗峰感慨。

一场战争，注定了能被抓住的，都是较弱的。

越是顶尖的，越是难抓。

一番欢腾，但很快便面临离别。

"走，回原始秘境。"

"你们都先走，我要留下操控墓陵之舟，以及收尾。"罗峰道。

"嗯。"

包括黑暗之主在内个个都微微点头。

同时，嗡的一声迷蒙的黑色光芒出现在了主殿厅内，就像当初罗峰能神国传送到星辰塔内一个道理，罗峰这墓陵之舟主人不阻碍，自然可以进行神国传送。

而这也是最安全的传送之地，若是在外界，怕是遭到妖族的那两位充满无尽怒火的妖祖的攻击了。

在蒙蒙的黑色光芒中，黑暗之主、彭工之主、龙行之主和虚金之主他们一群都朝罗峰或是点头，或是微笑！

隐隐能看到神国传送的另外一端……那茫茫的神国世界。

刷！

尽皆消失。

虚拟宇宙，雷霆岛之巅，罗峰去见老师了。

"大胜。"混沌城主也是时刻知道战况的进展，一看到罗峰，便无比激动，"这次做得很好，比之前计划的还更好些。这样一来，我们人类族群面临的处境，要好的多了。"

罗峰点头，"老师，那我就按照之前的计划，和妖族谈了？"

"嗯，去谈吧。"

混沌城主点头，"希望妖族知道进退，别太贪婪！"

罗峰点头。

墓陵之舟内。

罗峰坐在主殿厅的王座上，轻轻松了一口气。

"第一步，做的不错。"罗峰暗暗道，"至少人类不至于现在就面临绝境。"

当初最怕的是，人类被打败，导致其他各族都怕动作慢了没好处，一拥而上。整个原始宇宙近乎各股势力全部杀上和……那可真是绝境了，人类就得放弃所有疆域，完全龟缩到初始宇宙中。那将来怎么办？

强者，必须是在生死磨砺中才能诞生！

而若是成了原始宇宙公敌，那么宇宙海其他各股势力，自然也会围攻人类！那将会导致……人类势力将寸步难行，局面会无比糟糕。

"他们都走了。"

"这里只剩我一个。"罗峰起身。

自己留下，一是大家都离去，总得留下自己操控墓陵之舟。二也得最后的收尾谈判！

罗峰心意一动。

轰！

墓陵之舟凭空消失，而罗峰则出现在寂静的星空中。

和人类一方心情相反，妖族的两位妖祖虽遥遥看着墓陵之舟，心情却充满着愤怒、不甘、羞愧，有疯狂，也有恼羞成怒，总之诸多情绪无比复杂。这次他们妖族的损失堪称前所未有，他俩都愧对妖族的宇宙之主们。

"那意志冲击，到底是什么宝物？"梦妖祖传音道，"宇宙中虽然有一些蕴含煞气、带有意志冲击的物品，可那意志冲击都很弱……大多都不到不朽层次，像能做到冲击宇宙尊者层次的宝物，更是屈指可数。可那人类族群，竟然拥有能令宇宙之主近乎崩溃的意志冲击宝物……”

“没听说过。”震妖祖低沉道，“可能是那墓陵之舟内的吧，那墓陵之舟，毕竟是那位断东河留下的！”

“可这次我族的损失……”梦妖祖眼眸中有着不甘。

“损失？自然要弥补回来。”震妖祖死死盯着远处的墓陵之舟。

哗！

墓陵之舟凭空消失，一银翼银甲，背负着一柄石刀的人类男子站在星空中，一步步走来，同时道：“震妖祖、梦妖祖，可想要你妖族那五位宇宙之主活着回去？”

第十七章
谈判破裂

震妖祖、梦妖祖这妖族的两位老祖盘踞在星空中，遥遥看着跨虚空而来的人类。

"罗峰！"震妖祖低沉地发出声音。

梦妖祖更是盯着罗峰，好似要用目光杀罗峰似的。他俩很清楚，这罗峰本身就有六阶顶尖战力，并且完全能够立即逃进墓陵之舟中，别说是他们俩，就是再多十个宇宙最强者，也根本别想杀这罗峰。他们当初制定的计划……也是抓捕一群人类宇宙之主，来逼迫人类一方！

"说，什么条件！"震妖祖低沉道。

罗峰轻声一笑："条件很简单，只要你们妖族在这一次战争中别加入即可！我可以加个时限……在一纪元内，你妖族的宇宙之主、宇宙最强者，禁止出现在我人类疆域。至于一纪元之后，则随便你们。"

此次战争，会很快。

就像刚才和妖族第一波交锋，描述很长，实则片刻便结束了。罗峰估计这一次战争能持续百年都很难得了，定下一纪元期限也够了。

"我们若是答应，你人类族群就放回我族五位宇宙之主？"震妖祖开口。

"当然。"罗峰点头。

震妖祖和梦妖祖彼此相视，彼此暗中交流。

"不过，是在一纪元之后交还给你们。"罗峰笑道。

"一纪元之后？"震妖祖低沉道，"你们人类族群可没有谈判的诚意！"

"单单一句承诺可没用。"罗峰摇头嗤笑,"此次事情牵扯利益不小,在利益面前,什么承诺都是假的。所以……必须得在一纪元之后。只要你们这一纪元内,没掺和进来,那你们妖族的五位宇宙之主便可以安然活着回去,他们身上的至强至宝,我们都不要。"

震妖祖、梦妖祖彼此暗中交流。

"怎么办?"梦妖祖询问。

"他们的死,是值得的。"震妖祖回道。

"放弃?"梦妖祖明白了。

"我族宇宙之主超过 20 位!即使损失 6 位……况且有希望成为宇宙最强者的灭禁、血螯都还活着。既然如此,损失 6 位就损失掉吧!"震妖祖传音,无比残酷,"超脱轮回的机会,对我族无比重要,论实力,即使我族宇宙之主不插手,单单我俩联合,放眼整个原始宇宙,也是排在顶尖,此次机会怎能放弃?"

"好。"梦妖祖也做出决定。

那五位宇宙之主,死便死吧!

放弃了!

罗峰站在虚空中,看着那两名妖族老祖:"可想好了?真的拼杀下去,后果或许比两位预料的还严重。"

"他们的死,是对我妖族整个族群的贡献。"震妖祖冷漠地看了眼罗峰,"罗峰,我倒要看看,你能走到哪一步,哼……原祖被镇鼍压、巨斧陨落,你们人类注定……即使将来你真的辛辛苦苦,最终成了最强者……怕也没好下场。"

"在我没好下场之前,会让你们俩先没好下场。"罗峰轻声一笑。

"走!"震妖祖一声低喝。

"这次的仇,我妖族会报的!"梦妖祖嘶声道。

轰!轰!

两道身影瞬间加速,刚一达到光速,便消失在星空中。

罗峰摇摇头:"真是,两个老家伙,心可真狠。五位宇宙之主啊……说放弃就放弃了。"

不过,罗峰眼中掠过一丝郑重,从这次和妖族的谈判来看,妖族的决心很大，渴望极强！由此可以推测……虫族、机械族、狱族、晶族、星空巨兽联盟、祖神教，还有那些独行最强者们，恐怕几乎个个都有极强的渴望。

超脱轮回的机会，谁不渴望？

罗峰说没有，恐怕各大势力都不会信！这个时候，解释是没用的。

"祖神教、星空巨兽联盟，关系和我还好。"罗峰暗自道，"只是，在牵扯到超脱轮回的机会上……即使原本的一点交情，恐怕也不算什么吧。"

私人交情。

在族群命运面前，什么都不算。

"坐山客老师，待我恩德极大。"罗峰暗自道，"而且坐山客老师本身实力就高深莫测……若是他需要，倒是可以分出部分讯息给老师，而且也能让老师当我族群帮手。"

断东河一脉传承，乃自己获得。

决定权自然在自己。

不过……

从不朽尊者——宇宙之主、宇宙最强者，这系统性的远古传承，罗峰自然只会给自己的族群，这一套系统引导，可令人类族群诞生强者概率大大提升。而给予坐山客老师的，则是些宇宙最强者层次的诸多经验等等。

毕竟，一来自己能有今天，坐山客老师帮助极大。二来，整个地球人一脉，实际上都是坐山客造就出来的。

"暂且回去。"罗峰心意一动。

嗖！

墓陵之舟先是数次瞬移，而后一个神国传送，迅速回归原始秘境。

妖族疆域，妖祖秘境。

"妖祖，救救我们。"

"妖祖！"

"想办法救出我们啊。"天狼之主等妖族之主，一共五位，他们的神力化身都匍匐在那儿，一个个嘶吼着、嚎叫着、呜咽着，向梦妖祖、震妖祖的两尊化身求救。他们真的不想就这么死了。

这才是原始宇宙时代，他们至少还能活两个轮回时代！若是正面厮杀死了就罢了，被镇封后灭杀，死得太憋屈了。

"落入人类族群之手，我和梦妖祖也没办法。"震妖祖的化身，低沉道，"他们一定会将你们带到那初始宇宙，在初始宇宙内，借助初始宇宙本源威能能将你们轻易灭杀。不是我和梦妖祖不救你们，是我们没办法。"

"妖祖。"

"不。"

天狼之主他们个个痛苦之极。

他们倒不担心被灵魂控制，因为宇宙之主的神力、灵魂极为强大，至今虽有被魂控的例子……可都是宇宙最强者魂控宇宙之主……并没有出现宇宙之主魂控宇宙之主的情况。而人类族群的原祖被镇龘压、巨斧陨落。根本就没一个宇宙最强者会对他们出手，即使借助初始宇宙本源威能，最多灭杀他们。若是想要魂控？他们完全能够控制自己自爆掉！

初始宇宙混沌城内。

"妖族还真是够贪婪，连五名宇宙之主都不在乎！"混沌城主直接愤怒下令，"将这一战的消息立即传播开去！巨斧陨落的消息也仅仅是在机械族、妖族、虫族疆域刚刚开始传播，其他各大势力很多还没知晓，此战消息也一起传播过去！好让他们掂量掂量对付我们人类族群的后果。"

"好。"

"传播开去。"

人类族群一方，个个都因为妖族拒绝谈判条件所显现的贪婪而愤怒！

"传播消息，透过虚拟宇宙分散开的遍布整个原始宇宙的无数情报网络可以迅速传播开。我们先来对付这妖族五位宇宙之主！"混沌城主环顾周围的宇宙之主，"我会借助初始宇宙本源来压制他们，大家都可以试试，看能否灵魂控制他们。"

"好。"

"好。"

"黑暗，你擅长，你先试试。"

人类族群的强者们充满着戾气，因为妖族拒绝谈判而显现的贪婪，令他们明白……这一次战争将前所未有的惨烈，之前的一战仅仅是一碟开胃菜而已。这种无形的压迫，令人类族群强者自然充满戾气。

魂控妖族宇宙之主？灭杀妖族宇宙之主？人类宇宙之主自然个个愿意下手。

当人类族群故意散播消息时，虫族、妖族、机械族三方又一次碰头了。

寂静的星空中。

三股强大的意念直接在这聚集，化为了三道模糊虚影，分别是椭圆形黑色球体虚影，银色大蛇虚影，窈窕身影。

"多茶，怎么回事？"

"梦茶，发生什么了？"椭圆形黑色球体虚影和窈窕身影接连开口。

银色大蛇沙哑道："我不说，人类族群也会很快散布这消息的。就在刚才，我们三族都出动时……我妖族队伍刚刚出发，就遇到了人类族群的宇宙之主组成的队伍。"

"遇到人类了？"

"什么情况？"机械族父神、虫族女皇都连忙追问。

因为和人类族群没有真正撕破脸进行这种终极战争，所以一直不清楚人类族群的底牌，毕竟人类族群曾诞生过纵横宇宙海无敌的原祖，也有得到断东河一脉传承的罗峰，所以他们谁都不敢小瞧人类，就担心人类有什么底牌。

"我族损失了六位宇宙之主。"银色大蛇沙哑道。

"什么！"

"损失六位！"机械族父神和虫族女皇都震惊了，不敢相信。

"人类有这么强？"机械族父神追问。

银色大蛇道："对，人类族群很强，我们三族任何一个若是单独对战上，恐怕都得吃亏。"

"他们怎么会这么强？"机械族父神、虫族女皇都想知道人类到底有何狠招。

"恐怕一切都是因为那个罗峰。"银色大蛇道，"这罗峰本身实力就足有六阶顶尖！我族损失六位宇宙之主，其中五位是被镇黀压封印，还有一位则是当场被罗峰斩杀……他的刀法，极可怕。并且人类族群还有两件至强至宝！恐怕也是那罗峰带来的。"

梦妖祖说这么多，却没提到那意志冲击。

因为罗峰的实力、两件至强至宝……一旦机械族、虫族去交手即可轻易发现。不值得隐瞒。而具有可怕意志冲击的宝物，却是令他们妖族损失重大的源头，妖族损失这么大，他们自然希望机械族、虫族也吃一次亏！

当妖族、机械族、虫族再次交流情报后，在整个原始宇宙各地，伴随着巨斧陨落的消息的传播，另外一则消息也传播开了。妖族梦妖祖、震妖祖率领的宇宙之主队伍杀向人类族群，和人类族群大战，妖族损失了六位宇宙之主，人类族群丝毫无损！

第十八章
各族反应

狱族祖山。

一道道巍峨身影站在广阔的大殿内，这些巍峨身影，或是全身燃烧着火焰的岩石生灵，或是体型魁梧满身毛发头颅上却没有嘴巴，仅仅只有一只眼，或是……一个个不同的生物，甚至有些是血肉类，有些是岩石类，有些是金属类。

这就是狱族！一个很混乱的族群，可他们每一个都散发着无尽的邪恶气息，这是狱族诞生崛起生灵所共有的。

"魔祖！"

"魔祖，已有消息传出。"

下方接连有两名宇宙之主开口。

大殿之上，在王座上的邪恶身影，头部银色外壳下的一双红色眼睛俯瞰下方："快说，眦魔之主，你先说。"

"是，我刚刚得到消息，人类和妖族发生了一次交战，妖族一方是梦妖祖、震妖祖率领的宇宙之主队伍，而人类族群也是宇宙之主组成的队伍！二者一次交战……妖族损失了六位宇宙之主，人类族群丝毫无损！"

"什么！"

"人类丝毫无损？"

大殿中的那一道道身影不由震惊。而上方王座上的魔祖则是缓缓道："人类，果真是不可小瞧！梦妖祖、震妖祖已然参战，竟然还折损了六位宇宙之主。"

"魔祖，我也有消息补充。我的弟子正在祖神教紫荆岛，而人类在祖神教紫荆岛上也有些成员，听到他们交谈……知道此战情况。更听说那人类银河领主罗峰更是曾一刀斩杀了一名宇宙之主，力拼梦妖祖、震妖祖。"

"那罗峰这么厉害？"

"能得到断东河一脉传承岂能不厉害？"

殿下议论一片。

而王座上的狱族魔祖则是沙哑喃喃道："罗峰？人类能这么强，可能是原祖留下的些宝物，也可能是这罗峰从那传承中得到了些宝物。"

就在这时……

一股强大气息从大殿之外弥漫进来，整个大殿顿时一片安静，全部转身朝外面看去，就连在王座上的魔祖也连忙看去。

轰！

一股极邪恶的，让宇宙之主都战栗的气息化作流光，直接降临到大殿内而后显漪……这是一尊通体漆黑的巨大王座，黑色王座的靠背顶端则是有着九颗黄金色的异族头颅。当这黑色王座落在大殿时，很快迅速变化，凝聚成一有着黑色皮肤、全身罩着简易的铠甲却裸露出手臂、腿部双脚的神魔。它的头颅是一尊骷髅头，这骷髅头不像任何已知的族群额头朝前方凸起，而是犹如弯刀。

双眸处则是燃烧着两团黑色火焰。

它站在大殿中央，那无形的邪恶气息……比其他所有强者，包括大殿之上的魔祖邪恶气息加起来还要浓郁！

"狱王！"一名名狱族的宇宙之主都带着恭敬喊道。

"狱王。"大殿上的魔祖俯瞰着下方，也开口道。

"魔祖。"这邪恶生灵也略微欠身。

狱王，乃是整个妖族的一个具有特殊地位的存在。在整个原始宇宙刚刚诞生时，狱这一邪恶之祖……开始诞生无数生灵，然而在狱这邪恶之地的祖山处却诞生出了一尊黑色王座，这黑色王座散发着无尽的邪恶气风。

当时的狱族生灵还很弱小，本以为他们中的最强者才有资格坐上那王座。

可没想到，这黑色王座竟然是一生灵，待得这生灵成了不朽，就自动可变化外形！更诡异的是，它天生具有部分至宝的特性……比如天生能形成幻境，天生能形成至宝领域！而且它一气呵成，很快修炼到宇宙之主层次，成为狱族最强存在。

只是，之后，它根本无法再提高。

狱族的其他强者一个个诞生，像魔祖，便是后来者，也成了整个狱族的老祖了！可魔祖却依旧敬重狱王。

论战力，狱王是五阶顶尖战力。

可是它却堪称坚不可摧。它具有部分至宝特性，或许说它的神体就近似至宝。也正因为它的复杂……它能一气呵成到宇宙之主，也困在宇宙之主怎么都无法进步。

"狱王，你也得到消息了？"魔祖道。

"是。"狱王点头，"这是我狱族最大的机会，而且，那断东河一脉传承是远古文明的一极强大的传承，那么，肯定记载着很多详细讯息。我也想要从那传承中……找出有关我这类生命的详细记载，知道我到底该如何前进。"

"嗯。"魔祖点头。

"此战，魔祖尽管吩咐。"狱王躬身道。

"好。"魔祖大喜，"便由狱王你先领着一队，前往那人类疆域，据我估计，妖族、虫族、机械族怕是要联手！三族联手汇聚在一起……人类能否挡住也难说。你前去观战，若是见人类族群挡不住了，立即通知我，我便率后续队伍。直接杀过去。"

"好。"狱王点头。

它，因为生命特性，所以很少离开狱族疆域，更很少去宇宙海。

或许三大绝地，能威胁到它的生命。

可原始宇宙？还真没有威胁。

晶族。

晶莹剔透的神殿内，大殿成圆形布局，一尊尊晶莹王座分布开，共九尊王座，单单看王座布局，倒是不分高低。

只见一名名晶族强者，坐在王座上。

他们每一个都有着完美的面孔！不管男女，都堪称完美。晶体铸就的身躯，更好似宇宙精华所聚。他们的眉心处都有着金色眼睛，个个都散发着威压气息，他们便是整个晶族最高贵的一群存在。

15 名宇宙之主、1 名宇宙最强者。

"接连两条消息，诸位可有什么看法？"

"圣主，这是我族一直追寻的机会，人类族群既然能挡住妖族，并且还令妖族损失了 6 位宇宙之主……显然他们从之前远古文明断东河一脉传承中获得了好处极大。这传承，正该我族获得！"

"出战！"

"战！趁妖族、机械族、虫族三族灭掉人类大半反抗之力，我族参战。"

"这是我族的机会。"

一名名晶族宇宙之主在陈述着自己的想法。

个个都是一样——

争夺传播。

"好，既然诸位都这么想，为了我族的荣耀，为了我族的将来……立即开始战备，监察妖族三族和人类战争的动静，随时准备加入战争！"晶族圣主直接发出战争号令。

"是！"

晶族宇宙之主，都充满着期待。

原始宇宙各大超级势力，对人类都虎视眈眈。

之所以都愿掀起对人类族群的战争。

其一，人类得到了断东河一脉传承，任其成长，将来威胁会很大，应尽早压制。

其二，各族都想要超脱轮回，自然要逼迫人类族计划出有关的传承。

其三，就算人类强大了，他们也不怕。因为他们都有小型宇宙为后备基础……更何况，就算人类族群拥有紫月圣地、东帝圣地的实力又如何？攻击人类族群的势力那么多，人类族群即使将来强大，又能拿他们怎么样？

三个原因，注定了妖族、虫族、机械族、狱族、晶族……都没有后顾之忧。

一个字——"战"！

九域联盟的高层却起了争执。

"这是机会！"

"我九域联盟，一名宇宙最强者都没有。而我们一旦弄到断东河一脉传承，相信我们这些宇宙之主，便有更大机会成为宇宙最强者。乃至成为超脱轮回！难道你们个个都甘心沉沦，都甘心三个轮回时代结束后湮灭？如果不拼一把，湮灭就是唯一结局！"焱帝咆哮着。

"焱帝！你虽是我的好友，可这次不行，我不能看着我的族群，因此陷入灭绝！我们都知道，你和人类是有仇怨，可你也不能将整个九域联盟推向灭绝。人类族群的实力，你也知道了。有震妖祖、梦妖祖在的妖族队伍，都被灭了六位宇宙之主。若是我们九域联盟，即使全部杀过去……恐怕人类族群只要集中对我们攻击，恐怕我们便没几个能活着。还夺？没实力怎么夺？"

"绝烽，你这么胆小怕事！若是害怕，注定永无成就。更何况人类族群将会遭到各大势力攻击，到时候他们自顾不暇！哪还能集中起来对付我们。"

缥峰联盟，同样是一等的联盟，整个联盟共有1名宇宙之主，此刻意见却较为统一。

"人类族群繁华时，投靠，没用！现在人类族群正处于困境，我族若是投靠，人类族群必定感激……即使一些核心传承不传授我们，可一旦人类族群将来谁超脱了轮回，创出第三圣地宇宙，那圣地宇宙中，分出部分空间，给我们各族有个生存之地，却是很正常的。"

"我们缥峰联盟，若是和各大势力一样，去攻击人类族群。就我们这点实力……即使最后逼迫人类交出传承，恐怕也没我们的份，还是妖族等几大势力分了。"

"对。"

"跟那些大势力，就算赢了，估计也得不到传承。还是投靠人类更有前途！"

　　原始宇宙超级势力对人类虎视眈眈时，那些次一等势力，却因为人类对妖族那一战的可怕战果吓得生出了诸多心思，部分想要浑水摸鱼，部分想要观战等待，也有部分想要到人类阵营中去。

第十九章
战争前的宁静

机械族疆域。

"本来，计划着三族联手，一举擒获一群人类宇宙之主。以此来逼迫人类族群。可现在看来，单单三族实力，即使最终能够做到，怕也损失极大。看来，得靠那些附庸族群了。"

"哼，附庸族群！这些附庸族群，没好处想要让他们拼死去战，根本不可能。"

"没办法，附庸族群毕竟不如我族，就算给他们好处，将来也要在控制范围内。若是再将传承分散，让狱族、晶族、星空巨兽等各族得到，那我族就没多大优势了。"

妖族、机械族、虫族，三族都有附庸族群。

就像人类，也有附庸族群，形成了一鸿盟！

可是在战斗的初始，四大巅峰族群，都没用附庸族群。因为要让附庸族群出马自然是附庸族群中的宇宙之主出马。而这些宇宙之主，可不是傻子，可不会心甘情愿去当炮灰，没条件他们可不会效力。

妖族等三族，认定自身一旦得了传承，根本没必要分给附庸族群。

可这一次战果，令他们三族都心生忌惮，立即开始尽量拉拢力量。

"梦妖祖、震妖祖，此战战果已经传开，那人类实力极强，而我们这些附庸族群宇宙之主，或许一个族群才一两个、两三个宇宙之主，不管谁陨落，对他的族群都是一场灾难，由不得我们不谨慎。所以我们有四个条件。"

妖祖开口。

"一、若是我等参战，必定要聚集在一起，不可分开。"

"二、若是我等中有谁陨落，他的族群，妖族必须得善待，且族群疆域不可缩小，外族强者也不可插手其族群发展。"

"三、战后，若是得到断东河一脉传承，我等不求多，只求怎么成为宇宙最强者的修炼经验讯息。"

"四、将来妖族若是能创出圣地宇宙，必须得留一成的空间，留给我等附庸族群。"显然附庸族群早就有了商量，他们提出的条件也是经过斟酌的，不敢狮子大开口。像传承经验，仅仅索求"成为宇宙最强者"的修炼经验，因为对他们而言，只要能有一个宇宙最强者诞生，他们的族群便有了真正的根基！

"好！我答应你们。"震妖祖略微思忖，而后直接应道。

妖族、虫族、机械族，开始列出条件来拉拢附庸族群，令附庸族群的宇宙之主也加入这一场可怕的战争中来！

人类疆域，一颗普通的生命星球。星球上繁华无比，生活着数百亿的人类，科技发达，摩天大厦冲天而起。

在一座摩天大厦的天台上。

哗！

一道模糊身影渐渐凝聚，凝实，穿着紫色华丽长袍，披散着银色长发，他的面容似男似女，俊秀无比，一双眼眸泛着点点星光，每一点星光好似宇宙在运转。只见他一挥手，身后顿时出现了三道身影。

一魁梧如山的岩石生命，一可爱的黄色毛发异兽，一全身波光粼粼聚集的一人。

"岛主。"这三名强者都喊道。

"选择一处，暂时住下。"这紫袍身影遥看远处，目光透过大气层，透过一重重时空，看到了遥远处的那无比庞大的悬浮在宇宙星空中的一片大陆——虚拟宇宙的大本营。

"妖族吃了亏，这下，妖族、虫族、机械族这三族肯定会竭尽全力，不敢丝毫懈怠。不过暗中，我的那些好友们，恐怕一个个都不甘寂寞，估计大多都进入人类疆域了。巨斧已死，现在人类族群最大的根基是——初始宇宙！"紫袍身影轻笑着道，"而从原始宇宙去初始宇宙，靠的是宇宙通道！这宇宙通道，还是原祖在时建立的，原祖现在被永久镇压无法再建造宇宙通道，连接初始宇宙、原始宇宙的通道，就无比重要。"

"若是通道被毁掉，那么人类族群从初始宇宙回原始宇宙，每次都得靠宇宙之主当运输工了。"

"据我所知，初始宇宙和原始宇宙的通道，共有两处，一处是在虚拟宇宙大本营，一处是在原始秘境。"

"按照防卫程度。"

"第一场大战，便是在虚拟宇宙大本营。"

"第二场大战，也是最后的战争。就是在那原始秘境。"紫袍身影轻声道。

整个原始宇宙，九大超级势力加起来，和独行宇宙最强者相比，都强不了多少。而这一群独行最强者在这一次大风暴面前，自然也有着各自的打算。

显然之前人类第一战的惊人战果，令这些独行最强者也都得好好思量思量。

人类疆域，原始秘境中。

罗峰、黑暗之主、彭工之主，他们三个正围坐在一起，喝着酒。

"妖族、虫族、机械族，现在都没动静！"黑暗之主猛地放下酒杯，沉声道，"之前刚开战，那三族都行动了，我们去和妖族一战，没想到三族都退了，这一退，到现在已经过去了半个月，却依旧没动静。"彭工之主摇头笑道："我们第一战的战果，令他们三族感到压力。这一筹备，消息传出，各族知晓。既然这样，那虫族、妖族、机械族，自然就没必要再抢时间了。"

罗峰点头："对，之前速战，那三族就是想摧枯拉朽，一举功成。现在没那希望，自然更加稳健，不想给其他族群做了嫁衣。""是啊，其他族群！"黑暗之主眉头皱起。

"可不单单是其他族群，还有那些独行最强者。"罗峰也放下酒杯。"原祖告诉我等，按照他的监察，现在在我人类族群疆域内，应该有好几位宇宙最强者了。不过都没动静，估摸着都是独行最强者。""独行最强者？"彭工之主、黑暗之主也都皱眉。

很可怕的存在。

虚拟宇宙监察，能被迫退避，也唯有宇宙最强者能做到。以此轻易能监察些讯息。像过去，原祖一般是懒得监察什么。而此刻关系到人类族群的命运，自然是一直监察，时刻了解整个原始宇宙的各方势力动向。

"还好，之前一战的战果，令我族面临环境好很多，现在已经有好些势力来投靠了。"罗峰轻声道。

彭工之主也笑了："缥峰联盟、刺环联盟，这两股较强势力。还有些更弱的势力、各种闲散族群等，既然敢来投靠的，那族群至少也是有宇宙之主存在的。现在投靠我们的宇宙之主总数量，也达到了近百位！"

"情势好很多了。"黑暗之主也点头。

在第一战前。即使是鸿盟本身的附庸族群，那些个宇宙之主都狡猾得很，不会轻易为人类效忠，他们担心人类没反抗实力，即使冲上去，也是送死！所以第一战前，人类族群干脆没去请那些附庸族群宇宙之主。

可现在不同了。第一战的战果，让鸿盟本身的附庸族群心中有了定心丸，好歹还有一争之力！

鸿盟本身，再加上投靠来的 92 名宇宙之主。

"虽说和即将到来的联军相比，还弱。可已有一斗之力！"罗峰郑重道，"按照推测，妖族、机械族、虫族、狱族、晶族，这五族恐怕都会对我族下手。"

"现在这场战争，重要的就是北疆联盟、祖神教、星空巨兽联盟以及独行最强者们。若是这些势力中，有能站在我们人类一方的，那胜算便会增加！"

"北疆联盟的盟主，是独行最强者，若是没他帮助，北疆联盟恐怕都没底气参战，主要看北疆盟主。"黑暗之主沉吟道，"祖神教和星空巨兽联盟态度却难以琢磨。这两股势力一直较为超然。"

"超然？面临超脱轮回的诱惑，还能超然？"彭工之主不屑道，"祖神教，现在看似厉害，有宇宙本源扶持。可一旦这一轮回时代结束……都得离开原始宇宙！到时候没原始宇宙扶持，祖神教实力定然大减，祖神教的那群宇宙之主，那三位祖神，难道就不考虑超脱轮回的事？还有星空巨兽联盟，那个老兽神，可狠着呢，得警惕小心。"

"若是有心帮我人类，就该有动静联系我族才对，可他们现在却一点动静都没有。"

罗峰也皱眉。

是啊。

靠第一战，使得一些次一等的势力，一些闲散族群等愿意赌一把，站到人类阵营。可是毕竟真正的超级势力一个都没帮人类，连宇宙最强者，都没一个帮人类。人类的劣势还是很大。

正当罗峰、黑暗之主、彭工之主讨论时。

"嗯？"罗峰忽然手中一翻，出现一块令牌。

黑暗之主、彭工之主也看向罗峰。

罗峰露出一丝喜色，抬头看向黑暗之主、彭工之主。"黑暗，彭工，我还有事，这事若是办好，对此战也有极大帮助。若有紧要事情，透过虚拟宇宙直接找我。"

"好，去吧。"黑暗之主说道。

"有帮助？赶紧去！"彭工更是催促。

罗峰当即起身，心中喜悦。巨斧刚陨落，自己就联系坐山客老师了。

现在，坐山客老师终于来人类疆域，要见自己了。

第二十章
宇宙最强者极限

人类疆域，地球。

罗峰透过神国传送，迅速抵达地球，坐山客虽然来到人类疆域，却并没有去原始秘境，毕竟此刻的原始秘境防卫森严，且聚集着一大群宇宙之主，即使是坐山客，想要不声不响潜入进来也做不到。

扬州城，罗府。

罗峰凭空出现在自家府内，现如今的罗家府邸内仅仅是些安排的守卫，至于罗家本族族人早就离开去初始宇宙了。

"老师？"罗峰猛地转头，看向东北方，他感觉到那隐隐散发的气息，罗峰当即走了过去，府邸内虽有守卫，可是当罗峰从他们面前走过时，他们却根本看不到，也意识不到。

片刻。

罗峰进入一鸟语花香的大园子，这是罗家府邸内的族人们欣赏景色的地方，这里种植着来自宇宙各地的许多珍贵花卉，五颜六色，各种形状，美丽绝伦，并且还有着各种鸟儿等可爱动物飞禽。

而坐山客便是弯着腰，在逗弄着一只蓝紫色羽毛的小鸟儿。

"老师。"罗峰走过去喊道。

"你家这园子真不错。"坐山客弯着腰逗弄着小鸟，同时道，"应该是请的真正的大师人物来布局的，舒适……看来有权势就是不一样，都无需下令，无数有才能的生灵就会帮你效劳。可我独行闯荡，却没一点权势……看来，也得找股势力当个盟主什么的。"

罗峰连笑道："老师若是加入鸿盟，如何？"

"怎么，鸿盟盟主给我当？"坐山客看向罗峰揶揄道，"你们人类愿意以我为尊？"

罗峰尴尬一笑。

怎么可能。

人类族群是巅峰族群，没有一个巅峰族群会以一个外族最强者为首的，骨子里的骄傲……绝对不容许人类这样做！最多是让坐山客的地位排在第一等高而已，可很多真正的权力绝对不会让坐山客掌握。

"给我当也不当。"坐山客摇头，"现在你们人类族群风雨飘摇，众矢之的，想要对付你们人类的放眼原始宇宙，数不胜数，让我这时候进入鸿盟……我傻吗？"

"老师。"罗峰正容道，"你说得对，此次我人类族群的确是风雨飘摇、是众矢之的，现在也急需外力帮助。不知老师是否有可能……加入我人类这一阵营？"

坐山客转身走向不远处的一墨绿色石椅，直接坐下，声音响亮："罗峰，我当初说过强者路途上必须你自己来闯，我可帮不了你什么。像上次你陷入第九深渊，因为不知道困多久，所以老师帮你一把。当然，也仅仅是帮助你而已……至于人类族群，关我何事？""人类族群是兴起是衰败，我都懒得管。你现在的实力，在原始宇宙已无危险，更别说有星辰塔、墓陵之舟在身……想死都难。如此，老师更加没理由插手。"坐山客道。

罗峰一愣。

这也拒绝的太明确了，坐山客老师来到这，罗峰以为，应该有希望的。

"老师……"罗峰刚开口。

"不用说了，我不会加入你们人类阵营，也不会掺入这次的浑水中来。"坐山客直接道，"其他无需多说。"

罗峰无奈。

"我这次来。"坐山客看向罗峰，"是你上次传讯给我，和我提到你得到一滴神血！应该是远古文明强者的神血……具有极为强大的意志冲击，想要请我帮忙炼制一件至宝？"

罗峰连忙点头："是，这一滴神血的意志冲击，是辐散开朝四面八方任何一个方向的。我想要将神血的意志冲击束缚朝一个方向。如此，意志冲击绝对会明显强大一个层次。不知道老师能否做到？"

"当初我承诺过，每当你击杀一名宇宙之主时，我便帮你炼制一件至宝。"坐山客笑道，"这次听说你人类和妖族一战时，你击杀了一名妖族宇宙之主，所以我来了。"

罗峰哭笑不得。

天。

老师竟然还执着这承诺，看来，老师早就回原始宇宙了。可就是不来，等消息传开了，知道自己这个弟子杀了一名宇宙之主，这才姗姗来迟。

"先将神血拿来给我看。"坐山客说道。

"是，不过，我们还是进入空间夹层吧，那意志太强了，防止伤害到地球人。"罗峰道，将一滴神血拿出来，怕整个地球的人类都瞬间灭绝，毕竟是连宇宙之主都无比痛苦的意志，普通人类哪抵挡得住。

坐山客一晃，旁边便出现一空间裂缝，他便已然进入了。

罗峰也是步入空间裂缝。

空间夹缝内。

浩浩荡荡，无数的空间碎片。

罗峰、坐山客接连出现。

"老师，请看。"罗峰一翻手，顿时一艘墓陵之舟凭空浮现在掌心上，随即逐渐变大，变成了一艘约有十米长的小船，并且那一滴神血渐渐从墓陵之舟内浮现，显现在墓陵之舟的顶部表面，被墓陵之舟托着。

这是一滴晶红色的血液，表面环绕着一层层浓郁的黑芒。

轰！轰！轰！

一股股强大的意志冲击，朝四面八方冲击开。而就在旁边的罗峰和坐山客自然也受到冲击，只是，这冲击罗峰自然能轻易承受，就更别提坐山客了。

"神血？"坐山客赞叹点头，"这等奇物，极为罕见，你竟然也能得到。"

"运气。"罗峰连道。

"要运气，也得有实力，否则意志不够，根本都无法靠近这神血。而且依我看，一般的宝物都无法承载这神血，一般的神力也无法靠近这神血。"坐山客笑道，"单单收取这神血，便足以让很多强者束手无策。"

罗峰顿时心生钦佩，太厉害了。

这，还没仔细研究呢，开口就说出这么多。

"老师，可有办法？"罗峰连忙问道。

"你想要用这神血炼成一至宝，束缚其意志冲击。"坐山客微微点头，"其实若是耗费足够多的材料、足够多的时间，我也有一定的可能，靠它来炼制一件至强至宝。当然，那耗费的时间就很长了……而且也有很大失败的概率。"

"至强至宝？"罗峰虽惊诧，可还是连道，"我只需要意志冲击的至宝。"

坐山客道，"对于你们人类族群而言，一件意志冲击，能横扫宇宙最强者意志之下所有强者的奇宝，在这战争中，比一件至强至宝还有用。这种至宝……其实这件至宝的核心就是神血！我所需要做的，就是要束缚这意志而已，比炼制巅峰至宝等等要容易得多，我来炼制不难，代价也小，时间也少，三日内便能炼制成功。至于材料，材料也不算珍贵，我那有很多，这次老师便为你出了。"罗峰顿时大喜，连道："老师，我这，一共有两滴神血，不知道老师能否为我炼制这两件……"

"两滴？"坐山客一怔。

罗峰讪讪一笑。

自从得到白色羽翼归来后，自己便是用自己的极高贡献值，兑换大量的炼制至宝的珍贵材料给白色羽翼吞噬！白色羽翼吞噬诸多材料，它上面破损的伤势也恢复了部分，在恢复过程中，也再度驱逐掉了一摊血迹，那一摊血迹驱逐掉后也凝聚出一滴神血。

现在，自己共有两滴神血。

之前和妖族战争时，墓陵之舟带着一滴神血，星辰塔也是带着一滴神血的。

"想的倒美。"坐山客连摇头，"我说过，你杀一名宇宙之主，我帮你炼制一件至宝。这次是你第一次……材料等也不珍贵，老师帮你出了。可要我炼制两件？等你再杀一名宇宙之主再说。"

"老师。"罗峰连忙道，"妖族一战，我当场击杀一位，也曾用墓陵之舟收了三位！那三位现在也死了……这应当算我杀的吧。"

"死了？是在初始宇宙死的吧？"坐山客连连摇头，"不算不算，这是借助初始宇宙本源压制杀死，不算你杀的。"

罗峰无语。

"好了，就这一件至宝，别的没用，再废话，连这一件老师都不帮你。"坐山客直接道。

罗峰只能低头称是。

坐山客随即取出了他的那一青色山峰，那神血滴落在青色山峰上，很快便被青色山峰引领到内部承载好。

"三天后，我给你至宝。"坐山客直接道，说完便要走。

"老师。"罗峰连道，"弟子得到了那断东河一脉传承，老师你……"

"哼，断东河一脉传承？"坐山客转头揶揄看了眼罗峰，"怎么，在本源意志下，难道你能看到怎么超脱轮回？"

罗峰一怔："不能。"

"既然不能，那便无用！"坐山客摇头，"在炼制至宝上，放眼宇宙海，我敢说是第一，除非是超脱轮回的讯息，否则对我根本无用！我现在便是只差那一步……如何突破那一步……"

罗峰眨巴下眼睛。

本想将断东河一脉传承的有关宇宙最强者的讯息，告诉老师些，没想到坐山客不屑一顾。

"当你到了我这一层次便知道，到了这最后一步，那所谓的经验讯息都无用。"坐山客感慨，"就像你那位混沌城主老师，估摸着也卡在最后一步，只有突破了，才能成宇宙最强者。这时候你得到的那些修炼经验对他也无用。修炼经验，只是对未曾修炼到极限，对修炼到极限却不知道路径的强者有用，对我，无用。"

"还有……"

"虽对我无用，可原始宇宙，恐怕其他存在，还没一个能达到宇宙最强者极限。就算是陨落的巨斧，他实力很强，却也没到宇宙最强者极限。也就是当初的原祖，达到了极限。若是他没被镇矗压，或许现在能超脱轮回了。"坐山客郑重地盯着罗峰，"那些独行最强者，个个渴望超脱轮回，所以，务必小心警惕他们，就连和你关系不错的老兽神、三大祖神，也同样得警惕。"

罗峰心中一紧。

"哈哈，至于我，便是一看客。"坐山客哈哈笑着，随即便在无尽的空间风暴中消失不见了。

罗峰站在远处，静静思索许久。

罗峰一直留在地球，默默等待，三天后，坐山客来了，也带来了他炼制成功的至宝……

第二十一章
三族联军

罗峰坐在园子内，手中则是托着一颗表面色彩斑斓的晶球，晶球上面的色彩一圈圈，那些彩色光圈最终汇聚于一点——乍一看好似一颗眼珠。而这奇异晶球，便是之前坐山客老师来时留下的至宝。

"坐山客老师还真是不愿掺和，给了这至宝，就立即走了。"罗峰摇头无奈，刚才坐山客来时就说了几句话，将这晶球扔给罗峰，而后直接道："生命印记烙印在上面，就能认主！别说话，你也别想拉拢我加入你们人类阵营……记住，想要我帮你炼制至宝，就按照之前承诺的，杀一名宇宙之主，我帮你炼制一件至宝。当然，这仅仅是你宇宙尊者层次的承诺。等你成宇宙之主，要求可就提高了。"

就这一段话，说完直接一个瞬移，根本不理罗峰了。

罗峰无奈。

"这晶球……"罗峰看着手中晶球，一丝神力当即碰触这颗晶球，生命印记便烙印在晶球上，轻易便认主了。

"果真是老师出品，啥讯息都没有。"罗峰一笑，像原始星诞生的一些至宝，一般认主都会得到详细讯息，可是老师炼制的至宝却并非一定，纯粹看坐山客的心情，坐山客若是心情好，或许会留下详细讯息在里面。

否则，啥讯息都没有。

"不过倒也简单。"罗峰稍微一熟悉这颗晶球，便明白使用方法。

这晶球上仅仅只有一重秘纹，用来操控这颗晶球的，稍微一操控，即可令神血意志从晶球的眼睛瞳孔位置直接射出，若是停止操控则是关闭。论难度……恐怕就是一名宇宙尊者，都能操控好。

"非常简单的至宝。"罗峰感叹，"若非里面是一滴神血，单单这宝物本身，绝对是最低等的普通至宝，而一滴神血为核心，则立即不一样。"

"既然，它像一颗眼珠似的，核心又是一滴远古文明神灵的血液，那……就叫古神眼。"罗峰定下名字。

至宝——古神眼！

一个品阶难定，对宇宙最强者威胁近乎可以忽略，对宇宙之主威胁却近乎毁灭的一件至宝。在族群战争中……它的重要性，甚至将超过至强至宝。

嗖！

罗峰得了古神眼，则当即离开了地球，回到原始秘境。

"领主。"

"领主。"

罗峰行走在连绵的宫殿群中，所过之处，一些宇宙尊者、不朽、界主都恭敬行礼。

"战争。"罗峰扫视周围，虽肉眼看不到其他宇宙之主，却能够感应到一股股强大气息。现在在原始秘境混沌城主宫殿所在处，的确聚集了一大群宇宙之主，个个都在为即将到来的战争蓄势准备。

"罗峰。"远处的一座主殿，走出一道身影，正是一身金袍的混沌城主，这是混沌城主的主战本尊。

"老师。"罗峰迎上去，略一行礼。

"你到我这，要找我？"混沌城主看向罗峰，也不怪混沌城主专门出来，因为此刻人类族群面临着前所未有的危机，而混沌城主主殿这里又是核心所在，掌控整个大局，像接待那些投靠来的势力，安排那些势力等等都是混沌城主在做。

一般没事是没谁跑到这打扰混沌城主的。

"是。"罗峰点头，"老师，那蕴含意志冲击的神血，已经被改造成了一件至宝。"

"那滴神血？改造成至宝？"混沌城主一惊，随即大喜。神血的事，早先就罗峰、黑暗、彭工、混沌知晓，或许混沌也告诉了原祖……而人类族群其他宇宙之主一开始并不知晓，战后才稍微了解些。

"你请的匠神之主？还是坐山客？"混沌城主忍不住问道。

"坐山客。"罗峰也不隐瞒。

有些秘密，在实力弱时不得暴露，可现在实力不同，地位也不同了！过去不敢暴露，是唯恐被围攻夺宝，可现在罗峰又何足惧？

"你的家乡地球，乃是这位大能者所造，早猜到，你和坐山客有些关联。"混沌城主忍不住道，"你请他炼制至宝，可有请他帮我人类？"

"请了，可没用。"罗峰摇头。

"也难怪。"混沌城主摇头叹息，"现在我人类阵营一方，是一个宇宙最强者都没有！我方处于绝对弱势……以坐山客那种吃不得亏，专门占便宜的性子，怎会进来。"仅仅提了下，混沌城主不再提了。

"对了，那至宝威能如何？"混沌城主追问。

罗峰咧嘴一笑："意志在宇宙最强者层次以下，尽皆抵挡不住。"之前朝四面八方辐散的一滴神血，宇宙之主极限意志即可抵挡。可现在更高了一层次，必须宇宙最强者层次意志才能抵抗。

"好，好，好！"混沌城主露出激动兴奋之色，"太好了，有这至宝在，等于敌方至少九成的宇宙之主，将没多大用途了。说不定，还能趁机抓捕些敌方宇宙之主。这一件至宝，比至强至宝用途还大。"

"嗯。"罗峰也点头，"此宝，在这一场战争中具有改变局势的能耐，所以我来告诉老师。"

"我好好思量，马上到来的战争该如何应对。"混沌城主点头，"好了，你赶紧去修炼，你一旦成为宇宙之主，那我人类一方压力将大减。"

"明白。"罗峰当即退去。

实际上罗峰的神力化身就一直待在传承空间的修炼空间中，在时间流速万倍的环境下不断修炼参悟，金空法则早就接近最终瓶颈……只差最后一丝的灵感，或者某种感悟，便可跨入宇宙之主层次。

一旦到了宇宙之主层次，魔杀族分身、血海分身……也将拥有六阶顶尖战力！

到时，罗峰四个分身，便是四个六阶顶尖战力！而宇宙最强者们却都没分身仅仅只有本尊，仅仅一个六阶顶尖战力！所以……这也是混沌城主一直期待罗峰突破到宇宙之主的缘故。

"在传承空间的修炼空间中，外界一天，内部便过去30年。"

"此次瓶颈，长也最多数十纪元，短则数十年乃至立即突破都有可能。"罗峰也急，可突破瓶颈，并非急就能突破的，得寻找某一刹那的灵感、感动。

妖族疆域，外围的一片荒漠星空。

黑暗、寂静。

"轰隆——"无尽的金光中，巨大的紫色球体神国传送抵达。

而后碧绿色光芒在另外一处亮起，一艘巨大的舰船也缓缓显现。

在遥远处……白色光芒中，黑色椭圆形球体也显现。

"梦茶、震角！"

"女皇！"

"机械！"

四股意念交流。

随即那巨大紫色球体、古老舰船、黑色椭圆形球体中同时开始飞出一道道流光身影。很快，一道道具有强大气息的身影分散在整个星空中。

"哗——"

体型最大的，正是四位最强者。

那蜿蜒盘踞的银色大蛇，和在其身侧有着巨大锯齿外壳的异兽，以及另外一处正悬浮在半空中，有着薄如蝉翼羽翼的美丽虫族女皇，一名名美丽充满魅惑的虫族母皇环绕在她周围，还有更多附庸的宇宙之主在周围。

在更远处，那巨大的黑色椭圆形球体上，露出了九只眼睛，他，便是机械族父神！周围同样分散着一道道机械族宇宙之主和附庸族群宇宙之主。

"按照我三族计划。"震妖祖声音传开，"我们三方中，女皇，你拥有至强至宝宫殿。那我们三族此次带来的共112名宇宙之主，其中80名都在女皇你的至强至宝内，他们联合攻击，将形成最强威能。我妖族一方和机械族一方，则分别保护16名宇宙之主！"

"好。"

"现在先分配。"

三族既然早就商量妥当,自然很快分配。

此次战争,乃是原始宇宙内堪称有史以来规模最大,席卷势力最多的一次战争。当部分势力投靠人类族群时,却有更多势力认为人类会输,那些势力又不敢单独杀上去,自然很多就去投靠虫族、妖族、机械族!

像狱族、晶族、星空巨兽联盟、祖神教、北疆联盟……因为一直没动静,所以他们自然不去投靠。

如此——

原本妖族、虫族、机械族就有附庸族群,本来宇宙之主就超过80位。此次投靠三族的加起来也有近80位,他们将族群本身不能损失的一些宇宙之主,以及那些投靠势力中选出部分当人质似的,都留在各族小型宇宙中。

于是,此次出征。

三族,共四名宇宙最强者、112名宇宙之主。

"此次,我三族联盟一起行动。"那黑色椭圆形球体发出声音,声音响彻在每一名宇宙之主耳边、脑海。"且更有诸多族群加入……而人类阵营拥有顶尖战力的,也仅仅是黑暗之主、银河领主、彭工之主这三位。我机械,单独一个即可同时对付黑暗之主和彭工之主。那罗峰虽然厉害……交给女皇亲自对付,也足够了!"

虫族女皇在远处,也微微点头。

"其他,便是震妖祖、梦妖祖率领112名宇宙之主,对人类阵营一方进行扫荡!我方占有绝对优势,此次和人类阵营的战争,务必一战而成!"机械族父神道。

"杀!"机械族、虫族、妖族三族的本族强者立即嘶吼起来。

"杀!"那些附庸族群也跟着嘶吼起来。

"杀!"整个星空,或是血肉生命,或是岩石生命,或是金属生命,或是智能生命……全部发出嘶吼咆哮。

这是族群命运的战争!

"前进,人类疆域!"机械族父神发出怒吼。

第二十二章
为了族群

人类疆域，原始秘境。

罗峰正盘膝坐在一高层殿厅内，四面尽皆没有遮拦，可看到远处无尽虚空以及其他恢弘的宫殿建筑。

为了准备即将到来的一战，罗峰一直在全力以赴修炼，可是……或许只能说这瓶颈关卡是急不来的，突破这关键的瓶颈，有时或许看宇宙变幻，或者和强者厮杀中途，有时瞬移过程中，总之都有可能心有所悟直接突破。

"罗峰，速到主殿来！"浩浩荡荡的千宝河弥漫开来，覆盖数光年区域，声音也瞬间在罗峰脑海响起。

"老师！"罗峰猛地睁开眼。

"战争来了？"

罗峰顾不得犹豫，当即起身，刷！一个瞬移便立即消失。

寂静的宫殿群内，正居住着异族强大的存在，他们或是犹如一座山脉般盘踞在那，或是全身碧绿且犹如肉球似的，只有神体上的一双双眼睛让人心颤，或是……总之这些异族宇宙之主们，彼此都距离不远，都分散居住在混沌城主的主殿周围。

他们也在等待。

等待战争的到来！他们也清楚，加入这一场战争的危险性，可是危险和收益是对应的！加入人类阵营……人类阵营将来只要能成为第三圣地宇宙，那么至少他们各自族群就都能分配到部分空间以传承，他们这些高层宇宙之主也能长久存活下去。

加上人类还会给予部分宇宙之主到宇宙最强者的经验，他们清楚……人类不可能全部都说出来，或许和人类知晓的相比，仅仅是十分之一？甚至可能是百分之一乃至更少，只是，这总比他们啥都不知道好。

只要知道部分，都是对他们有着莫大的益处。

"为了族群！"

"为了族群！"一个个宇宙之主都是如此。

该拼时，就该拼。

为了拼一把，他们冲进来，好处极多，可同样……这一场战争，也有陨落危险。

"诸位宇宙之主，速到主殿。"随着千宝河弥漫开来，混沌城主声音也在每一个宇宙之主耳边响起。

"来了。"

"终于来了。"

"战争。"

一名名异族宇宙之主等待许久，个个心情或是激动，或是忐忑，或是疯狂，可他们却个个做好准备！随即他们一个个瞬移……

原始秘境，混沌城主的主殿内。

一道道身影凭空出现，聚集的强者数量不断提升，60位、70位、80位、90位……仅仅片刻，全部到达，整个大殿内恢复一片安静。

"各位。"

混沌城主站在台阶上，俯瞰下方，此时此刻他也未曾去坐那王座。

下方站着一名名强者，有人类族群的，有鸿盟异族，也有其他异族的……当然从加入这一刻起，原本其他的闲散族群也自动成为鸿盟一分子！大殿下站着的一大群超级存在中，站在最前面的便是——

银甲银翼背负战刀的罗峰！手持延钧棍胖乎乎腆着大肚子的彭工之主！散发着寂灭气息一身黑袍的黑暗之主！

"妖族、虫族、机械族，已经行动。"混沌城主郑重道，"而且他们三族此刻已经汇聚在一起，显然，上次被我方狠狠教训了一顿，折损了六位宇宙之主后，他们三方谁都不敢单独杀到我人类疆域来，吓得只敢联手一起行动。"

下方顿时有强者脸上浮现笑容。

是啊。

三族又如何？不照样吓得只能联合一起行动。

"此刻他们已经聚集，估摸着很快就将行动。"混沌城主俯瞰众位宇宙之主，"现在，便按照我们早先的计划，此战……所有参战的宇宙之主，除银河领主、黑暗之主、彭工之主具有自主行动权外，其他尽皆在黑狱塔内。"

下方的不少宇宙之主脸上露出一丝轻松。

黑狱塔，乃至强至宝。

在黑狱塔内，自然安全性巨增，当然……真正战斗时，自然不能完全躲在塔内，否则如何攻击？必须到黑狱塔的出口处，没有阻碍，这样才能攻击到外界！能攻击到外界，外界自然也能攻击到他们。

不过既然在出口入口处，自然可以随时躲到深处去，至少比在虚空中没任何屏障要好得多。

"黑暗之主。"混沌城主看向自己师弟。

黑暗之主微微点头，随即一伸手，掌心出现了一黑色金字塔。

"黑狱塔？"那些异族宇宙之主一个个看去，眼睛发亮，这可是至强至宝啊！他们这些闲散族群哪有资格得到这等至强至宝。

"去！"黑暗之主心念操控，顿时黑狱塔飘飞到整个大殿中央，迅速地变大变高，变成了一座巍峨的金字塔，且金字塔的边缘竟然同时出现三道侧门。这至强至宝有侧门有主门，像星辰塔的第一层边缘也有大量的侧门，同时底座也可分开，形成一巨大深渊，吞噬一切。像墓陵之舟这艘舰船的底部，同样可分出一巨大的入口，只是……因为墓陵之舟也没吞吸能耐，所以一直使用侧门那种小型舱门。

"诸位，进去吧。"混沌城主道。

随着一声令下，人类族群的龙行之主、冰峰之主、荒鉴之主他们一个个毫不犹豫直接走过去，其他宇宙之主略一犹豫，彼此相视，不过一个个也接连走进去，仅仅片刻，大殿内便只剩下一座黑狱塔和混沌、罗峰、黑暗、彭工四人。

"黑暗，里面我原先有鸿盟成员 21 位，新投靠来的 70 位，一共 91 位！都交给你引领了。"混沌城主郑重道，"这将是最重要的一股力量，他们 91 位联手，任何一名宇宙最强者都要被轰飞、打懵掉。他们 91 位如何分队，如何攻击，如何防御，一切看你的。"

黑暗之主点头，没说多少，便步入黑狱塔内。

他乃黑狱塔的掌控者，所以才能镇住那些异族们，因为一旦有谁乱来，黑暗之主完全可将异族永久关押在黑狱塔内，即使想逃，怕也逃不过至强至宝的吞吸。此战……黑暗之主主要是管理那一群共 91 名的宇宙之主。

其实那些异族关键时刻逃避的可能性也不大，因为之前一共投靠来 92 位，此刻参战的仅仅 70 位……其他 22 位都在初始宇宙，其实也相当于人质，比如一个族群有三位宇宙之主，两个上战场，一个在初始宇宙。而人类族群借口自然是……为了这些族群的传承，尽量分担风险！那些异族也知道人类这么干的原因，也不会拒绝。其实妖族、机械族、虫族……也同样是这么做的。

"罗峰、彭工，其他就交给你们俩了。"混沌城主看向罗峰、彭工之主。

罗峰、彭工都点头。

罗峰随即一挥手，顿时一艘舰船落在主殿殿厅内，正是墓陵之舟。

他和彭工之主二人，直接飞入墓陵之舟内。

"出发吧！前往我虚拟宇宙大本营所在，在那静候。"混沌城主下令。

轰！轰！

黑狱塔、墓陵之舟，同时一个瞬移消失。

虚拟宇宙大本营，原本是虚拟宇宙公司许多城主、界主、不朽的集中之地，而原始秘境则更加隐秘些。二者，一者公开，一者隐秘。一者处理许多基础事宜，一者则是培养核心天才，处理高层事宜。

它和原始秘境，都拥有通往初始宇宙的宇宙通道。

也是人类必须保护之处！

估摸着敌人要攻击，就是攻击虚拟宇宙大本营和原始秘境两处之

——……而这两处，此刻也早就建立了稳定的神国通道，若是敌人攻击原始秘境，也可立即返回。

一黑色金字塔、一艘古老舰船，都悬浮在虚拟宇宙大本营的虚空中。

"罗峰，紧张不紧张？"彭工之主笑道。

"当然紧张。"罗峰呼出一口气，看了眼旁边的彭工，"这可是三族联盟，而且按照情报，当部分闲散族群投靠我们时，可同样有些去投靠三大族群了！而且还有四位最强者，毕竟真正厮杀起来，最强者可比我们有优势。"

因为最强者本身拥有七阶战力，乃至八阶战力。只是原始宇宙压制，才是六阶顶尖。

所以他们完全可以一心二用，既操控远攻，又近战，同时发挥六阶顶尖战力！完全能一打二！这在和妖族战争时……就完全体现了。

"且机械族父神、虫族女皇，单单一对一，都比妖族震妖祖、梦妖祖强些。"罗峰轻声道，"此战，不容易。"

"我们还是有赢的一丝希望的。"彭工之主道。

罗峰点头。

只是罗峰心头依旧沉甸甸，因为机械族父神和虫族女皇，都是擅长群战，手段诡异不可测。单单看机械族和虫族的战斗方式便可窥一二。

"罗峰、彭工、黑暗，这是坐标，那三族联军刚刚神国传送到这。"虚拟宇宙内，混沌城主立即通知罗峰、黑暗、彭工三人。

"明白。"

"知道了。"

"出发。"

罗峰他们三位立即凝神，不再分心。

刷！刷！

黑色金字塔、古老舰船，一前一后，接连瞬移，朝那坐标处瞬移而去！那坐标处……乃是离虚拟宇宙大本营极近之处，罗峰他们只需要瞬移300光年左右即可到那里。

远处有些寂静的荒漠星球，在荒漠行星旁，还有着昏暗的发散着红色光芒的陷入末期的一颗恒星。

　　就在这一处星空。

　　巨大紫色球体、古老舰船、椭圆形黑色球体，皆尽在虚空中，散发着无尽威压，令时空都已扭曲，遥远处的恒星在这样的威压下都开始震颤，开始发生剧变。

　　轰！轰！

　　古老的远古文明舰船、黑色金字塔同时出现。

第二十三章
机械流

三族联军一方，巨大的紫色球体中缓缓飞出一道窈窕夺目的身影，古老舰船中也飞出了那两道庞然大物，椭圆形黑色球体却是一动不动。单单这三位最强者存在现身散发的威压波动，便令时空扭曲愈加强烈，遥远处的荒漠行星、末期恒星都是瞬间"嘭"的一声爆炸开去，宛如烟火。

人类阵营一方，墓陵之舟的舱门开启，也飞出两道身影，站在了墓陵之舟舰船上，遥遥看过去。

"嗡——"

浩浩荡荡的金色光芒混合着飘荡的无数冰冷沙粒，出现在了战场的每一处区域，足足笼罩了直径十光年的区域，正是金色的国和雪沙海，三族联军虽然厉害，却也没有领域类至强至宝，只能眼看着罗峰显威。

"震妖祖、梦妖祖，又见面了。"彭工之主遥看对方阵营，声音轰隆，在罗峰帮助下，声音响彻领域每一处，"这位是虫族女皇吧！一直听闻虫族女皇在宇宙海中战斗，都是一直躲在所谓的女皇巢内的，很多强者都说，虫族女皇贪生怕死，只敢躲在至强至宝宫殿内，可今天却出来了，真是难得难得，看来外界都错了，虫族女皇可一点都不怕死啊。"

虫族女皇，拥有宫殿至强至宝，被称为女皇巢，又有女皇殿、女皇宫等多种说法。

"彭工，这你就错了，虫族女皇的确怕死。"罗峰在旁边揶揄道，

"只是原始宇宙中攻击威能最多达到六阶顶尖，没生命危险，虫族女皇自然不怕了。"

"哦，原来如此。"彭工喊道。

二者一唱一和。

顿时人类阵营这边各种笑声、吼声响起，三族联军那边显然也很是不忿……竟然敢取笑虫族女皇！只是他们没办法，因为整个领域是由罗峰控制……三族联军即使喊话，声音也根本无法传播。

"机械族父神，你都没至强至宝宫殿，为何一直躲在那黑球球内？"彭工之主喊道，"还是出来现身吧，我和罗峰、黑暗，还有其他诸位宇宙之主，还没见过机械族父神你的真正模样呢。"

"肯定是长的太丑，所以不敢现身。"罗峰在一旁很是自信道。

怒啊。

三族联军愤怒啊，震妖祖、梦妖祖、虫族女皇、机械族父神明白是对方故意挑衅，故意令他们头脑发热，愤怒……可是他们的声音根本无法传播，不管他们中谁喊话，罗峰的领域强行中止封闭。

不给你们说！不让你们声音传播！

人类阵营一方，罗峰和彭工之主是一唱一和，声音回荡在两方阵营每一位强者周围的时空中，而三族联军一方不少喝骂怒斥却完全被屏蔽，根本无法传播。

"杀！"

太欺负人了，连辩解都不给辩解。

首先忍不住的便是机械族父神，高贵的机械族父神，每一个机械族强者都对他无比尊敬，甚至父神一声令下……让机械族那些宇宙之主去死都不会违抗。这样一种环境下，机械族父神何等骄傲？现在却被罗峰和彭工讥讽丑陋等一些污言秽语，自然暴怒。

既然无法辩解，那就靠拳头说话！

轰——

只见那黑色巨大的椭圆形球体，忽然便射出了一道道佝偻的身影，足足10081座佝偻身影，瞬间朝墓陵之舟方向杀过来。这些佝偻身影每一座都高约上万公里，全身都是金属铸就而成，有着足足八条金属手臂、两条腿，同时腰部弯着佝偻着，它头颅上还有着一条条辫子，垂在周围。

"机械族父神发飙了。"彭工之主大惊，连忙传音给旁边的罗峰，"这是机械族父神的傀儡军团，竟然有10081个，按照我们的资料，那机械族父神在宇宙海中闯荡时，最强爆发也不过是出动9000座傀儡。"

"很简单。"罗峰肃容传音道，"在宇宙海中，环境极度恶劣危险，其他宇宙最强者也不好惹，厮杀起来，说不定便会损失掉些傀儡！每一个傀儡……价值都极高，比一件普通至宝还珍贵，那机械族父神可舍不得，而在原始宇宙中战斗，最高战力才六阶顶尖，他不担心会损失傀儡，所以自然全力以赴了。"

罗峰盯着那呼啸飞来的傀儡军团。

因为两大阵营彼此距离较远，即使近光速飞行，都得好一会儿，罗峰倒也不急。

"机械傀儡……"

"这机械族父神，走的应该属远古文明机械流中的群海战术。"罗峰默默道，他得到断东河一脉传承，也观看过海量的传承讯息，对机械流自然也了解极多，和远古文明的机械流相比，这机械族父神的手段其实还处于很低端的水平。

因为机械族父神无法弄出太强的机械，所以只能靠量来补齐！因为机械流……具有可复制性，所以适合走群海战术。

可真正的高端存在，机械流中的精英流派，一般都是弄出像墓陵之舟乃至宇宙舟这种单独的、却具有超强威能的机械宝物！

"虽说是低端。"

"在远古文明，那些强大的存在能轻易扫荡。可是在宇宙海，特别是在原始宇宙，我还真没一点办法。机械族父神又是智能生命出身，且又能将群海战术发挥到极致。"罗峰头疼。

他看一眼便知道。

这10081座机械傀儡，所用的材料都极珍贵的，估摸着最起码也是巅峰至宝层次的材料！虽说每座傀儡耗费材料并不多（傀儡本身很小，可神力催发下能变大变小，如墓陵之舟、至宝等等），可加起来，怕也近乎一件至强至宝的价值了。

打，打不坏。

用星辰塔吞吸？黑狱塔吞吸？机械族父神全力操控下……10081座傀儡完全能犹如一体，彼此结合，能轻易挣脱那股吞吸之能。若是能轻易吞吸掉……机械族父神也不会仗着这一招，在宇宙海闯荡，而几乎很少损失傀儡了。

"进暗宇宙。"罗峰传音道。

"好。"彭工之主也应道，远处黑暗之主也得到消息。

轰！轰！轰！

墓陵之舟、黑狱塔都是接连速度飙升到光速，直接进入暗宇宙。

"我就知道他们要进暗宇宙。"震妖祖嘶吼道，"进暗宇宙。"

天，声音总算能传播开了！

暗宇宙。

宇宙最强者们的速度个个都能迅速达到十倍乃至百倍光速，所以在原宇宙空间和他们战斗是很吃亏的。罗峰他们人类阵营可是一个宇宙最强者都没有，自然是选择进入暗宇宙，并且进入暗宇宙后……在战斗关键时刻，也可选择停止，即刻回到原宇宙。

"轰！""轰！""轰！""轰！""轰！""轰！"

罗峰、彭工之主他们刚进入暗宇宙，还不到一秒，浩浩荡荡的傀儡军团便出现了。

"吼——"

"吼——"

每一尊机械傀儡都发出吼声，同时他们每一尊都有着燃烧的神力在操纵。就像罗峰他们操纵念力兵器一样……机械族父神便是如此来操纵他的傀儡军团。并且作为智能生命发展到极致的，唯一一个最强者存在。

他的一心多用能力，堪称冠绝宇宙海！

像巴巴塔，这类智能生命，即使在很弱时，计算能力就强到一个极限。等成了不朽……计算能力更是远超其他各族不朽。更别谈唯一的机械族父神了，他就算拿出百分之一的操控能力，都能超出其他一般族群的宇宙最强者的操控能耐。

所以——

10081尊傀儡，每一个就仿佛有着自己的灵魂似的，迅速分成两队，直接围困杀向罗峰、彭工之主。

"轰——"

约5000尊傀儡几乎同时朝罗峰轰出一拳，每一拳都精妙绝伦，并且直接混合起来，形成了浩浩荡荡肆虐天地的一拳……威能之强，直接令罗峰变色，甚至都不敢抵抗。虽然身上的铠甲是疯魔灭神甲，可毕竟神体要比其他顶尖宇宙之主差上百倍。

"挡！"罗峰甚至来不及钻到墓陵之舟内，手中的血影刀瞬间变得巨大，宛如一巨大的刀板，挡在面前。

"破！"不远处的彭工之主，也是低吼着挥出手中的延钧棍，以攻对攻。

轰！轰！

二者同时遭到轰击，站在墓陵之舟上倒退数步。论防御，彭工之主的延钧棍延伸所形成的铠甲，丝毫不比疯魔灭神甲差。加上彭工之主乃是万倍基因层次的宇宙之主……其实神体防御，他比罗峰还强一筹！

"咦，威力虽然强，但也没那么变态。"彭工之主传音给罗峰，"单单遭受约5000尊傀儡的一次攻击，感觉都没到六阶顶尖。"若是六阶顶尖层次攻击，罗峰他们俩就该震得往后抛飞才对，不至于倒退数步即可。

"是没预想的那么强，估计上万尊傀儡加起来才媲美六阶顶尖。"罗峰传音道，"看来，这是原始宇宙的压制了！若是单单靠一心多用，能令每个发挥最强威能，那原始宇宙的限制也等于没用了。"

"看来群海战术的威胁有限啊。"彭工之主也暗松一口气。

第二十四章
无可阻挡

上万的强大傀儡所能发挥出的实力，让机械族父神也有些不甘："若是在宇宙海中，就算一般的宇宙最强者也不敢硬接我这一招。可恶的原始宇宙意志，竟强行将我的每一尊傀儡都压制到极低程度，算了，牵制住他们俩！"

在原先计划中，机械族父神就猜到自己所能爆发的威能，所以说他将一对二，对付黑暗之主和彭工之主。

不过黑暗之主躲在黑狱塔内不现身，他就只能对付罗峰和彭工了。

"虽然无法压制他们俩，可是困住他们俩，却有十足把握。"机械族父神遥遥看着远处。

哗！哗！

浩浩荡荡的傀儡军团，劈天盖地，瞬间便席卷罗峰、彭工之主所在的这一方空间。一时间这些强大的傀儡彼此辅助，疯狂缠绕在罗峰、彭工之主周围。令罗峰和彭工之主就仿佛陷入了一张蜘蛛网中，怎么都摆脱不开。

"可恶的傀儡们！"彭工之主咆哮着，手中的延钧棍呼啸着扫荡周围千万公里的范围。

"滚开。"罗峰手中血影刀也是挥出，血影刀所过之处，那一尊尊傀儡直接抛飞起来，然而相对于四面八方环绕着皆尽存在的傀儡……所能攻击抛飞开的仅仅是极小一部分，其他傀儡们立即补上。

前赴后继！

且每一尊傀儡都坚不可摧，使得罗峰、彭工之主一时间，的确是被这上万尊傀儡完全围困，都无法冲出去。

趁他病，要他命！

"震角、梦茶、女皇，你们三个警惕那座黑狱塔！其他所有宇宙之主，分别攻击罗峰和彭工之主。"机械族父神连忙下令。

"好。"

"能杀了罗峰和彭工中的一个，此战，胜算便大大增加。"

虫族女皇的女皇宫忽然露出了一巨大的深渊，深渊洞口，更是站着一道道密密麻麻的身影，便是虫族的一些宇宙之主，以及大量异族的宇宙之主。

同时机械族父神那椭圆形黑色球体也裂开出现一洞口，显现出一名名宇宙之主。

震妖祖梦妖祖身侧的舰船，舱门开启，也出现了一名名宇宙之主。

"攻击！"

"攻击！"

"攻击！"

齐刷刷的，这112名宇宙之主，其中部分拥有分身，且带来了分身，所以他们足有120多宇宙之主神体，并且他们尽皆施展着自己的手段。一时间，诸多至宝兵器，或者幻术类攻击，或者灵魂类攻击，或者直接物质攻击。

且手段也不同，那些虫族的宇宙之主们更是召唤出大批大批的虫族战士，机械族宇宙之主们，也同样召唤出一批强大的傀儡。这两族……竟都是群海战术。

"轰！"

劈天盖地！

威能强的甚至让各方战栗，连震妖祖、梦妖祖、机械族父神、虫族女皇都为之心颤……实在，实在是太强大了。在这原始宇宙中，还没有出现过这种规模数量的宇宙之主进行集体攻击的可怕场面。

"不好！"罗峰吓得脸色一变。

"麻烦大了。"彭工之主更是叫了一声。

"快帮忙。"罗峰传音给黑暗之主。

不远处的黑狱塔悬浮着，塔座底部也出现了巨大的深渊，深渊边缘也同样出现了一圈大量的强者身影。包括人类族群在内足91名宇宙之主，论神体总数，更是超过了100位。他们在罗峰、彭工之主被困住时就知道不妙，可没想到对方还真果决，上百宇宙之主的联合攻击……

"攻击！攻击女皇宫深渊入口那一群宇宙之主。"黑暗之主立即传音下令。

一声令下。

集体施展手段，一时间，上百宇宙之主神体全部爆发出强大的手段，浩浩荡荡扫荡向女皇宫那边。

在原宇宙空间，双方彼此距离遥远，可在暗宇宙，距离实在太近。

三族联军阵营的宇宙之主们一次联合攻击，瞬间便降临到罗峰他们这边，而被大量傀儡们困住根本无法躲避的罗峰、彭工之主脸色完全变了。

"罗峰，恐怕挡不住啊。"彭工之主传音。

"挡不住，就不挡。"罗峰也是连忙一挥手。

轰！

在进入暗宇宙后就收起的墓陵之舟，瞬间就出现在了罗峰、彭工之主面前。仿佛一面大山，挡住一切。

"嘭！""嘭！""嘭！""嘭！""嘭！""嘭！"

接连的轰击，落在墓陵之舟上，依旧有一些灵魂攻击、幻术攻击绕过墓陵之舟，准确落在罗峰、彭工之主他们俩身上。

罗峰和彭工之主都感到脑海中受到一次次冲击。

"疯魔灭神甲能削弱冲击，我且有巅峰灵魂至宝护体，意志又那般强大，都感到这般吃力……简直太可怕了，而且这仅仅只是部分而已，很多能量攻击、念力兵器攻击都被墓陵之舟阻挡了，若是落在身上……"罗峰为之后怕。

十名宇宙之主联手，威能叠加，就能形成六阶顶尖威能。

这能量的汇聚，量变引起质变。

一加一，是产生大于二的效果的。

像一名六阶顶尖实力，应该十倍于五阶顶尖才对。可是一些强大的宇宙之主，十名宇宙之主联手，攻击汇合在一起产生的质变……便能达到六阶顶尖！而上百名宇宙之主的瞬间联手，更是远超七阶，估摸着接近八阶威能！

罗峰、彭工之主，岂敢硬挡？即使仗着血影刀、延钧棍，他俩活下，怕都神体大损。

"轰——"

那强大攻击汇聚在一起，攻击在墓陵之舟上，单单逸散开的冲击波，便让罗峰、彭工色变，这冲击波威能怕都超过六阶顶尖了。

"进来。"罗峰传音道。

同时墓陵之舟舱门开启，这舱门是朝着罗峰他们一边的，罗峰在释放出墓陵之舟时自然有此考虑。

嗖！嗖！

罗峰、彭工都立即钻进去！

墓陵之舟内。

罗峰、彭工之主在殿厅内，视线不受墓陵之舟阻碍，能轻易看到外界。一眼看去……三族联军上百名宇宙之主浩浩荡荡的联合攻击，威能劈天盖地，不过此刻黑狱塔那边，也同样爆发出威能相差无几的可怕的联合攻击。

"轰——"毁灭性的联合攻击，扫荡般直接攻击向远处的女皇宫深渊入口边沿的一名名宇宙之主。

女皇宫虽是宫殿至强至宝，可在战斗时，每名宇宙之主都是站在出口处的，除非躲到里面，否则完全会被攻击到。

"挡住！"机械族父神连忙传音道。

"交给我。"尖厉声音响起。

一条银色大蛇猛地暴涨，瞬间便达到上百亿公里长，在原宇宙空间三族联军便是彼此很近，在暗宇宙中更是等于靠在一起。此刻梦妖祖神体一变大，甚至都无需移动，便完全遮盖了周围的女皇宫、机械族父神、震妖祖等。

这巨大的银色大蛇直接遮盖住一切，盘踞着环绕着阻挡在那里。

人类阵营一方，那些巨大的至宝兵器！那些强大的能量攻击，躲避不得，直接轰击在这银色大蛇身上。

"轰——"梦妖祖被轰击得直接翻滚着抛飞出去，先是撞开女皇宫、机械族父神等，紧跟着远远地飞出去，一瞬间就在视野中化为一个小点，紧跟着就完全消失了。

"真可怕。"彭工之主在墓陵之舟内惊叹。

"真有胆识。"罗峰也夸赞道。

人类阵营这边可是上百名宇宙之主级别神体的联合攻击，就算机械族父神、虫族女皇、震妖祖都不敢随便来硬挡。也就拥有至强至宝铠甲的梦妖祖敢！不过……即使能挡住，可梦妖祖毕竟只能发挥六阶顶尖的实力，所以她的抵抗力自然很弱，直接被打得抛飞到极遥远处了。

完全不是一个层级的。

可罗峰、彭工之主也明白，虽说被远远打得抛飞，可拥有至强至宝铠甲，加上梦妖祖本身的强大神体！就算在宇宙海中，那些宇宙最强者都难伤害她，此番攻击自然也伤害不了她。

"攻击！"

"攻击！"

"攻击！"

三族联军阵营的所有宇宙之主，有了梦妖祖做缓冲，立即转过来，施展手段，朝黑狱塔劈天盖地攻击过去。

而黑狱塔内的人类阵营的宇宙之主，也同样施展手段攻击过来。

"轰！"

一时间，两大阵营的宇宙之主，顿时火拼起来。

"吞吸！"

那巨大的女皇宫瞬间产生滔天吸力，吞吸着人类阵营的那一大群宇宙之主，也同时吞吸着黑狱塔。不过这上百名的宇宙之主级别的神体，一起联合起来，燃烧的神力在蒸腾，轻易便抵挡住这股吞吸，可这也使得他们不敢大意……更加小心抵抗三族联军一方的宇宙之主们的轰击。

因为，一旦挡不住，遭到轰击，只要部分发蒙，恐怕就会被吞吸过去。

"吞吸！"黑暗之主同样操控黑狱塔。

黑狱塔的深渊也产生滔天吸力，吞吸着女皇宫深渊边缘那大量的宇宙之主们，也吞吸着女皇宫本身。

两件至强至宝宫殿。

黑狱塔对女皇宫！

彼此也在吞吸着！

不过至强至宝宫殿，彼此除非差距大，否则很难将对方吞吸的。就算这两件至强至宝本身真的有较大差距，也得看使用者能否发挥出来。黑暗之主操控的黑狱塔、虫族女皇操控的女皇宫，显然此刻爆发的威能属于同一层级，二者谁都奈何不了谁。

第二十五章

惨 烈

黑狱塔和女皇宫，这两大宫殿类至强至宝都爆发出可怕的吞吸力量。

两大阵营的宇宙之主们，也完全狂暴了。

"轰！""轰！""轰！""轰！""轰！""轰！"

两边完全陷入对拼阶段。

三族联军一方是 112 名宇宙之主，加上分身，神体超过 120 位！

而人类阵营一方是 92 位宇宙之主（加上黑暗之主），加上分身，也超过百位之多！

如此多的宇宙之主汇聚起来，无数攻击聚集在一起，能量层级是不断蜕变暴涨！双方的攻击威能都达到近乎八阶层⋯⋯而宇宙最强者才仅仅六阶顶尖而已，只要被轰击到，怕就得被抛飞远远的。

"杀！"

"杀死这群妖族、虫族、机械族！"

"我还没跟虫族厮杀过啊，这么多宇宙之主一起攻击，这，这真是太，太痛快了。"一名名宇宙之主，完全是热血沸腾。

当上百尊神体一同施展手段爆发时，他们前方百万公里范围都完全形成了能量领域，像宇宙最强者们燃烧神力，令神力蒸腾，都能将周围小范围内的金色的国度、雪沙海给驱逐开。

更别提这上百名宇宙之主联合的威能了。

"轰——"敌方的疯狂攻击，杀进这能量领域时，便被疯狂消耗掉。

不管是神力攻击！灵魂攻击！幻术攻击！

一切还没碰触这些宇宙之主，就被他们集体性的攻击给直接消磨掉了。

"太强大了，我们这么多宇宙之主联手实在太强大了，就连宇宙最强者都不算什么了。"

"一件顶级至宝，遭到我们的合击，估计都得碎裂吧。"

"当然得碎裂，之前三族联军阵营不知道哪个蠢货，一道刀光划过虚空，那柄顶级至宝战刀就直接粉碎了。"

痛快。

双方阵营的宇宙之主们都杀得无比痛快。

他们毕竟只是宇宙之主，什么时候能爆发出如此强的威能？连宇宙最强者都得靠边站，这种施展出滔天威能的攻击，的确是充满了快感。

双方施展出的攻击手段，有些刚刚施展出就在周围的能量领域中抵抗敌人攻击消磨掉。有些则是冲出能量领域，杀到敌方阵营……而后在敌方阵营的能量领域内消损掉。

人类阵营神体虽过100位，但比三族联军少些。

主要是防多攻少！

可至少撑起防御还是没问题的。

"我等联手攻击。"机械族父神立即传音道，"那罗峰和彭工之主吓得躲在墓陵之舟内既然他们不出来，我们就盯着那群宇宙之主攻击。震角、梦茶、女皇我们一起攻击，辅助我方宇宙之主。"

"好。"

"我等联手，那我方攻击威能定能突破八阶，乃至更高。"

"趁机击杀些宇宙之主，这一战，我们便赢定了。"

四位宇宙最强者瞬间便做了决定。

只见暗宇宙虚空中那上万尊的机械傀儡，虽然环绕在墓陵之舟周围，却也奈何不了墓陵之舟，它们整个傀儡军团，干脆根本不再理会，而是全部咆哮着张开嘴巴，直接吐出了一条弧形流光，上万条弧形流光，尽皆彼此结合。

最后汇聚成一道锋利的弧光。

哗！

弧光扫荡向黑狱塔方向。

"去！"锯齿外壳异兽震妖祖咆哮着，只见一道尖锥形成了黑暗风暴，直接冲向黑狱塔。

"人类！"梦妖祖嘶吼一声，巨大的蛇首口中射出一道青色残影。

"哼！"女皇宫那边，在大量宇宙之主攻击之下，忽然也多出了耀眼的金光。

一时间，四大宇宙最强者全部出手。

每个宇宙最强者都相当于 10 名宇宙之主，四大最强者同时行动……令三族联军阵营从 120 尊神体，瞬间飙升到 160 尊神体威能。在混合了四大最强者的攻击，能量再次发生蜕变后，完全超越了八阶。

"轰隆隆——"

无尽攻击降临。

令人类阵营宇宙之主的能量领域，都瞬间压缩到之前十分之一范围，狂暴的攻击，甚至令人类阵营一方宇宙之主的攻击，无法冲出能量领域，只能匆匆忙忙来抵挡防御。

"太强了。"

"挡不住。"

"这般下去，肯定会出问题的，一旦我们抵挡的能量领域，那边出了纰漏，有了漏洞，令那狂暴攻击扫荡进来，必定有宇宙之主陨落。"

"不能这么下去。"人类阵营一方慌了。

手忙脚乱！

面对压倒性的攻击，100 尊神体需要硬抗 160 尊神体形成的威能攻击……须知这强者数量越多，威能是不断递增的，所以双方实力差距估摸着达到两三倍之多。这使得人类阵营一方完全是在硬撑。

"这般逼迫下，即使不出漏洞，单单神体消耗，只要损失 50% 神体，实力便只剩下十分之一！随着神体消耗，我方战力会不断锐减……而三族联军都有四大最强者，论消耗战，消耗再久，四大最强者怕都能轻易维持六阶顶尖战力。"

人类阵营一方，既然能成宇宙之主自然不蠢，都明白情势险恶。

墓陵之舟内。

罗峰、彭工之主看到两方阵营的宇宙之主火拼，才刚感慨，便看到四大最强者也汇合到其中……

"罗峰！彭工！你们再不上，这边可能出漏子了。"黑暗之主厉声传音来。

"这才刚交战，没到那份上吧。"彭工传音道，"现在才战斗多久，我方的宇宙之主，神体应该都没什么消耗呢。"

"别废话。"黑暗之主也急了，"你在这边试试，那边攻击威能太强，一旦防御不住，怕就得有宇宙之主陨落。如果时间拖长了……随着神体损耗，我方抵抗能力会越来越弱。罗峰，啥时候反攻？"

"彭工，一起上！"罗峰皱眉，直接喝道。

"好。"彭工眼睛眯起，却闪烁着疯狂。

轰——墓陵之舟的速度猛地暴涨，直接朝远处的三族联军阵营冲了过去，墓陵之舟浩浩荡荡，那些个机械傀儡根本不敢阻挡，见墓陵之舟冲来，之前还嚣张万分的机械族父神立即停下傀儡军团的攻击。

"震角、梦茶、女皇，你们继续攻击人类阵营宇宙之主。这罗峰和彭工，交给我。"机械族父神传音。

"好。"

"机械，挡住他们俩。"

"小心罗峰，他得到断东河一脉传承，说不定有奇宝。"

机械族父神传音道："放心，我就从未放松过。"

只见那上万尊机械傀儡，也是在墓陵之舟周围，当墓陵之舟速度飙升到百倍光速、数百倍光速，那些傀儡也同样如此。当整个墓陵之舟即将碰触那黑色椭圆形球体时。

哗——

墓陵之舟凭空消失，罗峰和彭工之主都出现在了半空中。

"杀！"

"杀！"

刚一出现，二者便同时施展了攻击。

"破！！！"罗峰挥动血影刀，血影刀疯狂的变大，从之前的数万公里长度，迅速暴涨到上亿公里……越是尖端就越是庞大，反而刀柄依旧那般小。这巨大的血影刀，根本不顾那些机械傀儡，而是劈杀向在一起的震妖祖、梦妖祖！

"虫族女皇，来一棍吧！"彭工之主手中的延钧棍也同样暴涨，直接朝远处的女皇宫方向狠狠地戳过去！

一刀，一戳！

二者根本都不理机械傀儡，而是攻击震妖祖、梦妖祖、女皇宫。

震妖祖、梦妖祖、虫族女皇，是何等存在？很清楚这一战的胜负关键就是双方的宇宙之主。所以他们根本无视罗峰、彭工之主的攻击，而继续疯狂倾泻着各自的威能，朝黑狱塔人类阵营宇宙之主轰击而去。

血影刀劈在震妖祖、梦妖祖身上。

若是六阶顶尖攻击能伤宇宙最强者，那才是笑话，只是将两位宇宙最强者震得抛飞些许而已。

"别管那两个人类。"震妖祖传音，"机械，他们有墓陵之舟横冲直撞，你根本无法缠住他们俩……既然如此，干脆别管他们俩。六阶顶尖攻击？哼，根本无法伤害到我们。我们只管攻击那群宇宙之主就好。"

"对，人类阵营的宇宙之主已经开始有些急乱了，只要略出纰漏，必定有宇宙之主陨落……接着他们死的会越来越多……此战则必胜。"虫族女皇也传音道。

"好。"机械父神也不再理会罗峰、彭工了。

这顿时让罗峰、彭工之主又急又怒，却又无可奈何，毕竟原始宇宙虽压制了最强者的攻击威能，却没压制防御能耐。

"罗峰、彭工，现在众多宇宙之主神体基本都超过95%，可继续下去，神体损耗会越来越大。而且现在防御已经很吃力了！"黑暗之主焦急传音道。

"我和罗峰也急啊！可四大最强者太谨慎，即使取得这么大优势，依旧没离开那些宇宙之主丝毫。现在就反攻……想要一举将两处宇宙之主全部捕获很难，即使捕获一处，都有难度。"彭工之主传音道。

罗峰也焦急。

三族联军阵营的宇宙之主是分三处的，女皇宫内有 80 位，妖族的那艘舰船内有 16 位，机械族父神那椭圆形球体也有 16 位。虽说罗峰他们无法辨析准确数量，可那些强者都是站在洞口边缘、舱门边缘，所以能隐约看到数量。

　　罗峰本想一举将妖族两妖祖守护的、机械族父神守护的那群宇宙之主给一锅端。

　　可现在……

　　"顾不得了。再这样下去，不但不赢，可能还会败。"罗峰一咬牙，传音道"反攻"！

第二十六章
古神眼

暗宇宙虚空中。

人类阵营和三族联军阵营交战的同时，在极遥远处，却有一位位强大存在，在遥遥看着。

"没想到，宇宙之主数量累加到上百，联合攻击竟然这么强。看来，以后也得和北疆盟主你学学，当个盟主，好歹也有一群宇宙之主来驱使。"一紫袍身影站在暗宇宙虚空中，目光却是透过时空，遥遥看着战场，同时他也保持小幅度飞行。

"始化，你要当盟主？行，我这北疆联盟便让给你了。"在距离紫袍身影约百亿公里外，则有着一满是白发全身都是皱皮的老者道。

"还真大方，不过我可不敢夺你所好。此战，诸位猜测结果如何？"始化岛主声音传播给一位位强大存在。

"估计三族联军阵营会赢。"一雄浑声音传来。

"祖神都看好三族，我也看好三族。"一团火焰发出声音。

"这可难说，那罗峰得到断东河一脉传承，人类阵营多了两件至强至宝了，谁知道还有没有其他至宝？老兽神，你看呢？"一悠闲声音响起。

"怕是三族阵营一方得赢。"一苍老声音响起。

"老兽神，你不是和人类关系挺好吗？"一尖厉嘶哑声音响起，遥远处的一缓缓游动的巨大身躯的生物在嘶吼着，"这人类阵营都挡不住了，你也不帮忙，而且现在都不看好人类阵营。你这种阴险的家伙，我最厌恶。"

"怎么，要战上一场？""战就战，我怕你？"

"老兽神、厄宙，这时候你们怎么斗起来了。"

"虚真，和你无关！我就是看这老兽神不顺眼。"尖厉嘶哑声中充满着愤恨。

"先观战。"又一道声音响起。

"坐山客说的对，先观战。"

"此战，可极为重要。""观战。"

断东河一脉传承所具有的吸引力是非常可怕的，一名名宇宙最强者或是本尊赶来，或是分出一化身过来，一个个都是感应时空……他们对时空感应范围都无比广阔，当三族联军出现在人类疆域，他们便立即发现了，自然都赶来了。

不过为了不引起误会，当人类战争开始时，他们都在距离战场较远处看着，短时间都无法掺和。

除了这些最强者们，还有一些宇宙之主来探查动静，比如狱王等，只是他们地位上差些，那些宇宙最强者们交谈，那些个宇宙之主也不好掺和。

"有动静！""不对！"

"人类阵营要翻盘！"遥远处观战的最强者、宇宙之主，都惊了。

暗宇宙，两大阵营的战场。

"反攻！"罗峰一声令下。

"准备反攻。""准备反攻。""准备反攻。"

黑暗之主的声音，同时在黑狱塔深渊边缘的每一名宇宙之主脑海响起，令这群宇宙之主都激动起来，他们只知道反攻计划的三种方案，至于整个计划详细内幕，他们并不清楚。

可他们明白一点……

人类族群还有底牌！而现在，则要开始掀牌了！

一时间个个充满斗志，连显得慌乱的防御，一时间都撑起来略显稳定些。

"要反攻了。"

"就反攻了。"

他们一边疯狂抵抗，一边遥遥看着观察着，等待着局势的变化。

虚空中。

罗峰、彭工之主前方，便是梦妖祖、震妖祖、机械族父神，可他们三位根本不管罗峰他们。

"墓陵之舟。"

罗峰一挥手，顿时墓陵之舟凭空出现，且浩浩荡荡疯狂变大，瞬间便达到百亿公里直径，几乎横在三族联军的前方，可三族联军却完全当墓陵之舟不存在，他们很清楚奈何不了墓陵之舟，墓陵之舟也奈何不了他们。

忽然墓陵之舟的舱门处，悬浮着一颗晶球，晶球猛地暴涨，不断变大，直接达到千万公里直径，几乎撑住整个舱门。

晶球上面的光环一圈圈聚集汇于一点，那一点犹如眼睛的瞳孔似的！只见这瞳孔对准的方向，正是远处的女皇宫，整个晶球约有千万公里直径，这瞳孔却仅仅只有十万公里直径左右。

轰！

强大的意志沿着直线，划过长空，直接冲击女皇宫那深渊边缘的一大群宇宙之主。不过，整个意志是沿着直线传播，就好似一条激光柱似的，即使从罗峰这个角度射击过去，也只能同时波及到十余位宇宙之主罢了。

并非罗峰不愿一次性攻击那 80 位宇宙之主，而是因为古神眼的瞳孔，在直径十万公里内都能维持最高强度。可若是继续暴涨令古神眼辐射的范围越加的庞大，意志强度会不断衰弱的。

直径十万公里，已然是最大范围（保持意志冲击最高强度）。

"啊！"一名高大的机械族宇宙之主，感到一股强大的意志冲击，不由低吼一声直接跪伏在地面上，全身发颤。

"不！"一名名宇宙之主有些是跪下，有些是趴下，有些干脆失去意识掌控直接倒下。

这古神眼蕴含的意志冲击实在太强，因为在暗宇宙中，彼此距离都不算远，且罗峰刻意用墓陵之舟将古神眼送到离女皇宫较近的区域，自然令古神眼足以爆发足够的威能。

"嗡——"古神眼缓缓转动，使得瞳孔扫荡方向缓缓变化。

它一次扫荡，便能波及到十余位宇宙之主。

稍微转移，便扫荡到旁边另外十余位宇宙之主，这简单的一个转动，便令古神眼所形成的"意志冲击风暴"，沿着那女皇宫的深渊边缘绕了一圈，尽皆波及所有的宇宙之主！虽说这样，会使得古神眼意志冲击，短时间离开一开始受到冲击的宇宙之主们，可是当被意志冲击得整个懵掉时，即使那意志冲击消失，都得好一会儿才能缓过来，恢复过来。

所以，仅仅眨眼工夫，古神眼便扫荡了一圈。

古神眼微微转动，瞳孔扫荡了一圈，却是堪称致命的一圈！那80%的宇宙之主中，有虫族、妖族、机械族本族部分强者，更多的则是其他附庸族群强者。而且此次战争，在吸取前次教训下，像灭禁之主等一些极强大，具有冲击宇宙最强者希望的宇宙之主，三族都不敢赌，所以几乎都留在族群小型宇宙内。

若是灭禁之主等一些五阶顶尖存在，他们很多意志都达到"宇宙最强者层次"倒能扛过去。

可惜，各族为了避免损失族群希望。

这80位中，意志达到最强者层次的仅仅才三位，仅仅这三位受到冲击还扛得住，其他尽皆或是跪伏或是干脆失去意识倒下。

这……是灾难性的！

突然失去77名宇宙之主的战力，使得三族联军只剩下35名宇宙之主在继续朝人类阵营攻击。仅仅才35名宇宙之主，全部累加起来，施展的攻击威能都不及七阶水准。

三族联军的四名宇宙最强者，相当于40名宇宙之主。

所以……

古神眼的一次扫荡，使得三族联军方的攻击威能，从超160尊宇宙之主神体威能，瞬间降到约80尊宇宙之主神体联合攻击威能！

而人类阵营一方却是超100尊神体联合威能！

"轰！""轰！"罗峰、彭工之主，也同时施展出各自手段。

那扫荡而去的一道刀光，和毁天灭地般的一道棍影也同时扫荡向女皇宫，若是算上这两位六阶顶尖战力，使得人类阵营一方完全有宇宙之主层次的 120 尊神体联合威能。终于，人类阵营宇宙之主们突破"能量领域范围"不再被对方逼迫得只能防御了。

"轰！"

人类阵营宇宙之主，大量攻击落向女皇宫！罗峰、彭工的攻击，也落向女皇宫！

最致命的是"吞吸"！

黑暗之主在古神眼发动的同时，一直竭力施展的黑狱塔吞吸，终于奏效！在 80 名宇宙之主瞬间倒下 77 位之后，包括那三名依旧清醒的宇宙之主在内，这 80 名宇宙之主完全无法抵抗，尽皆朝黑狱塔方向飞过去！

当他们飞过去的同时……

人类阵营大量攻击却是落向他们！

"不！""怎么会"

"女皇。"

三名依旧清醒的，此次附庸族群的三位绝对顶尖存在，都惊怒了。

他们仅仅三个，又怎能挣脱至强至宝宫殿的吞吸？他们仅仅三个，又怎能抵挡人类阵营包括罗峰、彭工之主的联合攻击？

而眼前那五颜六色的强大威能的攻击，还有那一道薄薄的刀光，以及那通天的棍影也掺杂其中，尽皆冲来。

内外交困！

"女皇！"机械族父连忙传音喝道。

"女皇！保住他们！"震妖祖急切传音吼道。

"保护好！"梦妖祖也焦急地快疯了。

此次袭击突如其来，他们三个甚至都来不及再一次施展攻击手段来阻拦，只能寄希望于虫族女皇。这是三族联盟此次战争的唯一希望啊！若是被杀了数十名宇宙之主，或者被吞吸了数十名宇宙之主，那简直就是一场噩梦！

第二十七章

噩 梦

局势的突然转折，令震妖祖、梦妖祖欲要疯狂！

"怎么会这样，不应该这样的，意志冲击没这么强的！"震妖祖、梦妖祖都无法理解，虽说之前和人类第一次交战吃了亏，和机械族、虫族交流时，震妖祖和梦妖祖怀着削弱其他两族实力的想法并没说出人类阵营拥有蕴含意志冲击的宝物。

可是。

虫族、机械族也不傻！后来的宇宙之主分配时，他们却坚定要求……三族本族强者，同时分散在三处！

像震妖祖梦妖祖保护的那巨大舰船内，像机械族父神的椭圆黑色球体内，乃至女皇宫内，都有虫族、机械族、妖族！这样一来要吃亏，三方一起吃亏！如此才能令三方更加团结。

所以……

震妖祖梦妖祖，也找了个借口，说出了意志冲击这事。为此，虫族女皇、机械族父神还曾询问过灭禁之主等一些活下来的宇宙之主。这才知晓——意志冲击强度，只有宇宙之主极限意志才能抵抗。

"女皇宫内可是足足80名宇宙之主，虽说三族最重要的有希望冲刺宇宙最强者的，都未曾参战。可宇宙最强者意志的有三位，宇宙之主极限意志的更有11位，若是算上分身，共有16尊神体。他们联合起来，甚至近乎媲美两名宇宙最强者威能……他们所形成的能量领域，完全能轻易抵挡住黑狱塔吞吸，并且完全来得及保护其他宇宙之主。即使敌方攻击再强，女皇将他们收入女皇宫，自然无比安全。"

这便是三族联盟的准备之一。

可事实，却超乎意料。

人类蕴含的意志冲击宝物，威能竟然比上次的还可怕。

"意志冲击宝物，能威胁宇宙之主的，从没听说谁得到过，一件都无比珍贵。难道人类族群得到两件？且第二件比第一件还强？"震妖祖、梦妖祖完全没想到会发生这种事情。

虫族女皇也急了。

"巅峰至宝宫殿！顶级至宝宫殿，你们三个蠢货，快，快，躲到至宝宫殿中去，立即将旁边的宇宙之主保护进去。快！"虫族女皇急切传音道。

遥远处。

罗峰却操控着墓陵之舟上的古神眼，古神眼距离女皇宫很近，一次次向那群宇宙之主扫荡，令那群宇宙之主中77位都毫无反抗之力。

"宫殿。"

"宫殿。"附属的异族三位最顶尖存在，虽知晓躲在宫殿内，宫殿都会被黑狱塔吞吸过去。可是他们顾不得犹豫，立即听从虫族女皇的命令。

轰！轰！轰！

三座宫殿立即出现，分别是两座巅峰至宝层次的宫殿以及一座顶尖至宝层次的宫殿。

"快，保护其他宇宙之主啊。"虫族女皇焦急催促道。

"进来。"

"进来。"

三名异族强大宇宙之主，令他们的各自的宫殿至宝都变得极大，竭力将周围的一名名宇宙之主直接弄进他们的宫殿内。

在他们做这件事的时候，虫族女皇也做了一件事——

"吞吸！"

之前虫族女皇是操控女皇宫，吞吸人类阵营一方的宇宙之主。可是此刻……她却是改变目标，吞吸着在虚空中飞行的三族联军阵营一方的那80名宇宙之主，强大的吞吸力量直接作用在那三座宫殿和周围漂浮的一名名宇宙之主身上。

女皇宫、黑狱塔。

同时吞吸三族联军阵营这 80 名宇宙之主。强大吞吸力量，一时间令他们飞行暴涨的速度立即开始锐减，特别是那三位异族宇宙之主也竭力抵抗，令他们速度迅速停下。然而——罗峰、彭工之主以及人类阵营那一群宇宙之主的可怕攻击降临了。

距离太近。

人类阵营的攻击速度太快。

即使这三名宇宙之主迅速取出各自宫殿至宝，竭力将漂浮高速飞行的宇宙之主弄进来，却也仅仅弄了大半，还有部分宇宙之主分散在一些距离较远处时，人类阵营一方的可怕攻击便到了。

"轰隆隆——"

掺杂着刀光和棍影的浩浩荡荡的攻击，瞬间扫荡而过。

古神眼的意志冲击，依旧在一次次波及着。

毫无反抗能力，分散在虚空中漂浮着飞行的那一名名宇宙之主，自身都不知道危险降临。

"不！"震妖祖、梦妖祖的吼声都响起。

"不！！！"机械族父神也同样痛苦，因为其中便有一名机械族宇宙之主。

轰——

六阶顶尖，完全能一招杀死三阶顶尖！这还是三阶顶尖施展秘法竭力抵抗的情况，像此刻这些遭到意志冲击都不主动反抗的，就算六阶顶尖层次攻击，都能灭杀四阶强者。

而此刻浩浩荡荡的，超过七阶的攻击风暴，就算五阶强者不反抗都得死！

毫无疑问——

那飘散开的足足 22 尊神体，在这人类阵营的联合攻击风暴下，瞬间便完全湮灭！

"22 尊神体，共 18 名宇宙之主，他们中拥有分身的有六位……有的损失了一尊分身，有的损失了两尊分身，可其他 12 位宇宙之主，却是失去了性命。12 位宇宙之主啊！每损失一位都是惨痛代价，竟损失足足 12 位……"机械族父神、震妖祖他们一个个悔恨、愤怒、不甘。

虫族女皇凭借女皇宫，以及那三座宫殿自主竭力，自然逃脱了被吞吸的危险。

三族联军阵营一方愤怒、不甘，同时也暗松一口气，他们最怕的是被吞吸六七十位宇宙之主过去。

"三号计划！"罗峰传音。

"三号计划！"黑狱塔内，黑暗之主也立即下令，声音响彻在每一名宇宙之主脑海。

龙行之主、冰峰之主、荒鉴之主等一名名宇宙之主，还有人类阵营的其他异族宇宙之主们个个饱含着激动。刚才太痛快了，一举灭杀 22 尊宇宙之主神体，就算一些有分身，恐怕真正陨落的也得超过十位！

而这，仅仅是反攻计划的第一步而已！

"三号计划，攻击！"

"攻击！"

"攻击！"

人类阵营一方的宇宙之主，同时铺天盖地展开向机械族父神和妖族两位妖祖攻击。

约一半威能，攻击机械族父神！

另一半威能，扫荡那两位妖祖！

"人类当真自大！"震妖祖愤怒咆哮。

"人类，该死！"那巨大舰船舱门处，以及椭圆黑色球体的洞口处，各有一群三族联军阵营的宇宙之主。这些宇宙之主们个个为之愤怒不甘，也疯狂倾泻着攻击。不过他们很警惕，个个都是在宇宙最强者旁边，随时会躲进去。

古神眼一直扫荡着那三座飞向女皇宫的宫殿，使得躲在那三座宫殿内的 62 名宇宙之主无法发挥战斗力。毕竟，这 62 名宇宙之主……才是三族联军最危险的一股战斗力。若是古神眼离开，这股强大战斗力，会立即再度爆发！

所以，必须压制住！

人类阵营集体攻击机械族、妖族。

古神眼压制那62名宇宙之主。

而同一刻——

罗峰、彭工之主也行动了。

"捕获！"

罗峰在虚空中，忽然旁边出现了另外一道身影，那是一巍峨的有着巨大鳞甲翅膀的通体漆黑的金角巨兽。它尽情张开着翅膀，黑色羽翼上却有着一摊不起眼的血迹（白色羽翼作为一件极高等的至强至宝，自然颜色能轻易变幻）。

罗峰、金角巨兽、彭工之主，同时施展攻击！

"断灭！"金角巨兽分身更是嘶吼着，第一次施展断东河一脉核心的核心，三大绝学中的《断灭》，虽然创出了《涅槃新生》，可是白色羽翼再锋利……比一般至强至宝更擅长攻击，可是它的威能，和血影刀比，还要差上些许。

若是不施展断灭，金角巨兽分身仅仅勉强达到六阶，唯有施展断灭，加速神力燃烧，才能瞬间爆发六阶顶尖威能。

耀眼的刀光，开始很细，而后越加粗大，席卷天地。

同样锋利的刀光，和另一刀光近乎一般的轨迹，而后也席卷天地。

冲天的棍影！

三大六阶顶尖战力！配合人类阵营约50尊宇宙之主的攻击降临，尽皆降临在妖族的震妖祖和梦妖祖身上。

"连伤我都做不到。"

"人类。"震妖祖、梦妖祖虽震惊那刚刚显现的一尊金角巨兽强大战力，却丝毫不惧。

"立即进舰船内。"震妖祖却是一朝被蛇咬，变得无比谨慎，立即传音给旁边在他和梦妖祖中间的那巨大舰船船舱门处的一群宇宙之主。

就在这时——

"轰隆！！！"

一庞然大物猛地暴涨显现。

这是一无尽巍峨的巨大塔楼，一层层塔楼，共有九层，巨大的塔楼凭空出现在暗宇宙虚空中，一出现便达到了千亿公里之高，同时还迅速暴涨。并且此刻高高在上的这一尊巨大塔楼，还露出了巨大的黑洞深渊。

在黑洞深渊中，还有着一滴神血。

"星辰塔！！！"

"星辰塔，在人类手里！"

震妖祖、梦妖祖蒙了，在面临三大六阶顶尖战力混合着 50 尊宇宙之主层次神体的联合攻击，就算震妖祖和梦妖祖也会被打的抛飞开去，而在他们无法抵抗这股冲击力时，星辰塔的突然出现，简直是灾难性的。

"不！"震妖祖和梦妖祖都发出疯狂凄厉的嘶吼。

"星辰塔！"

"不！"机械族父神、虫族女皇，也顿时急了。

在虚空中刚刚竭力施展了攻击的罗峰本尊和金角巨兽分身，同时咬牙发出了声音："吞吸！"

神力、意志竭力驱使着星辰塔！

这是……

星辰塔第一次真正显现。

"轰！"

那艘巅峰宫殿至宝层次的巨大舰船，迅速朝星辰塔底座的深渊内飞去，只见舰船舱门处立即有宇宙之主朝外飞，可刚刚飞出，依旧无法抵抗地被星辰塔吞吸过去。

第二十八章
三族败

对三族联军而言，战场局势的突然逆转，的确是灾难性的。

人类反攻的一系列连续攻势，令他们从绝对优势方，变成一败涂地！

古神眼突然出现！遏制了三族联军最强有力的队伍——80名宇宙之主组成的联合队伍。

超50尊宇宙之主层次神体的合击，使得机械族父神一方，被打得抛飞暴退，根本无法帮助妖族两位妖祖！

金角巨兽分身突然出现！且随着罗峰本尊、彭工，外加超50尊神体……使得这一合力攻击，直接轰击得震妖祖、梦妖祖抛飞开去。

关键时刻！

星辰塔终于出世显现，施展了它的吞噬镇压之能……那已经躲在舰船内的16名宇宙之主，其实也有18尊神体，他们联合起来完全能抵抗这星辰塔的吞吸。可是，星辰塔底座的深渊黑洞还有着一滴神血！

须知，此战三族联军最重要的是女皇宫那80名宇宙之主，所以避免意外，宇宙之主顶尖意志、宇宙最强者意志……都在那80名宇宙之主中。

震妖祖、梦妖祖保护的舰船内，16名宇宙之主，仅仅只有一位拥有宇宙之主极限意志，其他都稍差些。

所以遭到神血冲击时，当场倒下大半，跪伏下三位，只有一位能清醒抵抗。可仅仅一位能爆发正常战力……又如何能抵抗星辰塔的吞吸？就算这舰船乃是震妖祖的，震妖祖遥遥操控，也做不到抵抗。

毕竟——

即使震妖祖操控一件宫殿至强至宝，和罗峰操控星辰塔，比拼起来，恐怕也就相当罢了。而若是仅仅操控一件巅峰至宝宫殿，自然是无法抵抗。

"不。"

"不，妖祖。"舰船舱门处有两道身影往外飞，欲要逃跑。可就仿佛陷入巨大海洋漩涡的小木船，再怎么挣扎都要被吞吸进去。

"轰——"

包括那艘舰船巅峰至宝宫殿，包括那两名飞出来的宇宙之主，整个尽皆被星辰塔吞吸进去。一切恢复寂静。

在暗宇宙虚空的遥远处，一名名宇宙最强者，他们或是本尊，或是化身。还有各股势力派遣来的宇宙之主们，之前一些熟悉的还彼此交谈，交流意见，可是自从局势逆转后，他们完全被惊呆了。

局势逆转，且是大逆转！

直接将三族联军打下无底深渊！

输了，输得一败涂地！

"竟然输了！"那些分散开的一名名宇宙最强者中，盘膝坐在一青色山峰上的坐山客一副惊讶之色，感叹唏嘘，"真是意外，意外啊。"

"输了？三族联军竟然输了？"紫袍身影也感叹道，"这下可就麻烦了，三族联军这下输得太惨，损失宇宙之主太多，的确是一场灾难。而且那人类阵营拥有着意志冲击宝物……令三族联军的那一群宇宙之主，根本没发挥之地。再没了那一群宇宙之主的帮助，单单四名宇宙最强者，根本敌不过人类阵营。"

"没希望了，三族联军败了，没挣扎的可能了。"老兽神也唏嘘摇头。

输得真惨。

"死了不少啊。"那巨大的蜿蜒黑色怪物发出尖厉声音，"哈哈，震角梦茶那一对杂碎，妖族在他们手上，只会衰败。"

"输，就输在人类阵营那一意志冲击宝物上。"一团火焰发出声音。

"对，就是那意志冲击宝物。"

"那意志冲击宝物，改变了整个战场局势，使得拥有最强威能的宇宙之主军团，却变得无用了。"

一位位宇宙之主，都为之慨叹。

"那到底是什么宝物？"

"距离太远，战场威能波动太大，根本看不清。而且意志冲击无形无相，根本无法判定是什么宝物发出的意志冲击。不过……从三族联军那群宇宙之主的反应来看，必定是遭到了意志冲击。"

"诸位难道没注意那星辰塔？"

"星辰塔啊！"

"当然看到了，只是没想到，竟在人类族群手里。而且似乎是被那罗峰操控！"

"星辰塔啊，当初我等一个个竭力，却都无法将星辰塔控制，没想到，却落在这罗峰手里。"一名名宇宙最强者顿时唏嘘摇头感叹，星辰塔的威能，毫无疑问是极为强大的，只是过去没谁能认主。

如此一件至强至宝，且是宫殿类的。

须知宫殿类至宝本来就极少！

整个原始宇宙，所有宇宙最强者加起来，拥有的宫殿至强至宝一共才两件！不过——此次战争，人类先是冒出了一件本属于东帝圣地的黑狱塔，现在又将一直没谁能认主的星辰塔给弄到了。

"人类阵营，很强大啊。他们有一大群宇宙之主！并且……有那一件棍类攻击至强至宝，更有两件宫殿至强至宝！特别是那罗峰，那罗峰的人类本尊，和那金角巨兽分身，竟然都有六阶顶尖战力！早听说他有一异兽分身，加上曾经显现的魔杀族分身，现在辨别看来，他应该夺舍过金角巨兽分身，所以才能孕育出三尊分身来。竟然一本尊一分身，都爆发六阶战力。"

"对，那罗峰一人类本尊、一金角巨兽分身，竟都爆发六阶顶尖战力。难不成，他的战刀和那羽翼，都是至强至宝？这也太……宝物太多了。"

"这罗峰可是得了断东河一脉传承的，际遇大得很，羡慕是羡慕不来的。"

"也不一定是至强至宝，他当初闯过基础刀之传承，夺得断东河一脉传承，按照我知道的讯息……当初闯过基础传承，最起码得创出宇宙最强者层次的秘法。看之前他的刀法，估摸着也是宇宙最强者层次刀法。"

六阶顶尖实力，一般宇宙之主，是凭借万倍基因的神力，再驱使至强至宝上的秘文，施展出宇宙最强者层次秘法。

而罗峰，根本无需借助至强至宝，就已经能施展宇宙最强者层次秘法，且是他自己创出的。若是他真的万倍基因的宇宙之主……即使没至强至宝，只要施展《涅槃新生》也能爆发出六阶顶尖战力。可是他神力略逊一筹。

按理，只能是五阶顶尖实力。凭血影刀，才是六阶顶尖。

凭白色羽翼仅仅勉强六阶，需施展《断灭》才爆发到六阶顶尖。

"老兽神……那罗峰竟然有金角巨兽分身，你就没点反应？"

"他夺舍的金角巨兽，既然能孕育分身，自然是未成不朽的金角巨兽。我星空巨兽联盟……那些实力弱小的星空巨兽，注定是在宇宙中漂泊的命运，是生是死，一切自己掌控。"老兽神悠闲道。

"走了！"

"此战已结束！"

"走。"

"本指望这三族联军能为我们节省点力气，看来是不行了，得好好准备了。"宇宙最强者们都瞬间静止，便离开暗宇宙。而遥远处的其他一些悄然观察的宇宙之主，也一个个开始离去。

震妖祖、梦妖祖被轰飞后，随即很快又飞回，可是却晚了。

"人类！"震妖祖、梦妖祖嘶吼着、咆哮着，愤怒无比。

"该死！"那机械族父神也愤怒无比。

"可恶，可恶，人类，可恶。"远处的女皇宫，在宫殿外显现的女皇也是一脸怒色。

三族的这四位宇宙最强者，的确是愤怒到极致。

"嗡——"横在虚空中的墓陵之舟舱门处的古神眼，依旧一次次扫荡着，时刻对准着女皇宫，一旦女皇宫内的那一群62名宇宙之主胆敢出来，就得面临被这古神眼意志冲击扫荡的危险。

"哈哈哈……"罗峰哈哈笑着。

而半空中巍峨巨大的星辰塔则迅速缩小，随即直接坐落在金角巨兽的背上。

金角巨兽驮着星辰塔，旁边站着银翼展开的罗峰，再旁边便是手持延钧棍的彭工之主，遥远处黑狱塔也飞了过来，在他们后方便是横着的达到百亿公里长度的墓陵之舟。

"可还要再战？"罗峰喊道。

"妖族虫族机械族，你三族若要再战，我等奉陪。"彭工之主也叫道。

三族联军却是愤怒得快要疯狂，可是他们看着黑狱塔，又看了看金角巨兽驮着的星辰塔，足足两件宫殿类至强至宝啊！而且——稍微知道些情报的一推理，都能知晓那金角巨兽应该是罗峰的一分身。

罗峰本尊、分身，竟都有六阶顶尖战力！彭工也是六阶顶尖战力！

在六阶顶尖战力上……人类族群也不算差。

还有一大群宇宙之主。

又有令对方宇宙之主联军无法发挥的意志冲击宝物。

并且——还有两件宫殿类至强至宝！

"人类，你人类也不过仗着至强至宝而已。"震妖祖嘶吼着，他的确愤怒之极。

"哈哈哈，真是大笑话。"

罗峰左手一伸，旁边星辰塔飞到掌心，在掌心悬浮着，同时罗峰朗声笑道，"能得到至强至宝，也是一种能耐！就像断东河一脉传承，整个宇宙海谁都知晓……大家都明着来，可我罗峰得到，这就是能耐。别不甘心！若不是那机械族父神一直躲在那黑球内，一直不出来，怕是它保护的那一群宇宙之主，我人类也会一次性给吞吸过来。"

第二十九章

练练手

罗峰在战前有诸多计划，实力强有实力强的打法，实力弱有实力弱的打法！一交手……三族联军果然势大，令人类阵营一方处于弱势，罗峰他们便一直示弱，希望那机械族父神的"真身"杀出来。

可没想到……

这刚熬了片刻，黑暗之主率领的一群宇宙之主便有些撑不住了，再示弱下去，恐怕就变成真的大败了。顾不得那么多，罗峰这才立即反攻！

"竟然是这样。"三族联军阵营听到吓了一跳。

机械族父神也是一阵后怕。

之前他们一方占据绝对优势，他的确是想要冲出去，一边操控傀儡军团，一边近身厮杀。如此才能爆发更强战力……而当时罗峰担心己方宇宙之主扛不住，所以没敢多等，如此才让三族联军侥幸少损失些。

"哼，得意什么！"机械族父神恼怒喝道，"不过是得了意志冲击的奇宝，走了大运而已。若是没这件奇宝，你人类阵营此次必败！"

罗峰手托星辰塔，站在暗宇宙虚空中摇头。

旁边彭工之主更是喊道："战败还找理由？机械族父神，你可真没一点宇宙最强者的风范啊，真让我瞧不起你。"

两大阵营，在暗宇宙虚空中，交谈时却丝毫不低头。

彼此都斗了几句。

可他们却都不再动手了，人类阵营是看对方只剩宇宙最强者在外面，要杀也杀不死。而三族联军阵营自知此次已败，再斗下去，纯粹是被蹂躏！自然不会再动手。

"震妖祖、梦妖祖，机械族父神，虫族女皇。"罗峰朗声喊道，目光扫向对面阵营远处三股势力，"你们三族的一些宇宙之主，被我收在星辰塔内。你们可还要他们的性命？"

"要，当然要。"椭圆形黑球发出声音。

那盘踞着的银色大蛇和锯齿外壳异兽都看过来，虫族女皇也悬浮着看向这边，那虫族女皇更是发出带着丝丝魅惑的声音，即使无心魅惑，可她天生便是如此："说吧，人类罗峰，什么条件？"

"条件也简单。"

罗峰朗声道："在接下来的一纪元内，你们三族宇宙之主、宇宙最强者，禁止再进我人类疆域丝毫。若是你们做到……一纪元之后，这被关押的宇宙之主，自然个个归还，连他们的至宝都归还。"

"对，就这条件。"彭工之主道，"你们三族可答应？"

罗峰盯着远处的三族联军的最强者，他很清楚，对战三族联军获胜使得人类一方的情况更加好转。可即使如此，若是那些旁观的势力、独行最强者们等等都杀来的话……那对人类阵营而言将会是一场噩梦。

而若是凭借些俘虏，能让三族联军不再掺和进来，局势自然会更好。

妖族、虫族、机械族的四位最强者都悄然彼此传音议论。

"此次我们三族全力以赴，不惜一切！即使此次战败……单靠我们是不行了。那些看热闹，等待我们和人类阵营两败俱伤的各大势力总不能还束手旁观吧？所以，我们等，等他们各股势力动手，我们再掺和进来……以我们四大最强者的能耐，要分得些传承，轻而易举！"机械族父神首先传音开口。

"对，都走到这一步了，岂能退却？"梦妖祖尖厉声音道。

"我三族最有希望冲击宇宙最强者的，都在各族小型宇宙内，虽损失了十余位，可几乎都是异族。我三族损失，还在承受范围内。"震妖祖低沉道。

"我也赞同你等所说。"虫族女皇也开口。

没有丝毫争辩，便立即统一意见。

相比于传承，这点损失，他们能承受！毕竟既然和人类阵营交战，他们早就做好了些许损失的准备。

金角巨兽、罗峰、彭工之主并肩站在虚空中，随着虚空微微飘荡，他们都在默默等待着答复。

"杀我三族如此多强者，还想要我等低头？"机械族父神发出愤怒的声音，"人类，且让你们得意一时，很快，你们会后悔的！"

"看来，是拒绝了。"人类阵营这边，罗峰轻轻抚摸着手上的星辰塔，声音平淡，"你们是在逼着被我关押的这一群宇宙之主死啊。震妖祖梦妖祖，上次我便和你们妖族谈过，你们上次拒绝，这次损失更大。若是等到下次……那将连谈的机会都没了。"

"谈？下次便是你人类阵营覆灭。"

"走！"

"走！"

三族联军懒得多说，直接消失在暗宇宙中。

人类阵营在暗宇宙虚空中，黑暗之主也从黑狱塔中走了出来。

"这是一群杂碎。"彭工之主这老好人此刻也咬牙切齿。

"看来，下次，那三族联军还会来！"黑暗之主也脸色难看。"而且只是下次大军的其中一分子而已，这三族联军，真是不死心啊。"

"当然不会死心！"罗峰冷声道，"超脱轮回的机会何等珍贵，且被我们抓的宇宙之主，绝大多数都是异族，这点损失即使心疼，也不会令他们甘心退却。"

"不管怎样，此战我们大胜！先回去吧。"黑暗之主道。

"嗯。"

"嗯。"

罗峰、彭工之主、金角巨兽都同时飞入墓陵之舟，黑暗之主也飞回黑狱塔。

随即墓陵之舟、黑狱塔都离开暗宇宙，回到原宇宙空间，并且朝原始秘境赶回。

此刻，罗峰的星辰塔内。

三族联军的 16 名宇宙之主却是被分开，他们中有两位妖族、一位机械族、一位虫族，其他 12 位则尽皆是异族。其实此次参战的 112 名宇宙之主……三族本族强者加起来也就约 20 位，其他都是他们各自联盟的原先的一些附庸族群和此次战争刚刚投靠过来的异族。

112 名中，才约 20 位三族本族。

看比例便能知晓三族本族多低。那 16 名中有 4 名三族本族，算是比例较高了。而此刻，这 4 名三族强者是被关押在一座镇虉压空间内，另外一名异族则是被单独关押。

"杀我三族如此多强者，还想要我等低头？"外界浩浩荡荡的声音，直接传递到星辰塔内。

"看来，是拒绝了。"

三族 4 位最强者和罗峰他们的谈判声音，尽皆传递进来。

"混蛋，杂碎。"

"可恶的妖族两个老杂碎！"

"为了他们的野心，让我等陪葬！"若说那 4 名三族本族强者还算冷静的话，那关押着 12 名异族的空间中，异族宇宙之主顿时个个愤怒嚎叫起来，他们都是来自于那些实力较弱的族群。

甚至他们族群，只有他们一个宇宙之主。

他们若死，族群该怎么办？

虽说三族联军时有承诺，对陨落宇宙之主的族群如何弥补……可是他们明白，虽说有承诺，可是没宇宙之主坐镇，将来族群被欺辱是很正常的。就算妖族、机械族、虫族提携帮助些，可若是狱族等巅峰族群，忽然灭了他们族群，三族又能如何？最多是将他们族群的一些种子继续传播繁衍，仅此而已。

12 名异族宇宙之主愤怒大骂。

而 4 名三族本族，却都一声不吭。他们也怒，可是……他们得听最强者命令。

他们 16 位中拥有分身的仅仅才三位，这三位现在暂时也没动静，他们也在等……看能否有机会活着出去，他们也不愿轻易舍弃分身、至宝。

原始秘境，混沌城主主殿内一片欢腾。

"诸位宇宙之主，大家胜利归来，我混沌，感激不已，我人类族群，感激不已！"混沌城主站在主殿大殿的台阶上，端着酒杯，看着下方一大群宇宙之主，激动万分。

"三族联军势大又如何，依旧被打得仓惶退去。"

"这是我人类的荣耀、鸿盟的荣耀，也是诸位每一位的荣耀。"

"让我等，共饮了此杯。"

一片欢腾。

很多战前忐忑不安的宇宙之主，此刻激动万分，连混沌城主都如此激动，就更别提许多普通宇宙之主了。连罗峰、黑暗之主、彭工之主也将三族联军最后都不妥协的不满暂时抛到脑后，来庆贺这一场珍贵的胜利。

很快，宇宙之主们三三两两聚集、交谈、欢闹，罗峰自然是其中最耀眼的几个之一。

许久……

罗峰和混沌城主单独走出了主殿。

"那三族没答应？"混沌城主问道。

"也在预料中。"罗峰摇头，"那四个老家伙，野心大着呢。不过接下来就只能按照另外一条方案了。"

混沌城主也微微点头，"虽然效果不如三族妥协，可好歹也能为我人类族群争取一份力量。"

另外一条方案。

便是离间方案！

三族联军，宇宙之主数量最多的还是那些异族。那些异族可不会对三族绝对忠心，不可能为三族去送死。所以之前在谈判时……罗峰故意让外界的声音，透过星辰塔传播，给那群被关押的宇宙之主听。

"他们都有化身留在各自族群内，也有化身留在三族联盟各自的核心之地。"混沌城主缓缓道，"他们原本就是来自一些小势力小联盟，特别是有些族群有两位、三位宇宙之主。被你关押一位，完全能拉拢其他的……"

罗峰也点头："对，我们好歹能拉拢部分。这样三族联盟更弱，我人类阵营更强。"

"我现在就进星辰塔。"罗峰道，"去劝降他们，同时令他们的化身，在三族联盟内部离间，令一些小势力脱离三族联盟。"

"那三族本族宇宙之主你准备怎么办？"混沌城主问道。

"当然是杀了。"罗峰咧嘴一笑，"练练手嘛！"

只有自己亲手击杀一名宇宙之主，才有资格让坐山客老师帮忙炼制一件至宝啊。

第三十章

会　盟

"银河领主你放心，这一战战败……原本投靠虫族、妖族、机械族的很多闲散族群，肯定会有部分改变想法。"一名有着类似人类的土黄色上半身身躯，章鱼似的诸多触角为下肢的宇宙之主，声音雄浑带着回音，"此次三族联盟本来就不牢靠，既然战败，部分族群脱离联盟都很正常。那三族自然不敢强行束缚，若是强行束缚……定会遭到诸多族群的反抗，到时候等我族一脱离，我族自会加入鸿盟。"

"好！"罗峰微笑点头，"加入鸿盟，最后的战争不管是战胜还是战败，我人类都会指引你们修炼到宇宙最强者的远古文明的一些经验。"

"不过现在暂时我还不能放你出去，等你族的屈图之主来投靠，我自会放你。"罗峰承诺道。

"这我明白。"那章鱼下半身的异族连忙乖巧应道。

开玩笑，都被关押在星辰塔内，性命由这银河领主掌控，岂敢有所不满？

罗峰扶栏而望，遥望无尽黑暗下荡漾着的千宝河，表情却很是凝重。

刚才虽然单独和12位异族宇宙之主交谈，也颇有些收获，可是罗峰清楚……自己令部分闲散族群反叛投靠过来，实际上对大局整体影响非常细微。可蚊子再小也是肉，现在陷入困境的人类阵营必须抓住每一块肉，然后狠狠吞下！

"三族联军，仅仅是一次预演。"

"真正的战争，还没开始。"罗峰感到无穷压力，看着远处无尽虚空。

风暴，要来了。

这是一场将席卷整个原始宇宙的可怕风暴！

三族联军的战败，影响极其深远。

对人类族群也有好有坏，坏处便是其他敌对势力将人类威胁上升到新高度，恐怕更加拼了。不过相对而言……好处是大于坏处的，毕竟要对人类族群下手的肯定会下死手。而好处便多多了……最重要便是吸引中间势力来投！

妖族疆域，一颗普通的生命星球。血牙星曾是妖族的一名不朽神灵的独有领地，而现在却是成为了六大势力高层商谈的一个场地。

美丽的草原上。

六股强大的意念在此凝聚成化身，分别是妖族梦妖祖和震妖祖，虫族的女皇，机械族的父神，狱族的魔祖，晶族的圣主。这六位宇宙最强者，代表着原始宇宙九大超级势力中的五个。

"北疆联盟怎么还没到？"魔祖巨大的尾巴环绕在周围，猩红双眸扫视着。

"我们意念降临，自然快。北疆联盟得靠神国传送，靠瞬移，稍等片刻。"震妖祖低沉道。

"毕竟北疆联盟真正做决定的不是那位北疆盟主，而是那些宇宙之主们。"晶族圣主缓缓道，随即转头看向远处，"来了。"

他们都感觉到瞬移的波动了，显然有强者瞬移抵达这颗星球。

"嗡——""嗡——""嗡——"

三道身影从远处飞来。

瞬间降落。

"五族都到了？我们北疆联盟晚了些。"三道身影中为首的一位，全身好似流水似的晶莹，正是星河之主。星河之主作为整个北疆联盟最有权势的一位，平常都是以黑暗虚空身影显现，可这次既然是见五位最强者，自然是显现出真身来。

"星河之主、黑莲之主、旌岚星主。"机械族父神发出声音，"我还是第一次看到你们一起出现。"

"此次牵扯极大，我们三位岂能不出现？"全身环绕着一圈圈莲叶，有着植物花蕊似的头颅的黑莲之主说道。

这三位，都不一般。

北疆联盟乃是一个超级联盟，聚集的闲散族群极多，宇宙之主数量更是约百位之多。毕竟像鸿盟这种精英联盟，宇宙之主都约四十位。北疆这种松散的超大联盟宇宙之主数量就可想而知了，其内部，也分成诸多派系。

至于北疆盟主？

就是一挂名的，双方彼此互助而已。

反而星河之主、黑莲之主、旌岚星主才拥有真正的影响力。他们三位都是五阶顶尖战力！

黑莲之主代表着北疆联盟内六大植物生命族群，自成一超级派系。旌岚星主更是北疆联盟内第一大族——"旌岚族"的精神领袖。而星河之主虽然是特殊生命，可他以擅长逆转时空复活著称，救了不知道多少名宇宙尊者，广施恩德，在北疆联盟内有点像混沌城主在人类族群的地位，处理诸多事情极为公平，受到许多小族群的拥护，代表了特殊生命强者、小族群强者的一个联合。

他们三个便是整个北疆联盟内的三大派系。他们同意，便代表北疆联盟 95% 的族群同意。

这种闲散联盟就是如此，团结性明显不如人类、妖族、狱族等诸多势力。

"既然都到了，那就开始吧。"震妖祖低沉吼道，"各位知道，此前一战，我妖族和虫族、机械族联盟，却败在人类联盟手里，那罗峰自断东河一脉传承的收获，给人类带来的影响已能看出不少。意志冲击宝物、黑狱塔等诸多宝物，在这之前，人类族群根本就没有。"

"对，之前，谁拥有过意志冲击宝物？听都没听过。像黑文石柱等，都是根本无法移动的奇物。"

"人类族群势力的确强了很多。"

"那断东河一脉传承，那人类族群到底得了多少好处。"

"这些都是其次！"机械族父神忽然开口，令其他五位宇宙最强者、三位宇宙之主都看过来。

"传承，重在修炼经验指引。"机械族父神缓缓道，"有了修炼指引，相信人类族群将来会诞生更多的宇宙最强者。那神眼族都曾有七位，人类得到远古文明传承，恐怕十位乃至更多的宇宙最强者，都有可能。"

"当初第一轮回时代，神眼族在原始宇宙蛮横无比，占领大量疆域。"

"人类族群随着势大，注定会占领更多疆域，疆域一多，孕育的生命越多，天才越多，诞生的强者就更多……强者更多，疆域更大……如此，将形成一循环，使得人类势力会不断膨胀。"机械族父神郑重道，"人类将来会多强？将神眼族当年的势力，提高三倍，诸位想象吧！"

三倍？

一时间各方寂静了。

神眼族当初七位最强者，占领了无比广阔的一大片宇宙疆域。若是三倍？21名宇宙最强者？三倍其疆域？

"那我五大巅峰族群的疆域，全部给人类，都还不够。"魔祖散发着邪恶疯狂的气息，"这，绝对不允许发生。"

"原始宇宙疆域就这么大，孕育的生灵就那么多。人类的扩张，自然伴随着其他各族的衰弱。"机械族父神继续道，"之前我还不认为人类威胁有多大，可是，这才得到传承，人类竟然击败了三族联盟。若是再给他们点时间……怕是整个原始宇宙其他各股势力加起来，都斗不过人类！到时候，原始宇宙，怕就是人类独霸，我们后悔都晚了。"

"对，对。"

"现在就能击败三族联盟，那以后得多可怕。"

连星河之主也道："这，绝不容许发生。"

随着机械族父神的发言，六方势力很快意见便统一了。疆域是他们各个族群的根基，人类扩张，他们疆域就缩小，就衰败，这是自然的事。

"我们六大势力……"温柔声音响起，虫族女皇缓缓道，"很容易联合，因为我们都在原始宇宙占领着极重要极广阔的疆域。可其他各股势力就不同了。像祖神教，纯粹诸多特殊生命聚集，唯一的领地就是那祖神秘境，和人类并无疆域冲突。像星空巨兽联盟更是超脱，那些弱小的星空巨兽诞生时，都是在宇宙中漂泊流浪……根本无需多大的领地。至于独行最强者们，就更加无需疆域了。"

"嗯。"

"对，疆域之争，令我们各方容易统一。可独行最强者、星空巨兽联盟、祖神教，却不会太在乎。他们更重视超脱轮回的传承。若是人类拉拢，很可能他们投靠过去。那样，我们六大势力联合都不行。"

"所以，我们必须联合一切可以联合的势力，所有的独行最强者，祖神教、星空巨兽联盟，都得尽量拉拢。我就不信人类会将超脱轮回的秘密告诉他们，即使告诉，也不一定是真的。"

"而且——"

"整个原始宇宙，最大的势力，不是我们九大势力任何一股势力，也不是独行最强者们。而是无数分散在原始宇宙各个疆域的闲散族群。那些闲散族群，亿万计，其中强大者，或者就一两个宇宙之主，可全部加起来，怕得有好几百名宇宙之主。可因为他们太分散，只是联合形成一个个小势力，我们要做的是，尽量拉拢他们。"

古神眼的威胁，虽然不小。

可一张王牌只有不暴露时才能产生最大效果，可现在暴露了，自然有诸多应对方法，将古神眼的威胁降到最低。

"亿万族群，个个微弱不起眼，强大者不过一两名宇宙之主。可全部加起来，他们的疆域就很大很大了。人类将来扩张，恐怕一样会灭杀他们，占领他们的疆域。凭这一点，也可拉拢不少闲散族群过来。"

六大势力彼此交谈商量着。

想尽一切办法，增加己方势力，削弱对方势力。

第三十一章
暗流汹涌

远处炽热的双子恒星的光线，透过云层照射在这片大地上，令云层显现出美丽的橘红色。

大地上，生活着许多绿色皮肤的炎雅族生命。炎雅族是血肉类生命，他们拥有着四蹄野兽般下半身，有着类似人类的上半身身躯，还有着四条手臂。天生爱好和平，可一旦令他们愤怒起来，也将成为极疯狂的战士。

和平！宁静！快乐！便是炎雅族生命居住星球的主基调。

在一座优雅的木制小楼前，有一名炎雅族女子四蹄跪趴着，悠闲看着四周。

"轰！"

天空中一道流光忽然坠下，直接坠落在这名炎雅族女子身前，凝聚成一道魁梧身影。他全身宛如金属铸就，穿着一层紫色铠甲，冰冷眼眸看着这跪趴着休息的炎雅族女子，开口道："炎雅之主！"

炎雅族女子露出一丝笑容："机械族的衡弦，我的朋友，你怎么会来到我这，很难得啊。"

"这事牵扯到你炎雅族的命运，牵扯到你炎雅族的兴亡，你我曾经在宇宙海有过共生死的经历，我岂能不来告知你？"衡弦之主也直接坐下。

"我族命运？"炎雅族女子看着衡弦之主。

"我机械族和虫族妖族，三族联军和人类阵营的那次交战，你也该知道的。"衡弦之主道。

炎雅族女子笑道："这我当然知道，这消息在整个原始宇宙传开了，恐怕不知道的宇宙之主，都很少见。三族联军和人类阵营交手，最终却是三族联军败退……真是让各方为之惊诧不敢相信啊。来，尝尝我族酿造的碧果酒。"

一挥手。

他俩身前都悬浮起了一酒杯，酒杯很高很深，酒液成淡淡的绿色，散发着一阵阵香气，而旁边的地面上则是放着一深灰色造型优美精致的酒壶。

衡弦之主端起酒杯，郑重道："人类得到远古文明传承，这刚得到，就已如此强大。若是给他们一定时间……比第一轮回时代神眼族发展的还要可怕，现在就能击败三族联军，将来呢？怕是原始宇宙各大势力联合都不是人类对手，一旦人类强成那样，怎会不疯狂扩张？你也知道，人类是一侵略性极强的族群。"

炎雅族女子微微一顿。

是。

侵略性。

其实虫族、妖族、机械族、人类、狱族、晶族，这六大巅峰族群都是侵略性、攻击性极强的，而族群繁衍的规律，注定了一个强大的族群势必会要侵占更多的疆域。

"原始宇宙中，谁占的领域最多？"衡弦之主继续道："不是我们各大巅峰族群，而是你们亿万闲散族群，你们一个个实力弱小，每个占领领域都小，可全部加起来，却是非常广阔的一片疆域。人类若真正强大无敌，岂会放过你们？此次战争，不但是远古文明传承争夺之战，也是你我诸多族群的生存之战！"

"人类有初始宇宙在，不管如何，都灭不了人类。"炎雅族女子盯着衡弦之主。

"是没法灭，有宇宙最强者的族群，注定没法被灭族，可是……灭不了，却能压制啊。"衡弦之主道，"我们可以抓获他们的宇宙之主，抓获不了，也可以占领他们的疆域，也可以逼得他们退缩进那初始宇宙。"

"躲在一小小宇宙内，被原始宇宙各大势力压制。宇宙海各大势力同样眼馋，同样会威胁人类交出传承！"

"如此一来，人类族群将寸步难行。"

"他们不敢让弱者出去生死磨砺，因为，那不是生死磨砺……而是必死无疑！一旦有人类出现在原始宇宙，或者出现在宇宙海，就会遭到围攻、捕获！成为各大势力和人类交谈的砝码。"

"若是这样，将没有一个人类能真正崛起，也就罗峰、混沌城主等少数几个，能闯荡、逃跑时保住性命吧。可仅仅他们几个，即使多了几个最强者，在各大势力中又算什么？被困一地，无法再繁衍足够族民、天才，注定族群潜力有限……将不再是威胁！"

衡弦之主盯着炎雅之主："所以，对我等诸多拥有疆域的族群而言，必须得和人类一战，或者让他们交出传承，或者压制他们，令他们无法发展！"

"对独行最强者们而言，人类将来再强他们也不怕，而将来威胁人类交出传承的机会却可能没有了。所以，想要超脱轮回，他们当然得抓紧此次机会！"

"总的来说。"

"不管是独行最强者，还是我等有疆域的诸多族群，都会围攻人类。我机械族、虫族、妖族、狱族、晶族、北疆联盟，乃至诸多闲散势力已一一加盟，相信你只要探寻一下，便知道了。"衡弦之主郑重道，"你若是不加入，那将被排斥。此次加入的，自然将形成巨大的利益体……你该知道，该怎么做了。"

炎雅之主皱眉道："人类族群也有使者曾和我交谈。"

"人类族群使者？"衡弦之主一惊。

好快！

"他们说，只要不掺和进去，便承诺将来永不侵犯。"炎雅之主说道，她其实还有下一句没说——若是加入人类阵营，人类将会告知宇宙之主如何成为宇宙最强者的远古文明修炼经验讯息等。

"这你也相信？"衡弦之主嗤笑，"此次战争席卷原始宇宙，你我是朋友，我便直接告诉你。若是不加入任何一方……待得战争结束，将来的命运恐怕会很悲惨。"

"而毫无疑问，各大势力联合阵营，必定胜利。"衡弦之主端着碧果酒，"是加入胜利一方，还是战败一方，一切就看炎雅之主你了。"

随即一仰头，将这碧果酒喝下。

"碧果酒不愧是炎雅族闻名宇宙的美酒。"衡弦之主低头看着酒杯，"可此次抉择若是错误，恐怕将来这美酒再也喝不到了。"

轰！

衡弦之主直接化作流光，消失在高空云层中。

炎雅之主……乃是次等势力三山联盟内极有影响力的一位宇宙之主，所以，才专门派遣衡弦之主过来说服。说服了炎雅之主……便有可能影响整个三山联盟。

"此战，各族联军赢的可能性的确极高极高。可是，加入联军的势力太多太多，我以及三山联盟各族强者即使加入，也是锦上添花，又能得到多少点好处？恐怕好处完全忽略。"炎雅之主暗暗叹息。

即使艰难地从人类那弄到点传承，有那些巅峰族群、最强者们在，岂会全部给他们这些小势力？

"而若是加入人类阵营一方，肯定会得到指引。只是，他们几乎注定要败，要躲到初始宇宙中去……到时候，站在人类阵营的族群，恐怕会有麻烦。到时候必须联合，人类阵营大量的闲散族群彼此联合，应对一些攻击……也会很糟糕。"

宇宙之主都不傻。

都很清楚……加入两个阵营的利弊。

联军阵营，几乎必赢！却得不到好处，还得冒生命危险。毕竟之前也陨落了好些宇宙之主了。

人类阵营，几乎必败！却有远古文明指引好处。可战后，会有麻烦。

如何抉择？

当联军阵营在向原始宇宙中各种闲散族群、独行最强者、祖神教、星空巨兽联盟进行说服时……人类阵营也同样在想办法拉拢，而人类拉拢则更加怀柔些，两不相帮，人类阵营则承诺将来永不侵犯其疆域。

这一条就是为了"克制人类强大扩张，会侵犯你等族群疆域领域"这联军阵营理由的。

两大阵营，想方设法。

可是，无数闲散族群的强者，他们的决定牵扯到一族的命运，岂会不慎重？

所以，不管是人类阵营，还是联军阵营，刚开始收获都不大。显然那些闲散族群……也开始三三两两彼此交流，彼此商议，到底该怎么应对两大阵营加入问题了，甚至还有另外一种声音——两大阵营都不加入！

总之一片混乱！

两大阵营明的暗的手段，也是一一施展出，比如先用众多好处收买一位宇宙之主，令其在那一势力中产生引导……总之，各种手段，尽皆用上！

拼命拉势力！

我方多十个宇宙之主，便是对方少十个。一来一回……便相当于20名宇宙之主战力。

如此，岂能手软？

无尽的荒漠星域中，这里都无法繁衍生存生命，这片广袤的荒漠星域中，却是坐山客的领地。

"老师，老师。"

罗峰直接来到坐山客这，拜见老师。

"亲自到我这？现在你人类阵营可忙得很，你又是重要人物，怎会亲自跑到我这？看来，又是有求于我啊。"坐山客手中抓着一块晶石，走了出来，沿着台阶一步步走下。"你没求于我，是一次不来我这。"

"弟子惭愧，将来定勤来老师这。"罗峰一阵汗颜，连道。

坐山客悠闲坐下："让我猜猜，你来我这，应该是让我再制作一件那意志冲击至宝。而且，估计你也亲手杀了一名宇宙之主，还有影像证明，对吗？"

罗峰只能乖乖点头："老师厉害。"

"以后杀没杀宇宙之主，不必影像，只需和我说即可。我相信你还不至于撒谎。"坐山客随意点头，"再炼制一件也简单，你便在我这等上三天。对了，星空巨兽联盟的那位老兽神托我联系你，既然你来到这了，我便告诉他一声，他很快会过来，你和他见见面，谈谈……至于谈成谈不成，不用顾我的面子。你们这所谓的阵营之战，我是无心掺和。"

"老兽神？"罗峰一惊。

第三十二章
祖　神

坐山客只身离开，专心去炼制另一件古神眼。

"老兽神！"罗峰盘膝坐在这宁静殿厅内，凝眉思索着。

"没想到我人类还没去找他，他却先来找我了。"

人类族群需要拉拢的势力分三种。

一种是大量的闲散族群宇宙之主，看似每个都弱小，可全部累加起来，反而是最强大最重要的一股力量。

另一种是祖神教、星空巨兽联盟这对疆域所求很低很低的势力。

最后一种是独行最强者。

那些闲散族群的宇宙之主，人类是愿意付出一些代价的。因为这些代价……并不影响人类族群将来的计划。可是和宇宙最强者、祖神教、星空巨兽联盟谈可就麻烦了，因为他们想要的，人类也清楚，就是超脱轮回的办法！

一来，人类族群并没有把握超脱轮回，因为更高层次讯息，尽皆被本源意志遮掩。

二来，如果得不到超脱轮回的办法，恐怕独行最强者等各股势力也会索要修炼到宇宙最强者极限的详细修炼经验，而这，对人类族群而言，将会是人类族群未来的巅峰战力。毕竟宇宙最强者极限是相当于当年的原祖的实力。

让异族，让独行最强者，出现几个原祖战力？

一旦巅峰战力上没有优势，那人类族群将来如何成为宇宙海第一势力？如何真正强威无敌？

"连人类族群内部都有争执，意见无法统一。"罗峰暗自道，"大家都在看此次拉拢来的诸多闲散族群势力，如果能拉拢足够的闲散宇宙之主……即使少几个独行最强者依旧不影响大局。"

人类在等。

等看能拉拢多少宇宙之主，看对方拉拢多少，看有多少两不相帮。

如此……

来判断双方阵营势力，若是人类阵营认为能够抵挡联军，那么，就没必要向星空巨兽联盟等付出太多代价了。毕竟人类族群不单单要看现在，还要看未来！

当天。在罗峰抵达老师这里约三个小时后，老兽神便到了。

"罗峰！"声音回荡在这片宫殿区域中。

嗖！

罗峰当即飞了出去，很快便看到那虚空中悬浮着的巨大存在，那是蜿蜒盘旋着的有着巨大龙首，龙首上有着九根尖角，九根尖角形成了王冠状，他庞大的蜿蜒躯体上有着巨大的蹄爪，每一蹄爪有九根趾爪。

"竟然是真身来了。"罗峰暗道，"这星空始祖显然在表现他的诚意。"

"星空始祖。"罗峰朗声道，声音回荡在这片虚空中。

悬浮在虚空中的星空始祖，微微伸展着身躯，头颅却依旧看着罗峰，略带亲切道："自兽神界一别，这是你我第二次见吧。"

"的确很久没见始祖。"罗峰笑道，"当初兽神界，始祖助我，罗峰一直心存感激。"

"哈哈哈……"星空始祖笑起来，笑声雄浑在周围每一寸空间中响起，"感激就不必了。"

其实，当初能进兽神界主要是星空始祖本就欠坐山客的。

"你我也有些交情，那一切就直说了。"星空始祖直接道，"现在情况，罗峰你是非常清楚，人类阵营和联军阵营……敌对的两大阵营，现在联军阵营在不断拉拢各方势力，单单我知晓的，投靠他们的就不少。"

"投靠我们的，也有些。"罗峰笑道。

"对。"星空始祖道，"可是各族都知道你人类威胁有多大。那些闲散族群同样知道……别说你人类族群承诺了，承诺算什么？谁能保证将来不违背？宇宙族群生存繁衍，本就残酷血腥，等你人类真正强大，不守承诺谁能保证？"

　　罗峰暗叹。

　　是。

　　这是最大的软肋。

　　"注定了，此次在拉拢各方闲散族群的同时，你们人类是比不过联军阵营的。"星空始祖说道，"所以，你们就该联合我星空巨兽联盟，联合祖神教，联合那些独行最强者们。"

　　"哦？"罗峰仔细倾听。

　　"我和祖神教三位祖神都谈过。"星空始祖看着罗峰，"我星空巨兽联盟和祖神教，乃是同进同退！"

　　罗峰一震。

　　这两股超然的势力，竟然就这么联盟了，一旦抱成团，影响力自然就更大，来和人类谈判，或者和联军阵营谈判……底气自然更足。

　　"我们的条件很简单。"星空始祖缓缓道，"一、我们需要宇宙之主突破成为宇宙最强者的远古文明修炼经验指引。二、我们需要修炼到超脱轮回的详细指引。"

　　"罗峰，你人类族群若是答应，我星空巨兽联盟和祖神教，则立即加入你人类阵营。"

　　罗峰心中一紧。

　　来了！

　　果真是这要求啊！其实各方势力因为各自的角色，要求都有些区别，像小势力们暂时根本不敢奢求超脱轮回，只想着能诞生一名宇宙最强者，他们的族群好歹能保证不灭亡，能保证存在三个轮回时代了。

　　"始祖。"罗峰盯着星空始祖，"难道你不知道本源意志？"

　　"原始宇宙本源意志？"星空始祖缓缓道，"当然知道。"

　　"既然知道，你就应该明白……任何超过轮回的讯息，乃至更高层的修炼经验等，根本就是被原始宇宙本源意志给遮掩的。"罗峰遥看着远处虚空中的星空始祖，"所以我人类自己都不知道，怎么去闯过轮回。"

星空始祖道："我和三位祖神谈过，当然了解。我让你人类给予我修炼到超脱轮回的详细指引，你们只需要给出足够的即可。比如达到宇宙最强者极限，至于往后，自然是我自己努力。"

"能否答应？"星空始祖盯着罗峰，"若是答应，星空巨兽联盟、祖神教，则立即加入人类阵营。不单单是我们两股势力，甚至诸多独行最强者他们也是一样的想法，你用这样的条件，一样能拉拢他们。就看你人类族群，舍得，还是舍不得。"

"有舍，才有得！"

"这需要你们人类族群抉择！"星空始祖看着罗峰。

罗峰沉默了。

抉择？

其实诸多独行最强者、星空巨兽联盟、祖神教……他们都不在乎人类族群将来是否强威扩张，因为他们对疆域不在乎。至于宇宙海是否多一股势力，是否多出一处比圣地宇宙还强的势力，他们也不在乎。

他们只需要得到传承，那修炼到极限的传承！

至于方法？

只要是得到传承，哪管什么方法。加入人类阵营、加入联军阵营……都行。就看哪一条行得通。

星空始祖看着罗峰。

许久。

"始祖。"罗峰终于开口。

"怎样？"星空始祖也难得有着一丝紧张，因为这牵扯到他的命运，牵扯到星空巨兽的命运。

罗峰郑重道："我思虑许久，不过，这事并非我单独能做决定。我需回去……和我老师混沌城主，以及其他几位好好商量。若是最后我人类答应……我会立即亲自去通知始祖你。若是不答应，也会透过坐山客老师通知你。"

"好！"星空始祖一声低吼，"那我和祖神教，就等你人类的答复了。"

轰！

星空始祖随即便直接消失了。

罗峰则是默默站了许久……

当天，罗峰虽然本尊在坐山客老师那儿，可是却透过虚拟宇宙去联系混沌城主。

"罗峰，你不是请坐山客帮忙炼制至宝么，这会儿应该还在那儿吧，怎么突然来找我？"混沌城主也意识到，罗峰怕是有重要事情。

二者都坐下。

"是这样的，那星空巨兽联盟的老兽神，和我见面，向我提出了条件。"罗峰郑重道。

"老兽神？"混沌城主一惊，随即连忙问道，"什么条件？"

"和我等当初猜测的一样。"

罗峰感叹道，"一是宇宙之主修炼到宇宙最强者的远古文明传承修炼指引，二是修炼到宇宙最强者极限！"

混沌城主顿时皱眉。

宇宙最强者极限？那就是当初的原祖战力！

"并且他还说，他星空巨兽联盟和祖神教共进退。"罗峰郑重道，"估计他们是联合了。"

"祖神教？"混沌城主犹豫，"祖神教……应该还没那么着急，他们的要求，应该不会像星空巨兽联盟这么高。"

"嗯？"罗峰疑惑。

"哦，你一步步崛起后，在宇宙海中闯荡，反而有些讯息倒是不知晓。"混沌城主笑道，"祖神教的三位祖神，实际上只是宇宙之主，并非宇宙最强者。"

"啊！"罗峰大惊。

三位祖神……

是宇宙之主？

"这是个秘密，却只能算是高层的秘密。"混沌城主摇头道，"一来，祖神教一成立，最早期便有了三位祖神！难道宇宙最强者这么容易诞生，一诞生就是三个？且都加入祖神教？二来，三位祖神从未进入过宇宙海！三来，宇宙海中遇到的麻烦，都是九幽之主等一些宇宙之主解决的。"

图书在版编目（CIP）数据

我吃西红柿与《吞噬星空》/ 夏烈著 . -- 北京：作家
出版社，2018.12（2023.8 重印）

（网络文学名家名作导读丛书）

ISBN 978 - 7 - 5212 - 0320 - 2

Ⅰ . ①我… Ⅱ . ①夏… Ⅲ . ①网络文学 – 长篇小说 –
小说研究 – 中国 – 当代 Ⅳ . ①I207. 425

中国版本图书馆 CIP 数据核字（2019）第 002051 号

我吃西红柿与《吞噬星空》

作　　者：夏　烈
责任编辑：王　烨　袁艺方
装帧设计：天行云翼·宋晓亮
出版发行：作家出版社有限公司
社　　址：北京农展馆南里 10 号　　　邮　　编：100125
电话传真：86 - 10 - 65067186（发行中心及邮购部）
　　　　　86 - 10 - 65004079（总编室）
E – mail: zuojia@zuojia. net. cn
http: // www. ZUOJIACHUBANSHE. com
印　　刷：三河市北燕印装有限公司
成品尺寸：152 × 230
字　　数：420 千
印　　张：30
版　　次：2019 年 4 月第 1 版
印　　次：2023 年 8 月第 2 次印刷
ISBN 978 - 7 - 5212 - 0320 - 2
定　　价：48.00 元